▶明成祖朱棣在位期間，派鄭和六次下西洋。朱棣雖然從未出過海，卻對發展海洋事業十分迷戀。

▼明宣宗朱瞻基繼位，鄭和從事最後一次遠航。之後，朱瞻基無法抵擋朝臣們對於下西洋的抨擊，開放政策從此倒退。

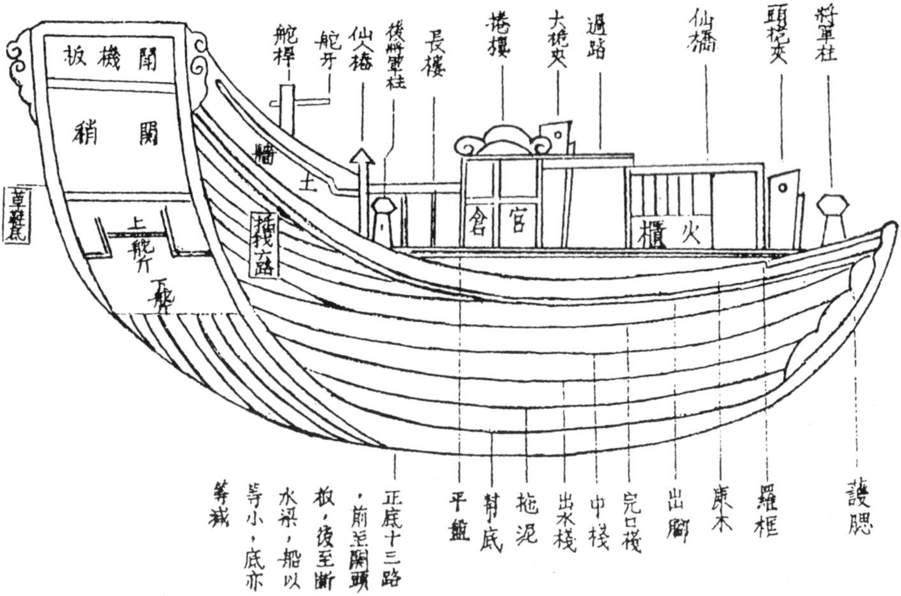

▲記載鄭和寶船製作過程的《龍江船廠志》，對於寶船的船體結構、形式、功能等有著詳細的紀錄。

▲鄭和船隊使用過的鐵錨。

▲江蘇太倉保存古代造船拌油灰的鐵鍋。

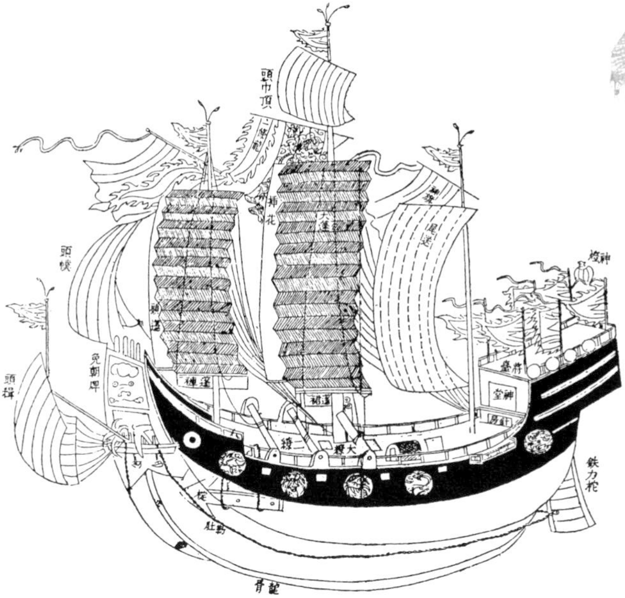

◀封舟，是明朝皇帝派特使團前往琉球冊封其國王時，所搭乘的特遣船，稱為「冊封舟」，是大型的福船。可搭載至五百人，五桅八帆，在當時是很先進的遠航船隻。鄭和寶船的船首、龍骨結構，與封舟相近。

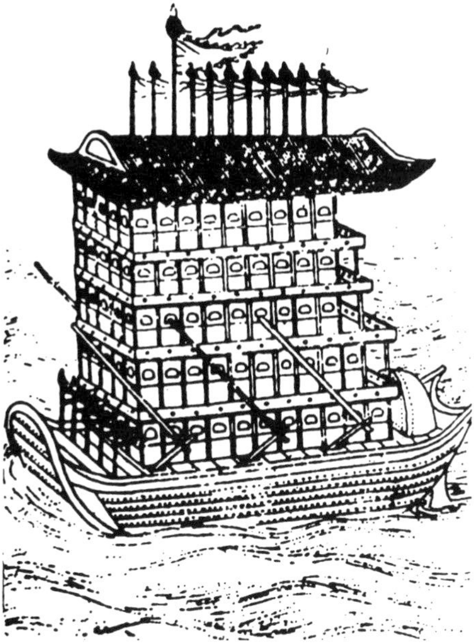

▲漢朝的「樓船」，既是遊艇，也是戰船。

走舸

走舸者於船上立女墻棹夫多戰卒皆選勇力精鋭者充往返如飛鷗乘人之所不及金鼓旌旗在上

三才圖會 器用四卷 卅九

▲走舸，是一種快速、機動船，在三國時代即已活躍於戰場。中國古代海上載具的發展甚早，至鄭和時代登峰造極。

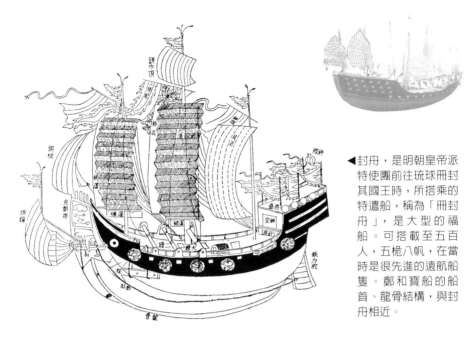

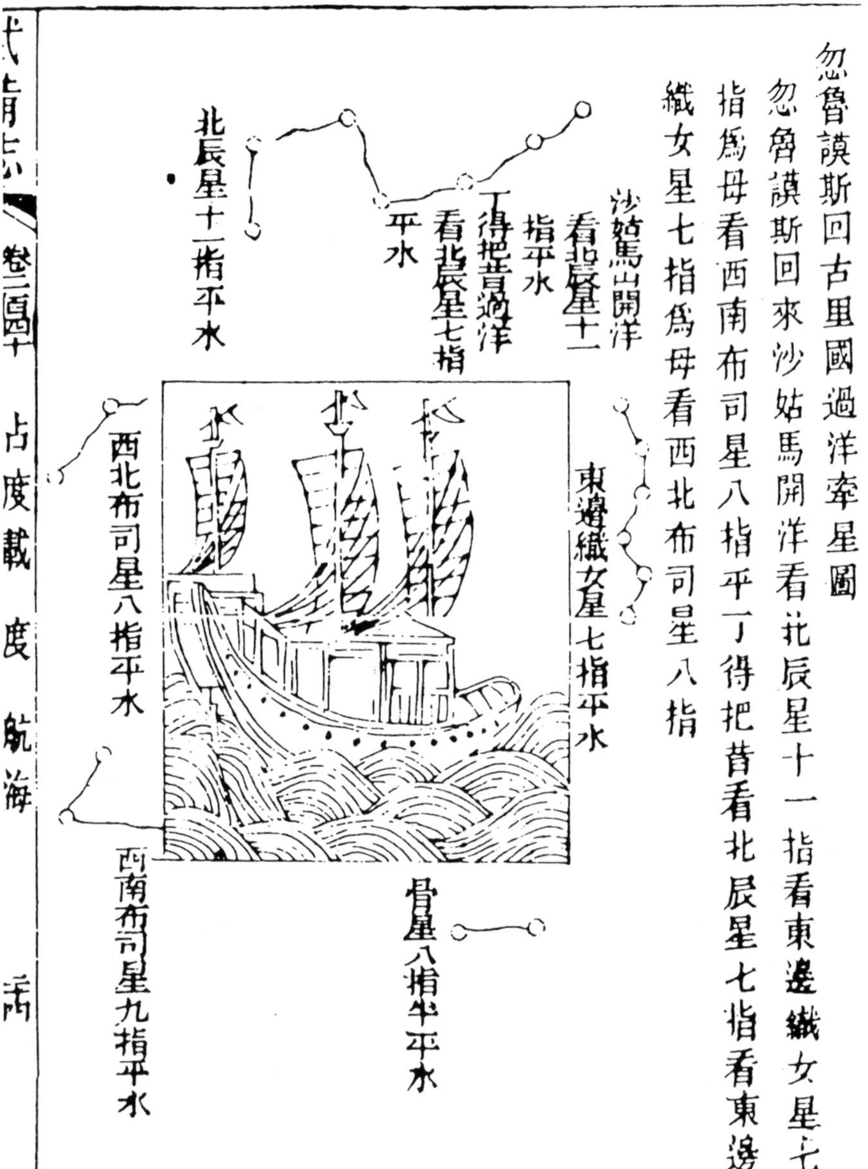
忽魯謨斯回古里國過洋牽星圖
忽魯謨斯回來沙姑馬開洋看北辰星十一指看東邊織女星七
指為母看西南布司星八指平丁得把昔看北辰星七指看東邊
織女星七指為母看西北布司星八指
北辰星十一指平水
平水
丁得把昔過洋
看北辰星七指
指平水
看北辰星十一
沙姑馬開洋
西北布司星八指平水
東邊織女星七指平水
西南布司星九指平水

▲《武備志》中有「過洋牽星圖」四幅，記錄鄭和船隊如何應用「牽星術」航海的實例。牽星術使用的工具是一套大小不同的十二塊牽星板。船師把牽星板的中心穿一根小繩，以左手拿牽星板，右手牽小繩，眼睛順著右手的繩端向牽星板看，使牽星板的上邊緣對準星體，下邊緣對準海平線，這樣就能量出星體離海平面的高度。這時使用的牽星板是幾指（古代觀測星體高度的單位），這個星體的高度就是這個指數。如果觀測的星體是北極星，則以求得的指數再換算成度數，就可以得出測點的地理緯度，找到正確的位置。

▼明神宗萬曆年間刊印的《三寶太監西洋記通俗演義》，是一本想像豐富、圖文並茂的演義小說。
右圖刻畫鄭和造訪波斯灣國家忽魯謨斯（伊朗）；左圖是天方國（沙烏地阿拉伯麥加）接待明朝使臣一景。鄭和是虔誠回教徒，在他最後一次遠航時，非常渴望能親至麥加朝聖。

▲「雙陸」棋，據傳是曹植所發明。唐朝武則天曾對狄仁傑說：「朕數夢雙陸不勝，何也？」可見當時已相當普及。本圖為宋代洪遵《譜雙》一書上的插圖，真臘（今之柬埔寨）與闍婆（今之印尼）都流傳雙陸，顯然在鄭和下西洋之前，「海上絲路」存在已久。

▲《太上說天妃救苦靈應經》（簡稱天妃經），是追隨鄭和下西洋的僧人勝慧臨終時，發願刻印的經文，祈求海神天妃保佑航海平安。天妃經卷首是一幅六帖式經摺本刻版畫，原圖下半部已多處磨損，本圖由沈建峰先生描摹復原。（圖由中國造船工程學會鄭明先生提供）

◀媽祖對鄭和的龐大船隊有著救苦救難、同舟共濟的深厚關係。圖為元代的媽祖石雕像。（圖由劉達材先生提供）

▶鄭和在宣德八年（一四三一年）最後一次遠航出海時所鑄造的銅鐘。

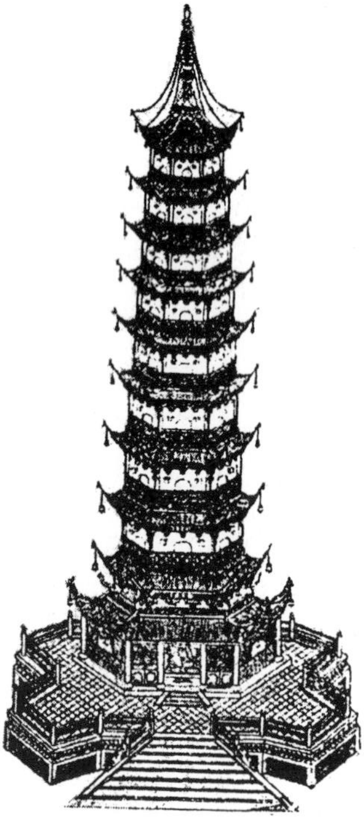

▶明成祖興建的南京報恩寺琉璃寶塔，八面九級，高兩百七十六英呎，被稱為中古世紀世界七大奇觀之一，與羅馬大劇場、比薩斜塔等齊名。鄭和曾投入大量人力與財力參與興建。這座天下第一塔完工四百多年後，在洪秀全攻入南京時，遭到焚毀。

▼下圖右為《金陵圖詠》中的「報恩燈塔」，即明成祖興建的報恩寺。三國時代，康居國僧人來到金陵傳道，孫權為他建塔，這是江南塔寺之始。明成祖時將之改建成報恩寺。《金陵圖詠》形容報恩寺「金碧琉璃，燈光炫耀，中夜燭天，極稱壯觀」。

▼下圖為明宣宗朱瞻基所作的〈賜太監鄭和詩〉。

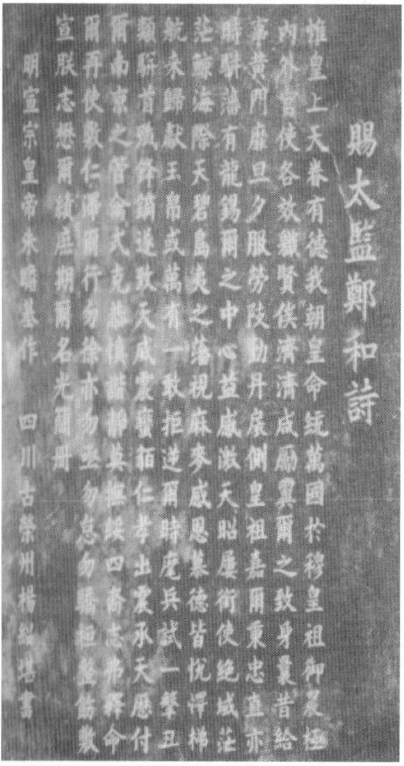

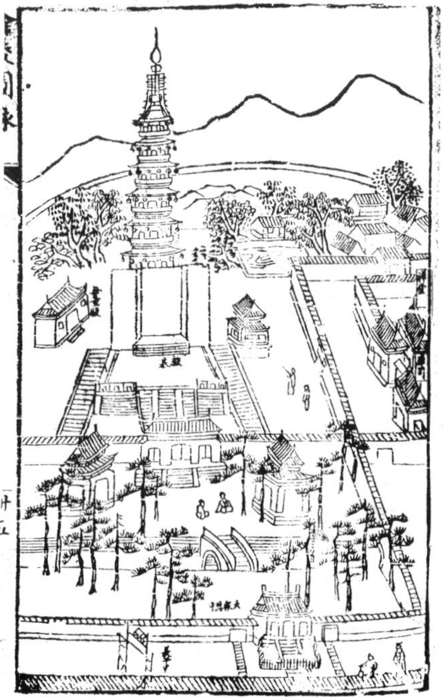

小說人物叢書

實學社

小說人物
142 海上第一人：鄭和【下】
作　　者／王佩雲
主　　編／黃　驗
責任編輯／黃　驗
發 行 人／王榮文
出 版 者／實學社出版股份有限公司
台北市 100 中正區汀州路三段 184 號 6 樓之 1
電話：(02) 2369-5491　傳眞：(02) 2365-6840
讀者服務專線：(02) 2365-1212
製作印刷／鴻柏印刷事業股份有限公司
電話：(02) 2247-0989　傳眞：(02) 2248-1021
總 經 銷／遠流出版事業股份有限公司
台北市 100 中正區汀州路三段 184 號 7 樓之 5
郵撥帳號：0189456-1
電話：(02) 2365-1212　傳眞：(02) 2365-7979
YLib 遠流博識網
http ://www.ylib.com
E-mail : ylib@ylib.com
法律顧問／蕭雄淋律師
電話：(02) 2367-7575　傳眞：(02) 2369-2525
初版一刷／2003 年 1 月 25 日
I S B N／957-2072-55-2（平裝）
定　　價／250 元
行政院新聞局局版臺業字第 6433 號

【小說人物142】

海上第一人：鄭和【下】

王佩雲◎著

歷史小說的新讀法

〔小說人物〕叢書出版緣起

王榮文

中國古書，一向以實用歷史爲主流。不論經籍、史傳、諸子，內容多數爲政治而寫，爲政治而用，爲政治而辯。從《周禮》、《左傳》、《商君書》、《鹽鐵論》一路下來，隨手列舉皆是，至宋朝司馬光編著的《資治通鑑》，更是實用到底。實用歷史一直是知識界與官方的主流書，其地位從未動搖過。

市井小民離政治雖遠，對史事卻津津樂道，但他們偏愛的是趣味的、人性化的、民間觀點的歷史故事。於是，唐宋以後，實用歷史在民間發展出「另類」，那就是「說書」。說書演變成後來的歷史小說，最具代表性的便是《三國演義》，透過作者的巧妙創意與春秋之筆，把古人寫死寫活。曹操之奸、諸葛亮之智，便是歷史小說家的傑作。

在日本也有相似之例：山岡莊八未寫《德川家康全傳》之前，這位十六世紀的軍閥披上不少惡評：吝嗇、精明、狡猾，形象不明。山岡莊八爲他立傳後，日本人透過小說重新認識德川家康，重新肯定這位開創後世兩百年安定政局的偉大人物，而《德川家康全傳》普及的程度，幾乎就像我們的《三國演義》。

一流的歷史小說家，是小說人物的檢察官兼審判長。他掌握史料線索，明察秋毫，剖揭眞相；他鋪陳故事，決斷價值，讀者的認知隨他起舞。現在，隨著時代推移，意識型態解放，價值觀與立場調整，使小說家的眼界更寬了，對史事人物關注的焦點更多了，於是有了截然不同的發現：曹操豈只是一個奸字了得？他的誠信、人才經營、治績都甚可取；同樣的，諸葛亮又豈只是智與忠而已……。在作家以現代的、實用的觀點探照之下，千古英雄人物，紛紛產生了豐富多元的新貌。

不止此也。一部成功的歷史小說要寫出傳主的人格特質、經世眼光、組織管理、領導與決斷等能力，它的內涵不再只是文學或歷史，還包括心理學、人際學、管理學、策略學等各種現代知識。歷史小說的格局與視野不斷開闊延伸，已使它作爲現代人、企業人共同讀本的條件更爲成熟。

實學社推出〔小說人物〕系列叢書，就是基於上述理念；以百萬元獎金所舉辦的【羅貫中歷史小說創作獎】更是這一理念的具體實踐，雖然薄有一點成績，文化出版界也不吝給予鼓舞，但我們不敢稍懈。歷史小說的舞台無限寬廣，我們誠摯地邀請作家們一起來經營這個新局——歷史小說的新世代；我們敬邀讀友們一起進入作家所模擬的歷史現場，去觀賞、參與每一個時代盛事。

【推薦】

世界的鄭和

劉達林

爲喚起世人對海洋的關注，一九九四年聯合國大會通過由葡萄牙政府提案：「一九九八年訂爲國際海洋年」，其目的在紀念該國一位偉大航海家達伽瑪發現印度五百週年。而中國大陸爲響應聯合國「國際海洋年」號召，於同年七月在江蘇省太倉市舉辦「鄭和與海洋學術研討會」。與會人士認爲：鄭和下西洋的事蹟，遠超過西方航海家的成就。展望二〇〇五年，即是鄭和下西洋六百週年，大家認爲海內外華人社會應舉行活動擴大慶祝。

無獨有偶，一九九八年二月，享譽於世的美國《國家地理雜誌》，發表千禧地球探險航海家，鄭和是唯一列名的東方航海家，與哥倫布、達伽瑪、麥哲倫等齊名。事實上，該文所列鄭和的光榮事蹟，遠超過其他的西方航海家。

二〇〇一年聞名於世的美國《時代》周刊，特別報導鄭和歷史，篇名爲〈亞洲之旅——沿著鄭和的航跡出發〉。該刊出動了亞洲版全體工作人員，通力完成了這期專刊。全文篇幅多達四十一頁之多，圖文並茂，使世人對鄭和下西洋的壯舉，有了更多更深的認識。由此可見，鄭和下西洋的光榮歷史，已得到國際的認同與肯定。

去年媒體報導，英國學者，前皇家海軍潛艦指揮官孟席斯（Gavin Menzies）先生發表研究報告，認爲中國航海家鄭和比哥倫布早七十二年發現美洲新大陸，而且也比麥哲倫早一個世紀完成了環球航行。在他所出版的專書《一四二一：中國發現世界的一年》（1421：The Year China Discovered The World）中，已公佈許多證據與史料。消息傳出，已引起全球各地學界的震驚與關注。

去年孟席斯兩度應邀訪問中國大陸，一次在十月訪問南京，另一次在十二月到昆明。他在南京演講，開頭就宣佈了他的結論：「鄭和首先環球航行發現新大陸」。他的書面論文報告共十八頁，附錄的證據多達三十二頁。至於他在昆明的演講，公佈了更多的證據。他告訴我們，自從他的新說發表以來，來自世界各地支持他觀點的證據紛至沓來，以致他不得不僱用四名研究員來處理這些信息。

這位前英國海軍核子潛艇艦長孟席斯先生，目前在世界各地演講，並設立專門網站，介紹中國地理大發現的背景與過程，並且號召全球各地的學者和熱心讀者，提供考古和文化人類學的資料證據，證明中國航海家的確曾在哥倫布和麥哲倫之前到達美洲，並作環球航行。

正當世人迎向鄭下西洋六百週年前夕，孟席斯新說的發表，不僅使我們感到無比的興奮與鼓舞，也擴大了我們對鄭和研究的視野，開闊了鄭和研究的範圍。鄭和下西洋，他是中國偉大的航海家；鄭和第六次下西洋，一四二一年，中國發現了世界，他是世界的偉人。所以，我們可以說，他是「世界的鄭和」。

回顧歷史，中國早在西漢年間，即已開闢海上絲綢之路。唐宋時期，中國往返中東阿拉伯國家的海上交通頻繁，海上貿易發達。海上絲綢之路早過世界地理大發現，所以英國學者的推論，非不可能。

雖然鄭和下西洋的壯舉，國人早已耳熟能詳。但是，鄭和並未如哥倫布般，得到本國政府和國人應有的尊敬與重視。

當年鄭和下西洋，明代朝廷竟然視為「弊政」。最不可解的是，居然銷毀鄭和所有遠航檔案，並嚴厲實施「片板不許下海」、停止遠航活動的海禁政策。鄭和遠航發起得快，結束得也快，留下許多的謎團，令後人難以理解。當然，這也給鄭和研究的學者留下許多想像與研究的空間。

幾年前在海南省的一項學術會議上，我與王佩雲先生相識，他是一位推動鄭和慶典活動的熱心人士，我們一見如故。他先後兩度邀請我去雲南昆陽鄭和故里訪問，並與雲南研究鄭和的學者專家座談討論，使我對鄭和的成長過程及其七下西洋的歷史價值與時代意義，增加了許多切身的感受與認識。

鄭和下西洋，有別於西方海洋國家只重武力，以殺戮侵佔為能事般，富於侵略性。鄭和下西洋，本著「和順萬邦」、「共事天下太平」的精神，而且始終「厚往薄來」，不以營利和佔領掠奪為目的，這是西方海洋國家所不為的。未來海洋新世紀的發展，世界正需要弘揚鄭和航海的這種和平精神，而不是哥倫布式的殺戮掠奪的侵略行為。

大概就是在這樣一種認識的驅使下，作爲新聞工作者的王佩雲先生，毅然決定潛心閱讀鄭和的史料，採訪鄭和下西洋的史蹟，寫下了這本歷史小說《海上第一人：鄭和》。

王佩雲用人性觀點，詳細刻劃鄭和由於在少年時期因戰亂之故，遭到閹割，從而厭惡戰爭，內心嚮往和平的心路歷程。同時還著力站在歷史高度上，去展現鄭和前後長達廿八年，共七次下西洋的偉大事蹟；並用濃鬱的悲劇氣氛激發人們思索，在明初政局紊亂的背景下，鄭和遠航之舉的功過，以及明朝由走向世界到閉關鎖國的歷史因由。

鄭和的偉大事蹟，誠如先賢梁啓超先生所稱是「世界歷史所號稱航海偉人」。但是，明清以來，介紹鄭和下西洋的書如鳳毛麟角，非常之少。可以想像，一般人對他的認識普遍是不夠的。現值海內外華人積極推動鄭和下西洋六百週年慶典之際，能有一本完整介紹鄭和生平的傳記問世，正好彌補這個缺憾。

今天我們透過紀念鄭和下西洋六百週年的慶典，來認識鄭和，研究鄭和，旨在喚起國人的海洋意識，促進國人對海權的重視；更希望藉由重溫鄭和下西洋的歷史，讓世人拾回這段「被遺忘的航程」。

【本文作者簡介】劉達材，海軍退役中將，曾任海軍指揮參謀學院院長、國防部次長、聯勤總部副總司令、海洋事務與政策協會首屆理事長，現為中華戰略學會特約研究員。

鄭和 海上第一人

目錄

◎下冊

海上第一人：鄭和【下】

第八章 海上絲瓷路漫漫

一、暹羅國女人

世界上的事總是牽藤扯蔓，相互掣肘，很難一順百順，遂人心願。鄭和首下西洋，將所到國家的事情安頓得不錯，滿剌加和蘇門答剌都立刻派出使者來南京，很虔誠地表示了對大明王朝的臣服。誰知背後卻殺出一個暹羅國國王來，他認爲滿剌加和蘇門答剌是暹羅的屬國，他們無權擅自與大明王朝打交道，一怒之下沒收了堂堂天朝賜給這兩個國家的印誥，甚至揚言要對兩國動武，並提出勒索錢財的要求。還有，占城國的貢使朝見大明天子之後返國，因爲遇到不可抗拒的風浪，船漂到了暹羅國，國王也蠻不講理地沒收了天朝的賞賜，拘禁了占城的貢使。

這個消息傳到南京，永樂爺龍顏不悅。暹羅國歷來都歸順天朝，卻以爲山高皇帝遠，鞭長莫及，在背地裡如此坐大，這不能不令這位以天下爲己任的大明皇帝擔憂。占城是大明走向西洋的必經之地，滿剌加與蘇門答剌所在的那個海峽，扼東洋與西洋黃金水道之咽喉。他感到了暹羅國王的舉動對自己溝通萬邦的威脅，這個事件的解決刻不容緩。

永樂七年（西元一四〇九年）的冬天，鄭和又匆匆奉旨率船隊出使西洋。朱棣爲這次的西洋之行，劃定了一個範圍，那就是：占城、爪哇、滿剌加、暹羅、眞臘、渤泥、錫蘭、加勒異、柯枝、古里。一個重要的任務，就是迅疾制止暹羅國王的傲慢無理。

王景弘在首次西洋之行中，表現相當出色，經鄭和保薦，升任總兵正使。鄭和前次赴西洋將通事蒲日和留在滿剌加辦貨棧，這回由洪保替他另外物色了一個通事。此人名叫馬歡，浙江會稽人，也是個回回，精通阿拉伯語，還有一點文才，喜歡吟幾句詩，寫點遊記之類的文章。

洪保領著他登上帥船，鄭和很謙和地對他說：「此次赴西洋，多多仰仗了。」

馬歡連忙說：「兩位總兵首下西洋，威震海內外，在下能有機會加入這個行列，眞是三生有幸。」

那個吃了一條蟒蛇變得非常結實健壯的劉鴻，給鄭和當了貼身侍衛，也在帥船上佔了一席之地，很快就與舵手李海他們成了很要好的朋友。

大明船隊先期訪問了渤泥等國家。渤泥在北婆羅洲，大約在現今汶萊一帶地方。當時這裡國無城郭，只用木柵欄圍一圈，有士兵護守。國王的王宮爲一層樓，上邊覆蓋的是貝葉。老百姓住的是茅草棚，大多聚居在海邊，以打魚煮鹽爲生。這個國家的人都崇奉佛教，對外來的人很友好和善，尤其敬重中國人。據說，這裡的人在路上見到喝醉了酒的中國人，無論路程遠近，都會小心扶著送他們回到歇息的地方，不是親人勝似親人。

鄭和來到這裡，國王麻那惹加那早就在海邊迎接。鄭和到王宮裡宣讀了皇帝的詔書，代表大明天子賜了印信，賞了豐厚的禮物。有絲綢、瓷器、金銀等物，還有一對金香爐、兩隻景德鎮的大淨瓶，國王看了非常高興。他當即決定要帶上王妃、王子，儘快啓程去朝見大明天子，面呈渤泥國與中華上邦永遠交好的誠意。

鄭和聽了很高興地說：「國王等著吧，待我返回的時候，我們一起乘寶船去南京。」

馬那惹加那笑著說：「從今天起，我就多了一樁心事，盼著你的寶船快去快回，可別讓我把雙眼望穿了。」

鄭和告別渤泥國王，率船隊浩浩蕩蕩開向暹羅灣。他事前派人知會暹羅國王，並且採取了非常嚴厲的態度。他知道這個國王好勇鬥狠，恃強凌弱，經常趁鄰近的國家發生內亂的時候，大舉興兵，捨命而往，務必要佔到便宜，與周圍的國家糾紛不斷。因此，對那個暹羅國王應當先聲奪人，讓他有所畏懼。他們將船隊佈置在暹羅國的海邊，由王景弘統籌策應；都指揮使朱眞帶一些士兵裝扮成生意人，深入市井閭巷打聽消息，發現風吹草動，立即採取行動，從陸路馳援去王宮辦交涉的總兵元帥。鄭和再三交代：「謹遵聖上旨意，不到萬不得已，不動刀兵。」

鄭和與洪保率兩千精銳乘快船靠岸，劉鴻挎著寶劍緊隨左右。暹羅國王參列昭昆牙知道大明船隊前來興師問罪，心裡有些不安，早就來到海邊等候。參列昭昆牙騎在大象背上，渾身赤裸，只在腰間圍了一塊絲巾，用一條寬大的繡帶壓住。跟隨的人也都這副打扮，只是腰間圍的比國王差了一等，是塊細花布。有侍從爲國王高高撐起一把大傘，那傘是用寬闊的樹葉編成的，傘柄卻用黃金裝飾，金光燦爛，襯托出國王地位非凡。

鄭和與洪保棄舟登岸，由唐敬指揮的兩千明軍士兵，排列著整齊的隊伍，盔甲鮮明，武器精銳，甚是威嚴。國王見了立刻從象背上滾落下來，拜見大明使者。鄭和與洪保騎在馬上，按轡而行，與國王慢悠悠走路的坐騎取同一步調。

洪保突然問參列昭昆牙：「暹羅爲何要扣押滿剌加和蘇門答剌的印信，難道你們不知道那是大明皇帝賜給他們的嗎？」

通事馬歡將這話翻譯給國王聽，國王卻裝聾作啞，環顧左右，把話題岔開：「想必大明使者對暹羅山川風物印象不錯吧，只是這裡的氣候太炎熱，不知諸位是否能夠耐此酷暑？」

參列昆昭牙領著大明使者來到王宮，唐敬領著兩千騎馬的士兵留在宮外。鄭和手中一直捧著大明天子頒發的詔書，這時鄭重打開，向國王宣讀：

「奉天承運皇帝詔曰：占城、滿剌加、蘇門答剌與爾俱受朝命，安能逞威拘其貢使，奪其誥印？天有顯道，善福禍淫，安南黎賊，可為鑒戒。著爾即返占城使者及滿剌加、蘇門答剌印誥。從今往後奉天循禮，保境睦鄰，庶幾共用太平之福。欽此。」

鄭和宣讀詔書的時候，洪保和劉鴻雙目炯炯，顧盼四方，觀察對方的反應。這份詔書措辭嚴厲，一旦對方露出不滿的意思，採取不軌的舉動，劉鴻將撲過去護住鄭和，洪保迅速通知在宮外的兩千精銳前來保護總兵元帥，並舉煙火通知海上船隊的人前來接應。參列昆昭牙聽了趕緊磕頭謝恩，看不出有什麼不滿的表示。

鄭和問他：「何時歸還印誥，放還使者？」

他頻頻點頭，嘴裡卻支支吾吾，不時拿眼偷偷瞧瞧後面。

劉鴻以為他要搗鬼，正要拔出劍來，卻聽國王答非所問地說：「我們知道安南黎氏的所作所為，對抗天朝是要遭報應的。」

鄭和乘機開導說：「天朝一向待暹羅不薄，去年你們的使者出使琉球，遭遇海上風暴，船被打壞飄到我國福建，大明天子一再囑付好好將人和貢物送還，還幫著修好了船隻，這些難道你都忘記了？」

參列昭昆牙趕緊說：「不敢忘記，不敢忘記。」

洪保追問：「那你為何要扣留占城貢使和滿剌加、蘇門答剌的印誥呢？」

參列昭昆牙無言以對，一雙眼睛仍在往後邊逡巡，額頭上冒出了豆大的汗粒，幾個侍女趕緊過來幫他擦拭。

這時鄭和恍然記起來過這裡的中官介紹，這個國家上自國王下至黎民百姓，所有重大事情都要取決女人的意見，那國王說著話老往身後瞧，恐怕就是今天王后沒有在場，他拿不定主意，也不敢擅作主張。看來暹羅國王有懼內的毛病，的確名不虛傳。

洪保心領神會，這是要給國王一個臺階，靈機一動說：「我們的總兵元帥今日路途勞頓，需要歇息歇息，歸還印誥和放還使臣的事，明天再談吧。」

參列昭昆牙正巴不得有這話，立刻如釋重負：「那太好了，明天我們一定會有明確答覆的。」

暹羅國山勢崎嶇，重巒疊嶂，只有海邊與河谷地帶人口比較稠密。老百姓住的房屋與滿剌加大體差不多，似樓非樓，上邊用桄榔木剖開來的細木條密密鋪好，再在上邊鋪上藤席竹簟，飲食起居都在那裡。樓下只有幾根支撐的柱子，沒有牆壁，是圈養牲口的地方，牛吼羊咩，豬哼雞啼，倒也熱鬧。洪保、唐敬等人簇擁著鄭和來到集市上，但見來往的人僧尼居多，吆喝買賣的聲音不絕於耳。暹羅市面上用海貝當貨幣，這使鄭和記起了小時候在昆陽鎮見過的蚌幣，與此毫無二致。他聽說在這個國家西北面有個叫「下水」的地方，從那裡可以直接進入雲南。他沒想到在遠赴西洋的路途中，卻踏入了離自己老家相當近的一塊土地。

他們在集市上緩緩而行，仔細察看兩邊做買賣的情況，很快就發出感歎：「十里不同風，百里不同俗。」這裡的每一個攤位，吆喝買賣的男人後邊，都站立著一個精明能幹的女人。那男人的責任，只有吆喝買賣，其餘討價還價、稱秤算賬、收款找零，一應重要事情，都取決於站在他們身後的女人。這些女人也同男子一樣，都裸露著上身，只在腰間纏了一塊花布，遮著下體。她們討價還價時的伶牙俐齒，算賬收款的精細準確，乃至招徠顧客的一顰一笑，都能讓人看出巾幗的確勝過鬚眉。大明船隊的人都發出會心的微笑。鄭和感慨道：「這些男人們心甘情願讓自己的女人大權獨攬，看來也是事出有因，並非天生懼內。」

第二天，鄭和又率眾人來到王宮，繼續交涉如何落實皇帝詔書上說的事項。他們忽然發現眼前一亮，原來在參列昭昆牙身後多了一個艷麗的女人。她身著白色透明長衫，領口卻開得很低，也是袒胸露乳。頭上挽著高高的髮髻，嘴角微微翹起，衝大明使臣露出艷笑，算是在打招呼。這自然是王后了，有了這個女人，國王似乎也比昨日精神多了。鄭和這才看出暹羅國王原來長得也很英俊，稱得上是暹羅的美男子。

「占城的使者，我們可以放還。但是，滿剌加和蘇門答剌乃暹羅的屬國，大明賜給他們的印誥，由暹羅代爲保管，這沒有什麼不對的。」國王終於對大明天子的詔書有了明確的態度，一口氣說出了他的決定。很明顯，有自己的女人在，他就有了主心骨，也多了幾分陽剛之氣。

鄭和的回答聲音平和，態度卻很堅定：「滿剌加和蘇門答剌臣服大明朝廷，暹羅也臣服大明朝廷，在這一點上，暹羅和他們一樣，沒有什麼區別。」

洪保也補充道：「打個比喻說，暹羅國的大臣是國王的屬下，暹羅國的老百姓也是國王的屬下，如果你的大臣藉口老百姓的事要由他們直接管理，把國王平時賞賜給老百姓的東西統統都沒收，你們會允許嗎？」

國王一時語塞，不知該如何回答這個問題，習慣性地側過身子，去看自己妻子的臉色。

「兩位天朝使臣所言不錯，暹羅和滿剌加、蘇門答剌同是天朝的屬國，如同我的大臣和人民同是我的臣民一樣。然而，我的大臣有權替我管理人民，暹羅豈有不能代天朝來管理自己兩個屬國的道理。」那個女人再也不耐煩充當幕後指揮的角色，直接站出來與大明使者對話，眞個是反應敏捷，說話也滴水不漏。

鄭和與洪保心裡明白，不理直氣壯地說服眼前這個女人，就無法完成此次暹羅之行的使命。鄭和針鋒相對駁斥：「以此而論，你們既未得到授命，也沒有事前奏請得到認可，就擅自扣押大明天子的印誥，天朝容忍了你們的這種行爲，天下豈不也要大亂。」

機靈的洪保環顧一下兩側的暹羅大臣，接著補充了一句：「還是打個不恰當的比喻吧，如果今天在座的某位暹羅大臣，硬要替代你們來管理這個國家，國王和王后會作何感想？」

「那是絕對不能允許的。」也許這個問題對於國王來說太敏感了，參列昭昆牙不等王后開口，自己就發了話，說話的時候還狠狠盯了兩邊的大臣一眼。那些大臣聽了洪保的話，又看到國王發出的警告，也你看我，我看你，顯露出心裡的不安來。

那位王后眼看被大明使臣駁倒，便使出集市上那些婦人做買賣的本領，說話中有幾分嬌嗔也有幾分刁鑽：「到底是天朝使臣，論才有才，論貌有貌，可惜暹羅找不出一個像你們這樣的男子來。不過，我們要是不給你們面子，硬要扣住印誥不還呢？」

洪保冷笑道：「想必王后不會不知道安南黎氏的下場吧？」

那女人也不示弱：「安南是因爲陸、海兩面腹背受敵，不戰自亂。我昨天打發人到海邊看了，你們來到暹羅的船隊不過才兩萬多人馬，可別忘了暹羅的軍隊勇敢善戰是遠近聞名的。」

洪保也綿裡藏針地笑著說：「要是早知道王后派人去觀看，我們該告訴船隊作些演習，讓你們的人見識一下我們的沖天雷、水老鼠等等火器，它們可不是能夠以人數多少來計算勝負的。」

這話無疑具有很大的威懾力，暹羅國王的大殿裡一陣啞然。鄭和立刻說：「中國歷來講究天子征而不戰，兵不血刃天下親，我大明王朝自開國以來十分講究宣德化而柔遠人，倡導和衷共濟敦睦萬邦。這不，儘管暹羅做了扣押貢使和印誥的錯事，大明天子還是寬大爲懷，讓我們隨船帶來了給你們的豐厚賞賜，還特地賞賜國王和王后金絲王冠各一頂，以示恩寵。」

洪保立刻從鄭和手上接過大明天子賞賜的禮單，遞到國王手裡。王后領悟到這番話的用意，又聽說有豐厚的賞賜，立即向鄭和嫵媚一笑，說話的聲音也變得十分溫柔：「我們都不識漢字，還是請你們的通事費心念念吧。」

馬歡立刻接過來，用暹羅語響亮地念道：

「金絲王冠兩頂；赤金錠二十對；銀錠二百對；金幣二千錢；銀幣一萬錢；銅錢十萬貫；鈔十萬貫；金佛像一尊；銀佛像十尊；青花瓷器、藍花瓷器各一百件；各色香爐、各色寶瓶各五十隻；上等織錦五十匹；絹綢一百匹，各色花布一千匹。」

滿殿的人都聽得目瞪口呆，沒想到暹羅得罪了天朝，大明皇帝還給予這麼厚重的賞賜。王后伸出玉手，在國王的肩膀上重重拍了一下，嗔怪道：「還不趕快謝恩，眞是個木魚腦瓜。」

鄭和問：「滿刺加和蘇門答刺的印誥呢？」

王后嫣然一笑：「當然立即奉還，總兵元帥難道還信不過我們？」

鄭和終於放下心來，也衝她點頭一笑。那個王后的確是個很能幹的人物，在國王主持宴會招待天朝使臣的時候，她也立刻張羅了進獻大明天子的一份貢禮，表示對這場糾紛的解決心悅誠服。計有：

「白象一對；白獅子貓二十隻；白鼠二十隻；白龜二十個；象牙四對，犀角兩支；羅斛香兩箱；降真香、沉速香各二十箱；大風子油十瓶；薔薇露二瓶；蘇木二十捆。」

王后還爲鄭和等幾位大明使臣準備了一份不薄的禮品，也是暹羅的土產。她閃動明眸露出皓齒笑著對鄭和說：

「其實暹羅仰仗大明帝國的事情很多，暹羅的曆法，還有紙張和斗斛丈尺的計量，都是從中國來的，我們理應世代修好。只是我們這位國王有時好壞不分，行事也很魯莽，做出一些得罪天朝的尷尬事來，要請你們多加原諒才是。」

鄭和說：「已經過去了的事，如同一陣風颳過去了，再也不必提起。」

王后與高采烈，乘機邀請鄭和等人參加小王子招親的典禮，她請求道：「難得天朝使臣今天來到這裡，就讓這對新人沾一沾中國使者的福氣吧。」

鄭和聽她說得誠懇，自然不好拒絕，只得客隨主便。

王子的婚禮開始了。在動聽的鼓樂聲中，幾十位僧尼分別簇擁著那對新人走了出來。大概是暹羅地方天氣炎熱的緣故，男女都成熟得早。小王子十二、三歲，卻已經發育成熟。他赤裸上身，腰間圍了一方花布手巾，眉清目秀，也是個漂亮的男子。新娘子十歲左右，兩個乳房卻已經高高聳起，豐滿了胸脯，臀圍也突了出來，進入了人生的成熟期。

鄭和等人坐在貴賓席上，正在琢磨他們的王子成親與天朝宮廷的婚禮有何異同，只見一個僧人走上前去，一把撩起新娘的白色長裙，將她赤裸的下體暴露在衆人面前。鄭和等人尷尬不已，看也不是，不看也不是；坐在這裡不好意思，拂袖而去更不好意思。這時候，那個僧人伸出一隻手來，猛然將手指插入新娘的陰戶內，隨著那嬌小的新娘一聲痛苦的喊叫，一股殷紅的鮮血順著那個僧人的手指頭流出來，所有參加婚禮的暹羅人都發出一陣歡呼聲。僧人鄭重地將那鮮血塗抹在小王子的額頭上，別的人也爭著搶著往自己的額頭上搽，稱之爲「利市」。僧尼們這才將兩位新人抬著，將他們送至洞房，進入人生旅途的一個嶄新里程。

這是最原始的婚禮，也是人類最神聖的婚禮。女人是人類生命的搖籃，她們那醞蓄人類生命源泉的血液，理應擺到至高無上的位置上。有人說，中國的那個「天」字，最上邊的一橫指的就是男人的額頭。「天者，顚也，至高無上謂之天。」

鄭和沒有料到的是，回到船隊去，還有更尷尬的事在等著他。他們告別了國王和王后，匆匆回到停泊帥船的海岸邊，王景弘已經焦急地等候在那裡，朱眞身旁還押著十幾個犯了事的士兵，正在等候總兵元帥回來發落。

鄭和問：「是什麼事情？」

王景弘說：「一言難盡，還是讓他們自己說吧。」

鄭和讓朱眞先給那些士兵鬆了綁，帶他們上了帥船，很和氣地說：「有話如實講來，我要聽實話。」

一個士兵紅著臉低聲都囔：「眞是千推萬推，少了一推；千順萬順，多了一順。」

鄭和問：「這話是什麼意思？」

那個年輕的士兵歎了一口氣，詳細述說了他違犯大明軍紀的經過。這個小伙子奉命去探聽暹羅軍隊的動靜，因爲人生地不熟，一個人不敢去偏僻地方，徑直來到一個人煙稠密的村落。他又只會說漢話，同暹羅人語言不通，只好一個人在那裡溜達來溜達去。這時忽然看見有個年輕女人笑著向他招手，他以爲有什麼重要消息想告訴他，立刻趕了過去。那女人連比帶劃將他往一條小巷裡引，小伙子認爲可能是機密大事，需找僻靜地方講話，便隨著那個女人來到一幢房子裡。那年輕婦人進了房間，就將這個明軍小伙子緊緊摟入懷裡，同他嘴對嘴地親了起來。可憐這明軍小伙子也正處在情欲旺盛的時候，見了這個陣勢如何能把持住自己，頃刻之間早把探聽暹羅軍隊動靜的事拋到爪哇國去了。他瞧著那女人嫵媚動人的身姿，風情萬種的展示，猶如餓虎見了肥羊，恨不得一口將她吞了下去。他十分威猛地拉住那女人順勢壓了下去，兩人便在地上翻滾著發出快樂的呻吟。不想就在此時這家的男主人推門進來了，這個士兵以爲又碰上了敲詐勒索的事，嚇了個半死，趕緊推開女人想站起來。那女人卻仍然緊緊摟住他，還笑著同自己的丈夫打招呼。她丈夫見了這番情景，不但沒有生氣，反而很高興，連忙嚷著說：「好兄弟，我這就出去割肉買酒，我們哥倆好好喝兩盅。」他走出很遠，屋裡還能聽到他一路在高聲宣佈：「我的妻子太美了，連中國人都喜歡她！」這個士兵說的「少了一推」，就是後悔自己沒有拒絕那女人的邀請；「多了一順」，就是不該在那關鍵的一剎那順了她的意思，惹出這樣的禍事來。其他那些士兵的經歷也都大同小異，總之都是誤入民宅，犯了嚴重違反軍紀的案件。

鄭和正有些犯難，不知該給他們什麼樣的處罰才合適。就在這時，暹羅國風姿綽約的王后卻帶了一群男子來到船上，這些男人的妻子都同大明船隊的人有過「食則同桌、睡則同寢」的親密，他們得知這些明軍因此要受到大明船隊的處罰，立即跑進宮裡向國王稟告，要求國王出面交涉，不要難為這些好人。王后卻嫌國王笨嘴拙舌，擔心他辦不好這事，自己跑來了。

鄭和以禮相迎，她笑著說出一番話來，馬歡連忙翻譯：「天朝男人在暹羅都受到無比的尊重，被視為佛爺一般，暹羅女人喜愛天朝男子，樂意同他們有這種親密的關係，連她們的男人也都認為這是一件很榮耀的事。這都是因為天朝無比強盛，令人仰慕的緣故，倘若有朝一日暹羅國的男人也都變得讓別人如此羨慕，我們高興都還來不及哩，你們怎能因此處罰這些士兵呢？」她轉身對暹羅男人說：「你們也別啞巴似地站著，都說說是不是這個意思？」

跟隨而來的暹羅男人，都使勁地點頭，生怕大明使者不明白他們的用意。

王后輕佻地對鄭和一笑：「我要不是有王后這層身分，你這位大明使者也休想脫離我的懷抱，我也會纏住你不放的。」她臨離開的時候，一雙杏眼還久久停留在鄭和的臉上，隨即還在那個正在受審的士兵臉蛋上摸了一把，一語雙關地說：「誰叫你們天朝的人都生得這般可愛呀。」

鄭和送走王后以後，同王景弘商量，這事該怎麼處理。王景弘目睹了剛才發生的一幕，不由笑了：「看來一個地方一個風俗，我們的法度也需因地制宜。」

鄭和與朱眞商量：「這事也只好入鄉隨俗了。」

大家一齊表示：「那就入鄉隨俗，饒了他們吧。」

暹羅灣的海水一波剛平，一波又起。大明船隊的風波，這一樁剛完，那一樁接著又來了。他們剛打發那些士兵離開帥船，又吵吵嚷嚷擁上來一批匠人和船工。他們與那些士兵經歷了同樣的艷遇，享了同樣的艷福，好幾個人唰地一聲跪在鄭和的面前。

鄭和趕忙說：「趕快起來吧，我們連明軍士兵都原諒了，更沒有理由處分你們。」

那幾個人搖頭說：「小的們不是來請求原諒的，而是請求准許留在這裡。」

鄭和一聽吃了一驚，忙問：「這是爲什麼？」

他們回答得很乾脆：「暹羅國女人可愛，生意好做。」

鄭和問：「樂不思蜀，連故鄉都不要了？」

他們回答：「天涯何處無荒草，哪裡黃土都埋人，往後總兵元帥的船隊來到這裡，小的們照樣趕來修理就是。」

鄭和沉默了一會兒，只好歎了一口氣：「人各有志，勉強不得，那就請便吧。」

王景弘看到林冠群也夾在這群人裡，衝著他說：「你是否也在此地遇到了莫愁女，想留下不走了？」

林冠群連忙搖頭：「我可不是這個意思，月是故鄉明，老婆還是自己的好，醜老婆也是金不換。」

鄭和問他：「那你來這裡有什麼事？」

林冠群一拱手：「稟告總兵元帥，我在暹羅的山林裡發現了一種高大結實的紅木，做舵桿、桅桿，都是難得的上等材料，應當多買下一些，往後航海肯定用得著。」

鄭和聽了心頭一熱，大明船隊還是有這麼一批堅定分子在，使他心裡感到了莫大的寬慰。

二、海上仙山

鄭和率領船隊離開暹羅灣，向滿刺加和蘇門答剌進發。一路上艷陽高照，舵後生風，船行如飛。他和王景弘一齊來到甲板上，難得有此輕鬆的間隙，沐浴著海風，愉快地聊天。王景弘向鄭和談及宋人周達觀的《眞臘風土記》，書裡仔細描繪了眞臘吳哥石城的景象，那高大的石頭城門，城門上的大石佛頭，城門兩邊的石象，還有城中高聳的金塔，比金塔更高的銅塔，以及圍繞金塔和銅塔的石塔和石屋，渾然天成，簡直是世界建築的奇蹟。眞臘與暹羅是緊鄰，王景弘說：「有人講，不去吳哥窟，算不得下西洋。」

王景弘的話也激起了鄭和對眞臘吳哥窟的嚮往，他說：「若是還有出使西洋的機會，我們一定要到那裡去看一看。」

海上遠航最難耐的是寂寞，船隊又到了臨近赤道的海域，天氣的酷熱，更容易讓人爲生渾身焦躁、坐立不安的感覺，再發展下去就是脾氣變壞，甚至發瘋發狂。鄭和在東渡日本的航行中有了這種體驗，一直在努力提防這種狀況的發生。他冥思苦想設計出一種「天九牌」，請林冠群用小木頭塊刻出不同的點數，分天牌、地牌、人牌、和牌四類，在排列組合中決出勝負。大家閒來無事，有的就聚到桅帆的陰影下玩天九牌，「斧頭」、「么七」、「長三」、「板凳」，叫個不停。鄭和聽了那些喊聲很是高興，他的西洋之行，要的就是天時、地利、人和。

然而，幫助鄭和發明天九牌的林冠群卻不喜歡玩天九牌，而喜歡玩「馬吊」（現今的麻將）。林冠群的「馬吊」打得精，自稱對個中學問的領會也最深。他一邊壘牌一邊向大家吹嘘：「這馬吊同我們下西洋有很大關係，不會玩馬吊就下不得西洋。」

有人不解地問：「馬吊就是馬吊，同下西洋有什麼相干？」

林冠群拿出幾張牌來解釋：「這風，就是我們下西洋需要的東北信風和西南信風。那索，就是桅帆的蓬索。那筒，就是測量水深的筒子。」

人家又問：「那萬呢？」

他說：「大明船隊來西洋做生意，不就是成千累萬的大買賣嗎？」

大家一想似乎真的是這麼回事兒，馬吊的每一張牌都與下西洋的事情有關，大家玩起來更加興趣盎然。

林冠群更是來了精神，一邊「碰」、「吃」，一邊又問大家：「有誰知道這玩意爲何會叫馬吊？」

大家說：「我們只曉得該碰就碰，該吃就吃，寧願自己不和，也不給別人點炮，別的不知道。」

林冠群說：「不懂牌經，只能是賭徒；懂得牌經，才能成賭聖。」

大家問：「有什麼講究，快說出來聽聽。」

他炫耀地說：「因爲馬是四條腿，所以四個人打牌，就叫馬吊。」

有人問：「若是三個人打呢？」

他回答：「那叫香爐吊。」

又有人問：「兩個人打呢？」

他答：「那叫梯子吊。」

有人打趣地說：「要是一個人打，就得叫獨腳吊了。」

在一旁觀陣的張興笑著說：「你們可別聽他瞎吹，他懂什麼牌經，他充其量也不過是個賭棍而已。」

張興與林冠群是老搭檔，毫不客氣地當衆抖出他的老底來。那還是在南京龍江關寶船廠的時候，有天夜裡他們同幾個朋友打了幾圈馬吊，然後到酒肆喝酒。林冠群喝得爛醉如泥，卻還惦著回去繼續玩馬吊。有個朋友好心背他下樓，他吐了別人一頭穢物，卻硬著舌頭告訴大家：「這是一副牌，你們知道不？」有朋友問：「這叫什麼牌？」他迷迷糊糊都嚷：「這叫『槓上開花』。」那個背他的朋友一氣之下，將他往酒肆外邊的陰溝裡一扔，濺了一身一臉的淤泥。這個醉鬼抹著臉上的淤泥說：「這也是一副牌，『混一色』。」大家扶他上澡堂，脫光了衣服要進池子，他醉眼朦朧地看著大家說：「這也是一副牌，『清一色』。」有個朋友氣極了，一巴掌把他打進浴池裡，大聲對他說：「這也是一副牌，『十三不靠』。」滿船的人聽得哈哈大笑，林冠群卻急忙分辨道：「我當時就告訴他們，那不叫『十三不靠』，那叫『一條龍』。」人們都說：「這才是眞正的牌迷，別人都比不了的。」

在帥船上，劉鴻正在忙著用苧麻給鄭和、王景弘編織麻鞋，他發現西洋地方山路崎嶇，天氣又熱，幾位總兵老爺走路的時候，穿別的鞋都不方便，只有穿麻鞋輕便。匡愚帶了幾個醫士前來找總兵元帥，商量採購番藥的安排。臨出發前，聖上專門交代了採購西洋藥材的事。大明王朝幾十年的休養生息，人口在不斷增加，再加上生意興隆通四海，來來往往人多了，天花、痲疹一類的傳染病大有蔓延的趨勢。這次他們從南京動身的時候，就從江西傳來瘟疫流行的消息，地方官在奏摺裡上報一次死於天花的人數，就將近八萬，驚動了天子聖駕。國內的中草藥對付這些病效果都還不是很理想，西洋番藥又奇缺，太醫院呈給皇上一個單子，皇帝點了頭，下西洋採辦藥材也就成了聖旨。匡愚把那張單子遞給鄭和與王景弘看：

「龍涎，犀角，鹿茸，羚羊，硫磺，血竭，大風子，蓽澄茄，胡椒，生薑，沒藥，木香，乳香，豆蔻，沉香，安息香，腦香，蘇合香，丁香……」

王景弘看罷說：「這眞是物以稀爲貴，這單子上的好多東西在中國昂貴得不得了，在西洋不過是雜樹野草，俯拾即有。」

匡愚侃侃而論：「什麼是藥，對準了症候，草即是藥。什麼叫珍貴，稀罕就是珍貴，在彼處珍貴的東西在此處可能賤如蔽履，反之亦然。」

鄭和聽了他們的議論，笑著說：「你們下了一回西洋，生意經都念得挺不錯了，乾脆以後留在國內做藥材生意吧。」

他們兩個也笑著說：「我們這輩子生成是海上漂的命，只要總兵元帥不下船，我們誰也別想下去。」

前面的哨船發出信號，滿剌加已經到了。蒲日和早在岸邊迎接，這回他們沒有直接去王宮，而是直奔自己的貨棧。蒲日和是個很能幹的人，幾個月不見，貨棧已經成了十分富麗的城廓，還專門爲船隊蓋了登岸歇息的館驛，可以暫時免卻水上顚簸之苦。蒲日和向鄭和稟報了與往來船隻進行貿易的情況，海峽的地利果然給貨棧帶來了繁榮興旺。

鄭和讓蒲日和看了採購番藥的單子，蒲日和說：「雖然這裡出產豐富，本地人卻不認這些東西，都棄置在山野裡，收購起來困難很大。」

不一會兒，滿剌加國王拜里迷蘇拉前來拜見總兵元帥，鄭和將從暹羅索回的印誥還給他，使他不勝感激。鄭和提出要到滿剌加的山上採藥，隨後按價格付錢給他們。拜里迷蘇拉說：「不就是那些樹枝、草根嗎，棄置山林還不是枯了朽了，什麼價不價的，你們去採就是。」

他介紹，在蘇門答剌那邊，有龍涎嶼可以採龍涎，火山島可以採硫磺，還有一些島國生長著稀奇古怪的草木，說不定都是藥材。鄭和讓他派出當地土人一同進山，一來可以爲大明船隊引路，二來他們自己採回藥材可以換錢，還可以學到一門養家糊口的本領。

拜里迷蘇拉非常高興，連聲說：「這是求之不得的好事。」

鄭和還命洪保立刻渡海，給蘇門答剌送還印誥，並說明大明船隊上島採藥之事。蘇門答剌國王原來是一個老漁夫，不脫淳樸憨厚的本色，他讓洪保帶回信來，採藥之事悉聽尊便。他只知道打魚能夠謀生，從來沒想過要用那些枯枝敗葉賺別人的錢。

總兵元帥一聲令下，大明船隊分頭開拔到滿剌加海峽外邊的衆多島嶼上，萬千將士與船工一時都成了藥王爺的部下，有的到一些島國收購藥材，有的上山採藥。王衡和匡愚帶領的一百八十多名醫士，不少人跟著到孤島和深山辨認藥材，還有一些人留在船上加工成藥，或蒸、或泡、或煮、或曬，忙個不亦樂乎。匡愚和洪保奉命領著一支船隊，來到靠近三佛齊的一個小島。據說，這個島上生活著一種神鹿，體高三尺多，前半身是黑的，後半身白的，黑白分明，十分可愛。據說，這神鹿非常挑食，只吃山中的一種仙草，相傳它所吃的仙草，就是當年秦始皇派徐福出海所要尋求的長生不老藥，因此這神鹿的鹿茸具有長生不老的功效。匡愚研究過《海外本草》，心裡清楚所謂長生不老壓根兒不可能，但這種神鹿所吃的仙草能夠壯陽補腎，經神鹿吃進肚裡再變成鹿茸，其藥力自然更加強大一些。朱棣自登基以後，每年都有兩三百名年輕少女進宮等著他享用，自然盼著能有這種神奇的鹿茸彌補其體能的消耗。他們來到那個島上，雖然見到了神鹿，卻很難捕捉。那神鹿似乎特別有靈性，寧死也不讓人活捉，死時以頭觸地，鹿茸的神奇效應亦隨之消失。他們眼看只能無功而返，卻從當地土人那裡買到了幾支。匡愚高興地說：「眞是踏破鐵鞋無覓處，得來全不費工夫，這次回去可以向聖上交差了。」

洪保領著一支船隊，來到花面國。這是一個離蘇門答剌很近的島嶼，島上山嶺逶迤，田地肥美，氣候炎熱，稻穀每年可以幾熟，島上的人生活得頗爲富裕。洪保一行上了岸，只見岸邊圍著一群人，在給年幼的孩子刺面。那長長的銅針，扎下去冒出一個血珠兒，扎下去冒出一個血珠兒，那些孩子疼得吱哇亂叫，他們的父母全然不顧。直到臉上扎出了花紋圖案，然後用一種濃黑的汁液塗在針眼裡，用手使勁揉搓令其滲入皮膚深處，這才罷休。洪保抬眼一看，不論男女都在臉上刺了花紋。他笑著對跟隨身邊的人說：「怪不得叫花面國，原來如此。」

然而花面國人花面不花心，在他們內部強不奪弱，富不欺貧，貧不爲盜，女不爲娼，是塊善地。大明的人用緞錦、瓷器與他們交換硫磺、木綿、犀角、大風子、青蓮花和各色香料，那些花面人不怕自己吃虧，卻生怕對方吃了虧。他們說：「我們給你們的是無用的草木，你們給我們的可都是珍奇寶貝。」

洪保耐心解釋：「我們的皇帝有交代，同別國來往，只能厚往薄來，寧願自己折本，也不能讓你們吃虧。」

朱眞領著一支船隊，來到翠藍嶼。翠藍嶼整個島就是一座高山，走進叢林深處，卻把朱眞帶來的人都嚇了一跳。生活在這座深山裡的人，男男女女都一絲不掛，找他們問路，不論是男是女，一隻手掌遮住羞處，一隻手衆人指路，神情泰然自若。

朱眞笑著對大家說：「這眞是天地爲其屋，深山爲其褲，我們都鑽進他們的褲襠來了。」

一個通事告訴朱眞：「相傳當年這座山上有一清泉，佛祖渡海來到這裡，嫌天氣太熱，脫了袈裟跳進去洗澡。當地的人一時糊塗，偷走了那件袈裟，讓佛祖赤身裸體在山林裡待了一夜。佛祖一時氣憤不過，詛咒這裡的人今後只要一粘衣服就皮肉潰爛，從那以後他們便再也不敢穿衣服了。」

走在一旁的林冠群笑道：「這話好沒來由，佛祖要是這麼小心眼兒，事事斤斤計較，絕不會同我一樣心寬體胖。」

翠藍嶼的深山老林中，有高大結實的桃花心木，林冠群見了如獲至寶，朱眞應他的請求，命士兵伐了幾株大木，拖到船上做寶船的桅桿和舵桿。幾個醫士在這裡發現了樹上滲出來的珍貴樹脂，有腦香、乳香，還有驅趕蚊子的薰香，朱眞也應他們的請求派出士兵爬上樹幹取樹脂。一時伐木的，運送木料的，採集樹脂的，使原本寂靜的山林變得非常熱鬧。當地土人見了，男的女的都趕來幫忙。朱眞試圖用花布和絲綢同他們進行交換，好讓他們披到身上遮住羞處，這些土人卻牢牢記住了佛祖的詛咒，寧願用手而不敢用絲綢布匹遮羞。給他們瓷器、鐵器，倒很樂意，都笑著表示感謝。

相比之下，鄭和與王景弘卻運氣不佳。他們先到了龍涎嶼，試圖接近那個被急水狂瀾包圍的島礁，去採龍涎香。他們遠遠看到，龍涎嶼是個平坦的方形島嶼，上方雲霧盤桓，一片迷濛。當地土人介紹，就在這雲遮霧繞中，群龍聚集，追波戲浪，不時向島嶼上噴吐涎沫。久而久之，這些龍涎便凝結成了龍涎香，至爲寶貴。那些彌足珍貴的茄藍木、梅花腦、檀麝、沉速木、薔薇水，都要摻入龍涎香，才能使其香氣變得清遠高雅，永不消失，龍涎香是皇宮必欲得到的珍品。然而此處正是急水灣，風高浪險，海流湍急，漩流暗伏，駕著船很難靠近。唯其如此，那龍涎香便顯得特別珍貴。鄭和特地將帥船的舟師林貴和與舵手李海帶來，讓他們組織全船人員奮力衝灘，去登上神秘的龍涎嶼。可是這個鬼地方風向紊亂，操縱篷索者變更帆向的速度遠遠趕不上風向的變化，借不上風力。船上的槳手喊著號令，拼著老命往前划，每一次都被湍急的海流猛地推了回來，往往是前進一步後退兩步，勞而無功。船舵在海裡遭遇巨大潛流的頂撞，失去了控制，李海使盡平生的力氣，嘴裡默誦著「請天妃娘娘助我們一臂之力」，可手掌磨破了，肩膀紅腫了，那舵桿也蹩得嘎嘎直響，卻一點也不管用。鄭和帶來引路的幾個土人，見了眼前的兇險，嚇得捂著眼睛哇哇叫。鄭和想起了很多船隻在這裡針迷舵折的教訓，不得不放棄登龍涎嶼的打算。他們的船開出老遠，鄭和還在回頭注視雲霧繚繞的龍涎嶼，嘴裡嘀咕著：「龍涎嶼，我們總有一天非登上去不可。」

離開了龍涎嶼，土人帶領他們來到附近一個盛產香草的小島。島上樹木蔥蘢，點綴著五色斑斕的花朵，鳥語花香，風景甚美。他們棄船登岸，見島上奇花異草不少，尤其是香草茂盛，的確十分難得。

鄭和高興地說：「這叫失之東隅，收之桑榆，總算不虛此行了。」

土人卻警告說：「這島上有種巨毒蛇出沒，咬了人無藥可醫，連當地都很少有人敢來這裡。」

跟隨鄭和的唐敬和劉鴻聽了，主動走到前面，為鄭和與王景弘開路。他們提著兩根長長的竹竿，一邊走一邊撥動兩邊的草叢，一齊笑著說：「這叫打草驚蛇。」後邊的人趕緊採集香茅草，經幾個醫師辨認，都是極珍貴極難得的。

鄭和感歎：「秦始皇尋找海上仙山，至死未得一見，豈料他所嚮往的仙山就在這裡，被我們尋著了。」

他一時興起，只顧說話，忘記注意自己腳下的草叢。就在此時，從鄭和的腳邊猛地抬起一隻三角形的蛇頭，吐著長長的蛇信向鄭和襲來。緊跟在鄭和後面的王景弘發現，使勁推開鄭和，他自己剛喊出一個「蛇」字，接著就慘叫一聲，跌倒在地。鄭和回過頭來，趕忙將王景弘扶起坐在草地上，只見他右腳腿肚上的傷口很快腫脹出烏黑一片，劉鴻迅疾轉身回來，抽出腰刀在王景弘的傷口上劃開一個口子，兩隻大手緊緊卡住傷口的兩頭，用嘴去吸取傷口裡的瘀血，大口大口吐出來的都是濃黑的穢液。土人領著唐敬追斬那條在草叢裡潛逃的毒蛇，嘴裡念著他們土人的咒語「蛇毒需要蛇血澆，沒有蛇血把命交」；唐敬眼疾手快，沒有讓那條毒蛇跑出多遠，便揮起長劍將蛇頭斬了下來。土人捉住那還在不斷扭動的蛇身，嘴裡繼續念念有詞，將擠出的蛇血抹到王景弘的傷口上。幾個醫士聞訊趕來，見劉鴻的處理相當及時，兩隻手卡得緊緊的，瘀血也基本上被他吸了出來，避免了毒氣攻心，都說這是不幸中的萬幸。

王景弘臉色慘白，雙眼緊閉，牙關緊咬，一臉痛苦。在醫士爲王景弘作了包紮以後，鄭和趕緊讓幾個士兵抬著他上船，迅速趕回滿剌加。一路上，鄭和緊緊抱住王景弘，避免船的搖晃給他帶來新的痛苦。唐敬和劉鴻一臉沮喪，他們一直鬧不明白，那條蛇是怎樣在他們的兩根竹竿下邊漏網的，打草未能驚蛇。帆船鼓滿風帆前進，鄭和還嫌太慢，他命令搖櫓的人輪流倒換著搖櫓，划得越快越好。在這個時候，時間就是性命。

三、同舟共濟生死情

好幾天時間過去了，王景弘一直昏迷不醒。鄭和急得茶飯不思，白天夜晚都守在病床旁邊，好多人都要求替換，他卻堅決不讓。王景弘的危險期尚未過去，他那一顆懸著的心始終放不下來。鄭和一個勁兒催匡愚用最好的藥挽救他的這位親密助手的生命，可是堆積在貨棧裡的藥材雖多，能治蛇毒的藥卻少得可憐。本來性情很和善的鄭和，望著那些堆積如山卻無力治療蛇毒的藥材，大發雷霆，恨不得將它們付之一炬。

拜里迷蘇拉聞訊，貼出榜文，聲言若有人揭榜治癒大明使臣的蛇傷，許以一生享受榮華富貴的重賞；同時也說如果揭榜者庸醫誤人，則是殺頭之罪。不知是滿剌加人不慕榮華富貴，還是害怕招來殺頭之禍，那張榜文貼出之後，遲遲不見有人來揭。匡愚翻遍帶在身邊的醫書，看來看去還是犀角排解蛇毒的效果好。可是，他用過犀角之後，病情雖然沒有惡化，卻也沒有明顯好轉，只是悠悠地吊著受傷者的一條命。匡愚找當地的土人尋求偏方，在西山的林莽裡遇到了一個年老的巫師。那人頭髮鬍子皆白，滿臉皺紋，牙齒全沒了，還瘸了一條腿，閉著雙目好一陣工夫，咕噥出一篇番語。

馬歡翻譯的時候，就懷疑那是一些胡話：「牛鬼遇蛇神，難把勝負分；要想解龍毒，還需求神龍。」

匡愚認眞想了一想說：「這話似是無稽之談，卻也有些道理。一物降一物，鹵水點豆腐，看來我們還沒有找準眞正降伏這種蛇毒的藥方。」

馬歡問：「他說的龍毒大概指的就是蛇毒，那降伏它的神龍又是什麼呢？」

他們回到貨棧將這些情況敍說了一遍，蒲日和說：「當地土人說，龍涎島上的龍涎就是神龍吐出來的。」

這句話提醒了匡愚，他一拍大腿說：「這就對了，很多珍貴香料，都要經過龍涎的調和，才能使其香氣眞正發揮出來。自然，犀角有了龍涎的配合，其藥性才有可能得到充分釋放，醫書上也說過龍涎本身就具有解毒的作用，我一著急把這些都忘了。」

蒲日和說：「只是貨棧裡並沒有龍涎，要找龍涎還得去急水洋登龍涎嶼啊！」

鄭和得到這個消息，立即就要帶人去龍涎嶼。朱眞、王衡、洪保、唐敬、周聞都爭著要替他，鄭和卻執意親身前往。他說：「那蛇本來就是衝著我去的，我寧願自己死在龍涎嶼，也不能眼睜睜看著這位好兄弟替我受這份罪。」他交代周圍的人，他走後這裡的事情由朱眞和洪保照管，萬一他在急水洋裡回不來了，一定要等王景弘痊癒，代替他前往錫蘭和柯枝，走完這次出使西洋的最後一段路程。

大家拗不過他，由王衡、唐敬、周聞、劉鴻等人緊緊跟隨，負責保護總兵元帥。舟師林貴和、舵手李海也挑選了一批最精壯的水手，爲總兵元帥駕船。拜里迷蘇拉聞訊，派了幾個熟悉龍涎嶼的土人，帶著他們的獨木舟也一起前往。他持著鄭和的手說：「我們這裡的人都說，急水不能使急性，兩急相逢要人命，記住這話，可能會對降伏龍涎島有用。」

急水洋，大約是因爲汪洋恣肆的兩洋之水在此交會，無法容忍海峽的緊逼，激流洶湧，憤怒咆哮，形成巨大的洄流，撞擊出巨大的漩渦。加上赤道附近潮汐的規律不同，船行至此往往針迷舵失，潛伏的危險很大。鄭和抽空看了有關急水洋行船的記載，在元朝時候，中國有一條商船航行到這裡，突然風向亂了，指南針失靈了，船也陷進巨大的漩流裡進不能進，退不能退，在這個洄水灣裡折騰了二十多天。最後人、船、貨物，各自飄蕩，只有三個人漂到一塊礁石上，在那裡又待了不少時間，抓住海浪送過來的一根木頭，漂流到蘇門答剌，逃脫了成爲海底冤魂的厄運。他仔細回味了前人留下的啓示，再一琢磨拜里迷蘇拉囑付的話，覺得很有道理，一路上都在囑付自己：「闖急水洋光是著急不行，單憑好勇鬥狠更不行。」

龍涎嶼依舊是雲遮霧繞，白浪翻飛。舟師林貴和吸取了上一次的教訓，不再急於衝灘。而是指揮船隻圍著龍涎嶼轉了兩圈，精心選擇風向和海流比較順的方位，調整好風帆，集中槳手力量，一鼓作氣衝上去。然而周到細緻的謀劃還是不敵這裡的複雜海況，他們在船上使的勁越大，船底下的反作用力也越大，前進了多遠還得退回來多遠。龍涎嶼在頑強地拒絕這些不速之客。

鄭和心急如焚，王景弘的生命正等待著龍涎去挽救啊！全船的人也都非常理解總兵元帥此刻的心情，林貴和脫光了膀子，咬了咬牙，決心作最後一拼。他和李海一個在前面注視水頭，一個在後邊注視水尾，兩人前後呼應，讓槳手和舵手的動作根據海流的變化隨時進行調整，儘量順應急水灣的水勢去接近龍涎嶼。然而，在急流中不斷調整船向，反而加劇了船和海流的撞擊，本來打造很結實的船體這時也嘎嘎直響，彷彿要散架似的。林貴和不得不迅疾退回來，他是一位聲望很高的舟師，絕不能在他手裡導演出一場船毀人亡的悲劇。

大家都絕望了，一個個滿臉沮喪。王衡是個急性子，他與唐敬、周聞都要跳進海裡泅渡龍涎島，衆口同聲說：「就是死在這裡，也要漂到龍涎島上去。」

鄭和記住了那句不能以急對急的話，強迫自己冷靜下來。在危急關頭，沉著鎮定，對於首領人物來說，是最重要的。此時他忽然注意到土人帶來的獨木舟，趕緊問船上的土人：「你們以往是否駕著獨木舟上過龍涎島？」

馬歡趕緊過來翻譯，幾個土人聽了都肯定地點頭，其中一個說：「乘獨木舟上龍涎島並不難，就是十回有九回船都翻個底朝天，所以本地人雖然知道龍涎香很值錢，誰都不敢輕易來這裡。」

鄭和恍然明白，大明的帆船體積龐大不怕顛簸，卻難以突破海流的阻力；獨木舟船身很窄能突破海流阻力，卻經不住海浪顛簸……

衝擊龍涎島終於有了新的辦法。鄭和與林貴和等人商量，決定用獨木舟搶灘登島，由大帆船來保護獨木舟。他們用纜繩將獨木舟與大帆船牢牢聯繫在一起，萬一獨木舟翻了即刻用纜繩往回拽，保護登島的人能夠安全返回。王衡率領劉鴻、李海等幾個水性最佳的船工，跳進獨木舟，在幾個土人的帶領下，奮力划著槳向龍涎嶼進發。帆船上的人都瞪大眼睛注視著，唐敬與周聞手握著纜繩，讓其隨著前進的獨木舟在海浪中延伸。眼看獨木舟已經進入龍涎嶼的朦朧雲霧裡，王衡、李海和劉鴻吶喊著，大家使盡平生力氣，用堅實的槳葉撥動海水，獨木舟如離弦之箭，龍涎嶼越來越近，越來越近。李海和劉鴻瞅準時機，縱身一跳上了龍涎島，船工們分秒必爭，一刻也不敢耽誤。王衡則控制住獨木舟，這是大家的命根子。

夢寐以求的龍涎終於出現在他們的腳下，有的如濃黑的烏香，有的如海中輕飄飄的浮石，沒有香味卻有腥味。

李海拿鼻子聞了聞，對劉鴻說：「人都說這是從龍的嘴裡吐出來的唾沫，怪不得這般腥臭。」

劉鴻說：「只要能救王總兵一命，唾沫也是寶貝。」

他們顧不上是香還是腥，是唾沫還是龍涎，迅速用鏟子鏟了起來，裝進防水袋裡。可惜那些到此一遊的神龍都很吝嗇，十分珍惜它們的唾沫，積累在島上的龍涎很快就被他們一掃而光。龍涎嶼並不歡迎這些不速之客，他們剛跳進獨木舟的大肚子裡，冷不防一個惡浪撲過來，猛然將獨木舟倒扣過來，船上的人猝不及防，全都掉進兇猛的浪濤裡。王衛大聲喊：「保護龍涎，龍涎在哪裡？」

劉鴻嗆了幾口海水，卻死死拽住了那只防水口袋，上氣不接下氣地說：「放心吧，就是我這條命丟了，這寶貝也丟不了。」

王衛一手拽住獨木舟的船幫，一手緊緊抱住劉鴻，所有落水的人都伸出手來，托住那只防水口袋。李海使勁拉動纜繩，向帆船發出求助的信號，唐敬和周聞竭盡全力將獨木舟拽了過來。鄭和忙命掉轉船頭向滿剌加駛去，連喘口氣的工夫都不肯耽誤。

也不知是犀角用的多了，通過藥性的積累終於克服了蛇毒，還是龍涎香真的在其中發揮了特殊的神效，匡愚再次來到病床前抓住王景弘那隻枯瘦的手把脈，漸漸能夠感覺出有了一種重新搏動的力量，病人的呼吸也慢慢變得均勻。昏迷多日的王景弘彷彿從一個長長的夢裡醒來似的，緩緩睜開了眼睛，重新見到了明媚的陽光。他得知爲了挽救他的生命，鄭和竟然不顧自己安危二上龍涎嶼，眼淚唰地流了出來。

他抱怨說：「你是總兵元帥，不該爲我這條小命去冒這麼大的危險，萬一有個三長兩短，誤了出使西洋的大事，我就是千古罪人了。」

鄭和趕忙制止道：「話不可能這麼說，下西洋這件事已經把我們這兩條命擰成一條命了，你和我誰也離不開誰。」

他們的兩雙手緊緊握在一起，在這兩位航海家的生命激流中你中有了我，我中有了你。

滿刺加的氣候，白天是盛夏，夜裡是春秋，晚間的習習海風，令人渾身涼爽，心曠神怡。王景弘轉危爲安，鄭和如釋重負，開始打點繼續西進的事。在王景弘生病的這些日子裡，除了一些人繼續採藥以外，他還採取化整爲零的辦法，由洪保等副使太監帶著小船隊訪問了周圍的國家，蒲日和的貨棧集中精力與古里以外國家的來往船隻打交道，擴大了交往的範圍。他們的船隊下一站到錫蘭，再往前去柯枝，基本上就完成了這次西洋之行要做的事情，可以返航覆命了。但是，他仔細計算了一下，要在柯枝趕上西南季風往回走，時間已經不算餘裕了。他打算一俟王景弘的身體恢復得差不多了，立刻就拔錨起航。

鄭和正靠在床上籌劃下一步的行動，忽然有人闖入他的房間。他抬眼一看，是那個平時難得一見的棗木釘。「夜貓子進宅，無事不來」。鄭和心裡咯噔了一下，正不知錦衣衛又要來找他什麼麻煩，棗木釘卻一臉媚笑，說話也特別客氣：

「總兵元帥這次親去龍涎嶼取龍涎香著實辛苦，我這次回去一定報告紀大人，替總兵元帥在皇上面前請功。」

鄭和只是在嘴角笑了笑，沒有吭聲。

棗木釘進而問：「聽說這次在那裡得到的龍涎香不少？」

鄭和說：「能有多少呢，多了就叫唾沫星子，不叫龍涎香了。」

棗木釘還是討好的口氣：「這次來西洋，紀剛大人再三託付小的，要替他老人家弄點龍涎香回去，您看是否能從庫裡撥出一點兒來？」

鄭和立刻搖頭說：「龍涎香是皇上欽點的寶物，誰也無權動一分一釐。」

棗木釘冷笑一聲：「王景弘不就動了嗎？既是進獻聖上的寶物，誰動了都是欺君之罪。」

鄭和一聽這話，頓時怒從心頭起，拍著桌子說：「那是救他的命啊，你們這些人還有沒有一點良心？」

棗木釘還是不緊不慢地說：「您也得掂量掂量我們紀大人的分量，給他一點面子才是，連皇上選嬪妃也允許他老人家先挑幾個漂亮小妞享用哩。」

鄭和見這人如此忝不知恥，拿著不是當理說，居然在他面前炫耀紀綱的惡行，怒不可遏大喝一聲：「你給我滾出去，滾得越遠越好。」

棗木釘悻悻走了，鄭和心裡一陣悲哀，他不明白當今天子那麼聖明，爲何要養這麼一批專門咬人的惡狗，攪得朝廷日夜不得安寧。

據現在的一些專家考證，所謂龍涎，實際是生了胃病的抹香鯨從胃裡分泌出來的胃液。人們可望而不可及的那些在雲霧中翻騰的「龍」，只不過是胃病纏身的抹香鯨。然而，這種病態的胃液，具有能夠煥發香氣和聚斂香氣的特殊效用，使其身價百倍、千倍、萬倍，黃金都無法與其等價。當時的人們，把海裡的龐然大物都稱爲「龍」，海裡所有的稀罕物品自然也都與龍聯繫起來，什麼龍鬚、龍鱗、龍膽、龍睛、龍骨、龍衣、龍虱，只不見有龍屎、龍尿的記載。尤其是王景弘的起死回生，龍涎在整個船隊人員的心目中更顯得神乎其神，千金易求，龍涎難得。棗木釘的話，引起了鄭和的高度警覺，他令蒲日和用雙鎖鎖住珍藏龍涎香的箱子，貼上總兵元帥的封條，丟了一分一釐，唯他是問。

一事不順意，百事不順心。鄭和的船隊本來都準備拔錨起航了，王景弘突然又發起高燒來，一病不起。匡愚替他診斷，吃了一驚，發現他染上的是當地的瘴癘。這個王景弘眞是禍不單行，剛剛逃脫了蛇毒的折磨，又被可怕的瘴癘纏身。鄭和聽了這個消息，又替這位生死與共的兄弟捏了一把汗，他父親在兵荒馬亂年月患瘴癘的情景，至今記憶猶新，這也是讓人九死一生的病啊。瘴癘這病傳染特厲害，匡愚生怕鄭和也被傳染，堅持不讓他去探視。鄭和卻死活不依，還是親自跑了過去。

王景弘剛吃了藥，暫時退了燒，見了鄭和十分傷心地說：「我不能幫你的忙，反而盡給船隊添麻煩，你們還是趕緊起航吧，可別爲我誤了船隊的行期。」

鄭和搖著頭說：「你病成這個樣子，我怎能拋下你自個往前走呢？」

王景弘聽了這話心裡更是發急，咳著喘著說：「國事大於天，因為我王景弘一個人違了王命，怎能擔待得起？」

鄭和看著王景弘消瘦的身子，憔悴的面容，心裡的滋味，酸的，苦的，辣的，什麼都有。他們兩個都是不幸的「刑餘之人」，自結識那天起，就風雨同舟，生死與共。王景弘總是處處維護他，主動替他承擔罪名，甚至願意用他的生命來換自己的生命，現在病成這樣了還在替他承擔的王命著急……

這時，洪保和朱眞等人聞訊，也都趕來看王景弘。王景弘著急地對衆人說：「你們聽我一句話，勸總兵元帥趕快起程吧。」

匡愚這位醫官很為兩位總兵的生死情誼所感動，悄聲對鄭和說：「請總兵元帥率領船隊即日上路，我願立下軍令狀，保證治癒王總兵這病行不行？」

蒲日和也說：「船隊不走，對於治病不一定有益，我與匡太醫一起來立這軍令狀，保證把病人侍候得好好的。」

朱眞也悄聲說：「船隊的人都在算計著離颩西南風還有多少日子，延誤時間長了，恐怕軍心動搖。」

洪保心直口快：「您在這裡又一次得罪了錦衣衛，棗木釘他們正等著瞧您的好戲，抓您的把柄哩。」

王景弘聽了這些話，直衝大家拱手說，「拜託，拜託，快快啓航」，因為軟弱無力，沒說幾句話，他就疲倦地閉上了眼睛。

鄭和無奈，這才一咬牙，下了決心：「拔錨啓航！」船隊航行在滿剌加海峽裡，他心裡還悵悵然，船上不見王景弘，他的感覺就像塌了半邊天似的。

四、中華大地番王魂

鄭和離開渤泥國以後，渤泥國王馬那惹加那就在積極準備親往南京朝覲大明天子。這個國王也是個性子很急的人，原本與鄭和相約在大明船隊回程時搭乘寶船去中國，不想還是缺乏等待的耐性。永樂六年（西元一四〇八年）八月二十日，也就是鄭和還在去柯枝、古里的路途上，離回航渤泥還有相當遙遠的距離，他就迫不及待率領自己的船隊出發前往中國了。

馬那惹加那這回去南京見大明皇帝，帶上了王子、王妃、王弟、王妹，還有陪臣、侍從，總共一百五十多人。他知道中國的氣候四季分明，特地製備了春夏秋冬四季的衣服，打算要在那裡多住一些日子。一路上，國王也在向王后以及身邊的人敍說中國和渤泥兩國之間那種絲縷相連的親戚關係。

據說就是在元末的時候，中國皇帝曾經應渤泥之請，派兵前往抵禦鄰國侵略，元朝的一支軍隊來到北婆羅洲。那時中國軍隊的訓練有素和兵器的精銳，在當時的世界上還是首屈一指，可說天下無敵，很快就趕走了入侵渤泥國的外來勢力。然而戰事結束得快，還是趕不上愛情種子萌發成長得快。有一個中國士兵在戰事進行中，邂逅了當地一個酋長的女兒。這個士兵打量那個年輕姑娘，一張鵝蛋臉白裡透紅，兩隻大眼睛水汪汪的，皮膚也像無瑕的美玉，同當地那些皮膚黝黑的女孩相比，令人懷疑是天仙下凡。他的眼裡放出異樣的光彩，眞的把酋長家的小姐當成了七仙女，將自己當成了那個艷福不淺的董允。不過，並不是「七仙女」主動找他，而是他三番五次地追求「七仙女」。他的愛心終於打動了酋長女兒的芳心，那位酋長也很願意同中國攀親戚，很快就成全了這樁跨國婚事。他們結婚以後過了幾個月甜蜜的日子，入贅渤泥酋長家的那個中國士兵開始思念遠在家鄉的父母，漸漸患了思鄉病。酋長女兒很善解人意，故土難離，骨肉之情更難割捨，她親自打點丈夫回去探望父母，他的中國丈夫也山盟海誓，答應幾個月之後，就回來與妻子團聚。不想丈夫一去數年，音信杳無。那位多情的渤泥女子空守香幃，朝思暮想，絕望之餘，登上神山的山頂，投湖自盡。她讓自己的一縷香魂追隨丈夫的腳印，去到了中國……

渤泥國海船的體積比大明船隊的船小多了，容量有限，他們動用了十多條船，在船頭樹起旗幟，一眼看去也是一支頗有聲勢的船隊。大海茫茫，波濤洶湧，載著渤泥國王的船隻在波峰浪谷間起伏跌蕩，讓人感覺到天與地都在搖晃和旋轉。馬那惹加那身體本來就比較羸弱，又有暈船的毛病，腸胃經不住顛簸，還沒有走出多遠，早就翻江倒海嘔吐起來。他的妃子見了十分心疼，給他捶著背揉著胸口，勸告他說：「我們不如趕緊調轉船頭先回渤泥，等大明的船隊返回，乘坐他們的寶船，肯定比我們的小海船平穩多了。」

他的弟弟、妹妹和陪臣也都再三勸說，馬那惹加那卻對他們說：「開弓沒有回頭箭，我的心早就飛到中國去了。」

那位妃子埋怨地說：「眞拿你沒有辦法，你的身子要像你的心性這樣要強就好了。」國王自嘲道：「這大概就是人們說的『江山易改，秉性難移』吧。」

他的妃子感覺到這話很不吉利，立刻嬌嗔道：「瞧你說話全無忌諱，這話應當倒過來，『秉性要改，江山不移』。」

朱棣得知渤泥國王前來朝見，曾經久久注視顏師古的那幅《王會圖》，抑制不住內心的喜悅。唐太宗的時候曾經有過番國國王前來朝覲，此後的幾個朝代，再也找不到番國國王的影子。就這一點而言，他已經稱得上功追漢唐了。他回顧本朝這幾十年，自先帝禁海以後，外國使者來中國的日漸稀少，彼此之間隔膜也日益增多，一些番國還開始與中國發生齟齬，有的甚至壓根就忘了東方還有一個大明王朝的存在。他這幾年致力於溝通海外，海上絲瓷之路剛剛開通，就有番邦的國王前來訪問，這無疑是一個很好的徵兆，預示四方賓服的祥和局面正在到來。他命蘇天保和禮部的官員趕到泉州去迎接，並詔諭沿途府州郡縣：渤泥國王路過的之地，都要隆重接待。他對蘇天保等人說：「這位國王不顧路途艱難，遠涉鯨波，其誠可感，一定要盛情款待，優禮有加。往後番國來朝，無論國家大小，都不許怠慢。」

馬那惹加那一行在福建泉州上了岸，朝廷欽差和泉州的官員都到洛陽橋頭迎接。來到中華大地，渤泥國王這才知道，海路有顚簸之苦，陸路有鞍馬之勞，還有應對沿途各府縣招待應酬之累，比坐船一點也不輕鬆。中國的地方官對他太熱情了，這熱情又集中表現在喝酒上。「熱情不熱情，全靠酒把門。周到不周到，有酒就熱鬧」。馬那惹加那深感中國人的禮節太講究，喝酒的規矩也太多，一次宴飲就得大半天的工夫，一端酒杯就是「不醉不罷休」，以至嗆壞了嗓子灌壞了胃，喝得他們夫妻兩人睡覺都是背靠背。

馬那惹加那走了幾個府縣，感到有些招架不住，小心翼翼問蘇天保：「從這裡到南京還要多少府縣？」

蘇天保掰著指頭數了數，說了個模糊概念：「大概還有好幾十個吧。」

國王試探地問：「沿途府縣的宴會是不是可以免了？」

蘇天保搖頭說：「所有路過的府縣都要設宴款待，這是皇上的聖旨，他們誰敢抗旨啊。」

國王又問：「能否不再喝酒了？」

蘇天保說：「那可不行，中國人的熱情全在酒裡，沒有酒讓他們用什麼來表現自己招待國王的誠意呢？」

中國的酒文化博大精深，陰柔如水，剛烈似火，渤泥國王理解不了，也承載不了。

山道崎嶇，水路彎彎。渤泥國王好不容易來到南京，大明皇帝給予的接待更加隆重，當天就賜宴奉天門，滿朝文武百官都來作陪。火樹銀花，金樽美酒，冠蓋如雲，珠光寶氣，場面無比盛大。朱棣這天專門穿上了接待番王的皮弁服，按照唐制行了番王朝見天子的禮節，渤泥國王給大明皇帝獻上金葉表文，讚頌天朝的盛德和大明天子對渤泥的關懷，還感謝大明船隊帶去的豐厚賞賜。然後，很恭敬地奉上貢品，有龍腦、帽頂、片腦、鶴頂、玳瑁、龜筒、犀角、金銀八寶器物等。王妃對皇宮裡的幾位貴人、諸多嬪妃，也進奉了表達自己心意的禮品。

朱棣非常高興，賞賜國王儀仗、交椅、金水罐、金水盆、銷金鞍馬、金織、文綺、紗羅、綾錦，傘、扇等物，其餘人等也都各有賞賜。

國王躬身感謝皇帝，虔誠地說：「渤泥雖爲小國，然山川所蘊珍寶還算富裕，舉國上下衣豐食足，這一切都是天朝盛德澤被綿長的結果。」

朱棣也高興地說：「朕自登基以來，努力溝通四方，敦信修睦，願與天下萬國共用太平之福，拳拳此心，日月可表。」

兩個人談得十分融洽，氣氛非常和諧。朱棣安頓馬那惹加那一家和隨行人員在驛館中住下，每天的食譜安排都要親自過問。他囑付蘇天保：

「一定要讓國王感到如同生活在家裡一樣舒適和自在。」

蘇天保現在是司禮少監，專門負責番國貢使接待事宜，對聖上的意思心領神會，該辦的事情都辦得很周到。但是，身體羸弱的渤泥國王，旅途勞頓還沒有消除，又犯了水土不服的毛病，不是發燒就是拉肚子，終於病倒在驛館裡。朱棣知道後，立刻派了最好的御醫去給國王看病，並要求用最好的藥物治療，早早晚晚還派人去問候，眞可謂關懷備至。

無奈這位國王的病情反反覆覆，大明皇帝的熱情照顧和太醫的高超醫術，都難以將他從病魔的手中挽救過來。馬那惹加那自知沉痾難起，預感到自己的大限之期即將到來，緊緊拉著王妃的手交代後事。他感慨地說：

「我病倒在天朝，得到大明天子無比的關愛，仍然難以逃脫死神的魔掌，看來只能認命了。我們渤泥國地處偏遠，是個很小的國家，今日有幸能夠來天朝一睹大明天子的風采，見識泱泱大國的風土人情，雖死亦無憾了。」

王妃聽著這些話，哭成了一個淚人。

國王還是握住她的手，喘著氣說出幾句最要緊的話來：「此生唯一的遺憾，就是受了大明天子的深恩，已經無法回報了。在我死後，你們要把我埋葬在這片熱土上，從此不再作孤懸海外的遊魂。」王妃抹著眼淚使勁點頭，國王這才放下心來。他最後囑付王子：「你要永遠不忘大明天子的顧弱小國家的盛德，像本王一樣堅持與中國修好，我就能瞑目九泉了。」

他見王子很認眞聽了他的囑付，心裡綳緊的那根弦一放鬆，兩眼一閉，便撒手人寰。這位國王時年二十八歲，英年早逝，眞有些可惜。

秋風蕭瑟，秋雨綿綿。從天上掛下來的雨絲，似乎是爲渤泥國王去世灑下的無限悲戚的眼淚，南京城裡飄落的梧桐葉，彷佛是上蒼送給他魂留中國的紙錢。蘇天保將馬那惹加那去世的消息報告朱棣，這位叱吒風雲的天子頓時掉下了悲傷的眼淚。渤泥的王妃和王子來到皇宮裡，陳述了馬那惹加那臨終時表達的長眠中國的願望，朱棣滿口應允，當即決定賜葬南京安德門外的石子岡，並爲馬那惹加那上了「恭順」的謚號。他要蘇天保傳旨，朝廷輟朝三日，舉國同悼。他還對王妃和王子說了很多慰勉的話，朱棣在骨子裡原是個極重感情的人。

石子岡橫臥揚子江畔，馬那惹加那魂安此處，應當說是個很理想的地方，滔滔江水將養育他的渤泥與他最終歸宿的中國緊緊相連。朱棣命禮部大臣率人去墓前祭奠，並命翰林學士胡廣替大明天子為渤泥國王墓撰寫碑文。胡廣的一支筆很是厲害，洋洋灑灑一篇碑文，首先表述了大明天子向世界開放、和順萬邦的政治理想：

「上天佑啓我國家萬世無窮之基，斯命朕太祖高皇帝，全撫天下。以治以教，仁聲義聞，薄極照臨，四方萬國，奔走臣服，充輳於庭，神化感動之機，其妙如此。朕嗣守鴻圖，率由典式，嚴恭祗畏，衷和所統，無間內外，均視一體，遐邇綏寧，亦克承予意……」

接著在碑文裡盛讚渤泥國王對中國的深厚情誼，並將這位長眠中國的番王盼兩國永遠交好的遺願，淋漓盡致表達出來：

「王之至誠，貫于金石，達於神明，而令名傳于悠久，可謂有光顯矣。」

渤泥國的王子暇旺要回國繼承王位去了，年紀輕輕就當了寡婦的王后，領著年幼的國王及陪臣到宮裡辭行。

朱棣親切地問他們：「還有什麼需要幫助的嗎？」

那位機靈的年輕國王說：「先王新逝，舉國哀戚，百業待興，望天子斡旋爪哇，暫免敝國每歲交納四十斤片腦的貢禮。」

王后也提出了一個請求：「國王新逝，恐鄰國心生覬覦，乘機來犯，望天朝派官兵護送，並留鎮一年，以安其國。」

朱棣一切從其所請，還贈送玉帶一條、黃金百兩、白銀三千兩，以及其他禮物，以示慰問。王后灑淚告別，神情戚然，戀戀不捨之情，溢於言表。

繼渤泥國王之後，在永樂皇帝執政的二十多年裡，來朝見大明天子的番王，先後達十一位之多。其中，蘇祿國東王巴都葛叭答剌也在中國一病不起，他感念明成祖待之以誠，臨終前也表示願意埋葬在中國，朱棣命厚葬於他去世的地方德州，王妃與王子請求留下守墓也給予了特殊的關照。還有古麻剌朗，那是個臨近蘇祿的小國，其國王斡剌義亦奔敦來朝見，明成祖並不蔑視弱小，同樣親切相待，優禮備至。他深受感動，回國途中，不幸病逝在福建，也留下遺言，願意安葬在中國。朱棣同樣從其所請，厚葬在福州的鳳凰山。

朱棣一朝天子，竟有三位國王魂留中國，實乃大明王朝四方賓服的曠古盛事，留給後人多少評說。

五、踏著佛祖腳印

時間過得眞快，鄭和風塵僕僕從西洋趕回來，渤泥國王已經去世快一年了。埋葬這位番王的石子岡，已經青草萋萋，綠蔭如蓋。

鄭和得知馬那惹加那自願葬在南京，很受感動。這一天，他與沈淙一起乘了馬車來到石子岡，憑吊這位有一面之交卻終生難忘的異國朋友。鄭和站在山崗上，俯視大江東去綿延不斷的流水，喟然長歎天地悠悠，人生無常。他前年到達渤泥國的時候，國王風華正茂，談及渤泥與中國修好，雄心勃勃。他們本來相約同船來南京，不想今天見到的卻是一堆生滿青草的黃土。他撫摩著屹立在渤泥國王墳前的墓碑，想起這位國王至死也不忘懷與中國的友情，人去魂長留，在心中湧出無比的激動。他對沈淙說：

「這位國王願意魂留中國，是他的一份友情，也是大明朝廷的一份驕傲。當今天子雄視寰宇，心繫天下，開拓海外，溝通萬邦，深得諸番國的擁護，如今西洋路上往來的各國使臣越來越多了。」

沈淙充滿激情地說：「這不也是你的日思夢想嗎，總算天地有靈，一次次風裡來浪裡去，沒有白白付出這番辛苦。」

鄭和抬眼望著連接滔滔大洋的長江水，豪情勃發，向著近前的山河，向著遠方的海洋呼喊：「不辱王命西洋行，魂斷滄海亦英雄。後我死了，一定要魂歸滄海，永駐大洋。」

沈涼連忙捂住他的嘴，嗔怪地說：「怎麼會說出這樣不吉利的話來，你別忘了，馬上又要率船隊三下西洋了。」

鄭和二次、三次下西洋，可謂來去匆匆，頭尾相銜。永樂七年二下西洋剛結束，朱棣即刻命他在同年的九月再下西洋。他自己也急著要走，因爲王景弘還留在滿剌加養病，沒有同他一起歸來。兩人相去萬餘里，雲高水闊，他心裡放不下這位患難之交的老搭檔。

朱棣交代他，這次赴西洋主要有兩件事：一件事是要把那些願意前來訪問的諸多國家的使者接到南京來，好多國家當時還沒有遠洋航行的能力，有與中國交往之心，沒有與中國交往之力；另一件事是解決錫蘭現任國王敵視大明朝廷的問題。朱棣對他說：

「雖然錫蘭國王不明事理，對本朝因猜忌太深而爲生敵視態度，做出了一些不友好的事情。然而，朕賓服四方的決心絲毫不爲所動，在那裡依然要宣示教化，以德服人，不到萬不得已不要動用武力。」

鄭和體會聖上的意思，不能讓錫蘭成爲大明朝廷對外交往的缺口，更不能讓錫蘭成爲結下宿怨的敵人。他思考用什麼辦法才能融洽與錫蘭的關係，終於想出了去那個國家給佛祖釋迦牟尼奉禮的主意。錫蘭是釋迦牟尼佛祖的出生地，到那裡奉禮既表達了中國的佛門弟子對佛祖的崇拜，也表示了中國對錫蘭的友好情誼。

他決定要把這件事情做大，打造一塊向佛祖釋迦牟尼奉禮的碑刻，讓錫蘭世代的人都知道中國人的這片美好心意。他的這個想法，得到了姚廣孝、蘇天保等人的熱烈贊同，大家都來替他出謀劃策。蘇天保恰好負責聯絡各國使臣來中國朝貢和晉見大明天子的事務，這件事也是他的分內之事，得到聖上的許可，幫著跑前跑後。姚廣孝作爲佛門得道弟子，對給佛祖奉禮和打造這塊奉禮碑，自然極力贊成。他合著掌說：

「錫蘭國乃我佛如來誕生之地，到那裡奉禮，乃我平生未了之心願。你帶著這塊碑去錫蘭，我的這份心意也就跟隨你們一起到佛祖那裡去了。」

鄭和停留在南京的短暫時間，就集中精力籌集奉禮的物事，打造奉禮的石碑。正在參與修《永樂大典》的姚廣孝，幾次與鄭和一起斟酌碑文的內容，並建議用中國、坦米爾和波斯三國文字鐫刻。碑文情眞意切，表達了他們對佛祖的虔誠，也表明了永遠與世界交好的心願：

「大明皇帝遣太監鄭和等，昭告於佛祖尊前曰：仰惟慈尊，圓明廣大，道臻玄妙，法濟群倫，歷劫沙河，悉歸弘化，能仁慧力，妙應萬方。惟錫蘭山介乎海南，言言梵剎，靈感翕彰。昔者遣使詔諭諸番，海道□開，深賴慈佑，人舟安利，來往無虞。永惟大德，禮應報施。謹以金銀、織金、苧絲、寶幡、香爐、花瓶、表裡、燈燭等物，不適佛寺，以充供養，惟佛祖世尊鑒之。」

這一舉動驚動了南京佛界，各大佛寺聽說鄭和要去大佛山給佛祖奉禮，心情都很激動，大家都主動四出化緣，募集了大量奉獻給佛祖陵寢寺廟的財物，總計金幣若干、銀幣若干、苧絲若干。尤其是供佛的香油達到三千斤，都託付鄭和直接敬奉到佛祖尊前，沒有寶船隊的承載，這是誰也不敢想像的事情。各個寺廟的和尚都在為鄭和的錫蘭之行誦經，幾位主持高僧還親自送到瀏河口，目送鄭和船隊駛向海天佛國。他們遙望滾滾江水頂禮膜拜，真應了「送佛送到西天」那句話。

鄭和沿途所經過的國家，都沒有多作逗留，乘風破浪直奔滿剌加。他見王景弘的身體狀況大為好轉，甚為寬慰。他們一起商量，由王景弘留在滿剌加待準備隨船隊去朝見大明天子的各國使臣。蒲日和繼續擴建貨棧，增加一些房舍，保證接待十幾個國家的使團不會有問題。那些已經解甲留守在貨棧的明軍士兵，大都找了當地女子結婚成家。這些滿剌加女子耳濡目染，漸漸懂得了天朝的話，也懂得了天朝的一些禮儀。蒲日和也正在調教她們，準備要她們為接待來自各國的使臣出一把力。

鄭和看到最早與明軍士兵結婚的兩個滿剌加女子，懷裡都抱上了咿呀學語的娃娃，高興地笑著說：「我們下西洋播下的友誼種子，都開花結果了。」

蒲日和指著那些新結婚的年輕人說：「再過兩三年，我們的貨棧便是花果滿園了。」

滿剌加的事情安頓好以後，鄭和告別王景弘等人，率領船隊直奔錫蘭山。王景弘看到鄭和征塵未洗又起身要走，心裡實在過意不去，堅持讓匡愚跟隨船隊，悉心照顧鄭和的身體。他拉著鄭和的手說：「總兵元帥是大明王朝開拓西洋航路的主心骨，可得保證身子啊。」

鄭和拍著自己的胸脯說：「聖上都說我是屬蛤蟆的，在西洋的海路上越跑越精神。」

王景弘又囑付朱眞、王衡、唐敬、周聞等將領：「聽說現今的錫蘭國正在鬧內亂，原來的君主受到排斥，如今得勢的亞列苦奈兒對大明常懷猜忌嫉恨之心，並覬覦我大明船隊的財物，很可能圖謀不軌，你們處處都要多加提防。」

幾位明軍將領都說：「一定謹記在心，保護大明船隊是我們義不容辭的責任。」

鄭和說：「總是善有善報，惡有惡報，情來情往，兵來將還。我們先施之以禮，曉之以義，如果逼著我們動武，也就只好兵戎相見了。」

衆人點頭稱是。

錫蘭山是個世人嚮往的好地方。氣候宜人，花草遍地，綠樹婆娑，鳥語歡歌。海中有珊瑚樹，高達數尺，在水中柔滑嬌嫩，出水堅硬如鐵。有的在盤結的枝椏上，綻出花朵，一花一蕊，狀如牡丹，紅色天然，實爲人間祥瑞。到過這裡的基督教徒，都說這地方是上帝專門爲亞當、夏娃開闢的。當年亞當、夏娃在伊甸園裡被蛇所惑，兩人萌發了男女交合的意識，做出孕育世界人類那一驚天動地的事。上帝將他們逐出伊甸園以後，又有些後悔，於是在溟濛的大海中又造了這個伊甸園，留給亞當、夏娃繼續繁衍他們的後代。佛家卻說，這裡是人間佛國，因而展現出了佛天一切最美好的東西。相傳佛祖釋迦牟尼就是在這裡頓悟佛法，進入佛門，成了佛教的始祖。據說，釋迦牟尼當年頓悟佛法的那棵菩提樹的枝幹，就留在錫蘭山，佛祖去世以後有兩顆佛牙也留在這個國家。

鄭和將船隊停泊在錫蘭山附近的海面上，讓善於水戰的朱眞、王衡在此留守，指揮船隊，以應付不測。他自己率領一支輕騎上了島，特地樹起了爲佛祖奉禮的旗幟，一路上向錫蘭人昭告大明船隊的來意。緊緊跟隨他的，是洪保，唐敬、周聞、劉鴻、馬歡等人。一百多名士兵抬著那塊奉禮碑，還有奉獻給佛祖的諸多禮物，也隨鄭和登上了岸，走在隊伍的中間。

前來迎接鄭和的，並不是已經佔據錫蘭都城的新國王亞列苦奈兒，而是他的兒子。這個王子見了鄭和只拱了拱手，倨傲不恭地說：

「父王因國事勞頓，身體不適，不能前來見大明使者。」

鄭和此時不明底細，只有不亢不卑地說：「我們奉大明天子的旨意，前來爲佛祖奉禮，此次的行程安排，主要也就是朝拜佛祖，你們不必拘禮。」

這個王子年齡並不大，卻能看出頗有城府，兩隻深邃的眼睛老在鄭和等人的身上逡巡，還不時遠遠眺望停泊在海裡的大明船隊，不知他心裡究竟在想什麼。膀大腰圓的劉鴻橫擋在他與鄭和之間，錫蘭王子掂量了劉鴻的塊頭，還有那幾個佩帶武器的明軍將領，這才收束了自己的目光，說了幾句歡迎前來朝佛奉禮的客套話。

一行人馬來到錫蘭海邊的山腳下，前邊橫著一塊巨大而又堅硬的岩石，那上邊有個凹進去的大腳印，足有八尺多長。腳印中儲著一汪清水，像鏡子一樣明亮，可以照出人的影子來。相傳當年釋迦牟尼從翠藍嶼一步跨越大海來到錫蘭山，右腳落地的時候，在這塊石頭上踏出了這個足跡。那腳印裡的水因爲沾了佛腳的佛氣，具有澡雪心靈、健康體魄的神奇功效。善男信女用手捧來洗面目，可以美容和明目；捧來喝了，可以神清氣爽，祛病消災。最奇怪的是，那腳印中的水雖然很淺，卻從不枯竭，舀之不盡。

鄭和下了馬，同衆人一起，捧著佛水洗了臉，果然大家都覺得神情爲之一爽，一齊盛讚佛法無邊。鄭和爲了消除錫蘭人的疑惑，鄭重地對那位王子說：

「我們既來朝佛，就踏著佛祖的腳印前進，直奔大佛山，這次連都城也不去了。」

鄭和一行所到之處，但見這個國家物產豐富，人民富饒。錫蘭山上盛產寶石，人們都說那是佛祖的眼淚凝結成的。每當下雨，紅雅姑、黃雅姑、青米藍、窟沒藍等十分貴重的寶石，都會隨著泥沙沖下來。海中還有一個雪白的浮沙場，養著珠蚌，所產珍珠在陽光照射下光彩煥發，也特別貴重。這裡的集市上，買賣最興隆的，也就是寶石和珍珠了。錫蘭的商人看見來了不少中國人，都跑過來要用他們的寶石和珍珠換中國的麝香、苧絲、色絹和青花瓷器。鄭和船隊的人這天沒有進行商貿交易的心思，讓他們大失所望。

這裡的男人都光著身子，只在腰間圍一塊絲巾，這是因爲天氣過於炎熱的緣故。讓人無法理解的是，他們都把身上的毫毛用剃刀剃了個乾淨，只留著頭髮用塊白布裹了起來。這裡的女人也有很怪異的舉動，她們同樣赤裸著上身，有親戚或鄰人死了，衆多女人便聚在一起，竟相拍著自己的兩隻奶子，大聲啼號，表示對死者的哀悼。

洪保和馬歡等人見了，悄悄議論：「眞是世界之大，無奇不有。」

鄭和也悄悄囑付他們：「十里不同風，百里不同俗，不可大驚小怪。」

錫蘭國的人同古里國的人一樣，也特別敬牛，從來不吃牛肉。這裡的人同樣不允許傷害牛的生命，國人中有膽敢私宰神牛者，會被毫不留情地定下死罪，如果拿出與牛頭同等重量的金子，則能贖罪。但是他們認爲牛奶是神牛賜給人們滋補身體的飲料，都爭著喝牛奶，這一點與古里人大不相同。

來到大佛山了，錫蘭的黎民百姓前來拜佛的人也很多。他們也視牛糞爲聖物，來此拜佛，都是先將牛糞調進清水，塗抹在屋上和地下。在跪拜佛的時候，兩手遠遠地伸向前面，兩條腿盡力後伸，整個身子都撲在地上，五體投地，虔誠得無以復加。鄭和等人走進佛祖圓寂的那座佛寺，先下馬參拜佛祖寶像，瞻仰了佛祖留下的臥榻。那臥榻上有雕塑的佛祖臥像在上面，栩栩如生。寢座一色的沉香木，上面嵌了無數的寶石，無比華麗。佛堂裡安放著佛牙和舍利子，處處都讓人感受到佛祖在這裡的存在。鄭和原來總覺得遠在九天之上的佛祖是不可企及的，此刻突然感到了與佛的親近，心情非常激動。他命隨行的人員將奉獻給佛祖的大量金銀和貴重物品，一箱一箱抬進佛殿，交付本寺的住持長老。金銀的黃白在陽光照射下燦爛奪目，幾千斤香油香飄佛殿，那位王子見了，兩隻眼睛裡都冒出火花來。

在立碑的時候，王子突然問鄭和：「大明使者所到的國家都大行賞賜，有口皆碑，爲何在錫蘭只給佛祖奉禮，卻沒有給本國國王的禮物呢？」

鄭和回答：「禮之於天，祭之以致福；禮之於人，是相互的敬重，所謂來而不往非禮也。」

那王子明白，這是在責怪他們父子今日對待大明使臣的傲慢。他的兩隻眼珠子骨碌了幾下，一個新的計謀出現在他的腦袋瓜裡。他對鄭和說：
「請天朝使臣回轉時再到錫蘭，我和父王一定遠接高迎，盛情相待。」
鄭和肯定地回答：「請告訴國王殿下，我們總是要見面的。」
美麗的錫蘭山，雲遮霧繞，在大明船隊面前一片迷濛。

六、計擒錫蘭國王

鄭和率領船隊繼續前行，到了柯枝、古里。鄭和同這兩個國家的國王見了面，柯枝和古里都決定派出使臣，隨大明船隊前往天朝。鄭和考慮到回程還要去錫蘭，讓朱眞派了船隻和士兵先護送他們到滿剌加，在那裡候齊。柯枝國盛產胡椒，有胡椒王國之稱；也盛產寶石，其品質也很優良。大明的船隊一靠岸，當地的商人都搶著來做生意。鄭和讓幾個副使多收購一些胡椒，這東西在中國越來越受到重視，是很好的番藥，也是很好的調料，人們都喜歡的酸辣湯就缺不了胡椒。幾個專門負責商貿的副使太監，這時都忙開了，海岸邊人來人往，熱鬧非凡。

鄭和帶著洪保和馬歡等人，逮住空閒遊覽考察這個位於印度半島西岸的國家。柯枝距古里不遠，商業繁榮比古里有過之而無不及。這個國家地位最高的一類人名爲「哲地」，都是大商人。還有一類人，名爲「革令」，卻是市儈牙人，與古里一樣，靠在買主和賣主之間周旋過日子。在這裡最受歧視的下等人，名爲「木瓜」，是莊稼人。他們的住房不許超過三尺，穿衣不許蓋住肚臍眼，還明令規定不許他們做生意。

洪保思維敏捷，馬上就發表自己的觀感：「我們是士、農、工、商，這裡是商、士、工、農，尊卑貴賤完全弄顚倒了。」

馬歡說：「這是沒辦法的事，中國歷來重農抑商，古聖先賢就不喜歡生意人，這個國家商人的地位可比咱們中國高多了。」

鄭和感歎道：「其實也不盡然，孔子的弟子子貢就是個生意人，聖人還多次誇他聰明能幹有出息哩。」

馬歡問：「那爲何歷代帝王都不喜歡生意人？本朝洪武爺在世的時候，還嚴格規定當農民的可以穿綢緞，做買賣的商人只許穿粗布衣服。」

洪保不假思索：「那是因爲先帝從小就討口要飯，當了皇帝也忘不了餓肚子的滋味，因此特別看重種田，認爲做生意只能在農閒的時候進行，棄農從商就是不務正業。」

馬歡擔心地說：「我們船隊的人現在都成了買賣人，大概將來回去都只能穿粗布衣服了。」

鄭和不再說話，默默聽著他們的這些議論，在心裡掀起了一股波瀾。

鄭和船隊從柯枝轉身南下，沿途又到了阿撥丹、小葛蘭、甘巴里等國家。在這些國家除了宣示大明天子的詔諭，接納貢品，賞賜那裡的國王、王后及其臣僚之外，就是做生意，互通有無，奇珍異寶和各種土特產採辦了不少，船上的貨物已經堆積如山。鄭和時刻惦著錫蘭的事，絲毫不敢怠慢，扯滿風帆向錫蘭山進發。

且說那天錫蘭國的王子目送鄭和船隊繼續向西進發，立刻趕回都城向國王亞列苦奈兒報告自己的重要發現。他對父王說：

「從大明使者給佛寺奉禮可以看出，那個神秘的東方大國實在太富有了，出手之大方，彷彿把金銀寶物都當成了糞土。」

亞列苦奈兒不耐煩地說：「那你怎麼不動手，輕易就讓他們溜走了？」

年輕的王子卻老謀深算：「我注意到他們停泊在海裡的大帆船，好多都還是輕飄飄的，載貨還不多，等他們從西邊那些國家轉回來，船上的金銀珠寶裝滿了，再動手也還不遲。」

亞列苦奈兒說：「他們眞的還會回到錫蘭山嗎？」

王子說：「那個中國皇帝不是想要所有的西洋國家都對他表示賓服嗎，他們的使臣豈敢違背皇帝的旨意。」

亞列苦奈兒很佩服兒子的見地，拍著王子的肩膀說：「對，對大明船隊不動手則已，要動手就得狠狠咬下一塊肥肉來。」

亞列苦奈兒是個很勇敢、很熱愛自己這片土地的人，同時也是個既貪金錢也貪王位的人。他原來不過是錫蘭山的一個地方頭目，在坦米爾人大規模入侵錫蘭的時候，他率領自己領導的地方武裝奮起抵抗，擊敗了入侵者，也逐漸壯大了勢力。從此以後他自立爲王，並有了獨霸整個錫蘭山的野心。他對島上的另兩股政治勢力，頻頻發動進攻，已經將錫蘭正宗的國王擠到了海邊一隅，連都城都被他搶奪在手，眼看錫蘭就要成爲他的一統天下了。

亞列苦奈兒對所有的外國人都心存猜忌，充滿著敵意。究其原因，大概是錫蘭山太美麗，太富饒的緣故。多少年來，不少島外的人，都打過這塊土地的主意，進行過很激烈的爭奪。遠處有希臘人、羅馬人、波斯人、猶太人和阿拉伯人，都來過這裡，覬覦過這塊土地。近處有坦米爾人，曾經多次佔領了這個美麗的地方。鄭和下西洋的龐大船隊幾次從這裡擦肩而過，還專程登島要見國王，更免不了受到他的猜疑。他一直以爲那個東方大國意在呑併他的國家，要不然這些船隻不遠萬里在錫蘭附近的海面上來來回回幹啥？前些時候由於錫蘭的內部紛爭還很激烈，他得集中精力去對付，無暇顧及那個東方國家派來的龐大船隊。只是偶爾小打小鬧，劫持過一些國家到大明朝貢的船隻，賺了些小小的非分之財。現在情況不一樣了，整個錫蘭山已經在他的掌握之中。他有過打敗坦米爾人的輝煌，堅定了他呑噬大明船隊的雄心。大明船隊堆積如山的寶物，又刺激了他的慾望，點燃了他的野心。亞列苦奈兒這些年與錫蘭山內外的敵對勢力周旋，積累了不少戰鬥經驗，自恃有了與大明船隊周旋的辦法。他與王子精心安排了拿下大明船隊的計謀，只待鄭和領著船隊回頭經過錫蘭山，就要「請君入甕」了。鄭和船隊來到靠近錫蘭山的海面，前邊的哨船發出信號，碼頭上已經能夠看到國王歡迎的儀仗了。鄭和仍然囑付朱眞和王衡留在海上，靜觀海上和岸上的變化，嚴防亞列苦奈兒偷襲船隊。他在洪保、劉鴻等人的簇擁下，登上碼頭，唐敬、周聞帶領兩千精兵緊隨其後。

亞列苦奈兒見了鄭和，立刻從象背上下來，躬身施禮：「大明使者前次來錫蘭山奉佛，本王不幸病魔纏身，沒有能夠前來迎接，眞是太失禮了。」

鄭和很大度地說：「旣然身體欠安，也就談不上失禮不失禮，現在是否大安了？」

亞列苦奈兒說：「大概是託天朝使臣的洪福吧，您這一來我的病也好了。我們的都城已經灑掃乾淨，張燈結綵，做好了迎接天朝使者的一切準備，請上路吧。」

鄭和環顧四周，跟在這位國王身邊的只有幾個親隨，看不出布有重兵的跡象，馬上客氣地回答：「承蒙盛情邀請，卻之不恭，就請國王領我們進城吧。」

唐敬悄聲與鄭和耳語：「我們人馬不多，能貿然進城嗎？」

鄭和也低聲說：「不去，怎能表示我們的誠意呢？」

洪保也鼓足勇氣說：「明知山有虎，偏向虎山行，讓這位國王領略一下大明使臣的膽識也好。」

錫蘭多山，從海邊到都城山巒重疊，叢林莽莽，崎嶇的山路蜿蜒前伸，可謂山重水複，曲境通幽。鄭和與身邊幾個精明強幹的隨從騎在馬背上，信馬由韁，裝成沒事人似的，兩眼卻在不停地察看周圍的情況。這裡道路狹窄，且有不少隘口，十分險峻，遠遠近近卻都一片寂靜，看不出有什麼異樣。鄭和暗示唐敬、周聞留心沿路每個隘口的特徵，暗暗留下標記，以免出現不測的時候迷了路。唐敬低聲說：「總兵元帥放心，我們心中有數。」

亞列苦奈兒一路上十分殷勤，爲鄭和指點遠山近水，講述的錫蘭種種風土人情和逸聞趣事。他高興異常地說：

「錫蘭山有種很漂亮的孔雀，習性如同人一樣，遵從鳥王。它們找到了果子，或者啄到了蟲蟻，先要送給鳥王吃。鳥王有了危難，所有的孔雀都會飛來相救。錫蘭人逮住了孔雀王，便把它關進籠子裡，掛在一棵枝椏塗滿膠脂的樹上。眾多孔雀聽到了鳥王的鳴叫，便從四面八方飛過來落在那棵樹上，結果一一被膠脂粘住，伸手去捉一個也跑不脫。」

洪保聽了這個故事，笑著對他說：「這太可怕了，國王不會把我們也都當成錫蘭山的孔雀吧？」

亞列苦奈兒哈哈大笑說：「笑談，笑談，天朝使臣可別多心啊。我還特地準備了一對蓋世無雙的美麗孔雀，請你們帶到南京，獻給大明天子哩。」

一路閒話，不知不覺就到了錫蘭都城。這裡地勢平坦，流水潺潺，鶯啼燕舞，真的宛如世外桃源，人間仙境。鄭和與幾個隨行的人員進了王宮，唐敬和周聞帶領的人馬被留在宮門外邊，亞列苦奈兒的態度頃刻便發生了變化，已經不再那麼謙恭了。鄭和向其宣讀大明皇帝的詔書，他一句話也就沒有聽進去，卻一個勁兒地問：

「明朝皇帝給我們的禮物呢？」

鄭和沉住氣，命人將大明皇帝的賞賜抬進來。

亞列苦奈兒看了看，不滿地說：「怎麼，給佛祖的奉禮那麼厚，給我這一國之君的禮物卻這麼薄？」

洪保終於忍無可忍，厲聲駁斥道：「你身爲佛國之君，竟然與佛祖論厚薄，實在有失體統！」

亞列苦奈兒也露出蠻横的面孔：「這不是與佛祖論厚薄，是與大明王朝論厚薄，你們從那衆多國家帶來那衆多財寶，分給我們一杯羹也不爲過。」

鄭和義正詞嚴地說：「中國乃德化之邦，講的是禮尚往來，錫蘭國完全可以同中國溝通貿易，互通有無，彼此都有利可圖……」

亞列苦奈兒不等鄭和把話說完，大喝一聲：「休得多言，你們已經是甕中之鱉，還不束手就擒！」

他的話還未落音，劉鴻猛地拔刀衝上去，要抓這個蠻橫無理的亞列苦奈兒。亞列苦奈兒的身後立刻擁出一大幫手持武器的侍衛，護住了他們的國王。這些人原本是要跳出來抓鄭和的，卻被劉鴻的孔武有力鎮住了。這些蠻人粗中有細，擔心劉鴻手中的那把大刀隨時都有可能割斷他們國王的脖子，只得放棄大明使者，一齊來戰劉鴻，雙方在王宮裡展開了激烈的拼搏。唐敬、周聞聽到動靜，立刻帶著兩千士兵衝了進來，保護鄭和從王宮裡退卻出來。他們告訴鄭和：「剛才探馬來報，敵人已經傾巢出動去搶奪我們的船隊了。」

鄭和急命自己的人沿路返回，先去馳援海上船隊，殲滅他們的有生力量，再回過頭來收拾國王。唐敬招呼劉鴻退卻，圍住劉鴻廝殺的那夥蠻人也衝出來，企圖追殺明軍。唐敬命弓箭手放箭，一陣箭雨飛過去，射倒了不少蠻人。亞列苦奈兒連忙喝住自己手下的人，冷笑著說：「由他們去吧，這些人已經是被我粘在樹脂上的一群孔雀，一個也休想跑掉。」

鄭和的人馬退至第一個隘口，抬頭一看，只見懸崖峭壁之間的山道，已經被粗大的石頭和樹木堵得死死的，寸步都不能前進。大明船隊的人馬停住了腳步，都盯著那些滾木擂石，不知該怎麼辦。

鄭和問唐敬：「剛才我們是從這條路走過來的嗎？」

唐敬肯定地說：「沒錯，我們記準了的。」

那位報告軍情的探馬說：「也真奇怪，我剛從這條路上走過時，還空蕩蕩的，什麼也沒有，怎麼一會兒就被堵死了？」

周聞要帶領手下的士兵去搬走那些木石，鄭和趕緊制止說：「既然他用了『甕中捉鱉』之計，就不會只堵住這一個隘口，這個亞列苦奈兒正等著我們去搬動這些笨重物件，耗盡士氣和體力哩。」

馬歡獻計道：「他們要調動人馬去劫我們的寶船，必然還會有通向海邊的路。」

劉鴻自告奮勇，要帶幾個人前去探路。洪保搖頭說：「亞列苦奈兒詭計多端，就是找到了那條路，也必然會設下埋伏，等著我們往口袋裡鑽。」

周聞氣憤不已，獻了一計：「乾脆殺他個回馬槍，直搗王宮，同那個亞列苦奈兒拼個魚死網破。」

鄭和正在沉思，聽了這話，一拍馬鞍說：「對，就是這個辦法。」

唐敬卻想到了另一面：「城裡是否也會有埋伏？」

鄭和說：「這個國王把一切都佈置得如此周密，必定以爲勝券在握，城內不會留下多少人馬。這就叫智者千慮，必有一失。」

洪保恍然明白：「我們也來個甕中捉鱉。」

大家都會心地笑了：「總兵元帥棋高一著，擒賊先擒王。」

鄭和命令道：「事不宜遲，火速行動。」

亞列苦奈兒命人收拾了被明軍射殺的手下，大罵這些衛士都是蠢材，白去送死。他對身邊的大臣說：「我們把明軍的最高統帥困在這裡，海上船隊群龍無首，必然經不住王子數萬之衆的攻擊，要不了多久，那個鄭和就得乖乖地轉身回來，向我投降。」

他正說笑著，幾個蠻人遠遠看見明朝使臣果然又都回來了，立刻高興地跑進來報告：「國王殿下，他們眞的又回來了。」

亞列苦奈兒得意地對身邊的大臣說：「你們看我這粘孔雀的辦法如何？」

大家齊聲讚道：「國王神機妙算，那個鄭和豈是殿下的對手！」

亞列苦奈兒正端好架子準備接受鄭和投降，劉鴻已經一個箭步衝到他的跟前，將一把大刀架到了他的脖子上。他正要拔劍反抗，幾個明軍士兵搶上去，反剪了他的雙手。唐敬指揮手下的士兵，將那些大臣也一個個拿下。王宮裡的那夥衛士剛才受了國王的訓斥，這時都撂下刀槍，躺在一間房子裡歇息。待他們聽出外邊的情形不對勁，剛要起身拿武器，周圍已經帶著一隊士兵衝了進來，將他們一個個捆縛結實，鎖進一個地窖裡。那些文臣嚇得腿肚子轉筋，顫慄不止。唐敬從他們中拎出一個來，放在自己的馬背上，讓他帶路去海邊碼頭。劉鴻押著亞列苦奈兒，緊隨其後，一路高喊：「誰敢擋住明軍的去路，就一刀結果了國王的狗命。」一兩千人馬簇擁著鄭和，雄赳赳向海邊進發。

在都城發生這一切的同時，海上也展開了激烈的戰鬥。那個王子帶著數萬之衆，駕著形形色色的船隻，向大明船隊殺奔而來。他爲了形成以少勝多的優勢，連那些在海裡捕魚的獨木舟都調來了。朱眞、王衡當了多年的水軍，過去都是在江湖中作戰，一直盼著能在海上痛快打幾仗。上次在舊港進行的那場海戰，沒想到海盜陳祖義那麼不經打，還沒盡興海戰就結束了。現在看到錫蘭人鋪天蓋地而來，都爲生了無比的亢奮。他們兵分兩路，王衡帶領一隊人馬保護寶船，朱眞率領大隊戰船去迎擊正面的敵人，在海上展開激烈的拚殺。

王衡正羨慕朱眞那邊戰事緊張，能好好過把打仗的癮，自己的身後突然冒出一撥賊船，直衝寶船而來。他知道這些賊人是來搶寶物的，立刻調轉船頭迎了上去，睜大雙眼密切注視敵船的動向。忽見敵船上跳下一夥人，迅速隱沒到水裡，料到是想潛伏過來鑿沉寶船，他立刻命令將準備好的鐵蒺藜放下去。帥船是重中之重，在李海的帶領下，密密安放了既帶尖刺也帶倒鉤的蒺藜。果然不出所料，沒有多久就在寶船周圍翻騰出血浪，一些浮出水面的水鬼，眨眼之間都被王衡指揮操著長槍和鉤鐮槍的明軍捅死或鉤死。那些蠻人老羞成怒，駕著船吶喊著朝寶船直衝過來，王衡排開戰船前去應敵。

就在這個時候，有兩艘敵船躲開了王衡的視線，偷偷來到帥船旁邊。帥船上的舟師、水手和鄭和留下的親隨，眼看大敵當前，都拿起刀劍來到甲板上迎敵。敵船有恃無恐，扔出撓鉤要往帥船上爬，李海大喝一聲，扛起一根舵桿，居高臨下，直衝敵船戳過去。敵船上的一個蠻人挽弓搭箭向李海射來，李海用力很猛，竟將那艘賊船戳翻在水裡。那蠻人經不住腳下的晃蕩，一箭射在李海的左胳膊上，李海手一鬆，那舵桿倒下去，砸在兩個蠻人的頭上，頓時腦漿迸流。另一條賊船的蠻人搭上撓鉤，繼續往帥船上爬，正朝這艘敵船趕來的王衡，縱身跳上敵船，手起刀落，砍死了那幾個撓鉤手。隨即跳上來的衆多明軍士兵，將船上的敵人，砍瓜切菜般一個不留。這些來搶財物的賊船，畢竟是烏合之衆，被訓練有素的明軍殺得四散奔逃。

朱眞遇到的是亞列苦奈兒的精銳，人數超過明軍一倍有餘，加上那個王子也善於水戰，雙方激戰良久，互有傷亡，難分勝負。朱眞眼看硬拼不行，一聲號令，讓配備火器的船隻衝上去，敵船不明底細，迎上前來廝殺。突然火銃怒吼著射了過去，火桶颼颼扔了過去，水老鼠哧哧鑽了過去，沖天雷轟隆隆飛了過去，衆多敵船頓時火焰騰空，連帆篷都著了火。這些番兵還從來沒有見過這樣的陣勢，都以爲自己得罪了海神，從海裡冒出火來，嗚哩哇啦叫喊著掉頭就逃。朱眞揮舞長劍，指揮戰船緊追不捨。這時王衡趕上前來，傳達總兵元帥的命令：

「窮寇勿追，立即鳴金收兵。」

朱眞得知總兵元帥已經捉住了番王，立刻計點了俘獲的人、船，列隊返航，回到了錫蘭山碼頭。鄭和命令將所有俘獲的人、船都放了，只留下亞列苦奈兒一人，押回南京聽候聖上發落。他讓那個被捉來的大臣傳話給已經逃跑的王子：「大明天子仁德爲懷，只要不再滋生事端，國王或許還能得到赦免。」

朱眞清點了自己的戰船，沉了幾艘船，死傷五百餘人，心裡恨恨地，覺得太便宜了這幫賊人。

鄭和開導說：「兵家之道，攻心爲上。以力服人是暫時的，以德服人方能永久。」

匡愚領著衆醫士爲受傷的明軍將士治傷，這些傷員都被鄭和安排到幾艘寶船上，減少他們在海浪中的顚簸之苦。林冠群和張興領著一撥匠人趕緊修理破損了的船隻，對李海丟了一根舵桿很是惋惜。林冠群問李海：「你怎麼會想到拿舵桿當武器，把自己吃飯的傢伙都丟了？」

匡愚正在給李海治療箭毒，這個出色的舵手正疼得咬牙切齒，他用右手狠狠抓住林冠群的手腕，爲自己止疼，胖子的手腕像被捏碎了骨頭似的，疼得一陣哇哇亂叫。這時朱眞、王衡也來看李海，十分稱讚他的神勇，都說：「一根舵桿捅翻一條賊船，値得！」

林冠群說：「那舵桿是我從暹羅國的深山老林裡找到的，你們得賠我一根。」

鄭和命收斂死於海戰中的明軍將士的遺體，爲他們舉行了隆重的海葬。九個沖天雷響徹海空，全體明軍戰士肅立在甲板上，目送犧牲將士的靈魂直上重霄。鄭和同時也命令明軍將士將蠻軍漂浮在海面上的屍體打撈上來，掩埋在錫蘭山的海邊。他從胸前掏出那件青銅器，久久注視著那兩個套在絞索裡的小銅人。心裡在說：「戰爭真是令人厭惡的東西，有戰爭就會有戰爭的殉難者。」

大明的「矯燕」重整雄風，乘著徐徐吹來的西南季風向東駛去。亞列苦奈兒一臉茫然，他到此時還鬧不清楚自己為何會落得如此下場，想把明軍變成自己手中的「孔雀」，自己反倒成了明軍手中的「孔雀」。

七、萬方樂奏在金陵

十八個國家的使團都會聚到了滿剌加，給這個小國帶來了前所未有的熱鬧。國王拜里迷蘇拉興奮異常，回到後宮摟著自己的王妃狂吻一陣還嫌不夠，還用雙手將她舉起來在寢宮裡轉了好幾圈。旋轉的速度之快，讓王妃的白色衣裙在空中飄了起來，活像一隻美麗的蝴蝶。

這位嬌小的王妃用雙手捶著丈夫的肩膀喊：「快把我放下來，殿下今天這是怎麼啦，瞧你高興得都要發瘋了。」

拜里迷蘇拉把這位愛妃摟在懷裡，喘著粗氣說：「我不能不高興，不能不高興啊！滿剌加立國以來，除了暹羅和爪哇向我們索要金銀財寶派人來過以外，別的國家誰肯派出使臣光顧我們？今天我們沾了大明天子的光，這麼多國家的使臣都集合到了滿剌加，這是從來沒有過的事啊。」

他這話說的是由衷之言。滿剌加原來不過是個小漁村，連個地名都沒有。拜里迷蘇拉年輕的時候，作爲三佛齊的王子，奮起反抗爪哇的領主，被逐出蘇門答剌。他逃到淡馬錫（今新加坡），因爲在那裡殺了一名暹羅國的附庸，隨後逃到這個無名的小漁村。有一次打獵，他正靠在一棵大樹下休息，一頭獵犬追逐一隻小鹿來到這裡，那隻小鹿突然發現了正靠在樹幹上的他，便回過頭去跟那頭獵犬搏鬥，從柔弱中爆發出勇猛來，竟將那條獵犬趕跑了。拜里迷蘇拉見了很是振奮，高興地對自己的隨從說：「這是個好地方，能將弱小的小鹿變得很勇敢，充滿戰鬥力，我們就在這裡建立都城吧。」都城建好以後，想到要有一個名字，他就以那棵樹的名字來命名，叫滿剌加。自從大明皇帝封他爲國王，在這裡立了碑，現在又在這裡建了大明的貨棧，成了天朝往來西洋的基地，滿剌加也日益變得興旺起來。

拜里迷蘇拉與王妃念叨著大明天子的好處，心裡拿定主意，要隨總兵元帥的寶船去南京朝見大明皇帝。他對王妃說：「我去拜見皇帝，你得去拜見皇后，這個禮數是不能少的。」

王后高興地說：「這是求之不得的事。早就聽人說天朝是人間仙境，個個女人都穿金戴銀，著綾羅綢緞，腳只有三寸大小，走路如同風擺柳，飄飄悠悠像神仙一樣。我一定要去親眼看看，也好長些見識。」

拜里迷蘇拉說：「最作難的是我們帶點什麼貢物獻給天朝的皇上和皇后呢，天朝物產豐富，幾乎是要什麼有什麼，送什麼他們也不會稀罕。」

王妃說：「我們不是有阿拉伯商船送來的𩮵𩯁，據說那還是出自羅馬的寶物，大明的皇帝也許會感到稀奇，博得他的高興。」

所謂靉靆大概就是早期的眼鏡之類。這位王妃的眼力，讓她的丈夫十分佩服，當即把這稀罕物件列爲主要的貢品。

鄭和與王景弘在帥船上會見了來自各國的使臣。這些使臣登上帥船，穿過頭門，儀門，丹墀，來到官廳，一個個都對中國寶船的宏偉富麗驚歎不已。

古里的使臣說：「這麼浩瀚的海洋，就得這麼大的船，方能履大海如平地。」

柯枝的使臣說：「這簡直不是一艘船，而是一個浮動的島。」

滿剌加國王拜里迷蘇拉以半個主人自居，不無自豪地說：「沒有中國之大，也不會有寶船之大，大家到了那裡才會知道那裡的一切都大是有來歷的。」

鄭和高興地招呼大家落座喝茶，很高興地說：「只有諸多國家敦信修睦，一體同心，那才是眞正的偉大。」

這是鄭和三次在西洋來回最熱鬧的一次了。包括滿剌加在內十九個使團，少的幾十個人，多的二百多人，將幾艘載人的大寶船塞得滿滿的。他們還牽來不少自己騎的大象、進貢給大明朝廷的西洋虎、金錢豹、孔雀、麋鹿，耍馬戲的猴子，以及柯枝犬、古里羊、爪哇大蟒蛇，還有鬥牛士表演鬥牛的西洋牛。王景弘爲安頓這些不速之客，弄得焦頭爛額。那些虎呀豹的，天天要吃活物，不吃死物。大象天天要洗澡，海水浴還不感興趣，只能把水船開過去，讓幾十頭象一齊伸長鼻子從淡水艙裡吸滿水，又一齊高高舉起鼻子將水噴灑到各自的身上。在燦爛的陽光下，水柱騰空，水珠滿天，彩虹高掛，成了海中一景，船上的人都不顧天氣炎熱，紛紛跑到甲板上來觀看。漫長的水路，不再寂寞孤單，路程也不覺得那麼遙遠了。

來到南京，各國的友好使者和進貢的各種動物排列成了一支長長的隊伍，轟動了整個城市。幾千個西洋來客，黑的、白的、穿袍的、披布的、留大鬍子的、纏頭帕的，爭奇鬥異。各類西洋動物，大象優哉游哉蹣跚邁步，西洋虎在籠子裡虎視眈眈，雄孔雀看見美麗的南京女人開屏比美。還有隨在他們後面滿車的胡椒，奇香撲鼻的西洋香料，燦爛奪目的珠玉寶石，專治疑難病症的西洋藥材，採自龍宮水府的珊瑚樹，諸如此類，滿城的人都跑出來看稀奇。一時間，茶樓上品茶在談下西洋，酒肆裡喝酒在談下西洋，從此鄭和下西洋成了人們街談巷議的熱門話題。

鄭和與王景弘來到宮裡繳旨，適逢萬歲爺從漠北打了勝仗歸來。這位皇帝回到南京之後，聽到揚州疏浚運河，北平修宮殿、建皇陵，諸事進展都很順利，心裡已經充滿喜悅。緊跟著又聽到下西洋的船隊歸來，俘獲了冥頑不化的錫蘭國王，帶回十九個國家朝覲的使團，其中還有滿剌加國王夫婦，用「龍顏大悅」幾個字不足以形容他此刻的心情。他命令鴻臚寺卿舉行迎接番王的隆重儀式，安排獻俘的盛大威嚴場面，呈現出大明宮廷建國以來從未有過的氣勢。

鄭和奏明此次西洋之行的過程，呈上了諸多貢品以及採辦的大批西洋香料和番藥。朱棣當即傳旨，著禮部、吏部和戶部，照例將番藥和香料，折算成俸祿，賞賜群臣。滿朝文武聽了，立即高興地跪倒在大殿裡，三呼萬歲，謝主隆恩。皆因前次聖上賞賜的珠寶、香料太少，他們又都是妻妾成群，僧多粥小，分配不公，很多人的府上都鬧得不可開交。番藥拿回去，太尊、太夫人也都嫌少；那些來自西洋的珍珠、寶石、香料，更是難以滿足妻妾們的虛榮心，妳爭我奪打了起來。他們之中也有人偷偷將西洋草根、樹皮、樹脂拿出去變現，所獲竟然比以往的俸祿高出了好多倍。

朱棣尚不知此中奧妙，見文武大臣都很捧場，喜歡得拈著胸前的龍鬚直點頭。鄭和的西洋之行還幫他省了不少俸祿的開支，這是他始料不及的。他對戶部尚書夏原吉說：

「往後地方官員的俸祿，也可以用西洋的貨物折抵，讓他們也能沐浴皇恩。」

夏原吉悄悄對鄭和說：「看來往後還得多帶些船出去，多裝番香、番藥回來，這些王侯將相胃口都挺大的。」

朱棣接著來到午門接受獻俘，錫蘭國王亞列苦奈兒被執斧鉞的武士押著，通過明軍將士威嚴的陣列，來到大明天子的面前。滿朝文武的眼神立刻貫注到這個被俘的番王身上，他們都知道，這個錫蘭國王多次扣押番國派往大明的貢使，這回又公開進行武力挑釁，讓明軍死傷了好幾百人，依皇上的脾氣肯定非食其肉寢其皮不可。亞列苦奈兒來到大殿裡，看到滿朝的文武都對他怒目而視，大明皇帝高坐在龍椅上威嚴無比，心裡像十五個吊桶打水七上八下。

兩個武士摁著他的頭，要他給大明皇帝下跪，朱棣卻叫他站起來說話，並命押解他的武士替他鬆了綁。朱棣經過通事問他：

「這位番王，你可知罪？」

亞列苦奈兒是個精明人，看到大明皇帝的臉上並無殺伐之氣，趕緊謙恭回答：「知罪，知罪。」

朱棣又問：「你有何罪？」

亞列苦奈兒回答：「皆因蠻荒之地，少有教化，本王一貫恃強凌弱，誤解了大明天子的一番美意，致使兩國交兵，生靈塗炭。總兵元帥一路上給我講了好多道理，自知罪孽深重，難逃一死，如今後悔也來不及了。」

朱棣道：「假如朕不殺你，放你回去，你有何打算？」

亞列苦奈兒聽了這話，怔怔地立在那裡，以爲是通事把話翻譯錯了，他一直認定自己死罪難免，即使死不了也不可能放他重回錫蘭山，一時不知該說什麼好。

鄭和走過去提醒他：「聖上問假如放你回去有何打算，還不趕緊回聖上的話。」

亞列苦奈兒連忙撲通一聲跪下去說：「如蒙不死，回到敝國一定宣揚德化，和順內外，歲歲遣使來朝大明天子，感謝皇恩浩蕩。」

朱棣說：「那就站起來，作好回錫蘭的準備，朕派人護送你回去。」

亞列苦奈兒眼睛裡湧出了淚水，不由得又拜倒在大明天子面前。

亞列苦奈兒剛離開大殿，蹇義立刻出班奏道：「臣以爲亞列苦奈兒其罪當誅，這樣的人不殺，今後大明刑律就無所適從了。」

朱棣說：「他是番王，不可與本朝臣民等同一律。朕此次出征漠北，所有俘獲的蒙元官兵都加以優待，只要眞心降服，不計前嫌，都予釋放。」

楊榮站出來說：「番人不講信義，一貫出爾反爾，這樣放他回去，恐怕日後又會生出事端來。」

朱棣道：「如果番人都出爾反爾的話，即使將這個國王處死了，接替他的人不是照樣還會出爾反爾嗎？朕在漠北對那裡的人總是來而不拒，去而不追，相信只要誠心待他，總有一天會柔而服之的。」

然而，大臣們看到亞列苦奈兒就這麼輕鬆地走了，終究還是不放心。楊士奇隨即站出來建議：「錫蘭地處西洋要衝，臣以爲應當派兵駐守在那裡，萬一有變，也好相機行事。」

朱棣聽了這話，忍不住笑了起來：「世界這麼大，番國那衆多，若都要派兵駐守，朕需要花多少銀子養多少士兵？再者，即使派了兵去，也是彼衆我寡，眞的生出事端，也是鞭長莫及。因此之故，往後萬世子孫都不要做這樣的蠢事，還是以德服人乃上上之策。」

聽了朱棣這番話，大家心悅誠服，一齊拱手說：「聖上英明，聖上英明。」

鄭和瞅住這個間隙，趕緊出班奏道：「滿剌加國王拜里迷蘇拉請求參見聖上。」

朱棣高興地說：「趕快宣他來見。」

在所有番國中，像滿剌加這樣眞心歸順大明帝國，甚至表示願意成爲中國郡縣的並不多。朱棣御筆爲其立碑，並且爲其封山，如此另眼相待，在番國中也很難得。今日，滿剌加國王又攜王后遠涉重洋來朝，彼此在情感上自然又近了不少。拜裡迷蘇拉行了三跪九拜之禮，朱棣賜了座，拜里迷蘇拉說了許多感謝的話，朱棣也說了許多勉勵的話。朱棣特別提起那個貨棧，對滿剌加國王說：

「大明王朝日後將繼續西進，溝通那些更遙遠的國家，在爾處設立貨棧進行轉運很有必要，還需爾等熱誠襄助。」

拜里迷蘇拉滿口應允：「這是一件對敝國也非常有利的事情，有了大明王朝的金字招牌，來那裡進行貿易的商船越來越多，我們也受益非淺。」

拜里迷蘇拉說完話，立刻呈上了貢品，其中有兩副璦靆，一副是皇帝的，一副是皇后的，每一副的價值都在千枚金幣以上。這在當時還是稀罕物，朱棣拿過來放到自己的眼睛前面，遠處的人突然都出現在自己的眼面前。朱棣龍顏大悅，給了拜里迷蘇拉重重的賞賜。計有金鑲玉帶一條，黃金一百兩，白銀五百兩，還有儀仗、鞍馬、綢緞、瓷器，外加給王后的，以及給其他使臣的，數不勝數。

當天晚上，永樂皇帝在奉天門設宴，招待十九國前來進貢的使團。跟隨這些使團而來的雜技團、馬戲團、歌舞團，都來獻藝，爭奇鬥異，各逞其能。因爲有滿剌加的王妃，朱棣降旨允許文武百官攜帶夫人前來作陪。朱棣特地囑付王妃，到鄭和的府邸接了沈涼來，一起陪伴滿剌加王后，觀看西洋演技，品味西洋風情，以示對鄭和的恩寵。朱棣和王貴妃都舉起那西洋奇物放在眼前觀看表演，惹得很多人都偷眼瞧他們擋在眼睛前面的稀罕玩藝兒。

朱棣招呼鄭和來到身邊，指著那副魔鏡的鏡片問：「聽說你從番國帶回兩個製作物件的匠人？」鄭和俯首稱是。朱棣高興地說：「傳朕的旨意，讓他們快做，多多益善，朕要與民同樂。」

那些達官貴人的夫人，心思卻沒放在西洋把戲上。她們把丈夫從宮裡得到的西洋珠寶穿戴在身上，彼此都在比較誰多誰少，誰的貴重誰的一般。誰身上熏的香料是龍腦香，誰身上熏的是茄蘭香。她們都偷眼打量沈涼的穿戴，見她一身素雅，並沒有用西洋珠寶刻意裝扮自己，便立刻把注意力集中到了鄭和的身上。這些貴婦人不時藉故到鄭和的桌前與他搭訕，用悅耳動聽的聲音誇讚說：

「總兵元帥下西洋功勞不小啊，瞧你帶回來的這些珍珠、寶石、香料，都把我們打扮得像天上下凡的仙女了。」

新任禮部尚書呂震的妻子，因爲娘家也姓鄭，竟親熱地叫了鄭和一聲「哥哥」，還把一條玉臂搭在了鄭和的肩上，將嫣紅的嘴唇湊近鄭和的耳朵，嬌聲嬌氣地說：「哥哥，下次去西洋，一定幫我帶點龍涎香來，行不？」

這天晚上，南京城的月亮似乎比平時更明朗，揚子江水似乎也比往昔流得更歡快。萬方樂奏在金陵，難得的千古盛事。

第九章　南京變奏曲

一、失落的滇池

盛夏酷暑天氣，洞庭湖的湖面上風是熱風，浪是熱浪，三桅九帆大沙船的甲板在太陽光的直接照射下，溫度高得燙腳板心。鄭和站在風帆投下的陰影中，借得些許陰涼，仍是汗流浹背。他不停地眺望湖西的群山，在千山萬壑後面有生養他的家鄉，有他朝思暮想而不得一見的親人，有帶給他童年歡樂和孕育他人生志趣的滇池。

永樂皇帝念及鄭和三下西洋勞苦功高，特地恩准其回鄉探親，讓他喜出望外。金花一心惦著回自己的老家大理，鄭和也一直惦著要滿足她的心願，今天終於有了機會。這些年來，沈涼與金花長相廝守，情同姊妹，她不顧長途跋涉，一定要陪著走一趟，以免金花旅途寂寞。宮裡按照鄭和的身分地位，配備了相應的執事，派了隨從，一艘大船上坐了不少的人。

鄭和榮歸故里，選擇了當年從雲南出來的路線。彈指三十年，雖是故地重遊，卻已物是人非。他想起了傅將軍、高公公、馬忠，還有狗兒、貓兒，以及那一群生生死死的患難兄弟，心裡一陣淒然。「路漫漫其修遠兮，吾將上下而求索」。當年高公公在洞庭湖上嘯傲而出的這句詩，彷彿音猶在耳，而今寫詩的人和誦詩的人都已經作古，走完了他們的人生道路。鄭和的前面，卻還有一路的驚濤駭浪在等待他。他們的船在武陵靠了岸，因為幾下西洋名聲大振，又深得皇上的寵信，地方官員對鄭和的到來，不但遠接高迎，還替他做了相當周到的安排。鄭和生性不喜張揚，從此都揀僻靜的道路走，避免給地方官府找麻煩。

這天來到貴州的廣順，住在大山深處的白雲寺裡。主持僧人陪著他看了寺廟和周圍的山水。有青杉兩株直立磴旁，僧人告訴他那是建文帝在此棲身時親手植的。在白雲寺的廟宇後面，有一眼泉水從石竅裡出來，不盈不涸，必須跪下身子才能取到泉水，相傳是一條神龍獻給建文帝的。據說是跟隨建文帝的人怕暴露身分，不好明目張膽跪拜這位還在被追捕的落難皇帝，大家就勢都來跪這眼泉水，因此這泉名爲「跪勺泉」。再往寺後的山坡上走，還有一個流米洞。老僧說是上天專門供建文皇帝充饑的，建文帝一走，流米洞也就不再有米流出來了。

鄭和聽了這些傳說，不禁感慨萬千，他從中體會到了永樂皇帝對這位廢帝老是放心不下的原因。不過，鄭和也想，建文皇帝已經什麼都失去了，爲何還一定要他失去自己的性命呢。老僧一路都向他說起建文帝遺留在此的蹤跡，他一直沒有吭聲，回到南京也沒有向聖上報告這些見聞。

經過幾個月的跋涉，鄭和終於回到了自己的老家昆陽，走進了月山腳下那幢歲月悠久的房屋。與家人見面的場面，卻是他沒有料到的。時間能改變一切，也能湮沒一切。哥哥馬文銘好不容易認出他來，說了一聲：「你是弟弟，你回來了？」馬文銘是在收到鄭和請當時的禮部尚書李至剛給他們的父親寫的墓誌銘，這才從來人口中知道了弟弟的遭遇和經歷，這位已經年過五十的哥哥不再激動，只有「世事白雲蒼狗」的悲涼。

鄭和迫不及待地說：「我就是馬和，母親呢？」

哥哥的回答仍很平靜：「她老人家已經走進天國二十多年了。」

馬和打開記憶的閘門，述說了當年爲保護家人的安全自己投身虎口的經過情形，馬文銘聽了唏噓不已，也打開久已塵封的記憶，敘述了弟弟失蹤之後的那些往事。自從那年那月那日發現馬和平白無故丟失以後，母親茶飯不思，夜不成寐，天天盯著家人和遠近的親戚幫著尋找。後來聽到很多傳聞，有的說他被明軍擄掠去了，有的說他被番人施妖法矇騙到了番邦，有的說他跟著阿訇哈三去了天方，也有人說他被明軍抓去閹割後死在曲靖，屍體撂在山坡上被一群餓狼撕扯著吃光了，連骨頭都沒有剩下一根來。母親從此天天抹眼淚，眼睛不久就瞎了。這位慈母直到臨終前，還在念叨她那不明不白丟失的兒子。

母親的死，給了鄭和莫大的打擊。他萬萬沒有想到，令他夢魂牽繞的慈母，沒有等到看見自己兒子一眼，早在二十多年前就去世了。這個失去了母親的家，讓他明顯感覺到已經不再是原來的家了。馬文銘一家人還恪守穆斯林的所有生活習俗，嫂子和侄女自從見了他，都用頭巾遮住自己的面孔，隔著頭巾與他說話。鄭和的一身宮廷服飾，還有做禮拜時的南腔北調，都讓他感到重新融入這個家庭不再是一件容易的事。兩個侄兒知道自己的叔叔在南京城裡做了大官，總兵元帥的頭銜，大概整個雲南地方的官員都沒有幾個能夠超過他，對他流露出幾分敬慕；然而，也知道他是一個太監，便產生了一種莫名的距離感。他們總是用好奇的眼光打量他，卻害怕與他接近。一直到鄭和快要離開這個家的時候，他們才慢慢與這位叔叔親近起來。

馬文銘帶著鄭和去看了父母的墳墓，父親的墳前已經立起了一塊墓碑，刻上了鄭和從南京捎回來的那篇墓誌銘，他躬身下去，仔細讀了一遍碑文：

「公字哈只，姓馬氏，世為雲南昆陽州人。祖拜顏，妣馬氏，父哈只，母溫氏。公生而魁岸奇偉，風裁凜凜可畏，不肯枉己付人，人有過，輒面斥無隱。性尤好善，遇貧困及鰥寡無依者恆保護賙給，未嘗有倦容。以故鄉黨靡不稱公為長者。娶溫氏，有婦德。子男二人，長文銘，次和；女四人。和自幼有才志，事今天子，賜姓鄭，為內官太監。公勤明敏，謙恭謹密，不避勞勩，縉紳咸稱譽焉。嗚呼，觀其子而公之積累於平日，與義方之訓可見矣。公生於甲申年十二月初九日，卒於洪武壬戌七月初三日，享年三十九歲。長子文銘，奉柩安厝於寶山鄉和代村之原，禮也。銘曰，身處乎邊陲，而服禮義之習；分安乎民庶，而存惠澤之施；宜其餘慶深長，而有子光顯於當時也。

永樂三年端陽日，資善大夫禮部尚書兼左春坊大學士李至剛撰」

鄭和請求哥哥，讓他在墓碑的陰面，再刻上一行字，以記下他此次從南京趕回來祭奠父母這件事。馬文銘心裡清楚，弟弟以後恐怕難得再有機會來到父母的墳地了，便點頭默認。鄭和提筆寫了這樣一行字，命匠人刊刻到墓碑上去，代表他的一片心永遠守護自己的父母：

「馬氏第二子太監鄭和奉命於永樂九年十一月二十二日到於祖宗墳塋祭掃追薦至閏十二月吉日洒還記耳」

馬文銘歎了口氣說：「其實對於我們回回來講，從來就沒有爲死者立碑這一說，也沒有祭祖這一說。」鄭和抬眼看了看哥哥，馬文銘接著說：「在穆斯林看來，人死之後，靈魂追隨眞主升天去了，埋進墳墓的已經是毫無價值的皮囊，沒有必要在墳墓上奢華糜費。再說穆斯林一生的善惡功過，自有眞主進行評判，也用不著刻碑來爲亡靈說些什麼。」

鄭和反問哥哥：「你是否覺得我已經不像一個穆斯林了？」

馬文銘說：「這也怪不得你，你長年生活在皇帝身邊，又在西洋海國來來去去，生活習俗不可能不受影響。我體會到，你爲父親立碑也是一番孝心，所以這些事儘管家裡人都不是很贊成，我們還是尊重你的意思。」

鄭和明顯感覺出來，在這個家裡，哥哥也好，嫂子也好，妹妹們也好，雖然親情依舊，能夠說得到一起的話卻已經不多了。早已出嫁的幾個妹妹，聽說他回來了，都趕來看他。原來年輕的妹妹，現在都成了拖兒帶女的婦人，大家坐在一起，除了說些兒時的往事，一起訴說對父母的回憶，別的話都很難說到一起。那些甥兒甥女，也都怯生生地，在遠道而來的舅舅面前格外拘謹。從妹妹們不時流露出來的憐憫可以看出，不只是天各一方的生活，還有他這太監的身分，都在改變他們原來親密無間的關係，增添了彼此無法消除的隔膜。三十年前，從離開這個家的那天起，他一直在嚮往著回家，現在回來了，卻又不知道自己的家究竟在哪裡，甚至也鬧不淸什麼是家了。他悲從中來，在生養他的老屋裡流下了傷心的淚水。

鄭和利用在老家的日子，跑到鄰縣去看望狗兒、貓兒和蘇天保的父母，給幾位老人捎去了他從西洋帶回來的一些珍寶異物，讓他們能夠有足夠的財物安享晚年。一起從雲南老家出去的那些人，聖上這回只給了他回歸故里探親的恩寵，他得替他們盡一份孝心。雖然貓兒死了，狗兒分道揚鑣了，他們畢竟曾經有過相依爲命的日子。

幾位老人聽到孩子的遭遇，無不淚流滿面，知道他們現在都還活著（他沒敢把貓兒的死訊告訴他的父母），又破涕爲笑。人活著比什麼都好，雖然隔著千山萬水，難得見上面，總是有了一份念心。這些老人都年過花甲了，都十分想念在外邊的兒子，他們託人寫了信，讓鄭和捎到南京去。

三十年前，滇池曾經是鄭和心目中的浩瀚海洋，藏著他兒時最美好的追求和願望，藏著他童年的幸福和溫馨，也藏著他少年慘遭磨難最痛苦的記憶。那年被抓走時，馬忠幫他偷偷撩開馬車的簾子，他對家鄉最後的一瞥，就是這一泓滇池水。在家裡的這些日子，他每天都要圍著滇池的堤岸走出好遠，還專門坐了快船馳騁五百里滇池。然而，非常奇怪，他感覺到滇池也不再是原來的滇池，沒有了原來的浩瀚，沒有了原來的磅礴，沒有了原來的神秘，連奔騰而來的波浪似乎也不如原來那麼活潑了。滇池的魚蝦，也讓他品出一股泥腥味來，遠不如海裡的魚蝦淸新。

他還去撫仙湖看望闊別多年的抗浪魚，卻見當地的許多農人用水車造出激越的浪花，引誘那些喜歡跳浪的小小魚兒進入他們設下的陷阱裡。他不由打了一個冷噤，心裡生出莫名的悲哀。

鄭和這次回家，主要是爲了拾回昔日的親情，特地將隨從都留在鴨赤，沈淙也陪著金花去了大理，他是隻身回家的。沈淙與他約定的重新會合的日子很快就到了，他就要離開月山腳下的老屋，回南京去。哥哥、妹妹和全家所有的人都來送行，在滇池邊上，他們持手相對，一個個無語凝咽。鄭和跨上馬，拱著手對家裡人說：

「你們可要多多保重啊。」

馬文銘拭著眼淚說：「外邊山高水深，你隻身一人闖蕩，家裡人時刻都會爲你祈禱，求眞主賜給你平安。」

鄭和來到鴨赤，發現金花又跟著沈淙返身回來，驚奇不已，忙問：「妳怎麼也回來了？」

金花眼一紅，捂著臉傷心飲泣。

沈淙歎了口氣說：「她的父母都已經過世，哥哥嫂子都不樂意有一個這麼大歲數的妹妹住在家裡。可憐見的，『羆女無家』啊，大理已經沒有金花的家，那裡不再有她的存身之地了。」

沈淙的話說到金花的痛處，索性哭出了聲音，眼淚也淌了出來。

鄭和也無比傷感地說：「哭吧，哭吧，哭出來比悶在心裡好。」

細心的沈涼發現，鄭和也是一臉的失落和沮喪，絲毫看不出回了老家見了親人的喜氣，她輕聲問道：「家裡人都還好嗎？」

沈涼這一問，鄭和也是悲從中來，傷心地說：「在外邊時刻都想滇池，萬萬沒有想到見了滇池，卻會生出滇池不再是滇池的感覺來。」

沈涼安慰道：「這也難怪，你這些年縱橫西洋，心繫雲水，滇池肯定已經裝不下你的這顆心了。」

鄭和接著語調低沉地敘述了家裡的情形，更爲傷心地說：「好不容易回家一趟，卻發現原來記掛在心裡的那個家已經找不著了。早知如此，還不如不回來，至少能在心裡永遠留下母親活著的身影，留下原來的那個家。」

金花聽了這些話，更加勾動了這些日子積鬱在胸中的委屈和悲傷，索性嚎啕大哭起來。沈涼也是同病相憐，惺惺相惜，紅著眼圈說：「什麼是家，相依爲命就是家。我們三人相依爲命聚到了一起，往後還得相依爲命活下去。」

鄭和嘴裡也叨念著：「相依爲命就是家，相依爲命就是家！」

在歸途中，鄭和特地帶沈涼和金花去了關索嶺，在關索嶺下的清泉邊，他發現那塊刻著「啞泉」的石碑還是原封不動地立在那裡。他給她們講述了當年在這裡與那個頭人鬥智的故事，沈涼和金花的臉上這才有了笑容。到了貴州的鎮遠府，沈涼堅持在那裡停留了一天。她與鄭和一起去看了那個懸崖峭壁上的山洞，那裡原來是大將軍的中軍營帳，站在這個山洞的洞口，還可以俯瞰那條流水清澈的辰河。

她悄聲問鄭和：「還記得這個地方嗎？」

鄭和使勁點了點頭，他不會忘記，當年正是在這個山洞裡頭一次見到沈涼，她那天仙一樣美麗的身影，從那以後就深深紮根在他心裡。

沈涼輕輕歎了一口氣：「人生眞是聚遇無常，那時怎麼也想不到我們會走到一起。」

他們順山順水回到武陵，在這裡上了船，穿過洞庭湖，進入長江。在離赤壁古戰場不遠的地方，鄭和請沈涼再來一曲評彈，依然點了《赤壁之戰》。沈涼的金嗓子，還像當年那樣清麗。她用纖纖素手撥動的琴弦，還像當年那樣激越。赤壁鏖戰中的金戈鐵馬，風煙滾滾，萬船爭流，重新在鄭和的心中燃起了那股建功立業的激情。

二、修建天下第一大剎

鄭和回到南京已時近黃昏，剛剛回到太平巷自己的府邸，宮裡就來人宣佈皇上口諭，讓他即刻到御書房議事。朱棣是個非常勤政的皇帝，白天除了上朝議論朝政，部署國事，其餘時間都在御書房裡批閱奏摺，還要挪出時間讀書，夜裡經常要到很晚才肯歇息。

鄭和風塵僕僕來到御書房，朱棣和姚廣孝已經在那裡等他。朱棣見了他說：

「前些日子，朕夢見母后攜朕去天禧寺奉香，卻到處找不到廟門。母后在世的時候，虔誠向佛，想來是先后的在天之靈，看見今日大明王朝國泰民安，衣食豐足，託夢給朕要求重修廟宇，光耀佛門。朕與姚先生商量，要重建天禧寺，這也許是對母后最好的紀念。」

姚廣孝說：「聖上的意思，是要在天禧寺的基礎上，造出天下第一大剎來，使之與泱泱中華和大明盛世相稱。聖上因你這些年一直在跑西洋諸國，又到過佛祖的發祥地，胸中必有丘壑，想讓你承擔建寺這件大事。」

鄭和說：「臣一定不負聖上的重託，赴湯蹈火，在所不辭。只是下西洋的事怎麼辦，不打算再去了？」

朱棣說：「不但還要去西洋，而且還要比以往走得更遠一些，你先琢磨建寺的事，下西洋的準備可以交給王景弘去辦，船和人都不能散漫了。」

鄭和正要告退，朱棣囑付道：「朕過兩日要去北平，這佛寺怎麼重建多找姚先生商量，錢從哪裡支應，去找夏原吉，太子留在京師監國，委決不下的事可以去找太子。」

第二天一早，姚廣孝就領著鄭和來到雨花臺附近，去查勘天禧寺。天禧寺是一座古剎，相傳在三國時候，天竺的一個僧人雲遊到此，那時的南京還稱爲建業，說阿育王想在這風景如畫的建業城落腳，他可以請來阿育王的舍利，東吳的孫權便在這裡建了這座阿育王塔。到了宋朝，改稱天禧寺。姚廣孝告訴鄭和：

「聖上建這寺其實心裡早有打算，他要報馬皇后的恩，更想報自己生母碽妃的恩，所以強調宏偉、莊嚴、壯麗、華貴，都要天下第一，無有出其右者。」

鄭和說：「那就該叫報恩寺了。」

姚廣孝點頭：「這名字好，我們奏請聖上，將來建成之後，就叫報恩寺。」

天禧寺所在之處，地勢開闊，前有揚子江，後有鍾山，屹立在龍盤虎踞之間。原來的阿育王古塔，孤零零地拔地聳立，大約是那位天竺僧人指導修建的，頗有天竺佛國的異域情調。鄭和的腦子裡立刻湧現出錫蘭大佛山和柯枝、古里那些金碧輝煌的佛寺，在占城、暹羅見到的佛塔，還想到了人們介紹的眞臘吳哥窟，那裡有由五座金塔組成的出水蓮花，這些都在他的心中燦爛奪目。他腦子裡突然萌生一個想法，天下第一剎必須由天下第一塔來體現，把功夫下在重新建好這個塔上。他向姚廣孝提出了自己的構思，姚廣孝高興地說：

「到底是去過西洋的人，見多識廣，你下次去西洋還得去那個吳哥窟好好看一看，把他們的金塔借鑒過來。」

鄭和接著補充道：「還可以在寺廟周圍廣植西洋各國的奇花異木，同時建一個大殿陳設西洋諸國貢獻的奇珍異寶，將聖上溝通萬邦的宏圖偉業，展現在南京城裡。」

姚廣孝讚賞道：「那就不但能圓聖上報答母恩的夢，還能圓你的海洋夢。」

鄭和聽了這話，立刻爲生出新的振奮，不過他糾正道：「那其實也是聖上的海洋夢。」

鄭和回到府裡，連夜秉燭伏案，用繪製海圖的辦法，繪製天禧寺的藍圖。府裡人見了，都說他遠道歸來，也不歇息一下，太不顧惜身子了。沈涼也出面勸阻：

「幾個月的舟車勞頓，你不要命了！」

鄭和同她說起皇帝要建天下第一剎回報母恩，他想在天下第一剎裡展現西洋之行宏圖偉業的想法，立刻也激起了沈涼的興奮。她二話不說，就在一旁磨墨展紙給鄭和當下手，還以女性的目光和見地，不時替他出些主意。

金花見了說：「你們這是著了什麼魔，兩個人都成了亡命之徒。」金花自己也沒有睡覺，連忙熬了參湯端來，給他們補身子。

事忙嫌夜短，在不知不覺中，東邊的天色已經發白了。鄭和府第的看門人已經起床，在打開府邸的大門。林冠群曾經在這兩扇大門上動過心思，打開左邊那扇門的聲音，如同金鷄報曉；打開右邊那扇門的聲音，如同百鳥朝鳳。林冠群說：「總兵元帥日夜操勞離不開金鷄報時，遠航西洋迎來的是百鳥朝鳳。」

這兩扇門奇妙的聲音，鄭和也是頭一次聽得這麼清楚。重建天禧寺的完整構想，終於趕在朱棣出發去北平以前拿了出來，鄭和攔住鑾駕遞了上去，朱棣看了果然非常滿意。在那長長一幅描畫天下第一剎的創意草圖上，御筆一揮：「著即辦理，欽此。」

萬事諸備，只欠銀子。鄭和心裡清楚，要建這天下第一剎，花的銀子肯定少不了。姚廣孝作爲德高望重的高僧，以他的見多識廣，提出那座天下第一塔，高度應當是三十二丈九尺四寸九分，超出吳哥石窟金塔的高度；整座塔應當有八個棱面，象徵八方來朝；塔身一律要用白玉石和琉璃磚，塔頂也得用琉璃瓦，每磚每瓦都要雕刻精美的花紋和各色圖案。只有如此，才能成爲天下第一巨觀。

鄭和算了一下，對姚廣孝說：「就這一座塔，也得百萬兩以上的銀子。」

姚廣孝點頭：「天下之事錢開路，捨得花天下第一的錢，才能辦天下第一的事。」

在他們的心目中，現在國庫充盈，有的是白花花的銀子。可是，管國庫的戶部尙書夏原吉，卻是有名的鐵公鷄，連皇上御筆親批的一些開支，他都常常敢說一個「不」字。這個夏原吉，在朱元璋的時候，就是很能幹的戶部主事，管錢管糧，悉有條理，深得朱元璋的器重。建文時期擢升爲戶部右侍郎，明成祖靖難成功以後，愛惜他是個人才，不但沒有怪罪他是建文舊臣，反而擢拔爲左侍郎，旋即升任了戶部尙書。此人又是個極認眞的人，食君之祿，忠君之事，將一國的錢糧管得倉盈庫溢。朱棣很是信任，在一些花錢的事情上也得聽他的意見。鄭和擔心要來這筆錢不容易，不得不拉著姚廣孝一起給他造勢。

戶部尙書府前，車馬盈門，卻十有八九都是來要錢的。夏原吉已經養成了職業病，一聽家人通報門外有客，就眉頭直跳，怎麼也控制不住。這一天，他好不容易將工部侍郎黃立恭送出大門。黃立恭秉承聖上旨意，要重修武當山眞武帝宮殿，剛從國庫裡挖走了一百萬兩銀子，夏原吉正感到心疼。他遠遠見了鄭和和姚廣孝的馬車，眉頭又猛烈跳動起來。鄭和在他的戶頭上，是要錢的大主兒，三次下西洋就支走了一千萬兩銀子。不過鄭和的能幹令他佩服，從西洋帶回來的寶物頂替俸祿開支也令他高興，姚廣孝又是深得滿朝文武尊重的人，他趕緊笑著迎上前去，拱著手說：

「二位大駕光臨，不知有何見教。」

姚廣孝說：「我們是平時不燒香，急時抱佛腳，有事求你這位財神爺來了。」

鄭和拿出有皇上御批的重建天禧寺的構圖遞了過去，夏原吉一看規模如此浩大，眉頭接連又跳了幾跳：「這大概需要花多少錢？」

鄭和暫時還不敢估算整個工程的耗費，儘量輕描淡寫地說：「這個琉璃塔也就一百萬兩銀子吧。」

夏原吉一聽急了：「好傢伙，黃立恭剛才要走一百萬兩銀子去武當山修真武帝的大殿，這裡又是一百萬兩銀子修琉璃塔，叫下官從哪裡去找這麼多銀子啊。」

鄭和提醒道：「夏大人請看仔細，這可是聖上的御批。」

夏原吉說：「眞武帝的大殿也是皇上的御批，這麼大的數目不是皇上御批，有誰敢開這樣的海口。」

姚廣孝不能不說話了：「夏大人別把著金鑰匙裝窮，據貧僧所知，這些年年豐糧足，絲綢、瓷器各業的繁榮，加上海外貿易的進項，市舶司的關稅，國庫裡的錢又比前些年增加不少，好多銀庫都錢滿爲患了。」

夏原吉立刻分辨道：「姚先生說得不錯，國庫現在積攢的銀子的確不少，可是聖上要辦的事情太多，到處都得往裡塡大把大把的銀子。您是聖上尊奉的國師爺，與聞國家大事，這些花錢的口子不會不知道吧。」

姚廣孝說：「貧僧以往沒有認眞算過這些細賬，願聞其詳。」

夏原吉掰著指頭算起來，北平修皇宮需銀子多少萬兩，河北昌平建皇陵需銀子多少萬兩，疏浚南起揚州北至通州的大運河需要銀子多少萬兩，鑿通清江浦需要銀子多少萬兩，修《永樂大典》需要銀子多少，還有八十萬大軍征安南，御駕親征掃漠北，東北邊境建奴兒干都司，西北邊境設哈密衛花出去多少，虧空了多少……他算完兩手一攤：「這麼多的大事，哪一樣都得掏空幾個庫的銀子。因此戶部將國庫的銀子全都動支了，哪一筆用在哪裡都經聖上過了目的。新添的事項，只能寅吃卯糧。」

姚廣孝聽後點了點頭：「眞是不當家不知柴米價，看來當今聖上要辦的大事的確太多太急，夠難爲夏大人的了。」

夏原吉接著說：「剛才武當山一百萬兩銀子，都是東挪西湊的，兩位若是先來一步就好了。」

姚廣孝沒有再提要錢修天禧寺的事，夏原吉歷數了這麼多的難處，鄭和也一時不知該說什麼好，客廳裡一陣沉默。夏原吉眼看僵在這裡也不是事，只得帶頭打破僵局，對鄭和說：「下西洋支取的一千萬兩銀子，不是還有一百餘萬兩的結餘嗎，是否可以先把那筆銀子拿出來修天禧寺？」

鄭和一聽這個鐵公鷄變成了鐵算盤，居然反過來算計他們下西洋節省的銀子，不由著急地說：「夏大人眞會開玩笑，下西洋的銀子歷來都是專款專用，沒有聖上的旨意誰敢亂動。」

夏原吉見鄭和發急，無可奈何地說：「下官也是黔驢技窮，聖上要辦的事不能不辦，算是戶部暫時從總兵船隊的賬上挪借過來，聖上哪一天有了重下西洋的旨意，戶部立刻籌劃銀子補回來，意下如何？」

他的話說到這個份上，鄭和還是不肯輕易答應，下西洋對他來說是頭等重要的事情。

姚廣孝想起了皇帝臨行時的話，凡是委決不下的事，可以稟呈在京師監國的太子。一百萬兩銀子成了難題，姚廣孝、鄭和與夏原吉坐了馬車，去到東宮。

太子朱高熾樣子很窩囊，身體肥胖，還有足疾，走路都不穩當，遠不如他的兩個弟弟朱高煦和朱高燧帥氣。他當太子又是先天不足，在靖難之役中因一直留守後方，戰功遠不如兩個弟弟大。那兩個人對他當太子都不服氣，在明目張膽地四處活動，一心要取而代之。朱棣也幾次動過廢他的念頭，只是靠了一些親近大臣的勸阻，暫時維持著他在東宮的地位。

朱高熾因爲一直在夾縫中過日子，養成了謹小愼微的性格，凡事父皇不表態他便不敢輕易點頭，更甭提讓他自己拿什麼主意。

鄭和向他稟報說：「聖上有旨要重建天禧寺。」

他說：「既然父皇有旨，那就趕緊辦吧。」

姚廣孝說：「建寺的一百萬兩銀子還沒有著落哩。」

他忙問：「父皇的意思呢？」

姚廣孝說：「聖上沒有說出他是什麼意思來，只說疑難未決之事請太子殿下定奪。」

朱高熾搓著手說：「那你們趕緊拿主意，儘快奏明父皇如何辦理。」

夏原吉說：「下西洋還餘下一百萬兩銀子，臣的意思先花這筆錢，請殿下定奪。」

太子說：「這樣也好，太祖在世時就定下了禁海的祖制，如今已經三下西洋，也該有個了結了。」

鄭和立即說：「聖上已經發話，還要繼續西進，命我們早作準備哩。」

他一聽這話嚇出一身冷汗，連忙捂著腦袋說：「本宮今日有些頭暈，這件事改日再議吧。」他們三人走出東宮，鄭和悄聲問姚廣孝：「東宮太子怎麼會是這樣？」

姚廣孝說：「他可深諳『蹺蹺者易折』的道理，眼下也只有這副窩囊樣子才能保全他的太子地位。」

夏原吉快步趕上他們兩人問：「此事究竟如何是好？」

姚廣孝勸鄭和：「還是先動用下西洋那一百萬兩銀子吧，建天禧寺久拖不決，違了聖旨，也吃罪不起。」

鄭和抽了一口涼氣：「也只能如此了。」

三、女扮男裝假貢使

鄭和下西洋的時候是個大忙人，不下西洋的時候也是個大忙人。重建天禧寺，船隊的銀子撥過來了，要趕緊破土動工，造琉璃塔需要的琉璃磚瓦以及各種材料都必須趕緊安排，這些都是十萬火急的事，一刻也耽誤不得。可是從西洋回來的龐大船隊，很多船舶都開回南京的寶船廠，需要進行大修。下西洋的人馬都集中在太倉瀏河口，數萬之衆擺在那裡，鬧不好也會生出事端來。這一天，他特地找到王景弘、洪保、朱眞等人，傳達了聖上的口諭，由他們暫時把船隊的事全盤管理起來。他自己得集中精力去做修天禧寺的事情，馬上就要出發去外地選擇燒製琉璃磚瓦的窯主，儘快訂貨。王景弘讓他帶上劉鴻，一路上也好有個照應。鄭和對王景弘歉意地說：

「實在對不住你們，船隊的大宗銀子被提走了，修船的花費，練兵的花費，都得靠你們精打細算了。」

他回到府邸，打點好行李準備上路，蘇天保又風風火火跑來了。他看鄭和一副出遠門的打扮，拭著頭上的汗說：

「幸虧早來了一步，要不然在南京城裡打著燈籠火把也找不著你了。」

鄭和忙問：「看你滿頭大汗的，有什麼急事？」

蘇天保說：「又出怪事了，寧波市舶司的驛館來了兩撥番人，都自稱是溜山國的貢使，他們不知該怎麼辦，特地派了快船來南京找我，我也不知該怎麼辦，只好來找你了。」

鄭和說：「這其中必定有詐，一個國家不可能同時派出兩批貢使，你們不是已經處理過一些番國商人假冒貢使的事件嗎？」

蘇天保說：「那些人假冒日本、琉球、占城、暹羅、古里等國的貢使，因爲大家對這些國家都慢慢熟悉了，三問兩問，就能把他們的假把戲戳穿。可這溜山國從來都沒打過交道，也不知那個國家是個什麼風俗，市舶司不敢貿然行事，只得好吃好喝地安排他們住在寧波新建的安遠館，催朝廷趕快派人去甄別眞僞。」

鄭和想一想，蘇天保管接待來往貢使這攤子事也眞作難。若是將假貢使當成了眞貢使，犯的是欺君之罪；若是將眞貢使當成了假貢使，影響了大明與番國的交往，又是違抗聖旨的罪名。左右爲難，裡外難做人。好在他這次的行程中也有寧波，便約蘇天保一同前去會一會溜山國的兩撥貢使。溜山國是穆斯林國家，他讓劉鴻找來馬歡，一同前往。

江南的梅雨季節，天像篩子似地漏水，長江兩岸煙雨朦朧。鄭和與蘇天保不敢到甲板上觀看江景，只能窩在船艙裡說話。蘇天保感激地說：

「你這次回雲南專程看望了我的父母親，還送了那衆多西洋珍寶，兩位老人都誇我有孝心，卻不知我連『借花獻佛』之勞都沒有。」

鄭和說：「我們是誰跟誰呀，說這些客套話就見外了。」

蘇天保說：「狗兒看了父母的來信，知道你去看過他的父母，還以他們弟兄倆的名義送了很多珍貴物品，感到十分意外。」

鄭和不願再提起這些事，岔開話題說：「去年十九國使團來南京，多虧你有先見之明，奏明聖上在南京蓋了十六座大酒樓，否則人滿爲患，都不知道該讓他們去什麼地方吃飯了。」

蘇天保說：「這都是你給我找的麻煩，你幾下西洋不要緊，我這裡可吃不消了。我們蓋房子的速度遠遠趕不上番使和番商增加的速度，南京的驛館眼看又容納不下這些人了。海邊的幾個市舶司也說驛館不夠用，新建的廣州懷遠館、泉州來遠館、寧波安遠館，蓋起來不到兩年，又嚷著人滿爲患了。」

鄭和說：「這是蠻好的事情嘛，你那裡生意興隆通番國，我這裡財源茂盛達西洋。」

蘇天保訴苦道：「外人不淸楚，難道你還不知道，我這裡全是折本的生意，聖上一個勁兒叫厚往薄來，一直是出的多進的少。那衆多番國使團來這裡，不論人數多寡，都得按級行賞，吃住也按身分招待，包括娛樂在內通通免費，不讓人家掏一個子兒，你想這開支能少得了？」蘇天保怕鄭和說他過甚其詞，從懷裡掏出兩張單子給鄭和看。一張是賞賜番國國王及使臣的單子：

「國王、王妃，實報實核：三品四品，人鈔百五十錠、錦一匹、苧絲三表裡；五品，人鈔百二十錠、苧絲三表裡；六品七品，人鈔九十錠、苧絲二表裡；八品九品，鈔八十錠、苧絲一表裡；未入流，鈔六十錠、苧絲一表裡。」

另一張是新近招待某穆斯林國家一個七十人的使團，每天的定額開銷：

「羊十二頭，鴨二十隻，酒五十瓶，稻米七十斤，麵粉六十斤，烙餅二百個，各色水果七十斤，各色甜糕十盤，蔬菜、調料不記。」

鄭和看罷，也皺起了眉頭，他心裡盤算著，這厚往薄來將要付出多麼大的代價。

蘇天保接過來，拍著兩張單子說：「別看一張單子的數量不是很大，但是，粒米積成籮，滴水積成河。有個來自瓦剌國的使團一千多人，兩個月的時間，光吃掉的羊就五千頭。幸虧中國地大物豐，要是擱到一些小國的頭上，恐怕早就把他們吃垮了。」

鄭和說：「別的國家哪有大明天子這般大方的，都是錙銖必較。當然，他們也確實大方不起來，現在我可知道什麼是『倉廩足而後知禮儀』了，可禮儀太足了倉廩又將如何呢？」

密集的雨滴打在船倉遮蔽風雨的竹篷上，滴滴答答，像敲鼓一樣。那清脆的雨打船篷的聲音，敲擊著鄭和與蘇天保的心扉。

寧波乃古越地，秦漢時候屬會稽郡，洪武時候改爲寧波府。這裡是中國歷朝對外通商的重要口岸，宋元時代已與世界好多地方有了船舶的往還。朱元璋飭令禁海，廣州、泉州的市舶司都撤了，唯獨保留了寧波的市舶司。明成祖將國門一打開，不但東洋番國的商船湧到這裡，很多西洋的商船也繞過廣州、泉州，直接來這裡靠岸。鄭和來到寧波府城，只見海港中桅林帆海，市面上商賈雲集，來自海外的貨物堆積成山。街市上白天黑夜笙簫歌舞，煙柳繁華，不少地方的熱鬧程度，一點也不比京師的秦淮河遜色。

鄭和與蘇天保來到驛館中，市舶司的官員已在那裡恭候多時。從宮裡派來的那個督察市舶司的太監白淸，跑前跑後，甚是殷勤。鄭和稍事休息，就命市舶司的官員請出溜山國的使臣來。

蘇天保問：「兩撥人是分別請，還是一起請？」

鄭和說：「一起請吧，讓我來考考他們。」

鄭和與蘇天保坐在驛館大堂的中間，馬歡與劉鴻分立兩邊，拉開了三堂會審的架勢。

溜山國的兩撥貢使來到客廳，鄭和迅速掃了他們一眼，只見一個個眉淸目秀，沒有西洋番國男子的剽悍，倒有幾分西洋女子的妖嬈。穆斯林的男子都蓄鬍鬚，這些人的臉上和顎下卻光溜溜的，沒有一個蓄鬍子。鄭和把右手擱在胸前，用穆斯林的禮節同他們打招呼：「眞主賜給你們平安。」他們也一個個把右手放到胸口上，衝著鄭和和蘇天保：「眞主賜給你們平安。」那禮節是標準的穆斯林禮節，只是嗓音全無穆斯林男子的粗獷，鄭和心想莫非溜山國也有宦官，這不太可能吧？他客氣的請他們坐下，讓驛館的人奉上了香茶。

不等中國官員開口說話，他們中的一撥人就搶先站起來，強調自己是溜山國正宗的貢使。他們中帶頭說話的那個貢使，嘴相當能說，模樣也生得格外淸秀，的確有幾分貢使的派頭。那人說：

「本貢使奉國王殿下之命，特來中華上邦朝覲大明天子，有貢品在此，請仔細過目。」

他們的人立即打開了裝貢物的箱子，展示貢品。鄭和瞄了一眼，其中有珍貴的龍涎香，還有小樣椰子殼旋出來的精美酒盅。據鄭和所知，這些的確都是溜山國的珍品。

這時另一撥人站起來爭辯說：「我們才是溜山國國王殿下派來的貢使，請驗看我們的貢品。」

他與前一個貢使比起來，嘴稍微笨點兒，他的手下隨即打開箱子展示貢物，除了精美的酒盅和珍貴的龍涎香外，還有一種溜山國特有的絲嵌手巾和織金方帕。這兩撥人誰也不肯示弱，嘴不饒人，都說自己是眞使者，對方是假使者，當著中國官員的面互相爭吵起來。

鄭和並不急著勸架，只在心裡掂量了一下，從貢品分量來看兩邊都不薄，似乎都有點兒像國王派來的貢使，單憑這一點很難分辨眞假。待他們吵得口乾舌燥，端起茶杯喝茶的時候，鄭和伸出手來說：

「我看你們也吵夠了，現在請你們將貴國國王給大明天子的文表呈上來吧，讓我們驗證一下。」

兩撥人聽了這話都不吭聲了，互相拿眼盯著對方看，彼此也謙讓起來，不再爭先恐後。沉默良久，還是那個嘴特厲害的先說：

「我們來到中國的海邊，正整理物件準備上岸的時候，忽然一陣海風颳過來，那文書被吹到海裡去了，好在國王的貢品還在，這是假不了的。」

另一撥人也說：「我們的文書也在海上被大風颳跑了，這些天一直在爲這件事情著急，都不知回去如何向國王交代哩。」

鄭和與蘇天保都淸楚，這樣的事情在以往的貢使中也發生過，甚至貢物被海水吞噬了的也有，海路漫漫，這些事在所難免。只是同時發生在他們身上，卻有些蹊蹺。

鄭和不動聲色，慢慢喝了一口茶，突然問：「你們來中國經過了弱水三千嗎？」

兩撥人一聽這話，都愣了一下，然後都回答：「經過了，經過了。」

鄭和又問：「你們過弱水的時候有何感覺？」

他們想了想，其中那個眉目最清秀、嘴皮子最厲害的說：「過弱水時風平浪靜，感覺到了大海的風柔，不愧是弱水。」

另一撥說：「我們過弱水的時候，雖有些風浪，船還是蠻平穩的，弱水並不弱。」

馬歡聽了差點笑出聲來，鄭和迅速用眼神制止他，接著又問：「請教一下，何謂弱水啊？」馬歡特地將「弱水」二字翻譯了好幾遍，這時兩撥人都面面相覷，作聲不得。

鄭和又問：「請問溜山國有多少溜，大溜多少，小溜多少？」

他們支吾著，七嘴八舌，有的說三大溜十小溜，有的說五大溜九小溜，莫衷一是。

蘇天保這時也看出來，鄭和接連提出的幾個問題，讓這兩撥人都露餡了，脫口說道：「看來你們全是假貢使，一個真的也沒有。」

那個口齒伶俐的卻不饒：「憑這樣幾句問話，就能斷定我們是假貢使，你們天朝的人斷事也太草率了。」

馬歡代替鄭和回答：「讓我來告訴你們吧，弱水就是溜山國周圍的那片海，因爲那裡的海水浮力比較小，船到那裡吃水變深，弄不好還會下沉，故稱弱水，也叫軟水洋。」

劉鴻也說：「我們雖然還沒有去過溜山國，卻都知道溜山國有八大溜、三千小溜，你們若是溜山國的人，難道連這都不知道？」

蘇天保恍然大悟：「看來，你們不但冒充貢使，還冒充溜山國人。」

那個嘴厲害的還強辯說：「其實，這些事我們何嘗不知道，只是沒有見到大明天子不想說而已，你們無端將我們羈留在這裡，誰知你們是眞是假啊。」

蘇天保氣憤地說：「你，你如此強詞奪理，一定是哪個番國的不法之徒。」

劉鴻聽了這話，一步衝上去抓住了那個利嘴的脖領，只聽「哎呀」一聲，大夥一愣，原來那人的上衣被拉開，露出兩隻粉嫩的大奶子來。那人臉色立刻變得緋紅，趕忙用衣襟掩住自己的胸前。兩撥人都不約而同驚叫了一聲，也都下意識地拿手護住了自己的胸脯。劉鴻的臉也羞紅了，尷尬地退了回來。

蘇天保驚愕地說：「眞是糟糕，連人都是假的，女扮男裝。」

鄭和扳著面孔問道：「你們到底是什麼人，爲何要女扮男裝？」

兩撥人一齊跪倒在地，掩面而泣。那個被扯開衣襟的女人，一邊繫著鈕扣一邊流著淚，聲音楚楚動人：「實不相瞞，我們是女兒國的人。」

在場的中國人無不感到驚訝，那個女兒國，連見多識廣的鄭和也只是聽人說起過，不清楚這個國家究竟在哪裡。其他的人更是只從戲文裡聽到過，都認爲那是編戲文的人瞎編出來的，不想今天會在這裡冒出女兒國的人來。

鄭和仍舊讓她們坐下來，繼續問道：「妳們是女兒國的什麼人，來中國幹什麼？」

兩撥女人幾乎同時回答：「我們是女兒國的商人，想來這裡做生意。」

那個伶牙俐齒的女人補充道：「我們原來只跑鄰近女兒國的一些島國，在那些國家聽人說『若想富，要去貓里務（即今菲律賓）』，我們便去了貓里務；到了貓里務，又聽人說『若想發，去中華』，我們這就跟著別國的商船來。」

鄭和又問：「妳們來這裡老老實實做生意好了，爲何又要冒充貢使？」

還是那個利嘴女人回答：「都是聽了那些異國商人的話，他們說大明天子厚待各國貢使，來到這裡行路坐舟車，吃住在驛館都當上賓招待，不必自己花錢，出售的貨物除了胡椒以外一律都免稅。」

另一撥女人中那個爲首的也搶著說恭維話：「那些人說，大明天子最是仁德，在朝貢貿易中總是厚往薄來，做生意的拿貨物充貢品準能賺上一大把回去。」

蘇天保說：「妳們爲何要冒充溜山國的人呢？」

依舊是那個利嘴女人說：「聽說在中國做生意的都是男人，我們要女扮男裝，只好冒充男兒國的人了。其實那個溜山國我們也沒有去過，什麼『弱水』，什麼『大溜』『小溜』，壓根就不知道，事先該打聽清楚就好了。」

另一撥女人指責她說：「都是妳們鬧的，沒有妳們來攪局，也不會有今天這樣的尷尬。」

那個利嘴女人更是氣急敗壞：「妳們等著吧，回到女兒國，看我怎麼收拾妳們。」

女兒國的女人著實厲害，到這份上還是針尖對麥芒，誰也不肯讓誰。大家聽她們吵得熱鬧，都忍俊不禁笑了。

鄭和忍住笑打聽道：「妳們女兒國在什麼地方？」

那個眉眼十分清秀的女人搶著回答：「我們也不明白那是什麼地方，只知道從女兒國出來往東，船行三、五天就到了蘇門答剌。」

鄭和又問：「聽說女兒國只有女人，沒有男人，是否眞是這樣？」

還是那個女人回答：「大人眞會說笑話，只有女人沒有男人，小人兒從哪裡來，女兒國不早該絕種了？」她瞅了鄭和一眼，爲了一個媚笑，繼續說：「只不過我國的男人生得委瑣些，做事也窩囊些，裡裡外外都靠女人，這才有了女兒國的稱號。要是我們都能嫁得像你們天朝這樣的男子，也用不著漂洋過海，來這裡出乖露醜了。」這話無疑是想博得天朝男人的同情，能夠從輕發落。

鄭和與蘇天保悄悄交換了一下意見，他們都想到聖上經常強調，番人來中國不懂天朝的規矩，觸犯了條例，還是要寬大爲懷，以柔遠人。兩人放輕聲音統一了意見：「得饒人處且饒人吧。」

蘇天保坐直了身子，正色道：「妳們的行爲干犯了大明的律令，本當重重治罪。不過念妳們都是弱女子，不遠萬里而來，實屬不易。這次寬恕妳們，今後可不能再學那些奸猾之徒，做蒙人騙人的事了。」

那些女人聽了馬歡的翻譯，如釋重負，都要拿出龍涎香答謝幾位好心的中國官員。鄭和與蘇天保堅決謝絕她們的這份重禮，鄭和對市舶司的人說：

「這龍涎香，聖上早有旨意，是要專門收購的珍貴香料，你們都收購過來，派專人送到宮裡去。女兒國的商人頭一次來到中國，人生地不熟，又都是弱女子，有諸多不便，在買賣方面要給他們提供一些方便，公平交易，別讓她們吃虧。」

市舶司的人恭身立在一旁觀看了鄭和辨別假貢使的過程，十分佩服他斷案的能耐，鄭和吩咐的事，他們都一一答應。

鄭和又對女兒國的人說：「請妳們捎句話給國王，天朝願意與女兒國友好往來，也歡迎她派人來中國做生意。」

那個眉目清秀的女子不知不覺又恢復了當貢使的幻想，斗膽說道：「這話我可以回去轉告本國國王，只是我們迢迢萬里來到中華大地實屬不易，能否有幸去南京拜見大明天子？人都說他對番國的人挺好的，說話和顏悅色，賞東西也大方。」

鄭和說：「大明天子操勞國事，日理萬機，況且此刻也不在京師，妳們還是做完買賣趕緊回去吧。」

那個女人又央求道：「我們能否見見那哪個三下西洋的總兵元帥鄭和，商船上好多人都說他文韜武略樣樣都行，待西洋諸國十分友善，人也生得標致，是個偉男子。」

蘇天保指著鄭和對她說：「看來妳只是嘴厲害，眼力勁兒可不行，總兵元帥鄭和就坐在妳的面前，卻都不知道。」

那女人仔細盯了鄭和一眼，臉上露出燦爛的笑容：「果然名不虛傳。」

這群女兒國的女人離開以後，蘇天保苦笑著對鄭和說：「忙了這些年，也不知接待了多少假貢使。眞是『楚王好細腰，國中多瘦女』，聖上喜歡番國都來納貢，結果眞假貢使都紛紛跑來了。」

鄭和回答：「這也不奇怪，海門一開，難免魚龍混雜，泥沙諸下，只是給你們多添了一些麻煩而已。」

馬歡興奮地說：「名不見經傳的女兒國都有人慕名而來，萬邦賓服可以說是名副其實了。」劉鴻卻一直爲自己的冒失感到不好意思，後悔莫迭地說：「瞧我今天做的這叫什麼事，把一個西洋女子的衣襟當衆扯開來了。」

馬歡笑著安撫道：「那動作雖然魯莽了一些，可也就是你那一把加快了斷案的進程。」

那個名叫白清的太監，自告奮勇，要解送龍涎香進京。蘇天保惦著要陪同鄭和再走幾個地方，也就順口答應了他的要求，只是囑付他：「龍涎香可是無價之寶，一路要多加小心，謹防落入賊人手裡。」

四、「這個世界亂了套」

杭州靈隱寺在洪武年間重修過，琉璃瓦全換了新的。鄭和在初次奉旨下西洋的時候，曾經到杭州督辦蘇杭織錦偷空去過靈隱寺，對那裡的琉璃磚瓦流光溢彩印象頗深。鄭和這些年到過不少名山的寺廟，也看了不少西洋番國的建築，對琉璃磚瓦的選擇，眼光很高。他一路看了不少地方，都不中意，便決定來杭州靈隱寺仔細看過究竟。蘇天保是佛門中人，也早有到靈隱寺參佛並與該寺的高僧交流佛學的打算，便與鄭和做伴來到這裡。

靈隱寺的主持長老見他們是從皇帝身邊來的，又都是虔誠向佛熱心鑽研佛學的人，對他們很熱情。鄭和談到聖上要重修南京天禧寺，建立天下第一剎，修一座世界最高的琉璃塔，那位老和尚的心情也不由激動起來，高聲連念「阿彌陀佛，阿彌陀佛」。靈隱寺長老在本寺修行整五十年，廣結善緣，非常熟悉浙江、江西一帶燒製琉璃磚瓦的窯主。他熱心陪同鄭和、蘇天保跑遍了杭州附近的窯廠，沒有想到那些窯主聽說朝廷建寺所要的琉璃磚瓦，工藝要求高，時間要求緊，花紋圖案十分複雜，價錢還壓得很低，並不那麼熱心。只是礙著長老的面子和皇家的威嚴，不好當面拒絕，卻都想出不少理由推三阻四。有的窯主說得客氣一些：「朝廷的事我們理當盡力，只是掌窯老師傅都不在了，剩下年輕的徒弟難以當此重任。」有的窯主分明在撒謊：「我們的窯快塌了，不知何時能修理好哩！」還有的一個勁兒訴苦：「現在窯上的開支日益增大，已經難以為繼了。」

鄭和一行不得已去找杭州知府，想請地方官員出面幫助督辦。鄭和的名字在地方上已是如雷貫耳，知府聽說他大駕光臨，排著執事遠迎高接。他們來到知府衙門，鄭和喝了兩口知府家人奉上的龍井茶，迫不及待對知府說：

「本官因奉旨重修天禧寺，特來杭州選定專門窯廠燒製琉璃磚瓦，此事還得仰仗知府大人多多費心才是。」

這位知府剛上任不久，巴不得有機會在皇上面前獻殷勤，趕忙回答說：「這是卑職份內之事，只是不知所需的數量、期限，還有規格，以及朝廷願意出的價碼是多少，請詳加說明，下官努力去辦就是。」

鄭和一一詳細告知。這位知府聽罷，半天沒有吭聲，最後爲難地說：「大約朝廷還不知道，如今世道已經不比從前了，過去那些燒瓷器和燒琉璃磚瓦的窯主，還有那些絲綢製造的作坊老闆，只要聽說是接宮裡的活，無不引以爲榮，十分巴結。現在卻嫌官府規矩太大，價錢太低，都不怎麼樂意接朝廷的活了。」

鄭和驚問：「這是爲何？」

知府說：「這幾年大量番國的商船湧進，都用頗高的價錢收購瓷器、絲綢、茶葉，也有一些東洋商船大量收購琉璃磚瓦，他們把瓷器、絲綢、琉璃磚瓦的價錢越抬越高，很多窯主和作坊老闆一心只想作番人的生意，不再熱心官府的事務了。」

鄭和說：「這些東西一直都是官府統一收購進行專營，與番國的交易也只能由市舶司出面，怎麼會出現這種情形呢？」

蘇天保聽了笑道：「其實始作俑者還是你這位總兵元帥，你從西洋帶來那衆多的番國使團，聖上又允他們在官營之外私下作些生意，民間的貿易自然也就跟著發達起來了。」

鄭和聯想到很多番商冒充貢使的事，十分擔心地說：「這可是始料不及的事情，朝廷那些大臣若是知道了，肯定又會作出一篇反對下西洋的文章來。」

杭州知府趕忙說：「依下官之見，這也不是什麼壞事，這兩年地方百業都興旺起來，朝廷稅收也在增加，與其壓制民間作坊，不如朝廷把價格適度提高一些，採取鼓勵的辦法，或者朝廷自己興辦一些官窯和官辦織造。如此官民兩利，各得其便，實則大的利益還在朝廷。」

鄭和點頭贊成道：「能這樣作，再好不過了。」

他們談得很投機，當晚知府請鄭和一行吃杭州特色菜，品嘗西湖翠魚，他們趁機逛了蘇堤，看了「三潭印月」。

鄭和與蘇天保從杭州動身返南京，一路上留心察看市況，果然與前些年大不一樣了。水陸兩路，商賈的舟車往來不絕，販賣絲綢、瓷器、漆器、棉布、茶葉以及其他貨物的，擠滿了河道與驛道。街市上的各類作坊，也如雨後春筍，繅絲的，彈棉花的，織布的，刺繡的，碾玉的，開染房的，打造金銀首飾的，應有盡有。好多地方的農人不再跟在牛屁股後邊耕田，一些讀書人也不再安於十年寒窗之苦，挽著舟車加入了販運貨物的行列。鄭和看著這情景，想起了李白的詩句，嘴裡輕輕吟誦道：「吳牛喘月時，兩岸饒商賈。」

這一天，他們的船來到揚州，正趕上正午時候。鄭和對揚州有著一種很特殊的感情，他命船夫將船靠了碼頭，要在這裡吃頓午飯。蘇天保也很高興能有揚州之遊，馬歡及劉鴻等人緊隨其後，來到瘦西湖，走進瘦湖樓。鄭和曾經同沈涼在揚州住過一些時候，對這個城市還算熟悉。瘦湖樓鬧中取靜，是當地數一數二的酒樓。沒有想到的是，他們剛進酒肆的大門就被擋了駕，酒保客氣地說：

「幾位客官大概還不知道，本地兩大首富今天中午大宴賓客，特地招呼過不許閒雜人等來此打攪。」

劉鴻聽了很不高興地嘟囔道：「什麼鳥首戶，派頭這麼大，他們來這裡吃飯，就不許別人來這裡吃飯，是何道理！」

酒保奇怪地說：「你們難道不知道，一個是鼎鼎有名劉員外，另一個是鼎鼎有名的張大戶，他們願意出錢把酒樓包下來，我們能說一個『不』字嗎？」

馬歡解釋說：「我們是南京城裡的，有公務在身，只要幾個素菜，趕緊吃了趕路，不會招誰惹誰。」

酒保還是不肯答應，劉鴻便同酒保爭了起來。這時掌櫃的聽到外邊有吵鬧之聲，立刻從賬房走了出來。他打量這夥客人雖是尋常打扮，卻氣宇不凡，心裡清楚絕非等閒之輩。他們開酒肆的，多一個場面上的朋友多一條生財之路，立刻賠著笑臉將他們讓進樓上一個很精緻的雅間，隨即放下簾子，囑付他們只管吃自己的飯，別管外邊的事。

鄭和問他：「所謂首富，一個地方理應只有一個，怎麼揚州城裡會冒出兩個首富來？」

掌櫃的低聲說：「劉員外是本地世代相傳的財主，揚州地方差不多有一半的田產都是他家的，他還有個姓楊的外甥在朝廷當大官，是本地公認的名門望族。張大戶原來只是個小買賣人，父親那一輩還是提著籃子沿街吆喝的小販，不想這些年同番人做生意大發了，也自稱首富。兩人就爲爭誰比誰富，一直在較著勁哩。」

蘇天保問：「今天中午請客，他們就爲誇富鬥富？」

掌櫃的說：「還不都是錢多燒的。」

沒有多久，外邊的兩撥人陸續都來了。劉鴻將門簾撩開一道縫，讓大家能看到外邊的光景，鄭和與蘇天保都懷著莫大的興致，想看個究竟。劉員外這邊的客人，都是揚州的鄉紳和財主，穿的都是朝廷規定的服飾。那個張員外身著朝廷大員親屬的冠服，烏紗帽，軟腳垂帶，圓領衣，烏角帶，足蹬官靴。雖然有些神氣，卻很古板，也不光鮮。劉員外的客人都是庶人服，頭戴四方平頂巾，身穿雜色盤領服，大多留著山羊鬍子，說話也都是之乎者也的；那邊張大戶的客人無疑都是買賣人，看得出很多都是新近暴富的，穿著打扮講究光鮮卻無規矩，手指套著碩大的金戒，嘴裡鑲著金牙，吐出的話卻都是鄙俚俗語。

劉員外一看這班人的派頭，氣上心頭，摸著下巴上的山羊鬍子說：「現在是江河倒流，世風日下，連沿街叫賣的鄙俗之徒也披上綾羅綢緞，眞是沐猴而冠，沐猴而冠。」

張大戶不知「沐猴而冠」是什麼意思，聽到對面傳來一陣哄笑，知道不是什麼好話。他放開嗓門把話接過來：「我們有錢穿得起，眼紅也沒有用。不像那些土財主錢櫃裡沒有幾個銅錙，還硬著頭皮充闊氣，那才是吊死鬼搽粉——死要面子。」

劉員外說：「洪武帝可是立了規矩的，種田人可以穿綢，商賈只能著布，亂了規矩就是犯了王法。」

張大戶接過話說：「莫把去年的皇曆拿到今年來看，現在不是洪武帝，是永樂爺了。」張大戶的話也贏得了自己客人的喝采，送還給對面一陣哄笑。

劉員外一抬手，家人將他府裡幾代珍藏的字畫都搬來掛滿了酒肆的一大面牆。張大戶看見，也把手一招，他的僕人抬來了從番國進來的高大珊瑚樹，還有紅雅胡、黃雅胡粘成的假山，沉香木的雕刻，不但光彩奪目，而且滿室生香，連劉員外的客人都忍不住伸長脖子往這邊瞧，還抽著鼻子聞那香氣。

劉員外發狠道：「掌櫃的，給我把揚州城裡所有的評彈高手都請來，老夫今日請客，要增添雅興。」

掌櫃的早就準備好了，一拍巴掌，走進一大群穿紅著綠的女子，齊齊彈了一曲《金玉滿堂》。

那邊還沒有來得及喝采叫好，張大戶可著嗓門喊：「掌櫃的，打開窗戶，我將京師秦淮河所有的畫舫都雇來了，每船一百個吹簫的女子，我們也玩點雅的，『二十四橋大白天，玉人在此競吹簫』。」

他的話音剛落，臨湖的窗戶一齊敞開，只見長長一隊畫舫偎紅擁翠，從窗前緩緩駛過，悠揚的簫聲借著水音傳來，十分悅耳，惹得所有的人都抬起屁股往外觀看。這實在出人所料，劉員外的座上客也不由自主跟著喝采。

劉員外見自己事事都處在下風，有些坐不住了，咬了咬牙想作最後一搏，嘶啞著嗓門高聲喊道：「掌櫃的，我們要吃長江裡剛出水的鰣魚，趕快派人到江裡去撈，十兩銀子一斤，有多少要多少。」

掌櫃的答應一聲，立即派船派人去長江裡張網捕魚。

張大戶應聲說：「我們想吃長江裡的江豬，一百兩銀子一斤，也是有多少要多少。」

劉員外不能不算算賬了，時下穀米價錢上不去，田產也賣不出好的價錢來，再跟這小子鬥下去，不但祖產要敗在他手裡，耕讀傳家的門風也得敗在他這一代。幾個鄉紳知道再鬥下去，這個劉員外恐怕連褲子都得送進當鋪了，一齊來勸他：「這些宵小之輩，得志便張狂，有財也守不住的，劉翁莫同他們一般見識，莫同他們一般見識。」

劉員外只能就坡下驢，氣急敗壞地說：「這都是那個鄭和下西洋鬧的，人心如此不古。永樂爺若是再讓他們這麼折騰下去，大明江山危在旦夕，可歎，可歎。」

劉鴻早就看不慣這兩個人的作爲，聽那老傢伙竟然罵到總兵元帥的頭上來了，更是氣憤不過，門簾一掀，就要出去找他評理。鄭和一把拉住他不讓出去惹事，繼續側耳聽聽外邊的人說些什麼。

那些鄉紳都附和說：「如今跑買賣的吃香，當工匠的得意，種田的不安其業，『萬般皆下品，唯有讀書高』，也成了一句空話，這個世界眞的亂套了。」

鄭和默然，他想起了在柯枝國看到的情形，大家議論的士、農、工、商錯位的那些話，沒料到這麼快就在中國露出苗頭來了。

五、龍涎香爭奪戰

鄭和回到南京的府邸，沈涼剛接了行李，就著急地說：「你還不知道吧，宮裡出事了。」

鄭和忙問：「什麼事情？看把妳急的。」

沈涼說：「內宮總管王虎領著一幫小宦官，與紀綱的人打起來了。」

那個王虎當年慫恿貓兒一起盜賣下西洋的物資，貓兒被聖上判了死罪，王虎卻在紀綱的庇護之下啥事沒有。這些年因了皇上的寵信，他領著一幫宦官到處胡作非爲，與錦衣衛的人已經不相上下了。鄭和十分厭惡地說：

「都不是省油的燈，隨他們去吧。」

沈涼說：「他們把你也給拉扯上了，我這才著急要告訴你。」

鄭和不知他們的事怎麼會牽扯到自己，便仔細打聽起來。原來宮裡派到寧波市舶司當督辦的那個太監白淸，早就與王虎有所勾結，他爭著解送從女兒國商人那裡收購來的龍涎香，就沒安什麼好心，想與王虎一起做手腳，在半路上私分了這批龍涎香。紀綱在寧波市舶司也有自己的內線，得知了這一消息，便也打起這批龍涎香的主意來。紀綱想龍涎香都快想瘋了，棗木釘在滿刺加找鄭和要，碰了一鼻子灰，差點沒把他氣死。寧波的這批龍涎香，他非弄到手不可。他掂量過自己的分量，王虎那小子可不是他的對手，有點讓他發怵的還是鄭和。知道這事在寧波不好下手，萬一鄭和出面干預，打不著狐狸還得惹一身騷。他找來棗木釘，要他設法找人在半路上截獲到手。王虎也好，鄭和也好，到時候渾身長嘴也說不清楚。

紀綱作爲錦衣衛的頭子，這些年自恃有當今聖上的信賴，在朝廷裡要風得風，要雨得雨，貪婪之心也毫無拘束地膨脹起來。他私下給自己樹立了兩個目標：一個目標，凡是朝廷大臣擁有的好東西，只要他喜歡，就必須弄到手，曉事的主動奉獻給他可以破財消災，不曉事的將其整死也得把東西弄過來。即使有些已經內定要處死的大臣，他也是先用花言巧語把人家的金銀財寶騙到手，然後抹下臉來再動刀子。都督薛祿是朱棣的靖難功臣，娶了一個年輕漂亮的道姑爲妾。不料紀綱也看上了這個風流標致的女道士，便登門找薛祿索要，還涎著臉說：「薛大人已經捷足先登了，就讓本官喝一回你的洗腳水吧。」那個薛祿怎肯將嬌娃拱手送人，且自恃官階比紀綱高，資歷也比紀綱老，根本就沒有搭理他。不想，有天兩人在路上撞見，紀綱連話都不說一句，突然用鐵撾往薛祿的腦門砸去。那位靖難功臣腦漿子差點都被砸出來，虧得他命大，大難不死，卻只能忍了這口惡氣，一聲也沒敢吭。對紀綱來說，殺個把大臣如同踩死一隻螞蟻。另一個目標，凡是皇上有的東西，他也得有，一樣也不能缺。皇帝選嬪妃宮女，這是多麼敏感的事，擱到別人頭上誰敢染指？他紀綱就敢，在代皇帝選美的時候，硬把其中最具姿色的截留下來，自己納爲小妾。他還得意地說：「皇帝的女人多著哩，我之所取鳳毛麟角而已矣。」

紀綱其實並不懂得龍涎香，只是看見皇上視龍涎香爲至寶，多次命鄭和在西洋悉心搜求，他自然也不甘落後，有皇上的一份，就得有他的一份。這回，他又把截獲寧波市舶司那批龍涎香的事，交給了棗木釘，一再叮囑他：「這是探囊取物的事，若是還辦不好，你把自己的腦袋割下來當夜壺算了。」

棗木釘三次下西洋，都沒有能夠討得主子的歡心，心裡正惶惶不安。他要抓住這個天賜良機，爲自己掙回面子，因此在紀綱面前表現得格外賣力。他帶了十幾個人從南京乘船順流而下，去迎白清那小子乘坐的從寧波逆水而上的船，這回運氣不錯，兩船在瀏河口附近相遇。棗木釘的坐船靠了過去，縱身跳上寧波船，很有派頭地問：「你們這是從寧波市舶司來的船？」

船上的人見他派頭不小，知道有些來歷，連忙回答：「是的。」

棗木釘又問：「誰是白清？」

白清不認識這個棗木釘，卻也不敢怠慢，立即站起來說：「在下便是。」

棗木釘將他招呼過來，附耳低語：「宮裡得知近日又有番商帶了龍涎香來寧波，讓你趕緊轉身回去弄到手裡，千萬不能流失出去了。」

白清著急地說：「那怎麼辦？我手中這筆貨還沒護送到哩。」

棗木釘說：「宮裡派我到此，就是來接這批龍涎香的。你把這批龍涎香交給我，你們即刻調轉船頭返回寧波去。」

白清警惕地問：「您老人家是……」

棗木釘立刻亮出宮裡的腰牌回答：「我是內宮王虎總管派遣來的，他讓我告訴你，若是將那批龍涎香放跑了，要你提頭去見他。當然辦好了他會重重賞你，還要奏請聖上召你回宮，封你爲尙寶司太監。」

白清一聽這話高興了，連忙說：「這樣也好，免得耽誤時間，夜長夢多。」

他迅速將打了封條的那個裝龍涎香的匣子交到棗木釘手裡，棗木釘還主動給白清開出一張收據，讓他帶回市舶司好去交差，一切都做得天衣無縫。兩人皆大歡喜，各自調轉船頭，一個溯流而上，一個順水而下，各奔東西。

棗木釘爲這龍涎香受過不少窩囊氣，在滿刺加想看上一眼，那個蒲日和都不讓。今天居然唾手而得，自然興高采烈，忍不住打開了匣子，從裡邊取出龍涎香來，悉心賞玩。他捧在手裡仔細觀察，看這玩意兒黑不溜秋，髒兮兮的，其貌不揚。再將鼻子湊過去，不但沒有想像中的異香，反倒有一股難聞的腥味，連吐了幾口唾沫，驚奇地說：

「這東西不香且腥，哪裡會是龍涎香，莫非白清那小子在耍弄我們不成？」

他的手下人也都沒有見過龍涎香，拿過去一嗅，嗆進鼻子裡的也是那股腥味。其中一個說：「龍涎香肯定不會是這個樣子，我們大概中了他的掉包之計了。」

另一個事後諸葛亮說：「我早就看出其中有詐，眞要是與黃金等價的龍涎香，那傢伙豈能這麼痛痛快快交給我們？」

棗木釘老羞成怒，忙命坐船重新調頭去追趕，嘴裡恨恨地說：「這傢伙吃了豹子膽，竟敢耍弄老爺，我要剝他的皮。」

他們的船追出不遠，迎面撞見了內宮總管王虎的船急匆匆從下游開過來。棗木釘這幾年跑西洋，很少有機會到宮裡走動，並不認識大名鼎鼎的王虎，連忙將船靠過去，向他們打聽碰見那條寧波市舶司的船沒有。這也是冤家路窄，王虎正在找他，他卻主動找上門來，投食虎口。王虎與白清共謀這批龍涎香，原來以爲可以人不知鬼不覺進入自己的囊中，沒想到消息被泄露出去了。有人告訴他紀綱也在打這批龍涎香的主意，他料到白清不是紀綱的對手，擔心路上會有閃失，便趁皇帝不在南京的空閒，偷偷跑出宮來，坐了船早早趕到長江口外去迎白清。他沒想到起個大早趕個晚集，竟與寧波市舶司的船失之交臂，等到發現白清，這傢伙已經兩手空空，有人攔路劫走了龍涎香。王虎氣得差點背過氣去，當即押了白清回轉頭來追趕騙走龍涎香的人，不想在這裡撞了個正著。

王虎當時就料定這事一定是紀綱手下人幹的，他這個內宮總管在宮裡跺跺腳也是山搖地動，別的人沒這麼大的膽子同他作對。經過白清指認，知道龍涎香就是被眼前這個人騙走的，王虎心裡頓時有了主意。他不動聲色地對棗木釘說：

「我們這船就是寧波市舶司的，也正在追趕那條船哩，只不知你們找寧波市舶司的船有什麼事情，看看我們能否幫得上忙。」

棗木釘反問：「你們爲何也要追趕那條船？」

王虎故作神秘地說：「因爲發現送往宮裡的一個匣子弄錯了，這可是欺君的大罪，性命交關的事，得趕快追上他們把那個匣子換回來。」

棗木釘見對方是寧波市舶司的人，又說出這些正中下懷的話來，立刻問：「是不是裝龍涎香的匣子？」

王虎回答：「正是，正是，尊駕如何知道？」

棗木釘又把他在白清面前演過的戲重新搬出來：「我就是宮裡派來接收寧波那批龍涎香的，你們市舶司那個叫白清的傢伙眞是糊塗油蒙了心，竟敢用假龍涎香來矇騙朝廷，我正要攆上他的船找他算賬哩。這回好了，快把眞的換過來，你們放心了，我們也放心了。」

王虎笑著說：「只不知白清交給你們的是個什麼樣的匣子，裡邊裝的是什麼東西，能否讓我們先看一看？」

棗木釘忙把那個匣子遞過來說：「你自己看吧，這麼腥臭的東西，能是眞的龍涎香？」

王虎接過匣子，笑嘻嘻地說：「是眞是假，由我們來辦理，不勞你們再操這份心了。」

棗木釘一聽這話，立刻虎著臉說：「蚊子打呵欠，好大的口氣，你們到底是什麼人？」

王虎抹下臉來說：「本人就是內宮總管王虎，你是哪裡來的刁民，竟敢冒充皇宮裡的人，在此招搖撞騙，該當何罪！」

棗木釘傻了眼，忙說：「這是錦衣衛紀大人交辦的事，你快把那匣子還給我，有話你找紀大人說去。」

他一聲招呼，錦衣衛的人就要跳過船來，動手搶王虎手中的匣子。這邊船上的水手，立刻將船撐開一步。棗木釘的人若不是及時收住腳步，差點兒都掉進了江裡。王虎老羞成怒地說：

「龍涎香是聖上交代我們內官辦的事，跟你們紀大人有什麼相干，還不快點給我滾！」

錦衣衛從來沒見過還有比自己更惡的人，都氣得嗷嗷叫，一齊操起兵器殺了過來。王虎從宮裡帶出來的宦官也是頗有身手的，一個個舞刀弄槍迎了上去。雙方在水上交起手來，刀槍相碰，叮叮噹噹，冒出無數的火花。錦衣衛的人廝殺本領還是高出一籌，若干回合下來，王虎的人之剩下招架之功，再無還手之力。

這時，大明船隊的人正在長江中操練水戰，周聞領著幾艘戰船剛好從這裡經過，看到江上有人打了起來，不知發生了什麼事情，迅速靠了過來。王虎見了大喊：

「快來人呀，快來人呀，這夥人要搶總兵元帥鄭和的龍涎香啊。」

周聞和他手下的人一聽有人竟敢搶總兵元帥的東西，不分青紅皀白一齊向棗木釘的船包圍攏來。周聞一看又是棗木釘在作亂，命那些士兵朝死裡揍他。棗木釘這才明白自己連下手的地方都選錯了，瀏河口現在是鄭和的天下，好漢不吃眼前虧，趕緊開船落荒而逃。

棗木釘狼狽逃回南京，紀綱雷霆震怒，幾個大耳刮子打過去，棗木釘的半邊臉立刻紅腫起來。他捂著火燒火燎的臉分辨道：「那玩意只有腥味，沒有香氣，他們是在用假龍涎香騙我們。」

紀綱氣急了，又往他另半邊臉扇了幾巴掌，大罵道：「你是個十足的飯桶，蠢貨，人都說龍涎香腥味越重越貴重，虧你還跟著下了幾回西洋，瞪著眼睛把最珍貴的龍涎香放跑了。」

紀綱豈能吃這樣的啞巴虧，直接闖進宮裡去找王虎索要。

他在後宮不敢撒野，好言好語對王虎說：「打狗還得看主面，棗木釘好歹也是我的人，你不能平白無故把他手中的東西搶了過來。」

王虎有恃無恐，並不怯他，笑肉不笑地說：「龍涎香是聖上欽點總兵太監鄭和辦的差事，理應歸後宮管，紀大人的手可別伸的太長了。」

紀綱在人屋簷下，權且放下架子，悄聲央求王虎：「我們二一添作五，對半分行不行？」

王虎卻唱高調：「那是聖上的愛物，我們在後宮侍候聖上的人，豈敢作欺君枉法的事呀。」

紀綱忍無可忍說：「你以為本官不知道你們那些貪贓枉法的勾當，小心捅出來，叫你們死無葬身之地。」

王虎冷笑一聲：「那就走著瞧吧，還指不定誰死無葬身之地哩。」

兩個人半斤對八兩，都仗著主子的寵愛，狐假虎威慣了，誰也不讓誰。他們也都知道皇上此刻還在路上，過幾天才能回宮，「山中無老虎，猴子充大王」，雙方都肆無忌憚，將宮裡吵得烏煙瘴氣。兩個人的吵鬧聲驚動了監國的東宮太子朱高熾，他見兩邊都是惹不起的，只有好言相勸：「你們有什麼話，等聖上回來再說，別在宮裡鬧了。」紀綱出了宮門，還是罵不絕口：「你們這些閹豎小人，總有一天逃不脫我如來佛的手掌心。」宮牆雖高，沒有不透風的牆。滿朝文武很快都知道了錦衣衛與後宮宦官爭搶龍涎香的事，大家議論紛紛。有罵錦衣衛賊膽包天的，也有罵「閹人結黨營私」的，還有錦衣衛和「刑餘小人」一起罵的：「狗咬狗，一嘴毛。」

王虎眼看事情鬧大了，想想還是有些擔心，尋思要找個墊背的，天塌下來有人替他頂著。他將那一匣龍涎香勻出一些來，用塊絹包了，來到鄭和的府上。金花在宮裡多年，認識這個王虎，遠遠看見連忙請了沈涼出來，兩個女人將王虎攔在大門外邊。

王虎說：「總兵元帥三下西洋，現在又忙著修報恩寺，眞是勞苦功高，也爲我們後宮的人爭了光。我得了點龍涎香，特地送來表達一點敬慕之情，煩請通報一聲。」

金花說：「總兵元帥在外邊忙修建天禧寺的事情，壓根就不在家裡。」

王虎問：「此刻他在哪裡？」

金花說：「他是個閒不住的人，此刻在哪裡連我們也不知道。」

王虎立刻說：「交給妳們也一樣的，請告訴他老人家，王虎特來登門拜見就行了。」說著掏出那絹包，伸手遞了過來。

沈涼連忙擋住說：「鄭府立了一條規矩，只受皇恩，不納分外之財。龍涎香這麼貴重的東西，肯定是不敢收的。」

金花在宮裡的時候，王虎還是個小宦官，用不著對他客氣：「怎麼，剛當幾天總管膽子就大了，敢私自拿皇上的東西送人了？」

王虎知道這兩個女人都是自己惹不起的，連鄭府的門檻也沒能邁進一步，只得悻悻離去。沈涼和金花回到屋裡，告訴鄭和這事。鄭和說：「就是不能讓他進門，這是黃鼠狼給鷄拜年，沒安好心。」

六、力排眾議再遠航

朱棣雖然已經年過半百，還是精力過人，雄心壯志亦不減當年。他從北平返回南京，一路所見，都是豐收年景，升平氣象，心裡那股高興勁兒，都不知該怎麼表達好。這天晚上他在寢宮裡又一眼瞥見了唐朝宮廷畫師顏師古的那幅《王會圖》，仔細端詳唐太宗當年會見過的那些番王，想想自己也都會見過了。然而，他的心性和脾氣並不滿足於功追歷史上的漢、唐英主，他的理想早就從追漢唐跳躍到軼漢唐。他面對《王會圖》中的唐太宗，十分自信地說：「朕要比你們走得更遠一些。」

這天早朝，朱棣鄭重提出第四次遠航西洋，要求鄭和率領的寶船隊，要跨越柯枝、古里，到從未出使過的忽魯謨斯。這時的鄭和，儘管一直都在渴望著繼續自己的航海活動，卻在籌劃報恩寺一事上感受到籌集資金的不容易。他立即出班奏明聖上：

「到忽魯謨斯路途遙遠，所需費用必然要有所增加。前三次下西洋結餘的一百萬兩銀子，都挪去重建天禧寺了，船隊已無分文，請聖上吩咐儘快撥付銀錢早做準備。」

朱棣說：「寶船隊出使西洋，早就明確動用十三省的錢糧，傳朕的旨意要他們儘快將銀子送過來。」

夏原吉立刻出班奏道：「這兩年許多花大錢的事都擠到一塊，十三省錢糧專門用於船隊的規定早已打破，要湊齊四下西洋所需要的銀子，必須另想辦法。」

朱棣立刻發話：「不論從哪裡開支，戶部都得把銀子儘快湊齊，不能誤了下西洋的大事。」

禮部尚書呂震這時也出班啓奏：「各地官府近些時候多有反映，很多番國一年一貢，往來太過頻繁，接待人員疲於奔命，所費甚多，不堪重負。」

朱棣問蘇天保實際情形是否眞如地方官府所言，蘇天保回答：「確如呂大人所言，消耗在接待中的人力物力，已經成爲地方官府一個很大的負擔。」

朱棣對鄭和說：「沿途詔告各番國，往後每兩三年派使者來往一次足夠了，不必太過頻繁。」鄭和又奏道：「出使西洋諸國所需要的絲綢、瓷器等物，朝廷收購價格與番商收購的價格相距較遠，可否考慮在價格上適當放寬一些，導民以利。」

朱棣點頭：「先帝有言，『聞治天下當使無遺賢，不聞使天下無遺利，況且利不在官即在民，民得其利利源寬有益於官，官專其利利源狹反損於民』，這是治國要義，不可忘了。」

蘇天保也站出來啓奏：「瓷器與絲綢，現在僅靠民間收購和督造已經很難滿足需要，可否設立官窯和官營織造，確保今後朝廷所需。」

朱棣答道：「朕看了杭州知府的摺子，他也奏請由朝廷和地方官府直接經營，工部好好議一下。只是現在民間那些窯主和作坊老闆，怎會變得如此刁滑，連朝廷的話都不聽呢？」

楊榮聽此一問，搶著站出來啓奏：「臣以爲這都是鬆馳海禁的結果，海禁一開，番商大量湧入，且擅自採購這些朝廷專營的物件，本國商人自然見利忘義，再也不把朝廷放在眼裡了。」

楊士奇也乘機奏道：「臣最近一直惶恐不安，原本井然不紊的社會秩序，現在都變得亂哄哄的，販夫走卒一夜暴富，愚夫愚婦，效習夷風，連學而優則仕，都快要變成學而優則商了。」

朱棣沉吟了一會兒，不高興地數落楊士奇：「聽說你那位舅父竟在揚州跟市井小民比富，鬧得滿城風雨，成何體統！」

不少大臣都俯伏在地說：「實乃與西洋番國往來太過頻繁，致使番邦風氣亂我中華耕讀爲業、詩禮傳家的風範。」

新任國子監祭酒李時勉接著高聲說道：「中華上邦地大物博，日用所需應有盡有，何苦屢下西洋，捨本逐末，緣木求魚啊。」

朱棣忍不住挖苦了一句：「據朕所知，你們得了番香、番藥，無不當成寶貝似的，聽說你們之中有人囤積胡椒已逾百擔了，是否當眞？」

朱棣這話堵住了一些人的嘴，有的人心上心下，不知皇上這話是什麼意思，朝堂上一時冷淸下來。他朝下邊掃了一眼，看見袁忠徹站在角落裡始終沒有言語，便點著他的名問：「袁愛卿有何高見？」

袁忠徹對下西洋顯然失去了往日的熱情，卻一時不知說什麼好，只得含糊其詞地說：「臣昨日卜了一卦，日後的西洋路上，恐怕兇險不會少。」

一些反對下西洋的大臣又立刻活躍起來，他們中有人說：「天命不可違，祖制不可變，安分守己，方能天下太平。」

這時姚廣孝站出來說：「依貧僧所見，幾下西洋，已經帶來海外諸國與大明朝廷的和順，使得陛下能夠集中精力安定西北邊陲，給大明長治久安創造了有利條件。即此一點，善莫大焉。就是有些不周全的地方，出現一些以前沒有碰到過的情事，也在情理之中，無須大驚小怪。」

朱棣高興地稱讚道：「姚先生所言，如立高崗，看得深遠。朕意已決，大明寶船隊繼續遠航西洋！」

鄭和聽了姚廣孝的一席話非常感動。前幾年，他一門心思忙著下西洋，看到的只是西洋航路的開通，衆番國與大明王朝的關係越來越親近，沉醉在一種興奮和豪壯的情懷裡。這次在國內停留的時間長一些，親眼看到了發生在一些地方的現象，聽了一些反對下西洋的言論，心裡也有了一些不安，不知該如何分辨。道衍法師的一席話，有如醍醐灌頂，讓他心胸開闊了不少，也堅定了他繼續西洋之行的決心。

這時，站在朝堂上久未吱聲的紀綱說話了。他高聲說：「這些年下西洋也好，遠征漠北效力邊關也好，陛下多用內臣，長此下去，臣恐出現功高欺主之事，請聖上明鑒。」

朱棣看了紀綱一眼，訓誡道：「有話直說，話裡所指是誰，無須這般吞吞吐吐。朕常說敢言比敢行還可貴，已經三令五申向天下求直言，群臣歷來所言有不合朕意者，儘管朕也有不高興的時候，卻從不以言定罪。」

紀綱原來只想旁敲側擊，離間一下皇上與眾多內臣的親密關系，現在被逼到牆角上，只得硬著頭皮說：「內宮總管王虎就有貪贓欺主之罪。」

朱棣冷笑道：「你指的是那些龍涎香吧，王虎早就將其入庫了。朕倒聽說你的人在西洋就索要船隊拼著性命替朕尋得的龍涎香，這回鄭愛卿在寧波收購龍涎香，派人送回宮來，你又派人半路攔截，是何居心？」

紀綱一聽這話，嚇出一身冷汗，連忙俯伏在地，叩著頭說：「臣有失察之罪，今後對手下人一定嚴加管教。」

朝堂上的大臣平日對紀綱飛揚跋扈也是恨之入骨，今日皇上當堂對他訓斥，說明他開始失寵，大家應當為之高興才是。然而，紀綱在朝堂之上敢於提起皇上重用宦官的事，說出了一些朝臣藏在心裡的話。加上朝臣中有人眼看朱棣偏向宦官，對王虎淡而化之十分不服，便有意無意站到了紀綱一邊。還是楊榮率先站出來替紀綱解圍，也把攻擊的目標集中到宦官身上。這位自恃文武雙全不在別人之下的大臣，看到那天招待番國使者的宴會上鄭和大出風頭，文臣武將的夫人都那麼巴結他，心裡酸溜溜的，大著膽子說：

「宦官權勢過重，終究不是國家之福，而是國家之禍。」

朱棣不滿道：「朕剛才說過直言的事，所指是誰不妨說明白，莫非鄭和三下西洋之後專橫跋扈，有負朕的信賴？」

楊榮內心的那些想法，卻無法堂而皇之擺到桌面上，一時語塞。

夏原吉立刻站出來打圓場：「如總兵正使鄭和這樣，幾下西洋，難酬蹈海，莫說功勞，就是苦勞，也令人欽佩。臣等是爲大明的日後著想，擔心內臣功勞過大，爲其中奸詐之徒所利用，漢唐時期閹黨之禍可爲前鑒。」

楊士奇也立即補充道：「內臣良莠不齊，其中王虎就是莠中之最，據臣所知他在下西洋的物資採辦中確有貪贓枉法的劣跡，請聖上明察。」

朱棣不爲所動，很堅定地說：「統帥四下西洋船隊者，非鄭和莫屬。」他說完龍袖一拂，宣佈退朝。

鄭和懷著十分沉重的心情走出朝堂，不少人向他打招呼都聽而未聞，回到府裡也是悶悶不樂，滿臉的沮喪。今天的朝會使他覺出了自己的悲哀：在滿朝達官貴人的眼裡，紀綱可以引爲同類，他卻永遠是他們不屑與之爲伍的異類；在內臣中，他又成了被人利用的對象，王虎、白清等人就是在溝通西洋諸國這面大旗下，肆意侵呑朝廷的財富，做了很多讓人戳脊樑骨的事。而下西洋在社會上引發的那些現象，又是他難以預料的，更是他無法駕馭的。

沈涼泡了一杯香茶，遞到鄭和的手上，默默地在一旁坐下。多少年了，她都這樣，只要發現鄭和心情沉重回到府裡，便遞上一杯茶，默默坐在他的身邊，主動充當他傾訴內心痛苦的對象。鄭和看了她一眼，不由將自己這些日子憋在心裡的話都傾訴出來，最後唉聲歎氣地說：

「人生在世，想做一點事眞是太難了，做不好固然是錯，做好了也是錯，這不是讓人左右爲難嗎？」

沈涼沉吟了一會兒，聲音柔柔地說：「既然如此，就別管那衆多，一門心思做好自己該做的事情，只要不愧對天地良心，別人愛怎樣就怎樣吧。」

鄭和默默點頭，男人的見識，很多時候，都不如女人。

第十章　航向暴風圈

一、舊港新爭端

永樂十一年（西元一四一三年）冬天，福建長樂五虎門前的海面和十洋街又變得熱鬧非凡起來。自從明成祖下達了第四次遠航的旨意以後，寶船隊從江蘇的瀏河口開拔到這裡，幾乎花了將近一年的時間進行遠航的訓練和準備。這次航行最遠所要到達的忽魯謨斯，遠在波斯灣。舟師林貴和算計過，從古里出發，順風順水還有二十五天的航程，這距離比前三次遠多了。不但在長樂的準備要非常充分，遠在滿剌加的貨棧也得籌集大量繼續遠航的物資，鄭和已經派人去那裡告知蒲日和。鄭和還想到，這是中國船隊第一次進入阿拉伯世界，對於中國來說，那裡還是一片非常陌生的土地。他與王景弘認眞琢磨過，這次遠航的成敗，事關大明船隊航海事業的前途和命運，每一個航行環節都不能掉以輕心。

鄭和急著要辦的一件大事，是長途跋涉去西安，請老阿訇哈三出山，充當這次遠航的通事和顧問。他想過，到了那些阿拉伯國家，要眞正達到溝通的目的，僅僅會說阿拉伯語是遠遠不夠的，還必須熟悉阿拉伯文化；也不能只是簡單瞭解伊斯蘭教的禮儀，還要通曉伊斯蘭教博大精深的內涵。鄭和曾經到南京大覺寺找那裡的阿訇，請他推薦一個能勝任在阿拉伯世界進行深入溝通的人選，那位老阿訇把自己的人扒拉來扒拉去，硬是找不出一個恰當的人來。鄭和於是想到了哈三，立刻認定這位在天方深造多年的阿訇，才是最恰當的人選。

王景弘還是讓劉鴻跟著鄭和，一路保護他。他們的船到了安慶，路過劉鴻的家，鄭和堅持上岸去劉鴻家裡看一看。劉鴻的老母親笑得嘴都合不上，對總兵元帥說：「我盼著這孩子回來眼睛都盼穿了，家裡早就替他相好了親，等著他回來圓房，可他就是不回來，再拖下去人家姑娘都給拖老了。」

鄭和笑著說：「我就是特地送他回來成親的，好讓您老人家早點抱上孫子。」

劉鴻說什麼也不肯離開總兵元帥，要隨他去西安，後來好說歹說，鄭和答應他在家完了婚就趕回長樂，不耽誤跟著船隊下西洋。鄭和重重送了一份賀禮，自己繼續上路。

西安是回回聚居的地方，古老的絲綢之路就是從這裡延伸出去的。楊柳依依的灞橋，古往今來，送別過從這裡出使西域的著名使者張騫、班超、唐三藏等人，也送別過有傑出貢獻的偉大女性王昭君和文成公主。許多來自阿拉伯世界的穆斯林也沿著這條絲綢之路，來到西安，並在這裡落地生根，這其中就包括鄭和自己的祖先在內。鄭和走在屹立著大雁塔和小雁塔的街市上，拿眼睛環顧了一下周圍，趕車的，牽駱駝的，開拉麵館的，賣羊肉泡饃的，好多都是戴著白帽子的回回。到了做禮拜的時候，整個城市的上空都飄蕩著悠揚的宣禮聲。這一切都使鄭和感到非常親切，彷彿回到了天真爛漫的童年。

哈三在西安羊市大清眞寺接待了鄭和。他是這裡的掌教，已經年過六十了，精神還很健旺。他們一起回顧了在雲南昆陽生活的那些日子，酸甜苦辣都有。

鄭和告訴這位掌教：「聖上要派寶船隊去波斯灣，進入阿拉伯世界，我這次特來懇請哈三叔叔出山，引領我們去阿拉伯世界。」

哈三一聽要去阿拉伯，按捺不住內心的興奮，自言自語道：「離開那裡又是好多年了，做夢都想重新踏上那裡的沙漠之路，到天方去。」

鄭和說：「我擔心的是路程遙遠，前途多艱，不知哈三叔叔身子能否吃得消？」

哈三拍著自己的胸脯說：「雖然歲數不饒人，可這身子骨還相當硬朗，有眞主保佑，相信你們能走多遠，我也能走多遠。」

鄭和與哈三一起來到福建長樂的時候，王景弘已經將遠航的一切準備得井井有條。那些親切的面孔：副使洪保、醫師匡愚、通事馬歡、舟師林貴和、舵手李海、修理船舶的林冠群、張興，還有那些明軍將領，都出現在他的面前。船隊也走了一些舊人，換了一些新人。李海手下的舵工，新添了一個小胖子，來自安徽碭山。鄭和細問起來，這個小胖子的父親還在鄭和當年開的武館習過武，他在那裡教過的幾路拳腳，這小傢伙也從他父親那裡一成不變地學了過來，鄭和看了感慨萬千。劉鴻怕誤了船隊開洋遠航的日期，在家裡沒待多少日子，就從安慶趕回長樂來了。到底是新婚之人，臉上喜氣洋洋的，大家嚷著要他補辦喜酒，帥船上的人簇擁著他，在十洋街的酒肆裡熱鬧了一頓。

鄭和讓李海陪著去「望母樓」看望那位林婆婆，林婆婆拉著他的手不放，絮絮叨叨地說：

「我天天在家裡替大明寶船隊燒高香，禱告天妃保佑總兵元帥漂洋過海如走平地，每次都能順順當當的。」

鄭和見這位老人身子骨還挺結實，心裡很高興，囑付她說：「您自己保養好身子要緊，別爲我們操心。」

林婆婆的很多鄰居聞訊都圍了過來，爭睹總兵元帥的風采。一個老頭兒告訴鄭和：「長樂流傳一句民謠，『貴人到，石山笑；石山笑，魁星照』。總兵元帥是個了不起的大貴人，有您來這裡，石首山一定會發出歡快的笑聲，長樂也一定會魁星高照。」

鄭和說：「老人家言重了，我們幾次從這裡順利出使西洋，還沾了長樂這塊風水寶地的福氣哩。」

那些鄰人齊聲說：「是您這位大貴人給長樂帶來了福氣，十洋街的買賣比原來興隆多了，大家的日子也比原來好了不少，現在長樂人都把『望母樓』稱爲『貴人樓』哩。」

李海陪著鄭和回到營裡，李海的妻子帶著孩子來爲寶船隊送行，轉眼之間那個小傢伙已經七、八歲了。李海給他取了個名字，叫李西洋。

鄭和笑著問李西洋：「長大了想幹什麼？」

他稚聲稚氣回答：「跟隨總兵元帥下西洋。」

大家聽了都笑起來，鄭和高興地摸著他的小腦瓜說：「好啊，大明寶船隊後繼有人了。」

人們正在說笑間，不想蒲日和從滿剌加趕了回來，船剛靠岸就急匆匆來到總兵營帳。

鄭和忙問：「這麼大老遠趕回來，有何急事？」

蒲日和報告了他一個出乎意料的消息：「滿剌加與爪哇爲爭舊港打起來了。」

鄭和吃驚地問：「這是怎麼回事？」

蒲日和告訴他，那個滿剌加國王帶著王妃來了一趟南京，受到大明天子隆重的禮遇，賞賜也格外優厚，回到滿剌加有些飄飄然起來。這個拜里迷蘇拉過去就因好勇鬥狠的脾氣，在爪哇和淡馬錫都難立足，後來好不容易在滿剌加站住了腳跟，還得向暹羅俯首稱臣，交納貢物。現在覺得大明天子偏愛他，腰桿子硬了，他回到滿剌加以後，擅自去了一趟舊港，向在那裡擔任宣慰使的施進卿宣稱：「舊港從此以後不再歸屬爪哇，而歸滿剌加管轄。」施進卿聽了這話，摸頭不著頭腦，左右為難。拜里迷蘇拉便派人到爪哇放出風聲：「滿剌加管轄舊港得到了大明天子的認可，爪哇如果不從，必定會受到大明船隊的懲罰。」爪哇國王都馬板一聽，怒不可遏，發誓要用武力教訓這個狂妄之徒。他見拜里迷蘇拉跑了一趟南京，就人模狗樣想騎到他的脖子上拉屎，相信了滿剌加在南京受到慫恿和支援的話，對大明王朝也生出許多怨恨來。蒲日和眼看這兩個國家鬧了起來，滿剌加海峽那個交通要衝即將出現戰亂，便晝夜兼程趕了回來。

鄭和聽了蒲日和的敘述，氣得直罵那個拜里迷蘇拉：「糊塗油蒙了心，得志便張狂。」這件事已經來不及回南京稟報皇上，他與王景弘商量，只有作為當務之急，先斬後奏了。

大明船隊在五虎門前舉行了開洋的隆重儀式，拜祭了天妃娘娘。鄭和一聲號令，鳴炮起航。各艘船隻高張的桅帆，被東北風鼓得滿滿的，加上船工搖櫓的力量，比以往行船速度快多了，驕燕真的像騰空飛了起來一般。

舊港周圍果然戰雲密布，都馬板率領的戰船與拜里迷蘇拉的船隊正在海上對峙，充滿了殺伐的氣氛。滿剌加船隊的規模顯然比不過爪哇，連那些打魚的獨木船都上了陣。雙方正要展開拼殺，遠遠看見飄揚著大明旗幟的戰船鋪天蓋地而來，都呆住了。滿剌加的人興奮地向國王報告：「大明援軍已到，可以趁勢發動攻擊了。」拜里迷蘇拉畢竟對大明船隊的眞實態度不摸底細，只有仗著這些年與鄭和的交情，去求得他的援助。他派出兩條獨木船，載著那幾個嫁給明軍士兵的滿剌加女人來見鄭和，想用親情換取人情。鄭和將那幾個女人交給蒲日和，命令朱眞率領戰船迅速將滿剌加的船隊包圍得水泄不通。拜里迷蘇拉正不知鄭和葫蘆裡賣的什麼藥，大明船隊意欲何爲。鄭和的帥船已經開到跟前，請他過來說話。

拜里迷蘇拉立刻將船開了過來，拜見總兵元帥。

鄭和請他坐下，卻不與他談眼前的兵事，突然問道：「你在滿剌加立國，聽說是一頭勇敢的小鹿給了你啓示，對嗎？」

拜里迷蘇拉聽鄭和提到這件事，立刻興奮起來，很得意地說：「那頭小鹿告訴我，弱者不必懼怕強者，小國也可以勇敢地面對大國。」

鄭和又問他：「那隻小鹿是在什麼地方獲得勇氣和力量的，還記得嗎？」

拜里迷蘇拉回答：「記得，記得，是在那棵滿剌加大樹腳下，我至今還好好保留了那棵寶樹哩。」

鄭和說：「不，我看你早忘了，大概你從來都沒有認眞想過，小鹿離開了那株滿剌加樹，是否還有可能具備勇鬥獵狗的自信和力量。」

滿剌加國王一時呆住了，他的確從來沒有思考過這麼複雜的問題。鄭和見他還沒有醒悟過來，接著耐心地說：

「我給你講一個狐狸與老虎的故事吧。一隻狐狸與一隻老虎去參加森林中百獸舉行的盛宴，狐狸走在老虎的前面，看到所有來參加百獸宴的獸類，見到牠都銜牠點頭哈腰，態度非常恭順，便得意忘形了，以爲大家都把牠當成了森林之王，端起了百獸之王的架子。有那麼一天，牠自己單獨去赴百獸宴，也把百獸之王的架子端起來，來到一隻大灰狼跟前，讓大灰狼對牠俯首稱臣。那頭老狼一呲牙，猛撲過來咬斷了牠的脖子。」

滿剌加國王聽得愕然，鄭和進而點了一句：「你以爲你是誰，充其量只是那隻狐狸，一心想著狐假虎威。」

拜里迷蘇拉這才鬧明白，大明朝廷的總兵元帥在繞著彎子數落他的不是，只得央求道：「事已至此，就請總兵元帥幫我這一回忙吧，下不爲例。」

鄭和很堅決地說：「我們可不是爲戰爭而來，不會替你助陣。」

王景弘在一旁提醒這位國王：「難道你沒有發現，我們的戰船已經將你的船隊和爪哇的船隊隔離了嗎？」

拜里迷蘇拉一看這陣勢，有些著慌了，連忙問鄭和：「請總兵元帥指點迷津，我該如何收拾這個局面？」

鄭和說：「你的前面懸崖百丈，身後卻海闊天空，從這裡迅速退回去就是了。」

拜里迷蘇拉憂心忡忡地說：「爪哇人蠻橫驕悍，只要我們一示弱，他們回過頭來會欺負滿剌加的。」

鄭和安撫道：「我們會去說服他們罷兵，兩國相處總是以和爲貴，彼此友善往來和睦相處，對誰都好。」

卻說爪哇的人看到大明船隊到來，有些驚慌失措，立刻向都馬板報告：「大事不好，大明的船隊殺過來了。」

都馬板咬著牙說：「就是拚個魚死網破，也不能讓小小的滿剌加騎在我們的頭上拉屎拉尿。」

他身邊的大臣提醒他說：「擋在我們前面的，可是大明的寶船隊啊。」

這位爪哇國王怒氣沖天：「那也只能站著死，不能跪著生。」

前次大明天子寬大爲懷地處理寶船隊在爪哇無端蒙受的損失，都馬板本來充滿了感激之情，應鄭和的要求，已經找到了錦衣衛在此失踪的十多個人。現在，他下令把這些人捆綁起來，只要鄭和的戰船協助滿剌加投入戰鬥，就先拿這些人祭刀，給明軍一個下馬威。可是，大明船隊雖然直接開到了滿剌加船隊的那一邊，卻不見有任何動靜。都馬板正自狐疑，只見鄭和乘了一條快船過來，身邊只有一個隨從，連兵器都沒有帶。都馬板只得來到甲板上迎接，還是滿臉的不高興。他是個心裡藏不住事的人，鄭和沒有開口他就哇啦哇啦嚷了起來：

「總兵元帥想必不會弄錯吧，我們爪哇也是年年都去南京納貢的。」

鄭和笑道：「大明天子不是嫌你們朝貢的次數少了，而是嫌你們朝貢的次數多了，特地讓我前來宣示，往後每隔兩三年去一次就可以了。」

都馬板聽了一愣：「那麼，你們的船隊爲何厚彼薄此，給了滿剌加人仗勢欺人的權利？」

鄭和指著遠處海面的動靜說：「你仔細看看，滿剌加能借大明船隊的威勢做些什麼？」

都馬板踮起腳尖往遠處眺望，飄動著滿剌加旗幟的船舶都已經轉身開出好遠了，留下來的都是大明船隊的船隻。都馬板一陣驚喜，原來大明皇帝並沒有偏袒滿剌加強占舊港，都是拜里迷蘇拉自己在假傳聖旨。

鄭和說：「我已經派人去舊港告訴施進卿，在舊港好好與爪哇配合，聽你們的號令。大明船隊可不是爲戰爭而來，期望今後爪哇能與大明永遠修好，也與滿剌加永遠交好，我們一起來維護這個地方的安寧。」

都馬板臉紅了，很慚愧自己的魯莽，對鄭和所說的話諾諾連聲。

鄭和辭別都馬板，起身回自己的船隊。

都馬板笑著對他說：「總兵元帥來得匆忙，實在招待不周，只有一件禮物奉送。」

不知什麼時候，十幾個錦衣衛的失踪人員都被鬆了綁，客客氣氣送到了鄭和的面前。鄭和心裡也一直惦著這些在爪哇失踪的人，見到了他們高興地說：「這可比什麼禮物都珍貴。」

都馬板說：「爪哇地方雖然不算太大，可島嶼實在太多，我們是費盡周折才找到他們的，也算是我們一諾重千金吧。不過他們中也有不願回去的，我們不敢做主，還是請總兵元帥定奪。」

鄭和高興地帶著這些人回到帥船上，詳細問明他們失踪的原因和找到他們的過程。事情過去好些年了，這些人說起來還是有點不好意思。

那年在爪哇國，他們跟著棗木釘走近那些做生意的爪哇女人，見那些女人都笑臉相迎，嫵媚多情，進而為生了非分之想。棗木釘還吩咐大家：「你們別只顧自己偷著取樂，要物色幾個風情女子，帶回去送給紀大人。」那些女人中有的看這些異國男子模樣都生得端正，並未拒絕他們，彼此眉眼傳情，很快就超出了做買賣的界限。孰不知那些爪哇男子可以容忍顧客揑著自己老婆討價還價做生意，一旦發現有人與自己的老婆嘴對嘴纏扭一起，立刻橫眉怒目拔出刀來拼命。錦衣衛的人平時都練過功夫，一頓拳腳跳出陣圍，撒腿就逃，總算揀回了性命。然而，這些人卻與棗木釘他們跑岔了路，人生地不熟的，再也找不到大明寶船隊了。他們不敢繼續在杜板待下去，逃到遠離這個是非之地的另一個島上，經過一些日子的顛沛流離，終於得到了爪哇女子的接納，領略了異國女子的風情。有的連孩子都養了不少，在爪哇有了一份牽掛。都馬板卻不管他們願走還是願留，一律讓他們見了大明的總兵元帥再說。鄭和也懶得管錦衣衛的閒事，將他們交給棗木釘，由他定奪，他自己屁股上的屎應該由他自己去擦。

幾位跟著鄭和的內臣苦笑著說：「難怪不管朝廷有多少人反對，聖上都堅持讓我們這些內臣出來當使者，原來是因爲我們六根清淨，沒有他們這樣的麻煩。」

鄭和聽了，也是一臉苦笑。

二、萬千風情湄公河

爲了縮短行程，不誤忽魯謨斯之行，大明船隊分成了好幾路。有幾位元副使帶領幾支規模較小的船隊，去了一些島國，宣示大明皇帝的詔書，開展互通有無的買賣。鄭和與王景弘帶領大隊伍去了眞臘，解決眞臘與占城國新近發生的矛盾，同時觀看和研究吳哥窟不同凡響的建築，從中獲取在南京建設天下第一佛塔的啓示。

大明船隊來到暹羅灣，在眞臘的海邊靠了岸。眞臘國王得知消息，早早在那裡等候，十分謙恭地拜見了大明使者，領著鄭和與王景弘一行向都城吳哥進發。吳哥靠近這個國家的北部地區，路程不算很近。那位國王騎著象，他的大臣乘著馬車，大明的使者們都騎在馬背上。象的身軀笨重，步履蹣跚，走路快不起來，一隊人馬在崎嶇的山道上信步而行。

眞臘與暹羅、占城相鄰，自然環境大同而小異。這個國家的東北方面都是高山，森森古樹，婀娜修藤，遮天蔽日。湄公河從中國西部的高山峽谷中蜿蜒而來，在這裡綿亙數百里，奔騰入海，滋潤著這塊土地。臨近海邊，沒了大山，也沒了森林，遠遠看去蔥蘢一片，盡皆禾黍。有翠竹林在這裡蔓延開來，點綴湄公河平原的景致。還有野牛千百成群，活躍在空曠的平原地帶。

國王領著大明的使者徑直來到王宮，國王的正妻在宮室的門口迎接，然後與國王一起陪著大明的使臣在宮室的金窗前坐下。國王的四個次妻分列兩旁，還有兩千多個宮女站立在長廊裡，鄭和疑是來到了女兒國。他們一行人在來宮廷的路上，所見到的閭巷間的眞臘婦人，都是面孔黝黑，身材也比較短粗。宮裡這些女人卻都亭亭玉立，肌膚也潔白如玉，明顯看出宮廷女人的養尊處優。從王后到這些宮女，頭上椎著髮髻，光著腳丫，只在腰間纏了一塊布，將酥胸袒露在客人的面前。鄭和與王景弘雖然也是見過大世面的人，面對這樣的場合多少都還有些不自在，那些女人卻都神情自若，國王也很坦然。他向大明使者詳細報告了占城國王欲將眞臘淪爲屬國的圖謀，說了占城國王不少壞話。

鄭和當即決定派一位副使太監去占城，從速解決出現在兩國間的糾紛。鄭和誠懇地對這位怒氣沖沖的國王說：

「國與國相交，也像人與人相交一樣，冤家宜解不宜結，否則冤冤相報何時了？」

國王聽了這話忙說：「那是，那是，我們眞臘國從來就不願意與別國爲敵。」

國王的妻子這時也衝大明使臣露出燦爛的笑容，溫柔著聲音對國王說：「有大明使者主持公道，諒占城國王也不敢再欺負我們了，你還有什麼値得擔心的呢？」

鄭和向國王表達了要瞻仰吳哥這座著名古城的意思，國王和王后都很熱情陪同前往。吳哥是眞臘的發祥之地，這裡的古建築是他們的驕傲，國王與王后都願意展示給客人看。然而剛走出宮門，就遇上了攔路告狀的，呼天搶地爭著請國王審理。那是一個鄉下人，扭住了自家隔壁鄰居的一個小伙子，大聲嚷著說：

「國王，你可要替我做主啊，這個人偷了我在山中冒著生命危險採來的黃蠟，那可值不少的錢啊！」

被抓的那個人立刻喊冤：「請國王明察，小人從來就不做偷鷄摸狗的事，他自己把賣黃蠟的錢拿去賭光了，怕回到家裡老婆罵他，就想誣陷到小人的頭上。」

鄭和知道這個國家所有訴訟，無論事情大小，都是由國王親自審理。他趕緊告訴國王：「你忙你的吧，找個人替我們帶路就行了。」

國王說：「我們斷案，誤不了辦別的事情。」他當即指著河岸邊相對而立的兩座小石塔，命那兩個打官司的人各自坐進一座塔裡，任太陽曝曬，不許動彈，等他帶領客人參觀吳哥古城之後，便來了斷此案。那兩人和他們的親屬諾諾連聲，一絲不苟照著國王說的去辦。

鄭和不解其意，悄聲問國王：「最終靠什麼來決斷是非呢？」

國王回答說：「在眞臘這叫天獄，有理者太陽曬不倒，無理者在太陽光的照射下不生瘡癤，也得咳嗽發熱，那就是斷案的證據。」

王景弘暗自稱奇：「太陽當上了大法官，這是聞所未聞的事。」

鄭和說：「比起占城的鱷魚法官來，這辦法還是文明多了。」

吳哥古城約二十里寬闊，共有五座城門，在東邊多開了一座城門，這是該國以東門爲正門，蓋房子講究坐西朝東的緣故。城牆外邊的護城河寬達二十餘丈，有通衢大橋連接城門，每座石橋上都有五十四尊石神，身形魁偉，面目猙獰。橋的欄杆上雕刻了很多九個腦袋的石蛇，那些石將軍都緊緊握住蛇頭，那立意是妖魔鬼怪休想從這裡逃逸的意思。每座城門上都有五個巨石雕刻的佛頭，城門兩旁是高大的石象，顯露出佛國的莊嚴。國王和王后引領大明使者，跨過有兩隻金獅子守衛的一座金橋，來到城廓的中心位置。鄭和抬頭一看，一座高高的金塔聳立在他們的面前。圍繞這座金塔的是二十餘座石塔和百餘間石屋，有八尊巨大的金佛，屹立在石屋下邊。鄭和一行在這裡焚了香，拜了佛，持禮甚恭，國王見了非常高興。他們繞過金塔再往前走，又有一座銅塔，比金塔更高，直插雲端。

國王特地領著鄭和來到一個高處，很得意地說：「總兵元帥從這裡看過去，有什麼新的發現嗎？」

鄭和放眼一看，原來那些金塔、銅塔、石塔和石屋組合得無比奧妙，整個建築是一朵出水的蓮花。那些石屋是潔白的花瓣，高聳的塔群是散發芳香的花蕊，大家見了都由衷讚歎：「巧奪天工，巧奪天工！」鄭和眼前豁然一亮，一直在他心裡孕育的那座天下第一塔，彷彿就聳立在那金塔與銅塔之間。

王后還要邀請鄭和去參觀她和國王的寢廬，那也是一座金塔，藏著歷代眞臘國王許多神秘的故事。就在這時候有人來報告，那個告狀的人已經在石塔中暈過去了。國王火速領著大家來到那兩座石塔旁邊，立刻判那鄉下人犯了誣告之罪，重重罰了一筆款，交給那個受了冤枉的人，算是替他討還了公道。

鄭和饒有興趣地問了國王很多刑罰方面的事情，國王一一作了介紹。雖然眞臘沒有絞斬的刑罰，但犯了重罪的人，都要站在一個挖好的坑內，由行刑者將石頭和泥土充塡其中，並且夯築堅實，使之不能自拔，形同活埋，令人生畏。他們對待姦淫和賭博卻相當寬容，只是設賭之人絕不允許矇騙賭客，一經發現，不是斬斷腳趾，就是割掉鼻子。在這個國家被斬斷腳趾和挖掉鼻子的人，與狗同類，都不許進這吳哥城。

王后見國王越說越興奮，連太陽快要落山了都沒有發覺，只得推了他一把，嗔怪地說：「也不看看什麼時候了，趕緊擺宴爲大明使者接風洗塵吧，別只顧說話，慢待了我們最尊貴的客人。」

國王歉疚地說：「這都是高興的，酒不醉人人自醉，索性今天晚上我們來個一醉方休吧。」

他們回到宮裡，晚宴已經排開，隨著酒宴的進程，幾千宮女輪流著表演歌舞。吳哥古韻，餘音繞樑；宮廷宴舞，舞姿阿娜，流光溢彩。國王的幾個妻子輪流著殷勤把盞，似乎眞的想把這些大明使者送入醉鄉。

在總兵元帥一行進王宮交涉國事的時候，船隊的其他人員也都上了岸，做生意的忙著做生意，看風景的急著看風景。林冠群和張興隨著大夥踏上了眞臘的土地，拿不定主意是做生意還是看風景，眨眼之間就被人們拉下了。兩個人在海邊上東張西望，正分不清東南西北，卻有人大聲喊著「林師傅」、「張師傅」，大步流星朝他們撲了過來。他們定睛一看，也驚喜地高聲喊了起來。這幾個人原來是前次下西洋在暹羅留下來的匠人，現在已經移居到了眞臘，這天也是在集市閒逛，出現了這一幕他鄉遇故知的場面。

林冠群驚奇地問：「你們不是在暹羅國嗎，怎麼又都跑到眞臘國來了？」

他們中的一個人說：「這也是人往高處走吧，這裡的女人比暹羅的女人還要能幹，生意也做得更精，找個眞臘女人一生一世都衣食不愁了。」

林冠群罵道：「你小子專門想靠女人吃飯，有什麼出息！」

另一個說：「主要的還是眞臘人對中國人態度最好，都把來這裡的唐人當成了佛爺，我們都覺得受之有愧了。」

這幾個人過去分別給林冠群和張興當過徒弟，「一日爲師，終身爲父」，他們中有的去打點送師傅的禮物，有的陪著師傅看眞臘的風土人情。林冠群和張興瞧他們的架勢，在這塊土地上一定活得十分逍遙自在，也就心安理得享受他們的招待了。

他們先來到集市上，這裡將趕集叫作「趕墟」。大家約定俗成每天都有一墟，從大清早開始到中午之前結束，午後天氣太炎熱人們都懶得動彈了。眞臘的集市沒有什麼店鋪，做買賣的人都向官府交納一定的租金，佔住一塊地，將竹席往地上一鋪，就算是店鋪了。這裡做生意的果然都是女人，買進賣出的交易都由她們主持。來眞臘做生意的中國人，也都入鄉隨俗，先找一個會做生意的眞臘婦人做妻子，衣食有著落了，腳跟站住了，而後再徐圖發展。

這些婦人與宮廷的女人一樣打扮，頭上挽著髮髻，只在腰間纏了一塊粗布，很大方地將自己的胸乳展覽在顧客的面前。林冠群注意到，她們做小宗的買賣，用穀米或來自中國的貨物進行交換，做大宗的買賣則用金銀計價。所有這些，每一個眞臘女人都能應對自如，毫釐不爽。他大發感慨：「眞臘的女人太辛苦了，眞臘的男人太享福了。」

一個在眞臘落戶的徒弟說：「師傅這話只說對了一半，這裡的男人日子過得舒服不假，卻天天都提心吊膽。」

張興不解地問：「那是爲何？」

那個徒弟回答：「這裡的女人當家作主慣了，財大了氣也粗了，常常不把丈夫放在眼裡，丈夫不中用的或者外出超過十天半月的，她們就會毫不客氣地將其一腳踢開，還理直氣壯地說，『我不是孤魂你爲何叫我獨眠』。」

林冠群笑著說：「這也是一報還一報，誰叫你們這些男人只貪圖享福，總想佔盡女人的便宜呢？」

另一個徒弟十分贊同師傅這話，他說：「眞臘的女人的確辛苦，生了孩子也從不休息，大多是在第二天就出門做活，還抱著初生的嬰兒下河洗澡，這在我們中原地方都是不可想像的。」他們說著話，不覺走出了集市，來到一個村落裡。這裡是一片良田，禾黍都長得茂盛，人煙也算稠密。大路上還設立了專供行人歇腳的地方，有幾株高大的樹木撐出一片蔭涼。樹下還有涼亭，頗似當時中國驛道上的郵亭。

林冠群和張興見了很受感動：「眞臘人的心眼不錯，爲過路行人想得這般周到。」

徒弟們回答：「這裡是佛國，大家都講究行善積德，修個好的來世。」

時近中午，兩個徒弟領著兩位師傅來到村裡一家富戶做客，那戶人家見來了中國客人，非常高興，周圍的鄰居也當成一件很榮耀的事情，連村裡的買節（相當於村長）也都跑來，參加大家的聚餐。筵席就在一株大樹的濃蔭下舉行，他們盛飯用中國的銅盤，煮湯用中國的瓦銚，飲酒用中國的錫壺。唯有舀湯是就地取材，用椰子殼當瓢。飯和菜一齊用手來抓，非常熱鬧。

飯後，買節邀請他們洗澡，這也是當地人隆重待客不可缺少的重要環節。因爲天氣異常炎熱的緣故，這裡的人們每天都得洗好幾次澡，洗去身上的汗漬，也解除渾身的燥熱。林冠群和張興一頓飯吃下來，出了好幾身大汗，那些酒喝進肚裡也使身上燥熱難當。有了買節這句話，立即來到村裡的澡堂，迅速扒光身上的衣服就衝進浴池。他們抬眼一看澡堂裡邊，卻嚇了一跳，那裡邊男人、女人都光著身子擠在一起。那些村人，包括女人在內，見了中國人還特別熱情，都圍攏過來，一邊擦洗身子一邊打聽中國的情形。林冠群和張興被圍在中間，四面都是光著身子的同性和異性，尷尬得手足無措，眞想找個地縫鑽進去。

有個徒弟同林冠群打趣：「師傅不是經常念叨莫愁女嗎，這裡就是莫愁湖啊。」

林冠群連連搖頭：「我這人也就是嘴上說的熱鬧，見了這場面心都快從嗓子眼裡蹦出來了。」

另一個徒弟小聲提醒道：「本地風俗如此，入此鄉隨此俗吧。」

這樣的尷尬事，不只是難爲了林冠群和張興，也難爲了李海和小胖子那些水手們。這些人在集市上幫著幾位副使太監做了幾筆生意，見象牙、犀角、翡翠、黃蠟都很便宜，他們自己也湊錢買了一些。小胖子本來就不耐熱，經過這麼一折騰，渾身汗流如洗，嚷著要到湄公河裡痛痛快快洗個淡水澡。那群年輕水手也好久沒痛快洗過淡水澡了，都跟著起哄到湄公河裡比賽游水。李海在家鄉就是游水的一把好手，豎著身子踩水能把肚臍眼露出水面來。在大家的簇擁下，也無比興奮地來到湄公河邊。小胖子最性急，迫不及待剝光了自己的衣服，等候大家一起入水。不想，這時一群眞臘少女來到他們的身邊，光著屁股的小胖子徹底暴露在她們的眼前。李海等人也嚇得不敢動手脫衣服了，小胖子紅著臉趕忙用手去捂自己的羞處，惹得那群少女噗嗤笑出聲來。她們落落大方地在這些陌生人面前脫光了自己的衣服，精赤條條地一個跟著一個往清亮的河水裡跳，在空中劃出優美的弧線，晶瑩的水花濺到了小胖子的身上。這些落在身上的水珠提醒了小胖子，也趕緊往水裡跳，企圖將自己赤裸的身體隱沒到河水中。然而，湄公河清亮的河水什麼也掩藏不住，水裡的人從腳踵到頭頂一清二楚，誰也無法保守自己的隱秘。小胖子愣在水裡，既不敢抬頭看別人，也不敢低頭看自己，他的尷尬反而招來了河中眞臘男女的目光，惹來了他們的嘲笑。湄公河裡洗浴的人越來越多，有男人也有女人，男人毫不吝嗇地袒露自己的天體，女人也毫不吝嗇地袒露自己的天體。

這是一個崇尚天然的國度，在這裡展現的是一幅美麗的天浴圖。眞臘人都說，湄公河是聖潔之水。人們在這裡沐浴自己的身子，也沐浴自己的靈魂。李海和那些水手也情不自禁脫光了衣服，讓美麗的湄公河熱烈地擁抱自己。

三、老漁翁的家務事

鄭和率領的船隊，下一個目標是蘇門答剌。還在南京的時候，朱棣就交代鄭和，蘇門答剌的王后託人帶信來，那裡正在發生內亂，指示他順道去這個國家排難解紛。在蘇門答剌發生的，是一場關於王位的紛爭，兩邊的人都期望大明天子派人去主持公道。鄭和臨行前特地問過聖上，該支援誰反對誰，其實朱棣心裡也沒譜，只得含糊其辭，讓他們看著辦，叫做「相機行事」。

此刻，在飄動著帥旗的寶船上，鄭和正與王景弘等人商量，到了蘇門答剌，應當採取什麼樣的對策，支持誰繼承王位。然而，蘇門答剌的爭紛，同滿剌加與爪哇的矛盾大不一樣。舊港之爭，是國與國之間的糾紛；發生在蘇門答剌的，卻是本國內部的矛盾。大家感到，國與國之間的糾葛，作爲大明使者可以出面調停。人家本國內部發生的糾紛，如果也去橫加干涉，就有些不尷不尬了。

朱眞說：「怎麼辦呢，聖上叫相機行事，怎麼著才是相機行事呢？」

洪保說：「我看蘇門答剌這事有些複雜，誰對誰錯都難鬧明白。」

王景弘說：「就因爲事情很棘手，我們一定得好好琢磨出一個對付的辦法來。」

鄭和一時也沒有好的主意，悶著頭沒有說話。

說起蘇門答剌的事來，那起因還在十多年以前。

也就是洪保他們爲尋找番藥曾經到過的那個花面國，別看花面國的人在本島之內很講忠厚和平，可是島上沒有多少出產，物資匱乏，受生存環境所逼，不得不去別的島上做些打家劫舍的事。誰叫老天爺分配不公，讓海中這些島嶼好的好差的差，窮的窮富的富，他們不得不靠自身的強悍來塡補這世界的不平。那一年，他們駕著船偷偷登上了蘇門答剌的海岸，散開人馬洗劫沿海的一個村落。當時蘇門答剌那位年輕的國王聞訊，立刻點齊人馬趕來，要懲罰這些花面賊。不知是花面人做賊心虛，或者是太狡猾，兩軍剛一相接，花面人似乎就敵不過蘇門答剌人，一齊倉皇逃向海邊。蘇門答剌國王卻忘了窮寇莫追的道理，顧前不顧後地追了過去，想全殲這夥花面賊，來個一勞永逸。不想，卻中了花面人設在海邊的埋伏，國王自己中箭落馬，他的軍隊隨即也敗下陣來。國王回到宮裡才發現，那箭是毒箭，不久箭毒發作，無可奈何扔下年輕的王妃與繈褓中的王子，便撒手歸西了。

花面國的人，原來只不過是爲了搶劫錢物，當一回過路的山大王。不曾想歪打正著，一箭射死了蘇門答剌的國王。他們由此受到鼓舞，胃口很快就膨脹大了，由劫財到劫國，要把整個蘇門答剌都變成他們的錢袋和糧袋，大舉興兵殺向蘇門答剌的王宮。此時，蘇門答剌的王后雖然年輕，心裡還是很有主見。她見王子年幼，無人禦敵，便向全國傳諭：「誰能領兵打敗花面國人，本王后就嫁給誰，與此人共掌國事。」

王妃的美貌舉國盡知，又以國王的王冠當嫁妝，更令人饞涎欲滴。只是有這心思的人不少，有這膽量和能耐的人不多，很長時間都沒有見到重賞之下有勇夫出現。眼看花面國的軍隊日益逼近王宮，王后如同熱鍋中的螞蟻急得團團轉，寢食不安。

一天夜裡，有個老漁翁來見王后，王后趕緊從床上爬起來接待他。

老漁翁盯著王后姣好的面容問：「我有辦法打退花面國，保住蘇門答剌，只不知王后是否能夠言而有信？」

王后見他年紀雖然大了些，可國家正處於危急的時候，顧不了多想別的什麼，很肯定地對這位漁翁說：「只要你能打敗花面賊，替死去的國王報了仇，我就是你的妻子，這個國家也就是你的了。」

老漁翁得了王后的親口承諾，回到自己的老家招募了一批漁民和鄉勇，出其不意將花面人殺了個措手不及。等到國王的軍隊聞訊趕去增援，戰事已經結束，花面人扔下死的傷的，通通坐上船逃之夭夭了。人無信不立，國無信不威。年輕的王后不能食言，決心再當一次新娘，將自己收拾打扮停當，派人將老漁翁接進宮裡。

洞房花燭之夜，老漁翁興奮得快要發瘋。他幾十年在海上風裡來雨裡去，何曾見過如此美貌、溫柔、高貴的女人，激動得眼淚嘩嘩，一把將王妃抱進自己的懷裡，用自己粗糙的手將王妃全身扒得精光。王妃雖然還不習慣這種粗魯的愛情，卻也曲意逢迎，盡著做妻子的責任。在一陣急風暴雨之後，老漁翁溫存地撫摩著自己的愛妻，在枕邊向她表示了勤於王事的決心。王后也同老漁翁眞心相愛，在她的協助下，居然將蘇門答剌治理得井井有條。王后沒有忘記，讓這位漁夫國王派出貢使到大明王朝，大明皇帝也給老漁翁加了封，認可了他這王位的合法性。從此，他們夫唱婦隨，鸞鳳和鳴共同掌國，國內的臣民都尊稱老漁翁爲「老王」。

前不久，這位老王不知得了什麼症狀，猝然辭世。王后還沒有從再度失去丈夫的哀戚中擺脫出來，繼承王位的矛盾就突出到了她的面前，而且日趨激烈起來。老漁翁的兒子，名叫蘇幹剌。他認爲自己的父親是當朝國王，這王位理所當然是他的。他向國人說：

「子承父業，合情合理，我乃蘇門答剌當仁不讓的國王。」

原來國王的兒子此時也長大成人了，針鋒相對提出，只有他才是蘇門答剌王位的合法繼承者。他的理由也很充足：「老王是因爲我的母親有所許諾，同他成了親，夫因妻貴，那完全是臨時性質的。現在既然老王已經死了，這頂王冠就該物歸原屬，豈能落入異姓旁人之手。」

蘇幹剌指責國王的兒子：「我的父王死得不明不白，肯定是你沒安好心，弒君篡位。」

國王的兒子罵蘇幹剌：「賴蛤蟆想吃天鵝肉，老漁夫的兒子也想當國王。」

兩人針尖對麥芒，誰也不肯退讓，本來很有主意的王后，這時也沒了主意。她是個溫柔多情的女人，這一邊是親生骨肉，自然情有獨鍾，另一邊是老漁翁的兒子，一日夫妻百日恩，何況她同老漁翁做了十多年的夫妻呢。她萬萬沒有想到，自己當年救國的義舉，卻種下了爭奪王位的禍根，現在左右爲難，只有暗自垂淚。就在王后猶疑不定的時候，國王的兒子在原來一些朝臣的支援下，捷足先登，搶得了王位。蘇幹剌便同他兵戎相見，雙方率領各自的人馬打了起來。

王景弘作難地說：「要論這件事，他們兩人誰當國王都有一定的道理，我們該向著誰恐怕很難弄清楚。」

鄭和苦笑著說：「這就叫清官難斷家務事，他們自己都說不清楚的事，外人誰能說清楚！」

哈三是顧問，他也發表自己的意見：「他們這樣長期鬧下去也不是事，必然導致海路不寧，阻礙大明船隊的西洋之行，我們還是得拿出一個解決的辦法來。」

大家開始認眞琢磨到底誰佔理，大明朝廷就支援誰。

朱眞說：「既然老王曾經受過大明皇帝加封，他就是蘇門答剌合法的國王；既然原來那個國王的兒子弑君篡位，我們就得支援蘇幹剌，幫他把王位奪回來。」

洪保卻不同意這個意見，他說：「那個老漁翁能當上國王，只是因爲王后在非常時期嫁了他的緣故，世上哪有眞把王位當嫁妝的道理。只要那個老王不是被殺死的，而是病死的，王位的合法繼承人應該是原來那個國王的兒子，而不是那個老漁翁的兒子。」

王衡插話道：「看來只要查淸老王的死因就好辦了。他是被殺死的，我們就支援蘇幹剌；

他是病死的，我們就支援國王的兒子。」

王景弘說：「那麼誰去查證老王的眞實死因，誰又能將這事查個水落石出呢？」

大家都一怔，這的確是個難題。

鄭和感歎道：「如此看來，插手別國內部的事情，怎麼著都是費力不討好。」眼看蘇門答剌就要到了，島上的青翠已經輪廓分明，岸邊的漁船也清晰可數。鄭和終於下了決心，他對大家說：「聖上命我們相機行事，我們就相機行事。先去王宮拜見王后，現在國王有爭議，王后卻是沒有爭議的。」

大家表示贊同：「順水行船，順理辦事，這或許就是最好的辦法。」

鄭和的船隊剛接近蘇門答剌島，已經坐上王位的新國王和蘇幹剌都划著船爭著搶著要見大明的總兵元帥。鄭和、王景弘都避而不見，讓洪保去給他們傳話：「請雙方立刻罷兵休戰，何時面見大明的總兵正使，聽候安排。」

兩個王位的爭奪者，聽了這話，只好怏怏退了回去。

鄭和很從容地在船上吃了飯，沐浴更衣，留下王景弘統帥海上的戰船，自己點了一哨人馬上了岸，由朱眞和唐敬帶領向著蘇門答剌的王宮進發。時值盛夏，島上赤日炎炎，酷熱難當。蘇門答剌島盛產硫磺，凡有硫磺的地方，草木皆無，太陽曬得人頭皮發麻。好在路邊叫賣芭蕉、甘蔗、西瓜、橘子和菠蘿蜜的小販很多，要價也很便宜，大家買來解渴。還有一種臭果，形狀像雞頭，長約八九寸，皮上還生著尖刺。在剝皮的時候，散發出一股難聞的氣味，如同臭牛肉，令人掩鼻。但剝開以後，裡邊有十四五塊果肉，如同板栗一般大小，放進嘴裡，香酥甜美，無與倫比，土人稱爲「都爾烏」。

匡愚翻過《海外本草》，學名叫榴蓮果。他向大家介紹：「此果可以防瘴癘，王總兵前次在滿剌加染上此疫，沒少讓他吃這種果子。」

鄭和鼓勵大家說：「這麼好的東西，大家多吃一些，吃飽了不想家，榴蓮使人忘返。」大家一邊吃一邊高興地說：「眞是榴蓮忘返，榴蓮忘返。」從此，在中國話裡就有了「留連忘返」這個詞，只不過榴蓮變成了「留連」。

蘇門答剌王后年齡也還不算大，卻是玉容憔悴，兩隻原本十分好看的大眼睛又紅又腫，如同熟透了的桃子。聽說天朝的使者來看她，王后大喜過望，讓宮女攙扶著出來，拜見了鄭和。她臉上露出多日不見的笑容，一個勁兒地說：「天朝使者來了就好了，天朝使者來了就好了」，還迫不及待派人要去找兩個爭奪王位的人來見大明使臣，聽候天朝的公斷和調停。

鄭和立即勸阻她：「我們初來乍到，鞍馬勞頓，暫時還不想同他們相見，只是特來問候王后，表達大明天子對王后殿下的關心。」

王后聽了這般親切的話語，眼淚止不住簌簌流下來，也忍不住向鄭和傾訴起那些令她十分苦惱的事情來。

鄭和問：「原來的王子爲人怎樣？」

王后充滿愛憐地說：「像他的父親，心眼好，見不得蘇門答剌人遭受苦難。」

鄭和又問：「老王的兒子呢？」

王后也不無愛憐地說：「也像他的父親，只要看準了的事，就是火坑也敢跳。」

鄭和進而問：「以王后之見，他們兩人誰繼承王位更合適一些呢？」

王后垂淚低語：「我不知道，我不知道……」王后此時的心情的確非常複雜：已經搶得王位的人，是她的親生兒子，母子情深，自然不忍割捨。想要搶得王位人是老王的兒子，她與老王多年夫妻卻未能給老王留下一男半女，在她心裡早已把老王的兒子視爲自己的孩子，也不願意讓他受到絲毫的傷害。可王冠只有一頂，不可能同時戴在兩個人的頭上。鄭和也犯了難，相機行事之「機」，究竟在哪兒？

不想就在這個時候，那個蘇幹剌趁對手遵大明使者之命罷了兵，趁機向王宮發動了突然襲擊。這是誰都沒有料想到的事，包括大明船隊的人與王后在內。蘇幹剌的性格有其父之粗卻無其父之細，這個粗魯的人見鄭和進了王宮，便以爲大明的使者此時去會見王后，一定是對他們母子表示支援，立刻老羞成怒。他在盛怒之下，決定孤注一擲，在這一天就要把蘇門答剌的王冠奪過來。他集合人馬，傾巢出動，兵分兩路。一路由他自己帶領襲擊王宮，要將大明的使者、王后和那個篡奪王位的傢伙一網打盡；另一路由他的一個叔伯兄弟帶領，到海上去搶劫大明船隊的財物。他壓根就沒想到在王宮周圍的明軍雖然只有兩千人，卻個個訓練有素，在朱眞、唐敬的指揮下，以一當百，將他的那些烏合之衆砍殺得血肉紛飛，狼狽逃竄。蘇幹剌自己舉著一把魚叉硬往宮裡撞，被劉鴻使了一個絆子，將他摔倒在地上。隨即一隻腳踏在他的脊背上，兩個明軍士兵趕過來，將他捆綁起來。

新國王聞訊之後，打出了營救大明使者與母親的旗號，帶領忠於他的部隊趕到王宮。蘇幹剌前有偷襲大明使者的不軌行爲，後有被活活擒拿的尷尬，知道自己大勢已去，緊閉著的雙眼，滾出了不知是悔還是怨的眼淚。

他派到海上搶劫大明船隊財物的那撥人，雖然都是久經海上風浪的漁民，又熟悉水路，卻被王景弘排下的戰陣弄迷糊了，有進去的路，沒出來的路，陷入重重包圍。王衡和周聞指揮明軍士兵，使出鉤鐮槍將他們的船舶拖住，甩過去無數的石灰罐，迷住了他們的視線，這些人只能瞇著雙眼在包圍圈裡瞎衝瞎撞。有幾個想跳進水裡潛逃，一縱身卻蹦到了林冠群和張興他們的坐船上。這裡的匠人本來是在觀看明軍士兵甕中捉鱉，不想這幾隻「鱉」自己送上船來，林冠群和張興逮住他們，命手下的工匠送到王景弘那裡去請功。這可給了林冠群吹牛皮的資本，他逢人便說：「本木匠若帶兵打仗，肯定是一員福將，總兵元帥得專門爲我準備一本功勞簿。」

在衆多戰船的包圍中，蘇幹剌的那些水軍，知道無路可逃，都束手就擒。王景弘預料蘇幹剌在向海上船隊動手的時候，必然也會同時向王宮動手，來不及喘口氣，便帶領一支人馬趕去支援，命周聞押著這些俘虜隨後跟上。王衡留在船隊，謹防還會有人來偷襲。

蘇幹剌成了階下囚，新國王奪過來的王位沒了競爭的對手，也就順理成章當上了新國王。鄭和擔心留下蘇幹剌，在蘇門答剌還會引起內亂，決定將他帶走送往南京，聽候大明天子發落，其餘人等一律釋放。新國王對此感激涕零，張羅了很多貢物送給大明天子，鄭和也給了那位王后和新國王很多賞賜，向他們宣示了大明天子「和順萬方，共用太平之福」的旨意。士兵押著蘇幹剌上路，王后卻喊了一聲：「等一等，等一等！」那聲音顫抖著，充滿了母性的柔情。她命宮女收拾了老王的一包衣服，親自為蘇幹剌挎在肩上，還伸手為蘇幹剌拭去眼角的兩滴淚珠。王后與鄭和等人道別，彬彬有禮，卻是一臉淒然，又強作歡顏。蘇幹剌後來被永樂皇帝處死，消息傳到蘇門答剌之後，據說這位王后還痛哭了一場，從那以後便一病不起。

鄭和從王后的眼睛裡，讀出了她的悲戚和哀怨，她並沒有因為親生兒子獲得王位而感到高興。鄭和見了如此場景，在離開王宮時心情非常沉重，他感到這回動了干戈雖然事出有因，但是為了解決一個國家內部的紛爭，釀成這樣的流血事件，總覺得有些於心不忍。他一路都在琢磨要給蘇門答剌留下一點什麼，撫平留在這裡的創傷，也撫慰自己不安的心靈。

新國王送大明的人馬上路，一直來到海邊。鄭和問國王：「蘇門答剌氣候濕熱，想必也會流行瘴癘？」

新國王回答：「瘴癘乃我國一大魔障，一直苦於找不到對付的辦法。」

鄭和指著路邊的榴蓮果對新國王說：「這種果子不但好吃，還能預防和治療瘴癘，你要讓蘇門答剌人多種都爾烏，多吃都爾烏。」

新國王感激地說：「難得總兵元帥這麼記掛我國的人民，給我們傳授了抵禦瘴癘的好辦法。」

這個新國王在位的時候，號召蘇門答剌人種了不少榴蓮樹。幾百年來，這些榴蓮樹滋養著蘇門答剌人，增強了他們的生命活力。島上的人一直到今天吃榴蓮果，都還念念不忘鄭和。榴蓮果，讓人留連忘返的佳果。

四、女兒國與溜山國

鄭和離開蘇門答剌的時候，忽然想起在寧波見到的那些冒充溜山國貢使的女兒國商人。他問送行到海邊的蘇門答剌新國王：「貴國附近是否還有一個女兒國？」

新國王告訴他：「女人國離此的確不遠，大致就在蘇門答剌與溜山國之間，那個國家常有人到這裡來做生意，我國也經常有人到那個國家去做生意，只是因爲那裡是女人掌國，風俗習慣大不一樣，兩國之間並無國事往來。」

新國王見鄭和有去那個國家訪問的意思，趕緊找了幾個熟悉航路的土人，讓他們給大明船隊帶路。鄭和命舟師林貴和善待那幾個土人，認眞汲取他們的航海經驗，塡補大明船隊西洋航路中的一個空白。

女人，永遠是男人嘴邊離不開的話題。女人，也是男人永遠無法揭開的一個謎。船上的人聽說要去女兒國，心裡都充滿了神秘感和興奮感。這幾天的航行也特別順暢，洋流推動著船身，海風吹送著船帆，連搖櫓都用不上。很多人閒來無事，都來到甲板上，在風帆投下的蔭涼裡，沐浴著印度洋的和風，或蹬著，或坐著，或臥著，信口雌黃即將要去的那個女兒國。

林冠群以往喜歡聽說書人說書，肚子裡裝著許多從說書人那裡聽來的有關女人國的故事。他神秘地對周圍的人說：「唐朝那個大和尚唐三藏到天竺國取經，在去西天的路上曾經誤入女人國，那裡只有女人沒有男人，女王見了唐三藏死活都要嫁他，唐三藏不從，那女王給唐三藏灌了一杯子母河的水，讓他懷上了孩子。」

張興與他抬槓：「這也太離奇了，喝杯水怎麼就能懷上孩子呢？」

林冠群不屑地說：「這種事你不懂，女人國全是女人，沒有男人幫她們生孩子，就只有靠喝子母河的水傳宗接代了。」

一個水手道：「林師傅一定弄錯了，女人國並不是沒有男人。」

林冠群立刻反駁：「有男人，還能叫女人國嗎？」

那個水手解釋道：「只因爲那裡的風俗是女貴男賤，一個女人可以娶好多個男人，一個男人卻只能侍候一個女人。」

林冠群憤憤地說：「歷來的規矩都是男人可以有大老婆、小老婆，女人卻不可能有大丈夫、小丈夫，那個國家的人不是亂了章法嗎？」

那水手說：「人家就是那章法，那裡的女人個個都是武則天，男人只能給她們當面首。」

很多人聽了都搖頭：「這女人國可不能去，男人到了那裡抬不起頭來。」

印度洋空闊無邊，一片闃寂。大明船隊的航行引來了海鷗的翺翔，抹香鯨的興奮，不斷露出海面窺視這些遠道而來的船舶。蘇門答剌的土人告訴鄭和：有海鷗的地方必有海島，女兒國離這裡已經不遠了。

鄭和在航行的路上，不斷分撥出小型船隊，由幾位副使太監帶領，到周圍的一些島國去訪問。王景弘自告奮勇領一批人先期去弱水三千探路，那是一個很危險的地方。據一些史書介紹，「弱水三千」不僅海水太軟浮力很弱船容易沉沒，同時也是海洋的盡頭——「尾閭」所在的地方。古人說的「尾閭」即海水的出口，人們擔心到了大海的出口，一不留神就會掉進海水流瀉的無底深淵去。鄭和鄭重囑付王景弘，一路多加小心。他自己也只帶了一個小型船隊，去揭開女兒國神秘的面紗，爲日後與這個國家建立交往而鋪路。

有熟悉女人國的土人事先坐了快船去那裡通報了消息。鄭和船隊來到的時候，女兒國的女王已經在岸邊擺了儀仗前來迎接。她的儀仗隊與別國不同，清一色都是妙齡少女。她們上身穿著只能兜住乳房的短褂，露著雙肩和肚皮，下身繫著輕飄飄的綢裙，海風吹來緊緊貼在大腿上，顯出女人優美的線條。她們每個人的頭上都頂著一個大圓盤，盤裡盛放的是鮮花，見了大明船隊的人，便將那圓盤裡的鮮花撒了過去，呈現出一片花朵的世界。國王的衛隊卻全是男子，淸一色的年輕人，一個個眉目淸秀。

令鄭和奇怪的是，這位女王對大明王朝來的人似乎並不陌生，一見如故，態度也很親切。這裡人說話與蘇門答剌和爪哇相通，女王通過翻譯主動邀請鄭和同她一起登上車輦，在兩隊妙齡少女的引導下，向王宮進發。

女兒國風光旖旎，蔚藍的天空，浮著朵朵白雲，好像是高大棕櫚樹上升起的旗幟。有河流縱橫，綠水悠悠，田疇、屋宇非常齊整，看得出是個日子過得不錯的國家。在田地中幹活的，在海裡捕魚的，在山上打獵的，還有在街市上做買賣的，清一色都是女人。這些女人的穿著打扮也同走在鄭和他們前面的少女一樣，喜歡把肚臍眼展現在外面。一路上也出現了女兒國的不少男人。他們有的背著石頭在壘砌房屋，有的用一根寬布帶將孩子吊在胸前站在路邊看熱鬧，有的蹬在屋檐下替自己的女人洗短褂和裙子。國王的車駕來到跟前，所有的男人都匍匐在地，不敢抬頭。女人們見了自己的國王，卻只需面含微笑，兩隻手分別提著裙子的兩邊，稍稍彎曲一下膝蓋，就算向女王打過招呼了。

鄭和一行跟隨女王來到她的王宮，女王的大臣也全是女人，這個王宮大殿裡才是道地的女兒國。鄭和向國王宣讀了大明天子的詔書，那女王也是提著裙子的兩邊，屈了一下膝，算是答謝大明皇帝的聖恩。女王獻給大明皇帝的貢品不薄，鄭和替皇上給予女王的賞賜也極為豐富。在女王的貢物中有女兒國特產的一種蓮肉，女王介紹說：

「外間相傳女人吃了這種蓮肉就可以懷上孩子，實際哪有這種事。只不過此物有益壽延年的奇效，而且難得一見，國人採得都自動送進王宮，外邊以訛傳訛，都說我這女王要靠吃這個生孩子哩。」女王毫無拘束地說笑，顯示出了女人在這塊土地上的特殊地位。

鄭和聽罷緊跟著問：「女兒國究竟是個怎樣來歷？」

女王說：「說來話長。那是因爲我們的祖先格外尙武，經常出去征服別的島嶼，有一次卻遭受全軍覆滅的噩運，國王、大臣和軍隊將領一個都沒有回來。女人不可能沒有男人啊，留在島上的貴族寡婦，只好將就著與自己的奴僕結合，繼續生兒育女。當時的王后自己當了國王，貴婦人也都成了大臣，從此相沿成習，男人也就成了女人的侍男了。」

鄭和笑道：「作戰不可能都用女人吧？我看女王的衛隊都是男人。」

女王說：「這個島上自從那次遭受慘敗之後，再也沒有與外邊發生過戰爭，養了一支衛隊也只是個擺設。」說到這裡，女王臉上飛出兩朵紅雲，露出女人的嫵媚來。鄭和意識到這似乎觸及到了一個敏感的話題，一時無語。

「女王殿下只顧自己說得高興，忘記兒臣的囑託了。」突然從簾子後面傳出這清脆的話語，打破大殿暫時的沉默。

鄭和聽那聲音好似很熟悉，正自狐疑，接著簾子一挑，走出一個青春俏麗的女人來。鄭和抬眼一看，原來是在寧波曾經見到過的那個俏麗女子，不免吃了一驚。

女王連忙介紹：「這是我女兒，上次從天朝回來，直誇天朝地大物博，文采風流，還念念不忘總兵元帥。她聽說大駕光臨，一定讓我約總兵元帥到後宮同她見面，不想說著話就忘了。」

那女子向鄭和行了禮，她一身本地裝束，想露的地方都坦然暴露出來，天生麗質，比起在寧波的商家打扮，更加楚楚動人。

鄭和打量著她，不解地問：「妳是女王的千金，怎麼會去中國當商人？」

那女子去了一趟中國，居然學會了不少中國話，不無驕傲地說：「我還是女兒國的王儲哩，即使冒充溜山國的貢使也是抬舉了那個溜山國，你說是不是？」

女王連忙解釋：「我這女兒任性慣了，多次女扮男裝到外邊闖世界，聽說那次假扮貢使還與本國幾個商人誤打誤撞到一起，在天朝惹出禍事，留下笑柄。」

鄭和連忙說：「後來，大明天子還直誇女兒國的龍涎香好，椰子酒盅也做得精緻，埋怨我們不會辦事，沒有帶她們去面見聖上。」

那位王儲立刻不依不饒道：「你看吧，我當時就說要去面見大明天子，你們偏不讓。」

這時劉鴻向王儲一揖：「那次多有得罪，請王儲海涵。」

王儲很大度地一笑：「我們是不打不相識，今後兩國多多交往，我們就是朋友了。」

王儲邀請鄭和去後宮作客，在女兒國，這是只有最親近的客人才能享受的接待。女王本來也有此意，只是被王儲搶了先手，她便偕同幾個女官領著兩位副使和朱眞、唐敬等人去參觀市面，交換貨物。那位王儲伸出一隻豐滿的手臂挽著鄭和，來到女兒國的後宮。所謂後宮，也就是石頭壘砌的幾幢房屋，只不過經過一番裝飾，略顯精緻些。牆壁和地上都鑲嵌著好看的貝殼，甬道上鋪了地毯。王儲的寢宮牆壁上掛著從中國帶回來的織錦，桌上擺著青花瓷器和朱紅漆器，床上籠著繡有鸞鳳的綢帳，幾乎什麼都中國化了。

鄭和見女王衛隊的那些男子這時也都在後宮待著，問道：「女王的衛隊也住在後宮？」

王儲嬉笑著說：「他們外出是女王的衛隊，回到後宮就是女王的男僕，陪女王吃飯、睡覺，娛樂，替女王洗浴、按摩身子，也都是他們的工作。」

鄭和笑著問：「王儲也有自己的男僕吧？」

王儲嬌艷的嘴角一撇：「自從見到了中華儀表堂堂的男子，再看女兒國的男人實在太過委瑣，盡失陽剛之氣，本王儲若要找男人就找中國男子。」

鄭和忙說：「中國男子可不會有人願意到女兒國當男僕。」

王儲急得站起來，抱住鄭和的肩膀說：「只要能嫁給總兵元帥，我可以遠去中國，寧願不要這王儲的位子，今後也絕了當女王的念頭。」

鄭和輕輕推開她的雙手讓她坐下，搖著頭說：「這不可能啊，我已經是一個無法再娶的男人了。」

王儲聽了這話，只知道鄭和拒絕了她，卻不懂這話的內涵，羞紅著臉說：「我因仰慕大明船隊在西洋諸國的威名，這才冒死去尋中華上邦，領略貴國的文采風流。自從在寧波一睹總兵元帥的風采，回來就稟告了女王，此生非總兵元帥不嫁。」

鄭和還是一個勁兒搖頭，連聲說：「這不可能，這不可能！」

那個王儲不甘罷休還在追問：「為什麼不可能，是我長得太醜，配不上總兵元帥嗎？」

鄭和趕緊解釋：「妳是個很漂亮的女人，也是個心地純潔的女子。」

王儲忙問：「那你為什麼不願娶我，為什麼？」

鄭和想不到與女兒國打交道會有這樣的麻煩，正急得不知如何是好，還是女王及時趕回後宮，替他解了圍。女王聽馬歡等人一路介紹神州華夏的風土人情，知道女兒的心思無法實現，需要儘快斬斷她的情絲，不能讓她陷進單相思的苦海裡。女王匆忙拉起女兒的手，登車上輦，一起去到海邊送別大明朝廷的總兵元帥。女王一路上都在教誨自己的女兒：「兩國相去數萬里，風俗習慣大相逕庭，大明的總兵元帥根本不可能成爲妳的男人。」

女兒國儀仗隊的少女將頭上頂著的鮮花，都撒到大明王朝人馬的身上。王儲向鄭和悵然告別，她在心裡銘記著這位中國男子的英武與友善，也留下了一個終身沒有得到解答的疑問：那個遙遠的中國，究竟有種什麼樣的風俗，使得自己傾心仰慕的男人不能成爲自己的丈夫呢？

鄭和率領的船隊走了幾天，林貴和報告離溜山國附近的軟水洋不遠了，大家一聽，心情都有些緊張起來。在帥船上，小胖子不時抬頭看看洋面上有無王景弘那支船隊的影子，還小聲問李海：

「海水就是海水，爲何還會有弱水呢？」

李海正在聚精會神操舵，搖頭回答：「不知道。」

小胖子又問：「船到了弱水眞的會沉下去嗎？」

李海還是搖頭：「不知道。」

小胖子還在問：「萬一我們的船到了那個『尾閭』跌進萬丈深淵怎麼辦啊？」

李海不耐煩了，厲聲呵斥道：「就你的小命値錢不是，總兵元帥不也在這船上嗎！」

小胖子高興地說：「我這心裡一緊張就忘了，聽人說總兵元帥是蛤蟆王轉世，有他在，即使碰上萬丈深淵也不可怕了。」

說話間，王景弘已經乘船迎了過來，他興奮地告訴鄭和：「我們在這裡進行過多次試航，只要是寬底船，負載輕一些，弱水就能平安渡過去。」

鄭和忙命將尖底船都留在外洋，組織一支「輕騎隊」去闖溜山國的八大溜。

溜山國的所謂大溜、小溜，實際就是現在的馬爾地夫群島。在八大溜的西邊有一座天生的石門立於海中，有如宏偉的城闕，溜山國人將這座石門當成自己的國門。在溜山國人的引導下，鄭和的船隊從西邊駛入這個國家，他們的國王坐著船早早候在石門下面。舉行隆重的歡迎儀式後，國王將大明使者迎接到八大溜中的官塢溜。

溜山國的人大多是回回，男子纏著白色的頭巾，赤著上身，腰圍手巾，裸露著古銅色的皮膚，洋溢著陽剛之氣。女子頭上蓋著一條手巾，只露出面孔。彼此的來往，都按教門的規矩辦事。國王知道鄭和也是穆斯林，兩人論了年齡長幼，開始稱兄道弟。國王得知哈三是來自中國一座大清真寺的掌教，也給了很高的禮遇。鄭和宣讀了詔書，彼此交換了貢品和賞賜之後，談及女兒國曾經有人冒充溜山國的貢使去了中國，那位國王高興地說：

「看來溜山國已經名聲在外，今後我們也要突破弱水的包圍，與外邊進行交往，儘快派使臣去大明天朝。」

鄭和聽了這話，也很高興地表示：「我們一定在南京熱情歡迎你們的使者。」

國王和王后設宴款待大明使者，宴席上擺著用椰子殼旋的酒盅，這酒盅配上花梨木的底座，塗上番漆，堪稱藝術精品。杯裡斟上的是椰子酒，桌上的主菜是馬鮫魚，本地人叫溜魚。有新鮮的，有曬乾的，有整條的比扁擔還長，有切成塊的如拳頭粗細，整個一席溜魚宴。

溜山國物產豐富，鄭和派了人到各大溜進行貨物交易。八大溜和三千小溜又是龍涎香的主要產地，漁人剛從三千小溜採來的龍涎香，還充滿了魚腥味。溜山國人卻都懂得它的價值，沒有大把銀子擺在面前，買主免開尊口。這裡還有一種小海貝，在海邊堆積如山，等到裡邊的貝肉腐爛以後，將貝殼沖洗乾淨，用船運到暹羅、榜葛剌（今孟加拉國）等國當錢使。

鄭和拿了幾個仔細察看，同他小時候在昆陽街上見到的蚌幣一模一樣。他笑著對身邊的人說：「誰要想發財，背幾袋這個回去，這就是錢哩。」

王景弘也笑著說：「這個世界眞是太大了，大概暹羅人和榜葛剌人誰也不會想到，溜山國堆著他們的錢山。」

林冠群和張興來到溜山國造船的地方，對他們造船的辦法爲生了濃厚的興趣。那些番人造船不用鐵釘，也不用榫頭，只在船板上鑽出一排一排細孔，用椰子皮穰打成結實的繩索穿起來，在接縫中塗上一種粘稠的樹脂，便能嚴絲密縫，滴水不進。他們給船隊買了不少密封船縫的樹脂，高興地說：「這比我們用桐油麻絲石灰堵漏管用多了。」

鄭和與哈三站在官塢溜的高處，遙望遠處弱水三千，近窺屹立在海中的那座石門。鄭和若有所思，指著遍布海水中的大小島嶼問老阿訇：

「您看這些散落在海中的大溜、小溜像什麼?」

哈三說:「我看像從阿拉伯人那張飛毯上撒下來的寶石。」

鄭和說:「我琢磨著像我們的千里長沙、萬里石塘,是天女撒落在大海裡的美麗珍珠。」

哈三望著無邊無際的海洋說:「在春秋時代,有人說『尾閭』在我們的萬里石塘,也有人說『尾閭』在這弱水三千,都說到了『尾閭』海水就會傾泄到萬丈深淵,流入別的世界。實際上我們這一路過了萬里石塘,又到了弱水三千,依然是無邊無際的海水,這『尾閭』究竟在何處啊?」

鄭和說:「也不知這海洋到底有無盡頭。」這在當時,似乎還是一個難以回答清楚的問題。他們兩人都在苦苦思索,找不出答案。

五、神奇的忽魯謨斯

離開溜山國之後,大明寶船隊只在柯枝、古里等國作了短暫的停留,很快便拔錨起航,進入阿拉伯海,直奔此次出使西洋的最遠目標——忽魯謨斯。

忽魯謨斯,是波斯灣入口處的一個海島,後來與波斯的大片陸地連在一起,在現在的伊朗境內。那裡是眞正意義上的西方,也是眞正意義的阿拉伯世界。鄭和的祖先最早就生活在這塊土地上,他與阿拉伯有著血脈相連的親緣,從小就很嚮往這塊土地,對他來說,這裡是個既親切又陌生的世界。他前幾次下西洋，都是在印度半島的西海岸停住腳步，這次能踏上這塊盼望已久的土地，心裡湧出了無比的激動。很多人也與鄭和一樣，對進入這片新的神奇土地感到興奮，不約而同來到帥船，聽哈三阿訇談論阿拉伯土地上的阿拉伯人。

鄭和幾次下西洋所走過的國家，到處都見到了阿拉伯人，便請教哈三：「阿拉伯人為何能夠遍佈世界這麼寬廣的地方？」

哈三想了想回答：「阿拉伯曾經是一個非常強大的民族，大概世界上所有的強大民族都不拒絕外邊的世界，只有弱小的民族才畏懼自己不熟悉的地方，不肯輕易離開自己的家園。」

馬歡問：「在西方世界還有別的強大民族嗎？」

哈三說：「當然還有，張騫通西域去過的大秦，後來稱為羅馬，我在天方幾年，就見到過來自羅馬金髮碧眼的人，他們是穿越沙漠過來的，在沙漠那邊一定還有一個很繁華的世界。」

洪保插言：「聽說元朝時候來到中國的那個馬可波羅，也是金色頭髮、藍色眼睛，他大概就是來自羅馬那個地方的人吧。」

鄭和從脖子上取下那件小小的青銅器遞給老阿訇，指著那兩個套在絞索裡的人說：「這也許就是那邊的人在打仗時發生的事吧？」

哈三說：「沒錯，那邊的人不但喜歡把俘虜套進絞索，還喜歡把奴僕和罪犯套進絞索。」

馬歡的祖先也是阿拉伯人，阿拉伯人走向世界的光輝歷史令他神往。他說：「金髮碧眼的人所到的地方遠不如阿拉伯人多，我們跑這麼多國家就沒有見到一個金髮碧眼的。」

洪保這時也插進來發表看法：「也許我們同那些人還隔著另一個海，隔一座山能隔出兩重天地，隔一個海一定會隔出兩個世界。」

哈三想了想回答：「不過，阿拉伯人的適應能力的確無與倫比，走到哪裡都能生存下來，還有他們的語言天賦，無論見到說什麼語言的人，都能很快溝通。」

馬歡緊接著說：「我聽過這樣一個故事，從前有個阿拉伯國王，召集自己管轄的五個地方的人，讓他們同時說話，由他來分辨。他沒讓他們說上幾句，馬上就指出，第一個人的語言適合打仗，第二個人的語言適合打官司，第三個人的語言適合治理國家，第四個人的語言適合與朋友交流，只有第五個人的語言有些粗俗鄙俚，卻生動有趣。國王下令將這些語言的優點都集中起來，從此阿拉伯人就有了很強的語言本領。」

洪保卻抬起槓來：「阿拉伯語言也有貧乏的時候，據說他們永遠只會將女人的大腿比喻爲大理石柱子，將女人的胸脯比喻爲一塊象牙……」

哈三說：「的確，先知穆罕默德不喜歡文學和繪畫，尤其不喜歡在文學和繪畫作品中描寫人和動物。這是因爲人們原來都去追求與眞主無關的知識，後來發現眞主寓於一切知識之中，只要虔誠信奉眞主什麼都有了。」

波斯灣是個非常神秘的海灣。一泓碧藍，如同一勾新月，積澱了古老的兩河文明，孕育了精湛的波斯文化。波斯灣沿岸的哲學與科學，文學與藝術，建築與雕塑，宗教與神學，由這裡永不停息的海浪傳導到世界的很多地方。

哈三問鄭和：「你是回回，知道『回回』二字的來歷嗎？」

鄭和歉意地說：「這個我還眞的不知道，請老阿訇賜教。」

哈三告訴他：「回回，就是波斯，波斯最早在中國的譯音就是回回，我們的祖先大概原來就生活在這塊土地上。」

鄭和興奮地說：「有朝一日，我們的船隊也要走遍世界各個角落，播撒華夏文明的種子。」

鄭和的船隊停泊在離忽魯謨斯不遠的海面，他們乘坐快船上岸，受到忽魯謨斯國王的熱情歡迎。因爲統領大明船隊的人有著阿拉伯血統，還有哈三這樣對伊斯蘭教和阿拉伯文化都有深刻鑽研的老阿訇，忽魯謨斯國王深刻感覺到了大明皇帝對阿拉伯國家的尊重，心情像陽光一樣燦爛。

鄭和在王宮裡照例宣讀了大明皇帝的詔書，很誠摯地對國王說：「當今大明天子廣施仁德於天下，願與忽魯謨斯溝通往來，世代修好。」

忽魯謨斯國王說：「早在絲綢之路開拓之初，中國的商人就到過這裡，從那時起我們的人民就很仰慕古老的中華文化，能與大明朝廷世代通好也是我們的願望。」

國王建議鄭和在忽魯謨斯多待一些日子，領略阿拉伯世界的妙趣。鄭和也破例讓所有的人都上岸，用他們的腳踩一踩這塊陌生的神奇土地。

忽魯謨斯有寒有暑，四季分明。春天到處是花，秋天落葉遍地，只是有霜無雪，雨少露多。此時正值六、七月天氣，暑熱難當。好在這裡瓜果蔬菜極爲豐富，果有核桃、松子、葡萄、石榴、花紅、萬年棗，蔬菜有蘿蔔、韭菜、菜瓜、西瓜、甜瓜，幾乎是應有盡有。在海上的日子長了，大家見到這些都十分親切。大家一邊吃一邊看稀奇，這裡的胡蘿蔔比藕還大，甜瓜有兩尺多長，石榴大如碗口，花紅大如拳頭。萬年棗有的一個重達二三十斤，形狀像柿餅。還有一座很奇怪的山，一面出紅鹽，其堅如石；一面出紅土，色如銀朱；一面出白土，狀如石灰；一面出黃土，如同生薑。國王自豪地說：「這是我們的寶山，四面都是寶，特地派了人日夜看守。」

鄭和一行邁步在古老波斯的土地上，領略忽魯謨斯的風土人情。阿拉伯人狀貌雄偉，衣冠楚楚，都是眞主虔誠的信徒，每天禮拜五次，沐浴持齋，爲禮甚謹。婚喪嫁娶，也都得依教規來辦。男女結合，有嚴格的程式。先要有媒妁之言，得到雙方父母同意，再由男方辦酒請掌握教門規矩的官員加以認可，並爲其主婚。然後男女雙方向主婚人與媒人及親族中的長者，報告各自祖宗三代的籍貫和履歷，寫出婚書，擇定吉日，舉行婚禮，才能成爲合法夫妻。誰想跨越這個程序，迫不及待將屬於自己的女人早點弄上床，那將以通姦論處，這叫心急吃不了熱糍粑。

大家嘖嘖稱讚的，是這裡淳樸的民風。若有某戶人家遭遇天災人禍，陷入貧困境地，周圍的人都會熱心襄助，將衣服、糧食及錢物送上門來，因此在這個國家幾乎找不到生活無著的人。

哈三說：「據我所知，這是因爲穆斯林對『幸福』二字有自己獨特的理解。在穆斯林看來，整個社會就像一個人的肌體一樣，只要有某一個器官疼痛，其他部位也會受到牽連，乃至渾身都不舒服。如果每一個部位都很舒適，整個身子必然也是舒適的。」

馬歡聽了這話有所領悟，連忙追問：「這是否說個人幸福離不開整體幸福，幫助別人實際也是在幫助自己。」

國王聽了點頭讚許，進而發揮道：「先知穆罕默德告訴我們，所謂幸福就是快樂。拿出自己的財物周濟落難的人，給了落難者物質上的快樂，也就給了自己心靈上的快樂，大家都從中得到了幸福。」

人們一路討論起伊斯蘭文化的深刻內涵，談興愈來愈濃。有哈三這個顧問在場，的確加深了大家對阿拉伯文化的瞭解，也拉近了與忽魯謨斯人的距離。

如果說古里是東洋與西洋貨物的集散地，那麼忽魯謨斯就是地中海與印度洋貿易往來的交會處，遠近諸國的寶物和奇貨都集中在這裡。大明船隊的人，官方的生意與船員個人的生意，都做得很熱絡。負責爲朝廷做生意的幾位副使太監，珍珠、寶石盡挑貴重的，什麼祖把碧、祖母綠、貓晶、金剛鑽，還有如龍眼一般大的珍珠，高達數尺的珊瑚樹。當地的土產盡挑稀有的，各色梭幅、撒哈喇、摩羅紗、番絲手帕。此外是稀奇古怪的動物，有一種鬥羊，孔武善鬥，買回去可以送進宮裡搏戲。還有一種叫「草上飛」的怪獸，大小如貓，身上是玳瑁的顏色，兩隻耳朵又尖又黑，平時看似性情溫馴，獅子、豹子等猛獸見了，卻都俯伏在地，在牠面前老虎也不敢自稱老大。

大明朝廷做買賣的官員拿出從中國帶來的青花瓷器、朱紅漆器、綾羅綢緞、陶器鐵器，還有各色茶葉，集中在這裡的番商也趨之若鶩。鄭和發現有好幾個穿著打扮與衆不同的異國人，圍在大明的瓷器和絲綢前面好半天，東摸西看，愛不釋手。然而，他們眼看別人把精美的瓷器和絲綢一批批挑走了，仍然蹬在那裡一動不動，既無意談生意，也無意離開。

鄭和甚感詫異，忙問國王：「他們是什麼人？」

國王身邊的人介紹說：「他們也是來這裡做生意的商人，因爲裝載貨物的船在海上翻沉了，流落到這裡，這是對大明的絲綢和瓷器發生了興趣，在惦著繼續積攢本錢做生意哩。」

洪保感歎：「死裡逃生，身無分文，還惦著飄洋過海做買賣，這應該稱爲商癡吧。」

國王說：「這裡的人都這樣，做生意本來就是冒險者的事，無論是走海路，船隻和貨物沉入海裡，還是走沙漠，駱駝、同伴和貨物都被沙漠掩埋，只要能保住一條性命，照樣還會牽著駱駝走沙漠，駕著帆船過海洋，哪裡的生意好就繼續到那裡做生意。」

馬歡曾經聽人講過阿拉伯航海家辛巴達的故事，這時也發表自己的看法：「那個辛巴達就喜歡冒險，對自己滿載貨物的商船沉入海底也滿不在乎，他認爲只要人活著，一切都可以從頭開始。」

國王點頭說：「辛巴達就是我們阿拉伯航海者的化身，是阿拉伯人心中征服海洋的英雄。」

哈三說：「我來阿拉伯國家的那些年月，也琢磨過這件事，看來凡是經商者都喜歡冒險，不少人都是剛剛結束一次冒險，馬上又會去尋求新的冒險，他們的樂趣似乎就在冒險之中。」

鄭和聽了這些議論，從那些不屈不撓的異國商人身上得到了一些新的領悟。他對王景弘說：「經商能推動人去冒險，是因爲經商本身需要冒險；如同航海一樣，海上潛伏著太多的危險，冒險也就成了航海者的本性。」

王景弘不無憂慮地說：「如此說來，我們生活的那塊土地就很難爲生商人和航海家了，因爲大家生性厭惡冒險，也很難承受冒險所帶來的失敗和損失。」

鄭和聽了默然，他與王景弘想到了一起，也有了同樣的憂慮。

美麗的波斯灣，滾滾而來的波濤，拍擊著海岸，也拍擊著鄭和等人的心胸。

大明船隊這隻「驕燕」已經成爲名副其實的候鳥，冬天向西飛行，夏天向東飛行。因爲這次路程遠，林貴和掐著日子，算準西南信風到來的時候，立刻就要撥轉船頭返國，一刻也不敢耽誤。忽魯謨斯國王派了使者隨船出發，帶上了金葉表文，還有麒麟、獅子、珍珠、寶石等獻給大明天子的貢禮。大明船隊很多人是頭一次見到麒麟，那高大的身軀，長長的脖子，使所有的奇禽異獸都相形見小。林冠群領著幾個木作匠人在寶船的甲板上造了一間高大的木屋，麒麟在大明船隊才有了容身之地。鄭和也代表皇上贈送給忽魯謨斯一份厚禮。國王來到海邊送鄭和上船，舉手長勞勞，表現出了雙方建立的眞摯感情。

六、印度洋大風暴

人無信不立。人們歷來喜歡給按時來去的事物加上一個「信」字。潮汐按時漲落被稱爲潮信，「早知潮有信，嫁與弄潮兒」，連閨中少婦都喜歡恪守信任的海潮。大雁定時來去，被稱爲「信禽」，「信禽法天運，斷不爲炎涼」。海洋季風歷來按季節準時來去，因之被稱爲信風，在木帆船時代海客們對季風的信賴，達到了以自身生死相託的程度。

然而，今年的西南信風卻遲遲沒有來。已經好幾天時間了，印度洋裡只有火辣辣的太陽與航海者相伴，海面上風靜浪息，整個船隊就像鑲嵌在一塊平展無垠的玻璃中，整個印度洋彷彿成了一潭止水。帥船上管篷帆的水手，不斷調整主帆和輔助帆，還升起了所有的三角帆，這些船帆都有氣無力地耷拉著，無能爲力。最苦的要算那些搖櫓的槳手了，這麼大的帥船要靠他們的手臂來推動，實在勉爲其難，加上海流也不順，天氣又悶熱，他們光著脊樑揮汗如雨，傳到櫓上的力氣很難敵過海流的反推力。李海掌著舵，使足氣力喊著口令替他們加油，龐大的帥船也只能像蝸牛一樣緩慢爬行。別的船雖然小一些，可載重量都不輕，搖櫓的人們同樣是費了力氣，不見動靜。

舟師林貴和在船上急得跳腳，不斷地瞭望西南方向的天際。幾個汗流浹背的篷索手在給風神通遠王燒香磕頭，祈求他發善心送點風來。可是他們空許了不少心願，也不見回應。一個篷索手看看天，看看帆，搖頭歎氣道：

「求了半天神，連裝滿一頂草帽的風都沒有求來。」

另一個氣得大罵：「那個通遠王一定是大白天摟著老婆睡覺去了，不管我們的死活，老子回去非拆了他的廟不可，讓他自己去喝西北風。」

林貴和急匆匆找到鄭和，他心裡的焦躁，並非是因爲眼前的風平浪靜，而是這平靜中蘊藏的危險。他在海上多年，深知無風無浪，常常是大風大浪的前兆。鄭和與王景弘也在犯嘀咕，他們與周圍的幾個人在議論那些銘記於心的看天的諺語。劉鴻說一句：「天氣濕悶，大風臨近。」馬歡說一句：「盛夏仲春，常有暴風。」洪保也說了一句：「午後大雷，風暴抬頭。」

王景弘聽著，不無擔心地說：「今天吃午飯的時候，彷彿眞的隱約聽到過悶雷的聲音，莫非風暴眞的要來？」

鄭和問林貴和：「附近是否有港口，可以緊急避風？」

林貴和搖頭，從忽魯謨斯到柯枝、古里，中途根本就沒有可以停靠的島嶼。

鄭和命令立刻升起信號旗，讓所有的船把貨物捆紮結實，所有載著西洋動物的船隻都要重新加固柵欄，尤其是要保護好忽魯謨斯進貢的麒麟。鄭和自己來到帥船的艄樓，給安放在那裡的媽祖神像燒了香，祈求媽祖保佑海路的安寧。各船看到帥船上升起的信號旗，戰船上的百戶、千戶，坐船上的舟師，都催著大家出來幹活。天氣本來就很悶熱，坐在帆影裡不動身子都覺得難受，現在還要頂著太陽出力，很多人都不情願。鄭和料到會有人消極抗拒，便派了人逐船檢查，執行統一號令誰也不能打折扣。

唐敬與劉鴻來到錦衣衛那些人的坐船，棗木釘和他手下的人都坐著不動，嘴裡還罵罵咧咧：「閒吃蘿蔔淡操心，沒事找事。」

唐敬怒斥道：「你們懂不懂大明船隊立下的規矩，信號旗命令幹什麼就得幹什麼，誰也不能例外。」

棗木釘強詞奪理：「我們是錦衣衛，不屬船隊編制。」

劉鴻縱身跳上那艘船，擰起棗木釘，裝出要往海裡扔的架勢：「你們既然不是船隊的人，那就請你們下海，別在船上瞎搗亂。」

錦衣衛的人都知道他是死過一回的人，天不怕，地不怕，都乖乖地起身幹活。只有棗木釘「煮熟的鴨子嘴還硬」，衝著劉鴻的背影說：「等著瞧，看我回到京師怎樣收拾你！」

時近黃昏，忽然一陣海風掠過來，風帆立刻敏感地張開，搖櫓的人們已經痠疼的手臂也感覺到了難得的輕快，船上所有人的身上都覺出了無比舒服的清涼和爽快。有人高興地喊起來：「起風啦，起風啦，風神給我們送風來啦。」其他人受了感染也都高興地喊起來，船隊兩萬多人同聲相應，聲浪追逐著海浪。林貴和抬眼注視前方，突然發現幾隻海鳥從艏樓前掠過，驚呼一聲：「風暴鳥，風暴鳥。」鄭和與王景弘此時正立在舟師身旁，眨眼之間，不知從何處飛來那眾多的風暴鳥，在眾多船隻的桅帆中穿來穿去，尖利的叫聲令人不寒而慄。

鄭和趕緊讓林貴和發出收帆的信號，並讓各船互相靠攏，想用整個船隊聯成一片的辦法壓住即將來臨的巨浪。他還特地招呼將各國使臣都接到帥船上來，棗木釘也從空氣中嗅出了什麼，爲生了莫名的恐慌，偷偷來到帥船上。劉鴻見帥船上擠了不少人，要攆他下去。鄭和一擺手說：「由他去吧。」

不知什麼時候，天空上出現了一塊很大的雲斑，一忽兒彌漫開來，海面上頓時被密雲罩住，暗淡無光。船隊那些因爲一時涼爽而興高采烈的人，這時才覺出了面臨的危險，不安地望著天空發生的變化，有了大難臨頭的驚恐。霎時間，烏雲翻滾，雷電交加，狂風挾著傾盆大雨向船隊襲來。那風實在來得太猛了，桅桿上的繩索拍打著桅杆發出淒厲的聲響，彼此靠得很近的船隻相互發生猛烈的碰撞和擠壓，船板發出了撕心裂肺的聲音。一些船上的人驚慌失措地亂竄，害怕自己的船被撞散架或被海浪吞沒。很多人在高聲呼喚：「救苦救難的天妃娘娘，快快顯靈吧，快快顯靈吧……」

風力還在繼續加大，風聲變成了淒厲的呼嘯，在海上捲起一座座浪山，向大明船隊猛撲過來，將大明船隊玩弄於波濤間。眼看船隊靠攏航行無法對付眼前的風暴，一些船隻隨時都有被撞碎的危險。舟師林貴和要求立即分散航行，避免相互撞擊。鄭和同王景弘交換了一下意見，已經沒有別的好主意，只有發出信號，讓各船之間拉開一定的距離。船隊剛一分散開，被壓抑在船體下的海浪猛然往上高高竄起，這些木帆船包括巨大的帥船在內，剛被舉到浪尖有如推上懸崖絕壁，猛地又被甩進浪谷猶如落進萬丈深淵。帥船此時走在最前面，迎向那些如高山般聳立的巨浪，企圖爲後邊的船隻吸減一些顛覆的危險。人們眼看一條白花花的浪線迎面滾過來，到了船頭猛然變成一堵高大的水牆，帥船被迫鑽了進去整個掩埋在海水裡，在很多人絕望的驚呼中，好不容易才露出水面來。

棗木釘眼看帥船鑽進海水裡，以爲自己已經死定了，直挺挺躺在船艙裡。此時氣急敗壞，從船艙裡爬出來，跌跌撞撞跑進艄樓，對林貴和說：「帥船後退，趕緊後退，讓別的船上來擋浪。」

林貴和不屑地看他一眼說：「這是總兵元帥的命令，你好好回船艙裡待著，別跟風浪一樣同我們搗亂。」

棗木釘老羞成怒，惡狠狠地說：「我要有個三長兩短，回去小心紀大人找你們算賬。」舟師的幾個副手怒吼道：「你在這裡耍什麼威風，有本事同老天爺叫罵去，再在這裡搗亂我們就扔你到海裡餵王八。」

棗木釘賴在艄樓中不走，他以爲這種時候跟在舟師身邊最保險。然而，艄樓直接受到巨浪的撞擊，顛簸搖晃得最厲害，他滾落到地板上，腸胃裡也在翻江倒海，哇哇嚎叫了幾聲，嘔吐得死去活來。

夜幕降臨了，濃雲密布的天空星月無光，海面上漆黑一片，伸手不見五指。林貴和緊盯著水針，生怕偏離航向，駛入潛伏著礁群的危險海區。果真那樣，將是一場全軍覆滅的可怕災難。然而那指標在水中亂晃，要認準航向實在太難了。帥船上所準備的夜間航行的聯絡信號，在狂風暴雨中，那麼黯淡微弱，已經很難發揮聯絡的作用。很多船都在黑暗中亂衝亂撞，海面上不時發出桅桿摧折的聲音，船隻傾覆人們落水時的慘叫，更多的是絕望和恐怖的呼喚。雖然這些聲音有海風海浪掩蓋，傳到鄭和的耳朵裡都很微弱，在他心裡卻激起了山崩地裂的震撼。他很清楚伴隨這些聲音的是可怕的船毀人亡，是一些多年與他朝夕相伴的船隻，一些多年生死與共的弟兄，永遠留在這片海洋裡。他幾次站起來，要衝出船艙，到甲板上看個究竟，都被劉鴻緊緊抓住，無法動彈。王景弘交代劉鴻，無論如何要保護好總兵元帥。王景弘過來解勸道：「現在誰也無能爲力，只能聽天由命，任何舉動都於事無補，只能帶來新的危險。」

鄭和太痛苦了，眼前所發生的一切都只能空自著急，自己縱有撼動山嶽的力氣也使不上。他記起了兒時在撫仙湖見過的抗浪魚，此刻眞想變成一條抗浪魚跳進大海裡，爲他的船隊扭轉乾坤，然而，人在暴怒的大海面前竟然如此渺小，遠遠趕不上那些在浪尖上戲水的小小魚兒，它們畢竟敢於蔑視波浪。他作爲總兵元帥此刻已經無法控制船隊，無力挽救那些被巨浪掀翻的船隻，無力救助那些被海水吞噬的弟兄，甚至也無法去撫慰那些在絕望中掙扎的人們。他只能緊閉雙目，雙手合掌高高舉過頭頂，一遍一遍呼喚：「天妃娘娘，救救我們的船隊，救救我們受苦受難的弟兄。」帥船上的人們也都跟著呼喚：「天妃娘娘快顯靈吧，天妃娘娘快來搭救我們吧。」李海咬著牙操縱著已經不聽使喚的舵桿，嘴裡在念叨：「天妃娘娘，妳忘了我們的船隊啦！天妃娘娘，妳怎麼不來搭救我們啊！」哈三一直把右手放在胸口上，嘴裡一直在默念：「求眞主賜給我們平安，求眞主賜給我們平安……」

這個恐怖的夜晚，似乎比以往所有的夜晚加起來都長，在翻江倒海的顚簸中誰也不知道這漫長的一夜是怎麼熬過來的。海面上終於出現了曙色，大雨已經停了，大風還在颳著，卻讓人明顯感覺到船的顚簸已經不如昨天厲害。

鄭和與王景弘等人迅速走出船艙，來到甲板上，只見林貴和神色緊張地走過來，壓低嗓門報告說：「糟糕，我們已經偏離航向，誤入了暗礁區。」

鄭和與王景弘聽了又是一驚，他們隨著林貴和右手指著的方向，將眼光落在遠處激起的一大片白色水花上。可不是，那無疑是海浪撞擊在暗礁上激起的浪花。大家剛才還在爲海浪顚簸的減弱感到高興，一旦瞭解到原來是水下的暗礁在作怪，每個人的心又立刻緊縮起來。船在礁群中擱淺或觸礁，危險遠遠超出在大風大浪中的顚簸。

鄭和回頭看看身後的船隊，已經七零八落，一片狼藉。用不著淸點就知道，船的數目已經明顯減少了，有的已經沉入海底，有的可能失散，不知漂到什麼地方去了。他不能讓自己的船隊再蒙受新的損失，幾個人聚在一起緊急商議應變的對策。林貴和讓李海趕緊轉舵，重新撥正航向。同時指揮篷索手升起船上的小三角帆，調整到適合的位置，幫助寶船改變航向。帥船上還迅速升起一面新的信號旗，讓所有的船隻與帥船協同動作，儘快駛離這個危險地帶，否則這片暗礁就是埋葬大明船隊的墳場。

一邊是滔天的海浪，一邊是危機四伏的暗礁，給龐大的船頭撥正航向帶來了莫大的困難。那些海浪受到礁群的阻擋，一個個聳起的如山巨浪被礁石碰回來，在擁塞船隊的海域形成了洶湧的洄流和漩渦，險象叢生。那每一個漩渦，都是一個陷阱。那每一塊暗礁，都是一個陰險的殺手。李海急得用肩膀頂著舵桿，牙齒咬得嘎嘣嘎嘣響，舵還是那麼沉重，無法輕易轉動。好幾個人跑過來幫忙，李海卻再也不敢加力了，萬一折了舵，什麼都完了。舵手一臉無奈，大家一臉失望。

哈三來到船尾，大聲呼喚：「先知穆罕默德，賜給我們天方的息水，為我們平息波浪吧……」

這一句祈禱提醒了鄭和，他忽然想起在溜山國購得的那些濃黑的樹脂，不是可以傾倒進海裡，暫時壓住船頭的波浪，幫助把舵轉過來嗎？他把這個意思告訴王景弘和林貴和，王景弘立刻想到還有在忽魯謨斯購得的橄欖油和船上自備的桐油，也都可以傾進海裡，壓住波浪。

正當帥船上的人們聚精會神用桐油、橄欖油和樹脂壓住周圍的海浪，奮力撥正航向駛離危險區的時候，有的船上發生了騷亂。很多人在發出絕望的哀號，一些人嚷著跳海逃命，一些人在哄搶東西。鄭和趕緊發出信號，命令各船的頭領立刻制止動亂，膽敢乘機搗亂者就地斬首。這時棗木釘也發了瘋，他冷不防從帥船的艄樓裡竄了出來，一路高喊著「快跳海逃命吧，快跳海逃命吧！」此時鄭和正站在離船舷不遠的地方，焦急地觀察那些出現騷亂的船隻，冷不防棗木釘朝他竄過來衝向大海。鄭和一把拽住了他的衣服，沒想到棗木釘衝勁太大，鄭和站立不穩，身子跟著一歪，眼看著兩人就要越過船舷落入海中。劉鴻驚呼一聲：「總兵元帥！」他一個箭步從斜刺裡衝過去，使盡平生力氣將他們兩人往甲板上一推，自己卻沒能收住腳，一頭栽進大海裡。

鄭和大喊一聲：「趕快救人！」衆水手扛著竹竿和纜繩迅疾跑過來，劉鴻卻跌進了一個巨大的漩渦，只稍稍露了一下腦袋，就被汲進大海深處，再也不見踪影。

這時候奇蹟出現了，海浪獲得了暫時的平息。那些傾倒在海面上濃稠的樹脂、桐油和橄欖油，暫時壓住了猖狂的波浪。李海一扳舵，寶船很快撥正航向，借助風力，迅速駛出危險區。整個船隊的船隻，一艘接一艘也跟著脫離了危險。

「劉鴻，劉鴻……」鄭和在呼喚。「劉鴻，劉鴻！」王景弘在呼喚。「劉鴻，劉鴻！」帥船上所有的人都在呼喚。李海一把擰住棗木釘的脖子，怒喝一聲：「還劉鴻的命來！」

帥船上的人們爲痛失劉鴻，心裡一直很難平靜，連一向脾氣很好的王景弘也變成了暴怒的獅子，大家嚷著要將棗木釘扔進海裡，替劉鴻償命。棗木釘嚇得磕頭求饒，腦門在甲板上都碰出血來。鄭和含著眼淚進行勸阻，放他回到了原來的船上，棗木釘和錦衣衛從此再也不敢趾高氣揚。

人們常說，飄風不終朝，驟雨不終日。大明船隊遭遇的風暴，卻長達兩天的時間，呼嘯的海風一直攆著他們的屁股追趕。好在他們的誠心感動了天妃，感動了眞主，也感動了船隊的每一個人。大家齊心協力，居然挺過來了。那些赴大明朝貢的外國使者，原以爲陷入絕境，沒有生還的可能，由於鄭和及時而又周到的處置，他們人和物都絲毫沒有受損。忽魯謨斯的貢使稱讚鄭和說：「總兵元帥比我們的航海家辛巴達還偉大。」

大明船隊輾轉來到錫蘭山，決定在這裡進行休整，修補那些破損的船隻。昔日雄健的「驕燕」，而今被一場不期而至的風暴折斷了翅膀。王景弘組織人進行清點，失踪和沉沒的船隻達到十五艘，失踪和遇難的人數近四千人，馬匹和貨物的損失也很慘重。朱眞報告，指揮使周聞連人帶船都不見了。這位身經百戰的將領是流著眼淚說的。他手下那衆多朝夕相處的弟兄，說不見就不見了，這是他無論如何都無法接受的。鄭和對這次蒙受的重大損失本來有一定的心理準備，聽了這些查實的數字，心裡仍像壓上了一座大山，有說不出的沉重。錫蘭山的國王亞列苦奈兒，對大明皇帝放他歸國重新當了國王，懷著無限的感激。他聽說大明船隊遭遇風暴損失慘重，熱情爲修復受損的船隻和休整人馬提供一切條件。他集合了一些土人協助砍樹，運送木料，還派本國的造船工匠在林冠群等中國師傅的指導下，幫助修船。林冠群在錫蘭山也發現了溜山國那種粘合船縫的樹脂，喜出望外。亞列苦奈兒曾說過，這裡的樹脂以往都是用來粘孔雀，這回都收集起來爲大明船隊的船隻堵漏。

船隊又要起程返國了。依照錫蘭山的佛門規矩，在海邊舉行了超度亡靈和保佑失踪者平安歸來的法事。釋迦牟尼圓寂的那座寺廟，因受過大明王朝的隆重捐贈，得知消息後，寺內高僧全體出動主持法事，亞列苦奈兒也趕來參加。王景弘和洪保等人用黃裱紙開列了一張近四千人的名單，因爲一時很難分清誰是遇難者誰是失踪者，只能一起燒化，願亡靈升入天國，願失踪者早日平安歸來。朱眞準備了很多紙錢，還用金紙銀紙紮了金山銀山，在海灘上焚燒。他非常後悔自己原來反對士兵出洋捎帶作些生意，他們現在都消失在大海裡，撂下妻兒老小，今後的日子可怎麼過啊。他現在沒有別的辦法，只有多燒些紙錢，去撫慰亡靈，寄託自己的哀思。

不知是錫蘭山和尚的經念得好，還是鄭和等人的心靈懺悔感動了上蒼，就在船隊要出發返國的時候，周聞帶著他乘坐的那艘戰船回來了，三百多人竟安然無恙。他登上帥船向總兵元帥報到，鄭和緊緊抱住他，揮淚如雨。

七、大海難的陰影

忽魯謨斯的貢使牽著那頭脖子長得可以攀到南京街樹末梢的奇獸，穿過南京城，走進大明的皇宮，向朱棣晉獻麒麟，引起了滿朝文武的無比興奮和激動。朱棣也捋著胸前的鬍鬚，露出驚喜。其實，這位貢使牽來的只不過是一頭長頸鹿，只因為當時的中國人誰也沒見過長頸鹿，忽魯謨斯人誰也不知道中國傳說中的麒麟。到那裡的中國人一說長頸鹿是麒麟，忽魯謨斯人也就把長頸鹿當成中國人夢寐以求的麒麟，將其作為最珍貴的貢品，不遠萬里進貢給中國的皇帝。

麒麟，在中國與龍、鳳、龜合稱四大神獸。傳說中的麒麟，一是仁獸，相傳此獸不食肉類，走路也避免踩踏任何有生命的東西，包括青草在內；二是瑞獸，麒麟平時無踪無影，只有太平盛世才會出現。有了「仁」、「瑞」二字，對麒麟的嚮往，歷代帝王無一例外。他們將自己心中的一切神聖美好事物，幾乎無一例外都與麒麟聯繫起來。孔子門徒所著的書被稱爲「麒麟書」，皇家的宮殿專門設有「麒麟殿」，歷代排列功臣圖像的樓閣稱爲「麒麟閣」，朝廷秘書班子草擬聖旨的地方稱爲「麟臺」，武將穿的衣服稱爲「麒麟袍」，貴族的兒女稱爲「麟子鳳雛」。如此等等，數不勝數。

明朝開國以來，經過朱元璋和朱棣的苦心經營，出現了前所未有的繁榮景象，說是太平盛世也不爲過。朝廷裡不少人早就在尋找各種瑞兆，取悅皇帝。有人發現田禾中出現大的穀穗，立刻向皇帝獻嘉禾，還寫成《嘉禾賦》，贊頌「人壽年豐」；有人發現山中純白羽毛的喜鵲，也捉來獻給皇上，寫出《瑞應白鳥頌》，宣揚盛世出瑞鳥。文武百官聽說鄭和帶回的番使，要向皇帝進貢麒麟，那轟動效應自然非比一般。忽魯謨斯使臣牽著那頭奇獸來到大殿，高大的殿堂幾乎容納不下，長長脖子支撐的腦袋差那麼一點兒就挨到宮殿的房頂上，有如擎天大柱一般，屹立在大庭廣衆中。滿朝文武相形之下，都成了侏儒，仰著脖子也難以看到它頭頂的肉角。

禮部尚書呂震帶來一本描述麒麟特徵的典籍，捧著書同番國送來的麒麟進行對照，識別眞僞。他在大堂上朗聲念道：「麒麟，雄曰麒，雌曰麟，其狀麇身，牛尾，狼額，馬蹄，肉角。」

文武大臣一邊聽一邊仔細瞻仰，異口同聲說：「毫釐不差，毫釐不差，此物就是麒麟。」朝堂上也用不著有人發動，大家像牽了線的木偶，一齊俯伏在地，又一齊向朱棣啓奏：

「此乃上天嘉許本朝天子賢德懿行，萬民恭逢太平盛世，特地降此祥瑞，成就千古佳話。臣等恭請上表公告天下，舉國同喜同賀。」

朱棣畢竟是大家風範，頗爲平靜地回答：「舉國同賀還是免了吧。你們只需夙夜勤政，竭心輔治，以惠天下。天下安定了，就是沒有麒麟，也無損太平治世啊。」

然而，在他內心對麒麟的出現還是有著難以抑制的興奮，如此祥瑞只在周文王的時候有過，連漢唐時期都不曾出現，這豈不說明他「功追三代而軼漢唐」的努力，連上天都承認了嗎？他命翰林院的畫師沈度，描畫麒麟，留下丹青，藏於宮中。沈度畫完麒麟，意猶未盡，隨即揮毫題了一首《麒麟頌》：

「西南之陬，大海之滸
實生麒麟，身高五尺
麇身馬蹄，內角膴膴
文采昆耀，紅雲紫霧
趾不踐物，遊必擇土
舒舒徐徐，動循矩度
聆其和鳴，音協鐘呂
仁哉茲獸，曠古一遇

照其神靈，登於天府」

不過麒麟帶來的祥瑞和喜氣，並沒有讓鄭和沾上什麼光。本次下西洋，死亡和失蹤近四千人，損失了那衆多財物，朝野震撼，街巷閭里議論紛紜。那頭長頸鹿所帶來的短暫喜悅，很快就被這個噩耗沖刷得無踪無影，舉國上下一齊把憤怒之情傾泄到下西洋這件事情上，鄭和自然成了衆矢之的。

就在這天早晨的朝會上，麒麟剛被牽走，番國使臣剛退出朝堂，朝會的氣氛馬上就變得十分凝重。鄭和出班奏明這次遠航的經過，詳細敘述了在印度洋遇到特大風暴以及蒙受的損失，主動請罪道：「恭請聖裁，甘願伏罪。」

朱棣聽了船隊在海上遇險的過程，船毀人亡的可怕場面，倒抽了一口涼氣。這位皇帝酷好航海的事業，自己卻沒有涉過海，從南京到北京歷來都是走陸路，不走海路。他兒時學習認字，老師教那個波浪的『波』字，曾經說過一句：「波爲水之皮」。他對此印象極深，想不到「大海之皮」動起怒來，會給航海者帶來這麼大的兇險。他聽完以後，不禁感慨係之：「看來航海也同打仗一樣，有時人算不如天算，往後多加小心就是。」

鄭和仍然俯伏在地，誠懇地說：「本次西洋之行損失慘重，作爲總兵正使難辭其咎，請聖上嚴加處分，以儆後來的航海者。」

王景弘也立刻俯身跪下，聲言所有責任都有他的一份，甘願爲鄭總兵分擔處分。

朱棣詢問：「那些遇難者和失蹤人員的家屬，是否作了妥善安排？」

鄭和回答：「聖上歷次給予船隊人員的賞賜，我們都留下了一些，原本就是爲了應付這些意外，已經全都發放給他們的家人了。」

朱棣說：「航海中的犧牲者，一律按陣亡將士撫恤，如果虧待了他們，日後誰還肯冒死下西洋啊。」

王景弘在這件事情上一直擔著心，如果皇上眞的動了怒，嚴厲處分了鄭和，必然會進一步挫傷下西洋的銳氣。他已經做好準備，萬一發生那種情況，他必須把一切承擔起來，讓鄭和領著大夥繼續航海。但是，聖上說來說去，就是不提處分的事，反而給了不少的安慰。看到皇帝能夠理解海途的艱難，說的都是體貼的話，這才鬆了一口氣。

沒想到皇帝的話剛落音，紀綱就搶先發難。他慷慨激昂：「本次出使西洋，死亡和失蹤人數將近四千，朝廷財物損失無算。鄭和身爲總兵正使，竟然坐視不救，苟且偷生，有負聖恩，如不從嚴治罪，難以警戒後人。」

王景弘聽了這種信口雌黃的指責，忍無可忍，立刻站出來說：「當時巨浪如山，連大型寶船都時常淹沒於水下，穿行在水中，船不由己，身不由己，何來坐視不救、苟且偷生之說？」他見鄭和根本不爲自己辯解，只是一副承受譴責的樣子，幾乎忍不住掉下淚來，聲音顫抖著繼續說：「何況總兵元帥曾經伸手救助過錦衣衛的人，自己還險些落海，他的一名隨從也因此丟了性命。」

朱棣點頭說：「錦衣衛跟隨下西洋的人，有奏摺在此，朕看了以後也爲之動容，那幾個人也是難得，能夠幡然悔悟，說了實話。」

紀綱沒有料到他自己的人竟然吃裡扒外，替鄭和說話，他一時不知說什麼好，只在心裡恨得咬牙，打算回去要棗木釘好看。

文武百官中本來有不少人都想借題發揮的，紀綱「坐視不救」之說被皇上駁了回來，朝堂上一下冷了場。

楊士奇略加思索，便站出來說：「臣以爲此次西洋之行人財蒙受如此巨大損失，還是應當予以追究。既然海上風暴厲害，人力不可抗拒，事先就該探聽明白，選擇吉日、吉時、吉地，爲何偏要在有風暴的日子和有風暴的地方行船呢？」

蘇天保聽了這種腐儒之說，又好氣又好笑，他去過一次日本，對海上情況的變幻莫測有所體會，立刻出班反駁：「前朝元世祖出動近千艘船、數萬士兵、萬餘馬匹，兩次東征日本，都被風暴徹底摧毀，由此可見海上風暴難以預期，誠如聖上所說，『天算不如人算』。若要就此予以追究，豈不讓在海上出生入死者寒心。」

朝堂冷清了一會兒，袁忠徹站了出來，說的也是一番反對下西洋的道理。他說：「臣這些年冷眼旁觀，總覺得下西洋之事有些不對勁兒。思之再三，那問題主要就出在『寶船』二字上。『寶船』者，取寶之船也。近年數次下西洋，耗費的銀子已經遠遠超出一千萬兩，得到的卻多是犀角、象牙、珍珠、寶石、珊瑚、瑪瑙之類，中看而不中用。爲了這些無用之物，白白糟蹋大量錢財，犧牲衆多無辜性命，以致天怒人怨。此次船毀人亡，數千將士蒙難，實乃上蒼的懲罰和警示。」

他的這番話讓所有的人都無比震驚，這不但因爲他由下西洋的贊成派轉變成了反對派，而且敢言人所不敢言，把這次災難視爲天譴。朱棣是個頗爲迷信的人，雖然覺得袁忠徹之言有些不順耳，卻對「天譴」的說話有些半信半疑，一時作聲不得。

那些反對派都拭目以待，盯著皇上和那幾個主張下西洋的人，且看他們還有什麼話說。這時有人站出來啓奏，直接駁斥「天譴」之說：

「聖上從先帝在世之日起，直到即位之後，親率大軍數征漠北，明軍將士夏日在沙漠中渴死的，冬日在苦寒中凍死的，都在所難免，大概不能說是『天譴』吧。征服海洋與征服沙漠想來必有不少相同之處，有勝算，免不了也會失算，太過求全責備似乎有失公允。」

這番話同樣使人震驚。說話的不是別人，是從北京趕回南京的狗兒。紀綱聽得一臉愕然，他上朝之前還在拉攏狗兒聯名扳倒鄭和，萬沒想到此人會從鄭和的死對頭變成鄭和的辯護者。袁忠徹也很驚愕，他琢磨了很久的一番道理，卻被一個魯莽的武夫幾句話就駁倒了，心裡很不是滋味。

戶部尚書夏原吉很贊同袁忠徹的說法，極力要把話題扭過來，他啓奏道：

「幾次西洋之行著實取來不少寶物，此次又獲仁瑞之獸麒麟，應了大明洪福盈世的徵兆。只是下西洋過於頻繁，耗資確實巨大。而且各種西洋玩物紛至沓來，臣恐奢華糜費之頹風，玩物喪志之惡習，從此盛行起來，有違先帝和聖上安養生息的本意。」這位威重權高者的話，今天也破了例，沒有像以前那樣得到太多的回應。

朝臣們其實各有各的算盤。鄭和幾次從西洋歸來，站立在朝堂兩邊的這些大臣，都獲得了一些西洋寶物。對於他們中的很多人來說，這是一件又榮耀又有利可圖的事。即使是胡椒、豆蔻、丁香之類，現在也是奇貨可居，有的一轉手就賺了不少。他們琢磨著如果停止下西洋取寶，繼續發些西洋財的夢想也就落空了。因此只擁護追究鄭和的責任，卻不情願就此罷了下西洋。

禮部尙書呂震本來是個八面玲瓏的人，平時說話誰也不得罪，這時也站出來與夏原吉針鋒相對：「中華物豐民富，缺的就是西洋那些稀奇玩意，取些來充實朝廷寶庫，也是一件難得的好事。只是應當禁止番商任意往來，國內商人也需禁止自行出入，否則寶物也就不成其爲寶物了。」

李時勉很鄙薄這種人，一事當前，只替自己的蠅頭小利打算，全然不顧泱泱大國的體面。他出班奏道：「惟因中華物豐民富，只需安公守己，就能國泰民安，何苦捨生忘死去追求異國他邦之物產。這回船上有不少番邦使者，他們見我們貪圖取寶而罹此大難，說不定在心裡怎樣取笑我們哩。」

蹇義也站出來，他捧出幾本來自福建、廣東等地的奏摺，送呈皇上過目，慷慨陳詞道：「番人恥笑事小，國內民怨沸騰事大。此次在海上遇難和失踪的將士，大多來自福建、廣東幾個省，現在這些地方都在紛紛責難朝廷下西洋的舉動。那些罹難者的家人，日夜哭悼自己的丈夫和子弟。生者背井離鄉再也不能盡人子之情，活著也是白活；死者連葬身之地都沒有，只能當遊魂野鬼。人生的大不幸，都落到了他們的頭上。地方鄉紳也在抱怨朝廷放著現成的太平日子不過，偏要來個下西洋，攪得舉國上下動盪不安。」

朱棣沒有動手去翻那些奏摺，卻問騫義：「依他們的看法，該如何辦？」

騫義回答：「罷西洋之行，解散寶船隊，照原來的老規矩辦事，天下必定太平無事。」

鄭和與王景弘一聽這些話急了，此次西洋之行損失慘重的確是件很沉痛的事，他們的心頭一直壓著一座山，可也不能因噎廢食啊。

他們正要向前躬身說話，狗兒卻搶著說：「大明寶船隊下西洋，不但聲播海外，也聲播漠北，韃靼和瓦剌都不能不佩服。西北邊境聞大明朝廷聲威望風而逃者有之，誠心歸順者有之。一旦罷了西洋之行，解散了寶船隊，西洋國家會怎麼看，漠北部落會怎麼看，這些都需慎重考慮，不可意氣用事。」狗兒長期鎮守邊關，從朝廷安危的角度說話，還是很有分量。

朱棣不再耐煩聽那些反對下西洋的嘮叨，為這場爭論做了結論：「下西洋不能停，寶船隊不能散。在溝通四海、賓服萬方的同時，從西洋取回一些寶物，也是一樁難得的好事。如今遷都之事日漸緊迫，北平將成為新的京師，諸多宮殿正需番國寶物點綴，以示大明帝國萬邦賓服的盛世盛景。」他命鄭和與王景弘：「你們立即準備再下西洋，為北京三宮六院多採辦一些西洋寶物。」

蘇天保為今天的朝會高興，鄭和與狗兒終於又走到了一起。散朝以後，他想拉住他們兩人好好敍談敍談，沒想到一眨眼，那兩人都不知跑到哪裡去了。

八、君下西洋我修行

夜晚的江風從船上掠過，有了一些涼意。沈涼拿出一件衣服來到前甲板，替鄭和披在肩上，輕聲對他說：「你本來就有風濕病，夜晚帶著水氣的江風最容易浸入骨頭裡去，還是回船艙吧。」

鄭和回過身來，跟她一起回到船艙裡，卻沒頭沒腦地問：「劉鴻的妻子為什麼生的不是男孩呢？」

沈涼歎著氣說：「也許這就是命吧。」

沈涼原來不太清楚四下西洋發生了什麼事情，鄭和也不願意把那些危險的場面描述給她聽，怕她日後為自己擔驚受怕。但是沈涼還是發現了，鄭和這次從西洋回來，心情一直非常沉重，茶飯無心。他那張風吹浪打都沒有多大改變的臉，這些日子卻被壓在心頭的巨大痛苦改變了，面容非常憔悴，腦門上和眼角上都出現了很深的皺紋。他白天忙碌下西洋的準備和修大報恩寺的事，卻沒有能夠減輕內心的痛苦，只是積鬱在心裡，到了夜裡常常被內心的痛苦折磨得整夜合不上眼，在睡夢中也是不斷呼喚那些遇難者和失蹤者的名字，呼喚次數最多聲音也最慘痛的，就是劉鴻。

沈涼聽了劉鴻遇難的故事，半天說不出話來，兩隻眼睛都哭紅了。她終於理解鄭和的心情為何會那麼沉重，也知道這樣的痛苦光靠一些溫存體貼的話是排除不了的。她決心陪鄭和到劉鴻家裡走一趟，這樣也許能減輕一些他的負疚和痛苦。

那天，他們乘船到了安慶，走進劉鴻的家，面對劉鴻的寡母、年輕的妻子和還不滿周歲的女兒，一時不知該說什麼好，沈涼只有抱起劉鴻留在人間的骨血親了又親。劉鴻的母親見到了總兵元帥，卻像見到了久別重逢的親人，抓住鄭和與沈涼的手一個勁兒感謝總兵元帥對劉鴻的種種好處，一句抱怨的話都沒有。

鄭和很痛心地說：「都怪我，要不然他也不會掉進海裡去。」

劉母反而安慰鄭和：「我兒子以前回到家裡常說，他的這條命就是總兵元帥給的，只要是為總兵元帥的事，他什麼時候都會捨得豁出自己的命來。他能跟總兵元帥一場，也算是他的造化了。」

鄭和聽了這話，心情變得更加沉重。沈涼替他說出他想說的話：「往後你們家的事，就是我們的事，無論什麼都要毫不客氣說出來才好，讓我們也能分擔一些你們的痛苦。」

劉母搖頭：「鴻兒下西洋積攢的錢都還沒有動用，這回皇上又給了撫恤，我們祖孫三人已經很知足了。」

沈涼拿出一大包銀子要留下來，劉母堅決不收，她傷心地說：「銀子這東西，夠花就行了。我們眞想要的，這銀子也買不來。」

沈淙忙問：「您老人家想要的是什麼呢？」

劉母已經泣不成聲，劉鴻的妻子抽泣著說：「母親最傷心的兩件事，一件是他死不見屍，連祖墳都入不了，成了孤魂野鬼；另一件是沒有留下一個接續香火的，劉家從此絕了後。這也怪我這肚子太不爭氣……」這女人話沒說完，也泣不成聲。

鄭和見了心裡比刀子割還難受，沈淙也跟著掉淚，嘴裡喃喃著：「可憐見的，可憐見的……」黑夜行船，江上一片寂靜。點點漁火，在遠處的江面上忽明忽滅。江岸邊有人家點了香燭，在爲走失魂魄的小孩喊魂：「魂兮歸來，魂兮歸來……」那淒厲的聲音，在寂寞的江面上迴蕩。鄭和與沈淙在船艙裡聽得坐立不安，心情比來的時候還要沉重。他們原想分擔劉鴻家人的痛苦，來減輕一點自己心中的痛苦。跑了一趟卻發現，別人的痛苦其實是無法分擔的。

鄭和不知在問自己，還是在問沈淙：「我們到底能爲他們做點什麼呢？」

沈淙歎道：「我們能給的，他們不需要；他們想要得到的，我們卻又給不了。人世間的一些事情，實在太殘酷了。」

應當說，生離死別的事，鄭和這一輩子經歷的也不算少了。他多次親歷沙場的殺伐，死人的事經常在他身邊發生。父母的死，馬忠、傅將軍、高公公等人的死，都曾使他爲生莫大的悲痛，但心情沉重到如此難以解脫的地步，卻還是頭一次。

沈涼幫他排解：「也許是大海把你們聯結得太緊了，他們中的每一個人都同你生死相依。」

鄭和點了點頭，卻又搖頭，這似乎並不是全部的原因。

「魂兮歸來，魂兮歸來……」

沈涼猛然省悟：「我知道了，那衆多的靈魂留在萬里之外的滾滾波濤裡，親人不安，國人不安，你的心裡更不安！」

鄭和聽了這話猛地一震，默默點頭。這些年，他在西洋見過不少有關人類離開這個世界的種種風俗。在爪哇，父母臨終之前，子女先要徵求意見，是送給野狗吃掉，還是用火燒掉，或者是棄入水中，這幾種辦法都能使他們的靈魂得到安寧。在暹羅國，人死之後，被放置在海邊，由一種體大於鵝的鳥飛來啄食，剩餘的骨骼抛到海中，稱爲鳥葬。在錫蘭，人死之後，架在柴堆上火化，而後將骨灰撒入水中，在烈焰中升天，在海水中長眠……

鄭和心情無比沉重地對沈涼說道：「在我們的國度裡，人死之後，不但講究入土產安，還要求魂歸故里，葬入祖墳，永遠不與自己的族人分離，即使戰死沙場也得『馬革裹屍還』。」

沈涼沉吟著：「這回反對下西洋的呼聲比哪一次都高，一定與這件事有很大關係。」

鄭和說：「是啊，客死異國他鄉本來就被世俗認爲爲是人生的大不幸，死了還得葬身魚腹永爲孤魂野鬼，這是我們中國人無論如何都難以接受的。」

沈涼無言，鄭和也不再說話，帆船也在悄無聲息地行駛。江岸上的人還在淒厲地呼喚：

「魂兮歸來，魂兮歸來……」

這裡是南京的大覺寺。哈三阿訇暫時寄住在這裡，等待陪同鄭和作新的航行。鄭和從安慶回到南京，專門抽空去拜訪哈三阿訇和大覺寺的掌教，向他們傾吐壓在自己心頭的沉重負擔。

哈三瞪著眼睛看著鄭和的一臉憔悴問：「你就是因為這件事，將自己折磨成這個樣子？」

鄭和點了點頭，默認了這個事實。

哈三驚詫地問：「你知道穆斯林怎樣看待人的生死嗎？」

鄭和回答：「穆斯林認為，只要靈魂能跟隨眞主升入天國，如何處置留下來的這副空洞軀殼，已經是微不足道了。」

哈三告誡說：「你現在的這些想法，與先知穆罕默德給我們的啓示已經相去甚遠了。」

大覺寺的掌教非常瞭解和同情鄭和目前的心境，他插進來說：「這也難怪，鄭將軍作為大明朝廷出使西洋的總兵元帥，率領的是中國的航海隊伍，凝聚這支隊伍的也只能是中國人的世俗感情，不可能只是從我們穆斯林的信仰出發。」

哈三深深歎了一口氣：「阿拉伯人在生死方面很超脫，所以他們很早就成為走進世界各個角落的航海民族；我們中國人如果老是沉溺在連祖墳都離不開的世俗情感中，何時能夠成為眞正的航海民族？」

蘇天保陪鄭和來到鍾山腳下的洪福寺。不知不覺間，這座寺廟也蒼老了不少。鄭和最熟悉的那兩扇山門朱漆已經剝落，幾座大殿的琉璃瓦都失去了光澤，瓦縫裡生出了不少的蒿草。他和狗兒、貓兒練過武功的那片林子，已是樹木參天。寺裡熟悉的僧人已經不多了，唯有那位慈眉善目的住持似乎能與日月同老，還是原來那副模樣。鄭和與長老有過師徒之緣，他像在大覺寺一樣，毫無保留地向這位高僧傾訴了壓在自己心頭的痛苦。

長老聽了他的叙述，雙手合掌，閉著兩目，說了一句偈語：「此有故彼有，此生故彼生，此無故彼無，此滅故彼滅。」而後睜開眼睛說：「大千世界，萬事萬物，都脫離不了『因緣』二字的羈絆。因緣是無數根絞在一起的鏈條，每個人的靈魂與肉體，感官與情欲，痛苦與歡樂，生存與死亡，今生與來世，都相互糾纏在一起。」

鄭和省悟道：「看來，那數千將士的因緣與我的因緣是交織在一起的了。」

蘇天保高興地說：「對，就是這個道理，有緣千里來相聚，無緣對面不相逢。」

鄭和繼續著自己的思緒：「這也就是說，我若不能使他們得到解脫，我自己也就無法得到解脫。」

長老進而啓發誘導：「人生所有因緣，皆在四諦之內。一曰苦諦，凡人皆有苦；二曰集諦，有苦必有因；三曰滅諦，解脫出苦海；四曰道諦，潛心修行進入無苦境界。眼下海上遇難將士墮入苦海，不能自拔，他們的苦果，正是你的苦因。」

這話震撼了鄭和，他翻身向長老跪下：「師傅在上，弟子決心從今日起摩頂受戒，苦苦修行，超度衆遇難將士進入無苦境界。」

長老將他從地上扶起，從容說道：「受菩薩戒，要斷絕一切塵緣，嚴守五戒，念經修行更須曠日持久，心無旁騖。你現在是國家棟樑，奉旨往來西洋番國，夙興夜寐，一時難得有這份清淨，需要三思。」

鄭和請求道：「我出家的決心已定，從今日今時起，不再有任何的猶豫。」

蘇天保見他這樣著急，也勸解說：「誠心皈依佛門也不爭這一早一晚，今天回去商量好，明天受戒也不遲。」

又是無邊落木響秋聲的時候，鄭和府邸後邊的花園裡，幾株梧桐樹飄下的黃葉，剛打掃過不久，晚風一吹，又落了一地。荷花池裡的荷花已經凋謝，剩下了田田荷葉。只有沈涼手植的那株金桂，細碎的金色花朶開得無比茂盛，清香滿園。冷月如水一般清澈，灑在庭院裡，灑在綠紗窗上，也灑進房間內，爲房間裡幾個沉浸在痛苦抉擇中的人，送去了一縷溫存。

「就這樣定了，你遵旨繼續下西洋，我出家修行，替海上的死難者和失踪者祈福。」沈涼的態度很堅定。她不知什麼時候已經拿出那串佛珠，說話的時候，手裡在轉動那串沉香木的珠子，每一顆珠子都很沉重，發出沙沙的聲響，散播悠悠的清香。

鄭和本來是回府商量自己剃度受戒的事，萬沒想到沈涼會搶在他的前面，作了代他出家修行的決定。他咬定自己的主意，不肯退讓：「我已經同洪福寺的長老說好，明天就去受菩薩戒。」

金花說：「沈姊姊從安慶回來，這些天一直在往水仙庵跑，要削髮爲尼，替劉鴻和海上那些死者超度，讓他們的英魂早日回到家鄉的土地上來，我怎麼勸也不行。」

鄭和埋怨道：「這麼大的事情，怎麼不早點告訴一聲，我還一直蒙在鼓裡。」

金花委屈地說：「沈姊姊誰也不許透露，我能說嗎？」

沈涼說：「在從安慶回來的路上，我一直就在尋思，海上那些亡靈走不出無邊的苦海，你也無法擺脫心中的苦境。我一個女人也沒有別的能力，只有苦志修行，每天伴著青燈多念幾卷經，求觀音菩薩保佑海上的亡靈早脫苦海，失踪的人能平安歸來，你能擺脫心中的痛苦，把下西洋的事情做好，也不枉我們在一起廝守這些年。」

鄭和聽了這些話，心裡湧出一陣酸楚。沈涼陪伴他這些年已經苦了她了，怎能讓她苦中添苦，再去削髮爲尼呢？他無比堅定地說：「不論怎樣說，這件事也不能這麼辦，於理不應該，於情更不應該啊。」

沈涼也很堅定，話語卻很平靜：「你仔細想過沒有，你的心願不能違，聖上的旨意更不能違；你有心向佛，也矢志於航海；你可以成爲佛門的受戒弟子，卻無法天長日久守著青燈古佛念經修行。這件事我不做誰來做呀？」

鄭和一時語塞，沉默了一會兒，還是執意說：「誰釀的苦酒得由誰來喝，我怎能忍心讓妳去呑嚥這杯苦酒呢。」

沈涼佛至心靈，打了一句偈語：「諸法從緣生，諸法從緣滅，這也就是我們的因緣吧。」

鄭和道：「總是讓妳替我受苦，這因緣從何說起？」

沈涼嫣然一笑：「苦有其因，苦有其果，你的苦果，就是我的苦因。」她本來有意想緩和一下屋裡太過壓抑的氣氛，不想從眼角和嘴角流露出來的都是酸澀的苦楚。

鄭和看見沈涼手裡正在撚動的那串佛珠，心裡一咯噔，當初在古里怎麼會想到要買這串佛珠當禮物啊。他還想到沈涼那麼酷愛荷花，荷花即蓮臺，莫非這些都是先兆？

沈涼柔情似水，意志如鐵，事情看來也只有如此了。她借著明亮的月光，不無留戀地看看窗外那幾株梧桐樹，深深呼吸幾口金桂飄送的幽香，回過頭來又仔細打量房間裡自己所熟悉的一切。她強抑著自己對這一切的留戀，卻充滿依依之情對鄭和說：

「我已經以你的名義寫信到雲南老家，接一個侄子來南京，你年紀也不輕了，有個親人在身邊，往後有個照應。」

鄭和眼含熱淚默然認可。

她囑付金花：「往後這個家就交給妳來照管了，他長年在海上，風濕已經侵入骨節，要多準備點藥酒，替他揉搓關節。」金花怎麼也無法忍住奪眶而出的淚水，用兩隻手捂住眼睛唔唔地哭出聲來。沈涼又回過頭來對鄭和說：「金花也是一個苦命的女人，你要善待她……」

一陣秋風從窗前掠過，猛烈吹動庭院裡那幾株梧桐樹的枝葉，簌簌響個不停。那是大自然窺視了人間的離愁別怨，也忍不住放出的悲聲。

第十一章 橫跨印度洋

一、姚廣孝的病中吟

永樂十五年（西元一四一七年）的秋天，鄭和又要動身去瀏河口，率領他的船隊從那裡起錨五下西洋。他在辭別聖上以後，特地到了姚廣孝的府邸，去看望他的這位恩師摯友。

匡愚告訴鄭和，他奉皇上的旨意，幾次去給這位國師看病，細細把過幾回脈，那脈息竟是每下愈況，越來越不好，看來是個不治的症候。蘇天保也悄聲對鄭和說：「你這次去西洋，一兩年後回來，能否同道衍師傅再見上一面，恐怕都難說了。」

鄭和在洪福寺受菩薩戒的時候，姚廣孝本來答應要去為他主持受戒的儀式，結果因為病得不輕，未能踐約。當時鄭和在跪拜佛祖的時候，就為道衍師傅的康復許下了心願，卻沒想到他會病成這個樣子。在這個世界上，姚廣孝要算鄭和非常尊敬和信賴的一個人了，他是轉變鄭和一生命運的關鍵人物，也是他下西洋最堅定的支持者。不是這位道衍和尚在洪福寺的山門外及時發現了他和狗兒、貓兒，他們這幾條螻蟻般的生命恐怕早就湮滅塵埃；不是這位燕王府高參的再三引薦，他只能是一個不幸的「刑餘之人」苟且活在世上；不是這位當朝帝師的堅定支援，下西洋這件大事恐怕也不會有今日的局面。他這次從忽魯謨斯回來以後，因為姚廣孝在家養病很少參與朝政了，朝中反對下西洋的輿論也變得更加活躍起來，連招募下西洋的人都比原來困難多了。

姚廣孝作為僧人，經常往來名山勝水之間，棲息於遠離塵囂的洞天佛地，身體本來不錯，紅光滿面，精神矍鑠，腰板也挺得直直的，走路連一般年輕人都趕不上。然而，這些年也許朱棣仰仗他謀劃的事情太多，想過閒雲野鶴的生活而不可得，身體便慢慢垮了下來，終至形銷骨立，變了個人樣。鄭和乍一看見病榻上的他，簡直都認不出來了。

鄭和不願意用自己煩心的事打攪這位病人，坐在病床前專揀舒心的話說了一些。姚廣孝卻直截了當問：「下西洋的事是否越來越不順利？」

鄭和只得點頭承認，不由自主地深深歎了一口氣：「看來沒有您一言九鼎，反對的人、掣肘的事，只會越來越多。」

姚廣孝躺在病榻上連連搖頭：「這不是哪一個人能左右的事，國家情勢，此一時也，彼一時也。」

鄭和忙問：「此話怎講？」

姚廣孝使勁咳嗽了幾聲，喘息了一會兒，繼續有氣無力地說：「下西洋伊始，國庫充盈，民間豐裕，反對的人只是認爲這件事不符合祖制，聖上力排衆議，他們也就無話可說。現在不然，大明王朝雖從外表來看國力仍然強大，只是這些年積累下來的殷實已經被掏得差不多，常常捉襟見肘，因此下西洋這類花錢的事也開始顯得有些無以爲繼了。」

鄭和辯解道：「其實，四次下西洋總共也就花了一千多萬兩銀子，在朝廷的賬上也算不上一個太大的數目。」

姚廣孝說：「單就下西洋這一件事，也許對大明朝廷來說眞的算不上什麼，可是這些年花大錢的事太多也太急。現在北京的宮殿快落成了，大運河也疏浚完成了，清江浦也開通了，這些都是好事，可也都是花大錢的事。自從聽了夏原吉扳著指頭算的那些賬，我就一直爲這件事揪著心。」

鄭和默然，他也有同感，這的確是當前大明國勢已經浮現出來的憂患。

姚廣孝傷感地說：「當今聖上是中國有史以來難得的英主，可是雄心勃勃的人，往往又都是好大喜功之人，恨不得把自己想辦的事一夜之間都辦成……」他說到這裡突然頓住，換了口氣說：「話又說回來，當皇上的不好大喜功似乎也不行。秦始皇不好大喜功，何來萬里長城；漢武帝不好大喜功，何來通向西域的絲綢之路；唐太宗不好大喜功，何來貞觀之治？可是伴隨他們的好大喜功，往往又是民窮財盡，民怨沸騰，眞是兩難啊。」

姚廣孝說得激動了，又是一陣氣喘，隨即猛烈咳嗽起來。侍者端了藥進來，鄭和要起身告辭，姚廣孝卻不放他走，要他多坐一會兒。鄭和想換個輕鬆的話題，讓病房的氣氛緩和一些：「這些年下西洋，與番國的交往多了，貿易發達起來了，沿海的口岸城市繁榮起來了，各種工場、作坊也多起來了，市舶司的稅收也在增加，搞好了不應當是虧本的事，而是賺錢的事。」

姚廣孝卻憂心忡忡地說：「好多人正是爲這件事惱火哩，都說下西洋違背祖制，把一個好端端的升平世界搞得亂哄哄的。聖上也有他的難處，海禁旣是先帝定下的祖制，他也不好公然違逆，這些年都是不宣而行，面對大臣們的反對時常只能含含糊糊。再說聖上眼下也只在意有多少番國來朝貢，什麼時候漠北的蒙元勢力不再興風作浪，下西洋的事情也沒有再往深處想。」

鄭和誠懇地說：「但願佛祖保佑您的身體早日康復，替聖上多謀劃一些大事，那可是朝廷之幸運、人民之福氣。」

姚廣孝雙手合十道：「阿彌陀佛，自家有病自家知，貧僧恐怕沒有那一天了。」

鄭和聽了悲從中來，還得強制自己忍住悲痛寬慰病人：「我們都在替您祈求佛祖的保佑，相信您一定會很快好起來的。」

姚廣孝拉過鄭和的手，兩隻眼睛盯住鄭和那疲憊而又憔悴的臉：「你今後也得多加小心，一切好自為之。」

鄭和聽了這話，立刻跪到病榻前說：「師傅一定還有要緊的話，要向弟子交代。」

姚廣孝讓他坐下，語重心長地問他：「聖上殺了紀綱，你如何看待這件事？」

鄭和說：「此人作惡多端，這是罪有應得，他手下那個棗木釘替他賣命多年，只因我們的劉鴻用自己的命換回了他的一條命，終於良心發現，給聖上講了一些實情，他就藉故將棗木釘殺了。」

姚廣孝搖頭：「我不是要你評價紀綱這個人，而是如何看待紀綱死後聖上讓宮廷內臣辦東廠行錦衣衛之事。」

鄭和歉疚地說：「我因事務纏身，沒有想過這件事情。」

姚廣孝說：「內宮太監中王虎之流也不在少數，他們都在蠢蠢欲動，用紀綱之權，辦紀綱之事，朝廷三公六部的大臣對此已經側目而視。」

鄭和趕緊說：「弟子一直謹守聖人『君子群而不黨』的教誨，從來不與王虎這類人攪在一起。」

姚廣孝說：「古來的宮廷傾軋，皇帝的翻雲覆雨，常常就因這些事而起，貧僧擔心的是有些事由不得你自己，傲傲者易汙，翹翹者易折啊。」

鄭和眞的有些悲哀，他傷感地說：「怪不得連袁忠徹這樣多年的朋友都與我們生分了。」

姚廣孝說：「他倒不是因爲內臣、外臣什麼的，山野之人對社會的奢華糜費看不慣，他總以爲這些都是西洋取寶帶來的惡果。加上他心胸比較狹小，看事情不能從大處著眼，人各有志，也不能勉強他。」

鄭和依依不捨告別姚廣孝，匆匆趕往瀏河口。大明船隊幾次下西洋，都從這裡起錨，六國碼頭早已不再是六國碼頭，而是萬國碼頭了。鄭和幾時不見，都差點認不出瀏河口來了。太倉的人也眞會造勢，他們傳出的一個故事，惹得天下轟動，慕名來這裡的人絡繹不絕。

那故事說，瀏河口天妃宮的一個道士，有一天從外邊回來，看見小道童正在廚房裡煮鳥蛋吃，問道童這鳥蛋從何而來，道童答是從院子裡那棵大楊柳樹上取下來的鸛鳥蛋。道士很喜歡棲落在大楊柳樹上的那對鸛鳥，命道童將兩個煮得半生不熟的鸛鳥蛋放回鳥窩中，以安慰那兩隻鸛鳥。沒想到不久之後，兩個快煮熟的鳥蛋裡鑽出兩隻歡蹦亂跳的小鸛來。那道士驚奇得不得了，去探那個鳥窩，發現鳥窩裡有塊一尺多長的木頭，花紋似錦，奇香襲人，是鄭和的寶船從西洋帶來的。道士知道這是件了不起的寶物，連忙取下來供奉在天妃娘娘的香案前。後來，這個道士外出雲遊時，有幾個日本人來到天妃宮，發現了這塊奇木，出了五百兩金子從道童手裡將那塊木頭買走了。道童還暗自驚喜，一小塊木頭換了這麼多金子，以為佔了很大的便宜。道士回來後，知道了這件事，連呼七八個「可惜」。他告訴道童個中奧秘，小道童後悔莫迭，直罵日本人盡是些竊寶之賊。

王景弘早早就在瀏河口外的驛道上迎候鄭和，悄聲告訴他：「隨船的工匠今天都趕來辭工，不打算跟隨我們下西洋了。」

鄭和忙問：「什麼原因？」

王景弘說：「林冠群、張興帶著他們剛到，情況還不清楚。」

鄭和心裡一沉，連忙上了帥船，果然林冠群、張興帶著一大批工匠在那裡等候他。鄭和仔細打量林冠群等人，頭髮、鬍子都摻有白色了，這些人從造寶船到幾次航行西洋，跟隨他風裡來浪裡去，也眞不容易。他主動上前握著林冠群和張興的手，無限深情地說：「眞是歲月不饒人，你們也該歇息歇息了。」

林冠群等人連忙給他跪下，說：「總兵元帥都不辭辛勞還在出洋，小的們豈敢貪圖安逸。」

鄭和與王景弘拉他們起來，請他們坐下說話。林冠群說：「只因寶船廠昨天接到聖上旨意，大運河已經通航，要趕造千艘河船運糧，所有工匠都要徵召回去服役，聖命難違，我們不能繼續爲總兵元帥效力了，這才特地趕來辭行。」

鄭和明白了個中原因，慰勉了一番，還讓幾位副使給了他們賞賜。林冠群在寶船上逗留了好久，把寶船從船頭到船尾細細撫摩了一遍。張興要看他的大鐵錨，可惜都下在水裡了。他們告別寶船，都流下了眼淚。

鄭和與王景弘趕緊商量，要重新招募一些木匠、鐵匠、篷索匠，事不宜遲，王景弘決定自己出馬去辦，臨行前滿懷憂慮地對鄭和說：「往後船廠都忙著造河船了，遠洋航行要補充新船怎麼辦？」

鄭和也很無奈：「誰知道呢，也只有走一步看一步了。」

他同王景弘談起姚廣孝病中的一席話，王景弘也感慨萬千：「現在是一堆亂麻，好多事顧得頭來顧不了尾，顧得尾來顧不了頭。」

朱眞、王衡、唐敬、周聞等人從外地招募士兵歸來，鄭和提心吊膽地問：「是否也碰到了難題？」

朱眞雖然十分疲憊，臉上卻有含而不露的笑意，答非所問地說：「請總兵元帥去見見新招募來的這些人吧。」

自從四下西洋遇上那場風暴損兵折將，社會上風傳下西洋是過鬼門關，進閻王殿，當父母的一聽說自己的孩子要去寶船隊，都牽衣頓足攔道哭，彷彿判了死刑押赴刑場似的。朱眞等人一年多的時間，被這件事弄得焦頭爛額，鄭和也爲此憂心忡忡。他們來到新兵營，那些新招募來的士兵見了總兵元帥一齊跪下叩頭。

鄭和問他們：「你們都不怕下西洋危險嗎？」

他們一齊回答：「父母說了，把我們交給總兵元帥他們放心，讓我們跟著總兵元帥好好建功立業，多長出息。」

鄭和聽了這話，很受感動，卻弄不清是怎麼回事。朱眞告訴他，在募兵的時候，他們告訴各地的父老鄉親，船隊在海上遇到風暴死了不少人以後，總兵元帥向聖上自請處分，在洪福寺剃度受戒超度死難者脫離苦海，總兵元帥府裡的沈涼夫人自願削髮爲尼，到南京水仙庵念經修行，替死者安魂，替失踪者祈福。好多人聽了感動得直抹眼淚，那些父老鄉親都說，把自己的子弟交給總兵元帥，他們一百個放心。

朱眞說著這些，自己的聲音也哽咽起來。他問鄭和：「沈涼姊姊現在怎樣？」

鄭和含著眼淚喃喃道：「每日裡伴著青燈古佛，也眞難爲她了。」

幾位帶兵的將領齊一聲抱拳，仰望蒼穹，朗聲說：「我們也爲她祈福吧！」

二、追尋先祖的遺風

大明船隊從瀏河口起航以後，鄭和與王景弘商量，這回將等待東北信風開洋遠航的地點，由長樂改到泉州。這次招募的士兵和水手，福建泉州一帶的人比較多，讓他們在自己父老鄉親的眼皮子底下接受航海的訓練，再揚大明船隊的聲威。

哈三很高興有這次泉州之行。他以前到過泉州，知道那裡是中國伊斯蘭教徒比較集中的地方，從唐宋時代就有很多阿拉伯人從海外來到那裡，並在那裡跟當地的女子結合，以泉州為家，世代定居下來。泉州有阿拉伯先賢的聖墓，有來自阿拉伯世界的很多優秀人物的墓碑。他希望彙聚在這塊土地上的阿拉伯古蹟，能夠重新激發鄭和對自己祖先的記憶。他對鄭和正式受戒進入佛門，沒有多加阻攔，心裡卻很有一些看法。這倒不是因為他有什麼門戶之見，自己是伊斯蘭教徒，就排斥別的宗教。他認為阿拉伯人四海為家的豁達，無論遭遇什麼危險，就是撞到南牆上也不回頭的性格，是鄭和這支航海隊伍不能缺少的。他總以為佛教不重現世重來世，鼓勵人們遁入空門，與航海者不可缺少的冒險性格有些格格不入。

泉州古屬福建晉江，是個年代久遠的口岸城市。這裡有座著名的石橋，就是洛陽橋，有條名不見經傳的洛陽河從這裡入海。北宋蔡襄守泉州時，在河海交會的喇叭口處壘石為橋。因為江流湍急，海潮洶湧，險象環生，開始建橋時連橋墩在激流中都無法站穩腳跟，後來創造了用篾簍裝滿石頭護住基石的辦法，並靠海蠣子附著在橋墩上繁衍生長固住橋墩，展現了我國古人在急水中架橋的聰明才智，洛陽橋從此揚名海內外。洛陽橋外的海面上雲集著來自世界各地的船舶，張揚著充滿異域情調的風帆，城裡到處都有方形圓拱的阿拉伯建築物，酒肆也掛著阿拉伯文的酒旗。這裡是個視通萬里的地方，走在這塊土地上讓人感到心胸開闊，見識常新，無羈無絆。

王景弘是本地人，熟門熟路，仍然承攬了下西洋種種繁雜的準備。寶船在這裡搭載了當地製造的瓷器，從景德鎮官窯運來的非常精致的青花器皿，還有從各地採辦來的絲綢、布匹、茶葉，忙得團團轉。朱真和幾個指揮使在泉州附近的海面上擺開戰船，讓新招募的士兵熟悉海戰。大明船隊的到來，使這個口岸城市一時變得熱鬧非凡。

鄭和與哈三一起抽空參拜了離港口不遠的泉州大清真寺，寺裡的掌教久慕鄭和與哈三的盛名，熱情地接待了他們。這座清真寺裡有一個石頭砌的露臺，用來觀察月亮的盈缺，以判定回回齋戒的節日。牆壁上嵌著永樂爺的一方御碑，是永樂五年頒佈的保護清真寺和當地回民的敕諭。鄭和仔細讀了，其中有稱讚回回的話，「篤志好善，導引善類，敬天事上，益效忠誠，眷茲善行，良可嘉尚。」有飭令保護清真寺和回民的話，「護持所在軍民一應人等，毋得慢侮欺凌，敢有故違朕命慢侮欺凌者，以罪罪之。」他清楚這些話的後面，隱藏的就是他在雲南所經歷過的那種悲劇。明朝開國初期，朱元璋四處發兵消滅負隅頑抗的蒙元殘部，大約因爲回民的祖先很多曾經幫助過忽必烈，並在當時的朝廷裡做了這樣那樣的官，連帶著掀起了迫害回民的風潮。這塊御碑勾起了他對兒時遭遇的記憶，心裡有著難以消除的酸楚。這也使他進一步瞭解了當今聖上的胸懷，對內對外都不要欺凌弱小，十分難能可貴。

在泉州的這些日子裡，大清真寺的掌教還陪著他們到了阿拉伯人聚居的白奇村，瞻仰了位於泉州東郊阿拉伯人的靈山聖墓，還去看了鄭和祖先賽典赤‧詹斯丁後裔留在泉州的墓碑，領略在這裡的一方阿拉伯天地。

泉州流傳著阿拉伯靈山聖墓很多神奇的傳說。相傳先知穆罕默德的門徒中有大賢四人，都不遠萬里來到中國，一賢傳教廣州，二賢傳教揚州，三賢、四賢傳教泉州。三賢、四賢在泉州東郊的一個山岡上爲自己開闢了一塊墓地，殯天之後就埋葬在那裡。自此之後，這座山上每天夜裡都有靈光顯發，祥光瑞靄時常出現。泉州人都知道葬在那裡的是來自西方的兩個聖人，稱這裡爲靈山聖墓。

鄭和一行來到靈山聖墓所在的靈堂山，抬眼上望，在四方四正的圍牆內，有一座方形圓頂的亭子巍然而立。他們拾級而上，從大門進入，兩座聖墓就並列在亭子的中間。哈三讓鄭和注意，從聖墓到墓區的所有建築，以及整個墓地的造型，都是「回」字結構，一個「回」字套著一個「回」字。鄭和記起了在忽魯謨斯關於回回的議論，回回就是波斯。

大清眞寺的掌教告訴他們，這片墓地實際就是一個波斯富商開闢的，此人名叫施拉維，北宋紹興年間從波斯來到泉州，見這裡是個海舶雲集商賈衆多的地方，便在泉州落腳。他在蓋好自己的住宅以後，便著手修整這塊墓地，剪除荒草，夷平木石，砌了圍牆，建了墓廬。

鄭和笑著說：「這個施拉維是鐵了心要留在泉州了，生是泉州人，死是泉州鬼。」

哈三說：「他們活得比我們中國人輕鬆，沒有亡魂是否能夠回歸故里的憂慮。」

那位掌教連忙解釋道：「這塊墓地可不是施拉維單爲自己準備的，墓地修好以後，他告知所有在泉州的番商，『凡絕海之番商，有亡故於此地者皆可葬此』，讓他們生無所憂死無所憾。」

鄭和讚歎：「這個施拉維倒是一個樂善好施之人，爲自己的同胞想得很周到。」

掌教搖頭說：「不完全是這個意思，他是個精明的波斯商人，想用這類辦法吸引番商踴躍來泉州，有益於互市，他和他子孫的生意能夠永遠興隆，長盛不衰。」

鄭和很驚異於這個波斯商人的頭腦，十分歎服地說：「看來，經商如同治國，都需要有很遠的眼光。」

在泉州郊外的山岡上，有一片阿拉伯的墓碑群。這些碑上用阿拉伯文字刻著墓主的姓名以及生養他們的國家。波斯灣周圍的國家，紅海周圍的國家，乃至裏海周圍的國家，幾乎都有，這裡是一個濃縮的阿拉伯世界。泉州大淸眞寺的掌教領著鄭和在碑林中穿過，終於找到了他祖先賽典赤・詹斯丁後裔的墓碑。在這方尖拱行的墓碑上，兩面都用阿拉伯文刻著鄭和這位祖輩的名字——賽典赤・杜安沙。鄭和撫摩著這塊碑，在這裡重溫了自己家族的歷史。這位賽典赤・杜安沙，是鄭和先祖賽典赤・詹斯丁的孫子，他是隨自己的父親賽典赤・烏馬兒來到福建的。烏馬兒在福建行省平章政事任內，興學校，修海塘，闢田地，造福地方，在閩人中有很好的口碑。杜安沙則是英年早逝，比他父親死得還早。掌教告訴鄭和，當地人都傳說賽典赤家族是先知穆罕默德的後裔。鄭和笑著說：「如此說來，我也是聖裔了。」哈三跟隨鄭和下西洋，很讚賞他一路上處理那些番國爭端的能力，笑著誇獎道：「穆聖把一切好戰因素都統一起來的追求，你不是也努力在做嗎。」

阿拉伯人聚居的白奇村，在離泉州城不遠的一個半島上。這個小小的村落迎風，常常受到颱風的襲擊，樹都長不高，疏疏落落。房子也很矮，全用石頭壘砌。這些房屋都用瓷磚裝飾，下方上圓，一看就知道是阿拉伯人的建築。村裡人久慕鄭和的大名，又聽說他們都是回回，都很高興。「願眞主保佑您平安」，所到之處都能聽到用穆斯林禮節互致問候的聲音。村裡一位年長的阿訇告訴鄭和，他們的先祖叫伊本德廣貢，是個阿拉伯商人。這位先祖是在泉州的回回受到迫害、很多人逃回阿拉伯國家以後，毅然帶著一家人來到這裡的，幾十年時間就在這裡發展了一個村落。哈三說：「這就是阿拉伯人，有個石頭縫就能發芽、生長、繁衍，最後能讓石頭也開出花來。」鄭和也讚歎：「我們航海的人，也得具有這種在石頭縫裡都能生長發芽、開花、結果的品性。」

老阿訇邀請鄭和在一株歪脖子樹下走了一局象棋，在收拾殘局時，老阿訇看出鄭和的棋力雖然並不到家，但排兵布陣、調動車、馬、炮、卒的智慧，絕對是個帥才。村裡的小伙子在海上捕魚，觀看了明軍戰船的操練，回到村裡見到了總兵元帥，好幾個人都提出要隨鄭和下西洋。

老阿訇說：「他們都是很棒的水手，也是勇敢的刀槍手，你一定用得著他們。」

鄭和問他們：「你們不害怕海上的狂風巨浪嗎？」

一個小伙子回答：「眞主告訴我們，每個有生命的，都是應嘗一死的，有什麼事值得害怕呢。」

另一個小伙子回答：「如果把生命留在海上，靈魂進了天國，那是一個穆斯林的幸運；如果大海還不願意收留我們，那就繼續跟著總兵元帥航海。」

老阿訇聽了很高興，拍著他們的肩膀說：「眞主會保佑你們的，眞主會保佑你們的。」鄭和喜歡上他們了：「明天就跟我上寶船，參與海上練兵。」

東北信風颳起來了，鄭和的寶船隊也都一切準備就緒。洛陽橋前舉行了隆重的祭海儀式，祈求船隊航行的平安。當地鎮撫特地刻了一塊碑，紀念鄭和從泉州揚帆下西洋的盛事：

「欽差總兵太監鄭和，前往西洋忽魯謨斯等國公幹。永樂十五年五月十六日於此行香，望靈聖庇佑。鎮撫蒲和日記立。」

開航之前，鄭和巡視了自己的船隊，有不少生龍活虎的新面孔，增添了無比的生氣，令他十分高興。也有讓他掃興的事，那就是走了錦衣衛又來了東廠，繼續行使監視這裡的每個人的責任。鄭和厲聲對他們說，「來到船隊就要遵守船隊的規矩」，那些東廠人諾諾連聲，看來不像當初的錦衣衛那麼霸道。

大明船隊重新展現出驕燕的雄姿，軸轤相銜，旌旗與風帆遮住了好大一片藍天。他們沿著歷次航行的路線，訪問了沿途的國家，採辦了北京皇宮所需要的珍寶。這些國家的國王聽說大明天子要遷都，也紛紛貢獻出各種寶物。

船隊離開古里，航行了一些日子，林貴和特地跑來告訴鄭和：「已經進入上次遭遇大風暴的海域了。」

鄭和與王景弘等人都來到甲板上，只見李海與一些水手正在忙著準備三牲祭品，要祭奠被這片海水吞沒的伙伴。鄭和懷著沉重的心情注視這一片海水，昔日吞沒巨舟和眾多明軍將士生命的滔天大浪，已經收藏起了自己兇惡的嘴臉。那些被折斷的桅桿，正在傾斜的船隻，漂浮在海面上的物件，還有落水的人們攪拌在狂風呼嘯中的哀號，都已經無踪無影。一切都變成了一場夢，一場噩夢。海水依舊一片靛藍，如同吹皺的黑色綢緞，映照到廣袤的天空，卻成了一片瓦藍。狡獪的海洋，已經將他們作惡的罪證，深深掩藏到海底，只有經歷過那場災難的人知道，在海水覆蓋的深處，有他們熟悉的船隻，有他們風雨同舟的伙伴長眠在那裡。鄭和一聲令下，帥旗上多了兩根長長的黑色飄帶，戰鼓擂出沉重的悲聲，喇叭吹出悠長的嗚咽，一聲聲呼喚著沉睡在這裡的弟兄們：「大明的船隊在向你們致敬，炎黃華夏的皇天后土在惦念你們。」

各艘船上的將士和水手，焚上香燭，燒了紙錢，一齊將家鄉的酒、家鄉的菜、家鄉的饅首，拋撒在大洋裡，爲死難者安魂。他們也拋撒了其他一些食物，那是送給龜鱉魚龍、海妖海怪的，希望它們不要再去打攪死難弟兄的安寧。鄭和在心裡默默念誦，請求眞主引導這些死難弟兄的亡靈進入天國，佛祖超度他們脫離苦海，媽祖引領他們回到自己的故鄉……

哈三發現三種宗教信仰彙集到鄭和一個人的身上，都在精神上給了他遠涉重洋的巨大支撐力。眞主讓他一往無前，佛祖讓他追求彼岸，天妃娘娘總是給他一種在大海中能夠脫離困境的希望。

三、登陸非洲處女地

在西元十五世紀，處在世界東方的中國人和處在世界西方的歐洲人，都開始了對非洲這塊神秘土地的探索。不過，兩者之間存在著巨大的時空差異。在時間上，中國人要比歐洲人早幾十年。在地域上，那時都還不敢深入非洲的腹地，中國人在東非的海邊上，歐洲人在西非的海邊上，各自進行自己的探索。因此，在那個時候他們無法進行歷史性的會見。到了十六世紀初期，葡萄牙人達伽瑪帶著一個小小的船隊，神氣活現來到東非沿岸，當地的土著人卻是一副見慣不驚的樣子，根本不屑一顧。他們告訴那些歐洲人：「早在好多年以前，就有一支非常龐大的船隊，像一片雲一樣飄到這裡，後來又像一片雲一樣飄走了。」那一片「雲」，就是鄭和率領的大明帆船隊。

大明船隊從忽魯謨斯沿著海岸繼續往南，訪問了沿途一些地方，漸漸駛近中國人此前從未到過的這一片神奇土地。帥船上的水手都很興奮，好多人都站在甲板上踮著腳瞭望這塊陌生的大陸，話匣子也敞開了，嘰哩呱啦，無比熱鬧。

有個槳手說：「聽說這裡的人都像用火燎過的一樣，皮膚的顏色如同我們那裡的木炭。」

另一個槳手用權威的口吻回答：「這地方離太陽太近了，泥土都烤成了沙子，人沒烤焦就算不錯了。」

有一個篷索手說：「聽說這裡的獅子比老虎還厲害，老虎在此已經算不上百獸之王。」

另一個篷索手打岔：「聽說這裡的象牙可多了，好多人拿它當扁擔；從這裡撈根扁擔回去，一輩子吃穿不愁。」

還有人神秘地告訴大家：「聽人說這裡的女人都不穿衣服，成天將屁股露在外面。」

那個小胖子聽了，問李海：「眞有這麼回事嗎？」

李海立即訓誡這些人：「你們可別想歪了心思，光聽說這聽說那，就沒聽說這裡的男人個個都是獅子，你們可別『買乾魚放生，死活不知』。」

那些水手趕忙辯解道：「不過說說而已，我們就是有那賊心，也沒那賊膽啊。」

鄭和等人也在議論這塊陌生的土地。王景弘說：「聽說這地方語言很複雜，連相鄰的村子彼此說話都聽不懂。」

鄭和說：「聽說來這裡的阿拉伯人也不少，很多人會說夾雜阿拉伯話的瓦希里語，我們也許能將就湊合進行交流。」

洪保說：「聽說這裡的黑小孩，眼珠大大的，很機靈，只要用手一比劃，他們就明白是什麼意思。」

哈三說：「可不知有清眞寺沒有？」

鄭和說：「您就放心吧，阿拉伯人走到哪裡，就會把清眞寺帶到哪裡。」

大家正在說笑，派出去打探情況的快船回來了。朱眞帶來哨船上的人，向總兵元帥稟報：「前面有木骨都束、不剌哇、竹步等好幾個國家，彼此都隔得很近。」

朱眞請示：「我們先去哪個國家爲好？」

鄭和問：「這幾個國家民風如何？」

來人報告：「不剌哇、竹步等國的人，生性和善，國家也不大，就幾個村子大小。木骨都束是個比較大的國家，人也剽悍一些，生性好鬥。」

鄭和同王景弘商量：「那就先易後難，先去知會不剌哇、竹步幾個國家的國王，我們隨後就到。」

朱眞領會：「留著硬骨頭最後來啃。」

來人領命而去，船隊沿著東非陌生的海岸繼續航行。

東非的海岸與西非的海岸截然不同。那邊地勢平緩，這邊地勢陡峭，沿岸懸崖壁立，少有平地。那些入海的河流，要麼從懸崖上傾瀉而下形成壯觀的瀑布，要麼劈開阻擋它們的陡峭高山成爲洶湧的巨流，讓人驚心動魄。不剌哇、竹步、木骨都束這幾個國家，實際都在現今的索馬利亞境內，已經臨近赤道，天氣異常炎熱，甲板被曬得滾燙，腳板踩上去都能燎起水泡來。剛才還在嘲笑非洲人赤身裸體的那些水手，此刻也脫得精赤條條，只在腰間圍了一塊布，遮住私處。有的水手要取淡水沖涼，王景弘發現忙命各船趕緊制止：「這地方水比油還貴，可不能大手大腳。」

不剌哇國到了。這裡的港口還不成其爲港口，靠船的碼頭只是一些自然伸向水裡的石頭。不過，還是有不少船停泊，一些是當地土著的獨木舟，用來在海上捕魚。還有阿拉伯人的商船，從這裡裝載土產，也裝載黑人，不知運往什麼地方，那些將被運走的黑人都一臉茫然的神色。大明的船隊遠遠停泊在海面上，鄭和等人乘快船上岸，不剌哇國王麻同再拜早在那裡等候。見到大明的總兵正使，立刻走上前來拜見。

從天邊突然駛來這麼多的大船，讓不剌哇人感到從未有過的新鮮和興奮，幾乎是傾國出動來看稀奇。他們看到遠處船頭連著船尾，船舷挨著船舷，蓋住了好大一片海。船上高高低低、大大小小的帆篷，擋住了好大一片天。一個個在指手畫腳，哇啦哇啦發表議論。大明船隊的人也都瞪大眼睛，觀看這些異國他鄉的人。他們中的男人頭髮都是捲曲的，披散在頭上，赤裸著身子，在腰間圍了一塊稍布，耳朵上都墜著大耳環。婦人都把頭髮盤在後，耳朵上掛著絡索，脖子上戴著銀項圈，項圈上的纓絡垂在胸前，兩隻乳房在纓絡中忽隱忽現。這些婦女下邊用單布兜遮著身子，腳上套著皮鞋，大約是怕地上被曬得滾燙的沙石燙壞她們的腳板。只有小孩一絲不掛，嘴巴一張，眼珠一轉，露出雪白的牙齒和眼白，跟渾身的漆黑相映襯，黑處顯得更黑，白處顯得更白。

麻同再拜引著鄭和一行人來到全是石頭壘築的王宮，說是王宮其實與周圍老百姓的房子高大寬敞不到哪裡去。只因土地貧瘠乾涸，多年難得一雨，樹木不易生長，全靠石頭壘房子，無法蓋得高大。鄭和向國王宣讀了大明皇帝的詔書，麻同再拜表示要派使臣隨大明船隊去南京晉見朱家王朝的皇帝。鄭和講到大明要遷都，需要西洋寶物點綴新的宮殿。麻里再拜琢磨了好久，對鄭和說：「敝地荒僻淺陋，只有些象牙、犀角和生猛野獸，別無什麼寶物。」王景弘說：「這些對我們來說，已經是難得的了。」麻里再拜聽了這話，忙令手下人準備，不久就送來了他們的貢品：

「馬哈獸一對，花福祿一對，獅子二對，金錢豹一對，駝鳥十隻，犀牛角十根，象牙五十根。」

鄭和等人見了這些稀罕物件很是高興，代表大明皇帝給了國王和王后豐厚的賞賜。計有金冠、朝服、玉帶、金錠、銀錠、青花寶瓶、藍花瓷器、綢緞、布匹，等等。國王與王后喜不自禁，難得天朝如此大方慷慨。王后將金冠戴在頭上，抱著青花寶瓶，愛不釋手。

麻里再拜不解地說：「在敝國人看來，天朝這些物件才是眞正難得的寶物，怎麼還要大老遠跑來尋我們這些微不足道的東西？」

鄭和笑著說：「世上的東西，都是物以稀爲貴，所以才需要互通有無啊。」

國王設宴招待大明船隊總兵正副使臣和明軍的將領，擺到桌上的全都是魚。航海的人大多想吃新鮮蔬菜，可在他們的餐桌上，除了蔥蒜，沒有別的青綠。

麻里再拜不好意思地說：「本地別無長物只有魚，我們連餵養牲口的飼料，也都是將海裡撈上來的魚曬成魚乾，今天只能用這些魚來招待遠方的貴客，實在不成敬意。」

鄭和客氣地說：「有國王這份誠意，我們比吃什麼都香甜。」

不剌哇的一些女人和孩子都來大明船隊兜攬生意。那些婦女將要出售的東西頂在頭上，連駝鳥蛋都如此，也不怕掉下來摔碎了。有些小孩果然將象牙扛在肩上，不過不是當扁擔，而是扛著在兜售，一問價錢，的確很便宜。船上的人都偷空下船，想買些稀罕之物，看看異國風光。也許是天氣太熱的緣故，這裡的人顯得有些懶散，稍微陰涼一點的地方，就聚了不少人。在中國煮海曬鹽是件苦差事，本地的人家都在門口挖個鹽池，做飯菜需要鹽的時候，拿根樹枝往裡一沾，那鹽就粘在樹枝上了，要多省事有多省事。

李海帶著小胖子走出不多遠，身上的水分經不住非洲太陽火辣辣的燎烤，渾身淌出的汗水頃刻就被蒸發掉，嗓子乾渴得往外冒青煙。他們到處找水喝，滿眼都是乾涸的沙礫，連水的影子都看不見。這時一個黑孩子跑過來，將他們帶到一口水井旁邊，那裡有兩個女人在用絞車艱難地汲水，好不容易汲上一點來，立刻灌進身旁的羊皮袋裡，生怕被燥熱乾涸的空氣蒸發了。那個小孩向她們哇啦了幾句，兩個女人都解開自己的羊皮口袋，讓這兩個陌生人喝了個夠。李海一瞧那井深不見底，想起了水比油貴的說法，立刻掏出銀子來，往兩個女人的手裡塞。那兩個女子卻露出雪白的牙齒搖頭一笑，怎麼也不肯接受銀子。她們將羊皮袋灌滿以後，頂在腦袋上，又對李海和小胖子一笑，嫋嫋婷婷走了。

小胖子看著她們的背影發呆，自言自語說：「這裡的女人纞溫柔賢慧的。」

李海掏出一把銀子買了那個黑孩子肩上的象牙，那孩子也捧著那些銀子發呆，他一時算不過賬來，總覺得一顆象牙值不了這麼多錢。

大明船隊告別不剌哇，很快來到竹步國。竹步國王番名叫失里的，得知大明船隊到來的消息，也早早在海邊等候，恭迎天朝使臣。這裡也是數年難得下一場雨，旱魃橫行，地無草木，滿眼沙礫。失里的將鄭和一行延入他的石屋，照例開讀了詔書，相互交換了貢品和賞賜，失里的也提出要派出使臣帶著獅子、金錢豹和駝鳥等土物，隨鄭和船隊去拜見大明天子，表達他們歸順天朝的誠意。

鄭和見初來乍到這個地方，跑了兩個國家，對大明的態度都很友好，誠心賓服，不禁心花怒放。他懷著好奇的心情，與失里的談起這塊陌生地方的民風世俗來。失里的年輕時在非洲大陸跑過不少地方，講起這塊神奇土地的所見所聞，也特別興奮。

非洲之大，也是無奇不有。失里的介紹，在非洲的一些地方，男孩只要學會了走路，父母就開始叫他照料牲口。到四歲左右，父親便交給他一張弓和一束箭，讓他去沙漠或叢林獵殺野獸。到十歲的時候，就得開始籌劃自己的一間石屋或一個茅棚，去過獨立生存的日子。因此，這裡的男孩都很能幹，不少阿拉伯商人都買他們回去當奴僕。非洲很多地方的女孩，只要過了童年，就離開父母親的家，與村裡同齡的女伴住進自己蓋的大茅屋，可以隨她們自己的意思接待男人。如果她們中有人肚子裡有孩子了，那個播種的男人必須娶她，違者要受到重罰。如果她未婚就死於難產，她的父親可以要求她的情人付錢賠償。不過，這裡的女人生命力很強，她們在臨盆時會獨自跑進森林或沙漠裡，過不多久就抱著孩子出來，頭上還要頂一捆柴火或者別的什麼，兩種生產都不耽誤。

在非洲男人娶女人得花錢買，價錢還不低，因此妻子是他的私有財產。如果妻子沒有爲自己的男人生下孩子就死了，當丈夫的還可以向妻子的父母討回聘金。妻子與別的男人通姦，丈夫也可以要求那個誘姦他妻子的人賠償損失。在日子過不下去的時候，丈夫還可以賣掉妻子。非洲的女人也有完全自立的，男女結合之後，男人要搬到女人家裡去住，這個男人住到想與別的女人同居時便搬走。非洲的女人什麼都捨得給男人，就是捨不得自己的煙草，這裡的男人和女人都喜歡吸煙，煙草是他們的命。

大家聽得興趣盎然，都感歎：「一方水土養一方人，一方人有一方人的活法。」

鄭和問失里的：「從這裡繼續往前走，可以到什麼地方？」

失里的答：「再往前走有個痳林國。」

鄭和又問：「從痳林國再往前走呢？」

失里的搖頭：「那裡是密密的叢林，還沒聽說有人敢從那裡穿過去。」

王景弘也乘機問：「你們西邊的木骨都束國怎樣？」

失里的說：「那個國家的人都習箭好武，國王痳里思對外國人也多有猜忌，不過據我所知，他對天朝的瓷器、綢緞肯定會很歡迎。」

四、一場戰爭一場遊戲

木骨都束國王麻里思的確疑心很重，從大明船隊到達非洲東海岸那天起，他就在密切關注這支船隊的動向。鄭和船隊在不剌哇和竹步國的一舉一動，他都瞭如指掌。麻里思將他的大臣找到王宮裡來，就如何對待來自遙遠東方的不速之客進行商議。本來有些涼快的石屋，卻架不住這些人心頭的燥熱，麻里思感到無比的煩悶。還是他先開口說話：「聽說麻里再拜和失里的都從中國使臣那裡得到了好多金銀寶物，尤其是那些瓷器，要是拿來嵌進我們王宮的牆壁上，一定會使這座王宮顯出無比的華貴來。只可惜不剌哇和竹步，他們國家小王宮也小，鑲嵌那些瓷器，好比鮮花插到牛糞上，實在有些可惜。」

一個頗會察言觀色的大臣，揣摩國王的心思，便搶先進言：「還是敞開城門歡迎他們吧，聽說不剌哇和竹步兩國得到的賞賜之多，都讓麻里再拜和失里的高興得幾天合不攏嘴，那兩個王后披著中國的緞子連睡覺都捨不得脫下來。」

麻里思手下的一員大將卻站出來反對，他說：「那個大明王朝與我們木骨都束，相距十萬八千里，不是心懷叵測，誰會無故拿著好東西跑這麼遠白白送人？他們帶著那衆多戰船而來，顯然是想用武力制服我們，那些瓷器只不過是迷惑我們的誘餌。」

國王想了想，很贊同這員大將的看法。這些年來自外國人多次覬覦他們的海港，都是他及時識破了那些陰謀，用武力攆走了，對大明船隊自然也不能不心存戒備。麻里思不是沒有想過動武的事，要是能用弓箭把那些中國瓷器奪過來豈不更好，但是也有不少顧慮阻止他貿然行動。他擔心地說：

「我們原來對付的都是單桅船，船的數量也少。大明王朝的那些船多的達到九根桅桿，一艘船就像一座城堡，整個船隊就像一座城池，我們能對付得了嗎？」

那個番將有勇有謀，他獻計說：「水戰打不過他們，就把他們引到岸上來，同他們比試箭法。我國雖弱，精於控弦之士不下數千，他們長途勞頓，我們坐而待勞，必定能打贏這一仗。」

國王點頭：「就是這個主意，人多了能稱王，魚多了能翻浪。木骨都束人人習箭，明軍肯定不是我們的對手。」

大明船隊駛近木骨都束國的海邊，也在商議如何對待好戰的木骨都束人。唐敬和周聞等幾員指揮使，都巴望著能在這裡打一仗，輕蔑地說：「他們不是好戰嗎，那就好好較量一下。我們觀察過他們的那些小帆船，同我們的寶船比，如同螞蟻比大象，肯定不是我們的對手。」

朱真發表意見：「還是先試探一下他們的態度，善來善待，惡來惡往。」

鄭和說：「能否他們惡來，我們也不惡往？只要能讓他們對大明王朝心悅誠服就行，不必真的與他們動武。」

唐敬爭辯道：「不打不相識，先給他們來個下馬威再說。」

鄭和連連搖頭：「戰爭只會種下仇恨，不會帶來友誼。」

王景弘很贊同鄭和的想法：「以德服人是王道，以力服人是霸道，聖上一直讓我們柔遠人行王道，他惡來我善往，那才是眞正的王道哩。」

洪保說：「如此說來，即使他們眞打，我們也不能眞對。」

周聞兩手一攤：「這仗就不好打了。」

鄭和開導說：「諸葛亮當年對孟獲七擒七縱，都有辦法，難道我們就想不出好的辦法來？」朱眞認眞琢磨鄭和的話，領悟了總兵元帥的意思，領著他的幾員副將去進行佈置。

哈三聽了剛才議論軍機大事的這些話，稱讚鄭和：「爲了不傷著木骨都束人，你可眞動心思了。」

鄭和從胸前掏出那件青銅器遞給哈三阿訇，表明他打心眼裡不喜歡戰爭，他在努力把人類發明的殘酷戰爭變成一種遊戲。

哈三高興地讚歎道：「如果眞能這樣，戰爭就不會給人類造成災難了。」

比起周圍的國家來，木骨都束要算大國了，氣派自是不同。不刺哇、竹步等國沒有城郭，王宮與老百姓的石屋都散落在海邊。木骨都束卻在緊靠海岸的一個高崗上築了城垣，石牆壘得很高，也很厚實。城牆上樹著一根高高的旗桿，旗桿頂端雕刻著一隻振翅欲飛的鷹隼，緊挨著鷹隼飄揚著一面旗幟，旗幟上畫著一個肉感的非洲女人，那個非洲女人的屁股下面，是一匹非洲雄師。女人和雄師是非洲人的驕傲。

大明船隊停泊在木骨都束附近的海面上，紮了水寨，防止木骨都束的戰船前來偷襲。朱眞點了三千人馬，護送總兵正使鄭和、王景弘上岸。果然情況異常，海邊上靜悄悄的，看不到迎接的儀仗，卻能嗅出戰鬥的氣息。大家兀自徘徊觀望，從山岡上走下那員主戰的勇敢番將，他帶著國王的口信，要見大明的總兵元帥。

鄭和問他：「國王有何話說？」

那番將踞傲不恭，見了鄭和連揖也不肯作一個，腰也不肯彎一下，用夾雜阿拉伯語句的史瓦希里語說：「國王的意思，要本國打開城門迎接大明的使者並不難，只需贏得我們手中的弓箭就行。」說罷，還拍了拍手中的一張弓，那是一張硬弓，沒有四五百斤的氣力，開不了那弓。

朱眞拿眼瞄了一瞄，卻從容回答：「這也是個好主意，我們三千人馬，你們也三千人馬，每人十箭，你我各三萬箭。你們射的時候我們的人站立不動，我們射的時候，你們的人也得站立不動。」

番將先發制人：「那得由我們先射，我們射完之後，你們再射。」

朱眞笑著說：「客隨主便，就這麼辦吧。」

那員番將暗自高興，回去報告國王：「明軍果然中計了！」他們本來就作了安排，打算用弓箭射殺明軍登岸的部隊，再從城堡裡衝出來擒拿明軍的首領，而後乘明軍混亂之際，出動埋伏在海灣的戰船，陸地、海上兩面夾攻，一舉擊潰大明船隊，搶得他們的財物，沒想到明軍頭領竟讓他們牽著鼻子乖乖鑽進了圈套。

沒用多長時間，高崗之上城門大開，三千番兵擁著騎在駱駝上的國王麻里思出來，一字排開，隨即挽弓搭箭。那個番將高喊一聲：「你們不許動，我們放箭了！」話音剛落，箭如雨下，明軍應聲從背後取出生牛皮的盾牌，遮擋在身前。待番兵的三萬支箭射完，立刻又把盾牌收到身後，整個隊伍連一步也沒移動。

番將和國王都傻眼了，三千番兵也一臉驚恐。那時非洲人的弓箭剛從打獵轉移到打仗不久，只有放箭的意識，防箭的意識還比較弱，尙不知明軍使用的盾牌有何奧妙。加上明軍那盾牌同身上的盔甲一樣的花紋和顏色，剛才箭鏃又如一大群蝗蟲鋪天蓋地飛在空中遮擋了視線，要看淸楚在明軍身前晃動的是什麼玩藝也不容易。木骨都束的人都以爲明軍使了什麼魔法，那些箭近不得明軍士兵的身子，紛紛跌落在他們的腳下。來而不往非禮也，番兵知道馬上就該自己用血肉之軀去承受鋒利的箭鏃了，他們尤其害怕明軍將士會在箭頭上施魔法，一箭就置他們於死地，心裡一陣慌亂，隊伍也出現了騷動。

國王與那員番將雖然也害怕活活當箭靶，卻不能不顧及兩軍交戰的規矩，連忙喝住自己的士兵。他們知道寧願挺身受箭，也不能讓軍心動搖。

明軍卻並沒有急於放箭，整個隊伍還是紋絲不動。朱眞騎著一匹高大的蒙古馬來到國王麻里思面前，拱手一揖說：「我們的總兵元帥說了，天朝上國素重禮讓，你們射了三萬箭，我們只射這位將軍十箭，其他都免了行不行？」

麻里思一聽有這樣的好事，立刻點頭同意。三千番兵得知他們免了中箭的危險，也都高興起來。那番將一聽箭頭都要衝著他來，揣摩明軍是想箭射出頭鳥，非置他於死地不可，心裡有些著慌。

朱眞對他說：「這位將軍且慢慌張，我這箭有些講究。」

番將試探著問：「有什麼講究？」

朱眞說：「我這十支箭，箭箭要中你，卻箭箭都不要傷你。」

麻里思聽了這莫名其妙的話，忙問：「請問此話怎講，箭箭要中已經不易，射中了還不傷人，這可是從來沒有聽說過的事。」

朱眞回答：「只因我們大明天朝歷來講究德被天下，從不恃強凌弱，即使用兵也是讓人心服。箭箭要中這位將軍卻箭箭不傷他，就是要射得木骨都束的人心悅誠服。」

麻里思還是將信將疑地說：「難得你們有這樣的好心，也難得你們有這樣好的本領啊。」

那番將趁機對朱眞說：「這位將軍能否先在靶子上射十箭試試，你若果然有這本領，即使射穿了我的胸脯，我也心悅誠服。」

朱眞點頭同意。番兵迅速豎起箭靶，朱眞在箭簇上塗了些樹脂，挽著弓搭上箭，颼颼十支箭，果然箭箭射中箭靶，箭箭都未穿透靶子，一齊粘在靶心上。國王和番軍將士見了無不咂舌，那番將只好擺出架勢，轉身用後背對著朱眞，大聲說道：「但願我這後背能比那箭靶結實一些兒就好了。」

朱眞命番兵捉來一隻鷄，擰了脖子，在箭鏃上醮了鷄血，颼颼十箭過去，箭箭都射在番將的背上，番將覺得背上有些微微作癢，像大螞蟻爬過似地，脫下上衣一看，背上不多不少十個紅點。明軍將士知道朱眞的能耐，一陣喝采，替主將助威，國王和番兵也不由跟著喊好。國王讚道：「就是有鬼神相助，也不得這等奇妙。」

那番將當衆輸了一著，臉上掛不住，有些懊惱。他晃了晃手中的長槍對朱眞說：「若是比試槍法如何？」

朱眞見他還不服氣，便對他說：「我找一個人來同你比試，保準你的槍刺不中他，他的槍卻能刺中你。」

番將聽了也不答話，立刻放馬過來。朱眞一聲招呼，唐敬應聲出陣。在兩邊將士的吶喊助威之下，雙方掄起長槍，在馬上你來我往，激戰起來。那番將也是個舞槍的高手，兩手挺著丈八蛇矛，一槍一槍，疾如流星趕月，刺得風吹沙石走，雀躁鴉亂飛。唐敬的一桿槍卻如一條游龍在空中盤旋，鑽風帶雨，出穴尋巢。番將只見眼前銀光閃動，連對手的人影都看不見了。他勉強鬥罷百十個回合，只得跳出圈子，想打過平手，給自己留住一點顏面。

唐敬卻讓他脫下衣服來看，這才發現他的胸前後背又添了許多紅點，番將大吃一驚，原來唐敬的槍已經挨著了他的身上，只是點到爲止，沒有傷他。他細細打量唐敬幾眼，用手撫著自己的胸口，心還在蹦蹦跳得厲害。他驚愕地說：「怪道剛才覺得有小螞蟻在身上亂咬，原來是槍尖挨著皮肉了。」

木骨都束那位主和的大臣挖苦道：「若不是那位將軍手下留情，你這條小命早就搭進去了。」

國王麻里思也吃驚不小，他想那一桿槍刺著人，卻不刺傷人，這得多高的本事，恐怕是槍中之王，沒有人能超過的了。再看看對面的明軍，刀、槍、斧、鉞、棒、錘、劍、戟，使什麼兵器的都有。他思忖這樣鬥下去，自己恐怕占不到什麼便宜，趕緊收兵退回城堡，關了城門，再作計議。

鄭和將三千人馬留在原地不動，自己領了幾個親隨來到城下，對城樓上的麻里思說：「木骨都束向來以善射聞名遠近，我今天也來獻獻醜，讓你看看我的箭法如何？」

麻里思問：「你怎麼射法，說來聽聽？」

鄭和說：「就以你這旗桿爲題，我在百步之外，三箭都射在你旗桿頂尖那個木頭鷹隼的嘴裡。我若射中了，你打開城門，我們好好敘一敘。」

麻里思馬上問：「若是有一箭射不中呢？」

鄭和說：「我們立即拔錨起航，再也無顏見你們木骨都束的人。」

麻里思身旁的那個文臣說：「那可不行，還得留下你們的青花瓷器。」

鄭和說：「一言爲定。」

王景弘他們遠遠站定，都在心裡替鄭和捏一把汗。鄭和抬眼看看旗桿頂上的鷹隼，定了定神，翻身一箭，不偏不倚，揷入鷹隼的嘴裡。站在城牆上的三千番兵齊聲叫好，遠處的明軍將士也跟著大聲喝采。

鄭和閉目運神，而後眼睛一睜，又是一箭，從頭一支箭的左邊進入鷹隼的嘴裡。這一箭連國王麻里思也跟著喝采，連聲叫好。

鄭和稍停片刻，城牆內外的人都屛住呼吸，睜著要看這第三箭。只見鄭和弓彎如滿月，緊緊挨著頭支箭的右邊射了進去。那鷹隼吃不住三支箭的猛力，嘩啦一聲從旗桿頂上掉了下來，三支箭還緊緊插在那鷹隼的嘴裡。

番兵一陣驚呼，幾個鼓手也情不自禁擂響了戰鼓。明軍將士更是興高采烈，所有的鼓手立刻應和，也將那些大鼓擂得震天價響。這一擂鼓不要緊，木骨都束埋伏的戰船，以爲雙方打起來了，迅疾從海灣裡鑽出來，向著大明的船隊殺奔過來。王衡和周聞早在海上嚴陣以待，他們根據鄭和的安排，點燃沖天炮朝天上放了三炮。但見轟隆幾聲，幾支火炬直沖藍天，頓時煙霧彌漫。那時非洲人壓根還不知道火藥爲何物，他們以爲明軍使出了魔法，要將他們罩入火海，都嚇得失魂落魄，連動也不敢動。

麻里思急呼大明天兵手下留情，千萬不要摧折了木骨都束的戰船。他趕緊打開城門，迎接大明使者入城。鄭和宣讀了大明皇帝的詔書，說明了大明天子安撫遠邦、溝通海外、共用天下太平的誠意。

麻里思不安地問：「你們的船和人是否留在這裡不走了？」

鄭和說：「我們即日起程，一艘船、一個人也不留在此地。」

麻里思心裡踏實了，立刻命身旁的文臣書寫了金葉表文，哈三當即翻譯過來：

「側聞惟天有日，惟王有民，上下之分既定，天朝之大義已明。遠人由此知威感恩，明仁德，識教化，心悅誠服。麻某三生有幸，得近天朝，但願年年進貢，歲歲朝覲，敬祈海納，不勝榮幸之至。」

麻里思當即決定派貢使隨大明船隊去南京，所獻貢物比不剌哇和竹步多了玉圭、玉枕、貓眼石、祖母綠等，鄭和代表大明皇帝所給的賞賜也更多，特別滿足了麻里思對青花瓷器的愛好。

麻里思撫摩著一對特大青花寶瓶對大臣們說：「早知如此，何必當初。」那位文臣趁機賣好：「我早就說了，大明皇帝不會虧待我們的。」木骨都束的人是淳樸的，他們待人態度的好壞，全以來者衆人的好壞而定。大明的使者，在他們的眼裡是非常好的人。

哈三問木骨都束的人，本城有無淸眞寺，他要向眞主和先知穆罕默德祈禱，但願世界上的戰爭都成爲避免生靈塗炭的遊戲。在麻里思的引領下，他們來到那座淸眞寺，寺前有一塊石碑，刻著《古蘭經》上的一段話：

「當蒼穹破裂的時候，當衆星飄墜的時候，當海洋混合的時候，當墳墓被揭開的時候，每個人都知道自己前後所做的事情。善人們，必在恩澤中；惡人們，必在烈火中。」

五、歷史性大穿越

鄭和率領船隊離開木骨都束，繼續南行，駛向麻林國。麻林國在現今坦尙尼亞境內，離南部非洲的頂端不是太遙遠了。麻林國王坐在一個長長的金色草筐裡，由八個赤身裸體的男人抬著，到海邊迎接大明船隊。他向大明天子進獻了被稱爲麒麟的長頸鹿，他聽說那個遙遠的東方帝國，特別喜歡動物世界的「巨人」，特地投其所愛，以示友好。大明使者也給了麻林國王豐厚的回報，彼此皆大歡喜。

這一天麻林國如同過盛大的節日，在王宮前面集合了很多男女，敲著象腳鼓又唱又跳。男人赤裸著身子，手持長槍，表演狩獵和捕魚，動作粗獷剽悍；女人在腰上繫了一塊布，表演她們在山林和田野裡採集食物。男女的合舞，男人手裡高舉象徵男根的物件，跪在地上，俯視仰臥在地上的女人，展示人類繁衍自己的神聖活動。

麻林國的海邊有個瞭望塔，國王陪著鄭和登到塔頂上，沿著非洲的海岸向更加遙遠的南方眺望。他問麻林國王：

「再繼續往前能到什麼地方？」

麻林國王說：「再往南行陸地是遮天蔽日的森林，少有人跡；海裡是兩塊陸地夾著的一條陌生水路，水流湍急，除了我們和鄰近國家有些漁船在岸邊捕魚以外，還沒有見過有別的船從那邊穿過來。」

大家議論：「這裡是否眞的到了海的盡頭，古書上說的那個尾閭是否就在這裡？」

麻林國王一臉茫然：「也不知那邊是什麼樣的世界，也許眞的是萬丈深淵，要不怎麼看不到有別的船從那邊駛過來呢？」

鄭和說：「我們的船隊繼續往前開過去，不是什麼都淸楚了嗎。」

麻林國王一聽臉色都白了：「萬一眞的到了大海的出水口，就別想活著回來了。」

朱眞說：「有句俗話，本地人怕鬼，外來人怕水，連麻林國的人看了這水都害怕，我們也不能太冒失，需急流勇退才是。」

鄭和問哈三阿訇：「茫茫大海到底有無尾閭啊？」

哈三本是個一往無前的人，在這個重大問題上也猶豫起來。他說：「在先知穆罕默德的訓誡裡，既沒說有，也沒說沒有。我看還是寧可信其有，不可信其無。」

王景弘乘機勸阻道：「我們出來的時日已經不短，船隊已經人心思歸，都想趁西南信風返回家鄉了。」

鄭和聽了這些勸告，心裡也有些猶豫。這也難怪，那時的東方人都還沒有地球的概念，只相信天圓地方，並不知道海洋沒有盡頭。鄭和久久遙望著那片海域的遠方，心裡留下了一個疑問，海洋到底有無傾瀉滔滔海水的尾閭，大海的尾閭是否就在這裡？

在麻林國準備返航的時候，鄭和又提出了一個問題：「如果原路返回，繼續沿著海岸往紅海，再沿著海岸到波斯灣，然後到古里，再沿海岸到錫蘭山，至少要多花大半年的時間，到時候西南季風都過去了，還得在海上延誤一年的時間。」

林貴和領悟了鄭和的意思，他攤開一路上描繪的航海圖，在麻林國和錫蘭山之間用手勢畫了一條直線，問鄭和：「總兵元帥的意思，是要橫穿越大洋，不再傍岸而行？」

鄭和點了點頭。大家都圍攏來看，從這張尚未成型的海圖上看出，這條直線恰好是一個半圓的直徑，比繞那條弧線的確近了不少，立刻贊同了這個意見。鄭和知道這是一次與以往截然不同的航行，會有很多意想不到的困難和危險。他輕聲問林貴和：「有問題嗎？」

林貴和被這條新航線振奮了，他回答：「不能說沒有問題，不過值得一試。」

王景弘說：「從古里到忽魯謨斯實際也是橫渡，只不過那是小橫渡，這是大橫渡。」

大明船隊拔錨起航，向著東方揚帆前進。就像故意要給這次橫渡一個特殊的洗禮，他們在離開麻林的時候，鄭和乘坐的帥船差點兒擱淺。還是李海眼疾手快，奮不顧身扭轉船舵，那幾個從白奇村來的小伙子，也十分勇敢，他們操起竹篙奮力撐船，這才將帥船駛離危險區。李海在那裡插了一根竹篙，讓後邊的船知道這裡是個危險的淺灘，不要重蹈覆轍。

這天夜裡，風向和海流又突然發生變化。有兩艘船偏離航向，晚上也不辨東南西北，稀裡糊塗被海風與海流送回麻林國。等到天色大亮，他們發現了麻林國熟悉的海岸，這才知道自己與船隊背道而馳了。這些人也是太大意，以爲那船自個兒會認路，自個兒會保持與船隊的聯絡，似乎根本用不著他們操心。這兩艘船趕緊重新調整航向追趕大部隊，然而茫茫印度洋裡，已經不見了大明船隊的踪影。這兩艘船上的人在海上周遊了好多天，像沒頭的蒼蠅到處亂闖。那時也沒有通訊聯絡工具，這數百名大明船隊的人後來竟不知所終。

鄭和率領的船隊航行了一夜，第二天清點船隻，才發現少了兩條船。王景弘也趕緊派出快船，到周圍的海區搜尋，大洋的浩淼波濤卻沒有留下失蹤船隻的任何痕跡，幾十艘輻射出去的快船勞而無功。船隊在洋面上無法拋錨，不能在此久停，大家只能望洋興歎。鄭和心裡又是一沉，兩條船、幾百個弟兄，又從他的船隊中消失了，無聲無息，連一點動靜都沒有。他在天妃娘娘的神龕前燒了香，祈求這位慈祥的海神救助那些失蹤的弟兄，送他們平安歸來。

橫渡大洋付出的慘痛代價，警告他們必須重新認識穿越大洋的航行，很多事情都得重新加以認識和掌握。帥船上發出了一系列緊急指令，各船的舟師、陰陽生、舵長、水手，都需全神貫注洋流、風向的變化，注視海水的深淺、島礁暗沙的分佈，還有牽星過洋技術的校正。白天認旗幟，夜晚看燈籠，以及鑼鼓號角的聯絡，也都要重新加以確認。林貴和感歎：「只有橫渡大洋，才算得上眞正的航海。」

美麗的印度洋，藍天藍水，廣闊無垠，視通萬里。遠處不時有鯨魚沉浮，噴射出沖天的水柱。有海豚躍出海面，驚奇地觀看打破他們平靜生活的龐大船隊。有大鯊魚緊緊尾隨在船隊後面，以爲這些漂動在海上的怪物，是上帝賜予它們的最新食品。印度洋似乎在爲此感到驕傲，如此龐大的船隊穿越大洋的行動這大概是人類有史以來第一次。

橫跨印度洋令人勞累的航程老是沒完沒了，好像沒有盡頭。船隊的人們前兩天還爭著欣賞那些海上奇景，有著橫跨大洋的新奇和興奮。過了幾天，就顯得不耐煩了，看什麼都失去了好心情。大家待在船艙裡，感覺到了海浪顛簸的單調無聊，坐船有了坐牢的感覺。他們來到甲板上，廣袤的大洋一片寂寥，人們急切盼著看到一條從對面或尾隨而來的船，或者能突然發現一個海島，或視線中能出現傳說中的鮫人海怪眼睛瞪得都快出血了。可眼前除了湛藍的海水，還是湛藍海水。不知不覺每個人都變得心事重重，誰見了誰都懶得說話，浩蕩的船隊竟然一片沉默。緊接著，似乎誰看著誰都不順眼，誰跟誰都有八輩子不解的冤仇，為一件小小不言的事，或者為一句話說得不順耳，就暴跳如雷，大打出手。一天，一個士兵鑽進酒艙裡偷著喝了一罈子燒酒，在船上發起酒瘋來，見誰打誰，什麼百戶、千戶都被他打得喊爹叫娘。指揮使唐敬跑過去制止，他也翻臉不認人，一拳打在唐敬的鼻樑上，頓時鮮血直流。唐敬心裡也很焦躁，命幾個士兵將這個醉鬼捆了個結實，還在他屁股上踢了幾腳，然後將他扔到舵艙裡。

鄭和記起了初次航海去日本的感受，擔心這種海洋孤獨病的蔓延會釀出新的亂子來。他同王景弘商量，讓這位船隊的大管家拿出平時積攢的那些好吃好喝的東西，整個船隊舉行了一次橫渡印度洋的慶賀宴會。船上的番國貢使也都被邀請到帥船上，與大明船隊同樂，還讓他們牽出那些溫馴一些的動物表演馬戲。有些會唱番歌、跳番舞的貢使，也出來湊趣逗樂。大明船隊的人乘著酒興，歌者自歌，舞者自舞。有條船上的人，不唱船歌，唱牛歌：

「白牛常在白雲中，人自無心牛亦同，月透白雲雲影白，牛隨月影任西東。

柳岸春波夕照中，牛啃芳草綠茸茸，饑餐渴飲多自在，石上牧童睡正濃。

牛兒自在牧童閒，一片孤雲壁障間，拍手高歌明月下，田園茅舍樂無邊。

人牛不見了無蹤，明月光寒萬里空，若問其中端的意，野花芳草自叢叢。」

鄭和品味出了這歌聲中的意思，人們厭煩了寂寞枯燥的海洋，嚮往家鄉的田園光景。這時又有一艘船開始了大合唱，大概船上來自湖廣的人多，滿船的人竟唱起楚歌來：

「泰山兮土一丘，滄海兮一葉舟。鱸魚正美快歸去，莫叫烏江空自流。」

沒想到，那艘船上的人帶頭一唱，幾乎所有船上的人也都跟著哼起這首楚歌來。整個海面上，一片楚歌。

鄭和不由喟歎：「他們跟著我在西洋漂流的日子太長了，的確是人心思歸了。」

王景弘說：「我們中國人還是故土難離呀。」

鄭和向周圍的人敬酒，感謝他們這些年跟著自己在西洋幾去幾回。他舉著酒杯在哈三阿訇的面前停留的時間最久，舉座中哈三的歲數最大，跟著在海風海浪中顛簸，依舊一臉欣然，眞是難得。酒闌人散，已是月光如水，淡淡地灑在洋面上。

心急行船慢。連日來，風倒是順的，一直颳著西南風。洋流卻是逆著的，一順一逆，行船的速度怎麼也快不起來。

這天早晨，李海一臉驚慌來找匡愚，被鄭和看見，連忙問他：「有什麼事，這麼失裡慌張的？」

李海說：「小胖子起不來了，渾身發腫，也不知得的什麼病。」

鄭和與匡愚趕緊跑去一看，平時歡奔亂跳的小胖子，此時蔫頭耷腦，變了個人樣。匡愚把了把脈，看了看他的舌苔，捏了捏腫脹的腿腳，忙問小胖子：「你是不是偷著喝海水了？」

小胖子羞愧地點頭承認，李海這才恍然大悟。自從走上這條航線以後，小胖子因爲身子胖，每天出的汗多，喝的水也多，淡水的定量老是超支。李海幫助他控制淡水的用量，沒想到他會偷偷去喝海水。

李海又是心疼又是埋怨：「船隊規定不許喝海水，你以爲那是同你鬧著玩，海水喝多了要死人的。」

小胖子紅著臉說：「我沒想到海水會越喝口越渴，越喝越想喝。」

匡愚趕緊開了幾味藥，讓人熬了給小胖子喝。

鄭和讓身邊的人把自己的淡水勻出一些來，送給了小胖子。他說：「也難怪，胖人愛喝水。可是，寧願挨渴也不能喝海水呀。」他命人將這話傳到各船，要防止再發生類似的事情。

在麻林作出橫渡印度洋的決定以後，鄭和與王景弘就意識到中途無法補充淡水和食物，發動各船一齊出動籌集食物和淡水。王景弘帶領洪保及幾位副使，逐一進行檢查督促。可麻林國最缺的就是淡水和新鮮食物，雖然那裡的人特熱情，幾乎是罄其所有，也招架不住海上那衆多張嘴的消耗，水船日漸變得輕飄。捨不得吃的新鮮瓜果蔬菜，不是爛了，就是枯了，剩下的都是失淨了水份的乾糧乾菜。王景弘心急於焚，每天都親自帶著快船外出尋找有淡水的海島，然而總是懷著希望出去，帶著失望歸來。

就在剛處理完小胖子喝海水的事情不久，洪保又急匆匆來到帥船上。

鄭和忙問：「又發生了什麼事情？」

洪保報告：「有兩條船上的士兵到水船上去搶水，同守水船的士兵打起來了。」

鄭和聽了發急道：「一人一份，怎麼會打起來？」

洪保說：「還不是都想爲自己的船上多爭得一點淡水。」

鄭和命人找來朱眞，這位都指揮使匆忙從搶水的現場過來，衣服都被撕破了，胳膊上也青一塊、紫一塊。鄭和見他這副模樣，吃驚地說：「怎麼水船發生了騷亂，連你都挨打了，這還了得！這樣的事情一旦蔓延開來，整個大明船隊非亂不可。」

朱眞卻沒有生那些士兵的氣。鄭和的話剛說完，他還站在那些士兵一邊發開了牢騷：「每天發給大家喝的水這麼少，士兵都忍耐不住，快要造反了。」

鄭和說：「我找你來，就爲這件事，對搶水和打人的人要嚴加處分，同時要加強對水船的守衛，絕對不允許再發生這樣的事情。」

朱眞請求道：「能否每人每天多增加一點淡水的供應？士兵們也眞夠可憐的，整天太陽曬著不說，每天吃的都是從麻林國買來的乾魚，越吃口越乾，滿嘴起燎泡。士兵都說，他們一個個也都快成人乾了。」

洪保也反映：「有的船上在罵娘，還說，與其受乾渴的熬煎，還不如在風浪中翻船死了痛快。」

此刻鄭和自己也是舌乾唇裂，卻很堅決地搖著頭：「水船裡的水是救命的水，不到萬不得已，一滴水也不能多給。」他接著小聲說：「還有那衆多番國使臣，總不能讓他們渴死在我們的船上吧。」

嚴肅軍紀雖然制止了搶水的騷亂，卻無法解決缺水的煎熬。整天守著一片汪洋，嘴裡卻渴得要命，腸子幾乎都要乾得裂出縫來，這是一件非常痛苦的事情。每天開飯的時候，大家一看乾魚、乾菜、乾饅首，全都帶著一個「乾」字，心裡就乾涸得難受。如何擺脫乾渴的痛苦，已經成爲整個船隊的頭等大事。匡愚將藥艙裡的梅干都搜羅出來，每人發了些許，雖然也帶著一個「乾」字，放進嘴裡卻能生津。有的船上的水手用魚叉叉了魚，剝了那魚皮吮吸生魚肉中的水汁。有人一邊吮著一邊說：「還得感謝老天爺，這麼鹹的海水沒能把海裡的魚醃成鹹魚，要不然也只能看著這些鮮魚乾瞪眼。」還有一個消息在船隊流傳開，前面不遠有個淡水洋，有大溪之水長達二千餘里，奔流沖合於海。那裡的海水清淡可飲，大家心裡升騰起了一線希望，引頸盼望前面的淡水洋。

李海一直在給天妃娘娘焚香燒紙，這次不是祈求平息風暴，而是祈求賜降甘霖。

洪保告訴他：「降雨是龍王爺的事，天妃娘娘管不了這一段，可別蚊子咬菩薩，盯錯了對象。」

李海堅定地說：「天妃娘娘歷來救苦救難，她見大家在海上乾渴成這個樣子，一定會來搭救的，讓我們儘快找到那個淡水洋。」

也許天妃娘娘管轄的範圍太寬了，一時照顧不到這塊地方，王景弘每天仍舊是失望而歸。鄭和決定加大搜尋的範圍，唐敬、周聞等幾位帶兵的人，都帶了水船奔向四面八方找淡水。這天黃昏時候，一陣濕潤的海風吹過來，天上飄過幾朵濃雲，遮住了太陽。船隊的人趕緊將能夠盛雨水的傢伙都擺到甲板上，伸出雙手高聲呼喊：「風來咯，雨來咯，龍王爺牽著雨婆婆的手來咯。」幾聲炸雷響過，果然大雨傾盆而來。大家脫光了衣服，喝天水，沫天浴，在大雨中歡騰。鄭和與洪保等人不敢脫淨衣褲，卻也站立在雨中，任雨水洗刷著自己的全身，張著嘴巴去承接天上的甘霖。

李海高興地歡呼：「天妃娘娘顯靈了，天妃娘娘給我們送淡水來了。」

然而，好景不長，沒有多久，雨散雲收，朗朗天空又是一輪正在西沉的紅日。

有人抱怨李海：「都是你粗著嗓門喊的，把天妃娘娘嚇跑了。」

李海瞧著他們一個個光著屁股，立刻反唇相譏：「天妃娘娘可是個黃花閨女，瞧你們這副模樣，她還敢來嗎？」

大家正在為此感到羞愧和遺憾的時候，王景弘以及唐敬、周聞等人都乘著快船趕回來了。

他們也都渾身濕淋淋地，卻來不及換衣服，就跑來見鄭和。幾個人一臉興奮地說：「淡水洋已經離此不遠，水船的水可以敞開讓大家喝了。」

鄭和長長噓了一口氣，橫渡大洋的這一難關總算又闖過來了。

這是一次艱難的穿越，也是一次偉大的穿越。

六、朝廷俸祿風波

永樂十七年（西元一四一九年）的七月，南京像火爐一般炙人。這一天，南京人卻不顧天氣的炎熱，頂著火辣辣的太陽，擠出一身臭汗，爭著上街看西洋景。鄭和第五次下西洋，到達的地方最遠，訪問的國家最多，搭乘寶船而來的番國使臣人數之多，堪稱盛況空前。帶來的珍禽異獸，也是聞所未聞，見所未見。船隊在揚子江邊靠岸，各國使臣排著長長的佇列，牽著、抬著那些珍禽異獸在街上遊行。走在前面的是麒麟，隨後的是駱駝、大象、馬哈獸、花福祿、駝鳥，還有關在籠子裡的獅子、金錢豹、虎斑鸚鵡、沙漠大鵰、草上飛等。西洋諸國的人都知道中國人喜歡麒麟，這回送來麒麟的也特別多，榜葛剌的，忽魯謨斯的，祖法兒的，阿丹的，剌撒，麻林的，都編了隊。這叫「上有所好，下必有甚焉」，皇上喜歡麒麟，他們都爭著送麒麟。

南京人一邊看一邊議論：「這也怪了，書上說麒麟幾千年出一次，這幾年送到南京的麒麟，一回比一回多，莫非眞的又要出聖人了？」

「孔夫子的母親只踩了一隻麒麟腳印，就生出一個孔聖人來。如今麒麟腳印滿街都是，南京的女人大概個個都要成聖母了。」

南京的年輕女人聽了這話，都悄悄跟在那些長頸鹿的後面，去踩那些腳印，盼著自己眞的能生養出個把聖人來。番國使臣聽不懂南京人在說些啥，也不明白那些年輕婦女的良苦用心，他們帶著珍禽異獸左顧右盼，走得十分瀟灑。

明成祖的高興勁兒也超過了往年。他自從永樂三年親自送走第一支下西洋的寶船隊，到這次鄭和率領寶船隊從西洋歸來，前後十四年，五次下西洋，大大小小訪問了近四十個國家。大明王朝同這些國家基本上都建立了朝貢貿易的關係，有十一個國家的國王先後跑來朝見大明天子，其中還有三個國王自願魂留中國，眞是千古盛世的千古盛事。

這天的早朝，番國使臣都來到朝堂，永樂爺挨著個兒傳見，挨著個兒獻禮，挨著個兒賞賜。從最近的占城、暹羅、眞臘，到最遠的木骨都束、不剌哇、竹步、麻林，差不多用了一天時間。

朱棣接著高興地說：「此行諸將士勤勞，皇風宣暢西洋，萬邦仰慕中華，四海和睦，天下承平，莫大之喜，需論功行賞。所有帶來的夷人，另行賞賜，不在數內。」有詩贊曰：

「皇華使者承天敕，宣佈綸音往西域。鯨舟吼浪滄溟深，經涉洪濤渺無極。洪濤浩浩湧瓊波，犀山隱隱浮青螺。占城港口暫停息，揚帆迅速來闍婆。闍婆遠隔中華地，天氣蒸蒸人日異。科頭銑足語侏俚，不習衣冠兼禮義。天書到處騰歡聲，蠻首酋長爭相迎。南金異寶遠馳名，懷恩慕義攄忠誠。闍婆又往西南去，三佛齊過臨五嶼。蘇門答剌峙中流，海舶番商經此聚。自此分䑸往錫蘭，柯枝古里了諸番。弱水南濱溜山谷，去路茫茫更險艱。欲投西域還凝日，但見波光接天綠。舟人矯首混東西，唯指星光辨南北。忽魯謨斯近海傍，大宛未息通行商，曾聞博望使絕域，何如當代覃恩光。書生從役忘卑賤，使節三陪遊覽遍。高山巨浪豈曾觀，異寶奇珍今使見。俯仰堪輿無有垠，際天極地皆王臣。朝聖一統混華夏，曠古及今孰可倫？聖節勤勞恐遲暮，時值南風指歸路。舟行四海若遊龍，回道遐荒接煙霧。歸到京華覲紫宸，龍墀納拜皆奇珍。重瞳一顧天顏喜，爵祿均頒雨露恩。」

那些朝臣跟著站了一天班，兩眼不停地看著稀罕之物，兩耳不斷地聽著稀奇之事，兩片嘴唇不停地爭相向著皇上說些捧場的話，手和腦還得不停地想些或寫些頌詩、頌辭，討皇上喜歡。一天下來，一個個累得腰腿痠痛，身子都快要散架了似的。

朱棣顯然顧及到朝臣們的勞累，沒有功勞有苦勞，在宣佈處理堆積如山的貢物時說：「一切不可馴服之物，放置牧養之所，毋令傷人；一切飛走之類，縱之閑曠之地，任其生長；一切珍寶奇玩，即送北京裝點新皇宮；珍珠、瑪瑙、番香、番藥賞賜群臣，照例折抵俸祿。」

大家聽了這話，心裡都咯噔了一下，嘀咕著這一天白費力氣不討好，眼睜睜看著又把自己的俸銀搭進去了。朝臣們你看著我，我看著你，卻誰也不願意說出心裡的那一閃念頭，生怕惹得皇帝不高興。依舊照例俯伏在地「謝主隆恩」，山呼「萬歲」。

鄭和回到家裡，金花像當年沈涼一樣，老遠迎候著他，溫存體貼，對他的照顧也是無微不至。鄭和的哥哥馬文銘應弟弟的請求，將自己的大兒子送來南京，改姓爲鄭，過繼給他當兒子。這個侄子已經能當家理財了，他的府邸一切依舊井井有條。然而，他回到家裡還是有種空落落的感覺，彷彿這個家已經不是原來的家。

金花懂得他的心思，主動告訴道：「我每月都去水仙庵看沈姊姊，給她送些日用的東西，也給庵裡捐些香火錢。」

鄭和問：「她在那裡還好嗎，我能不能去看看她？」

金花道：「沈姊姊說了，她在那裡什麼都好，每天早晚都在念經祈福，讓你別惦著她。」

鄭和默不作聲，夜裡睡在床上腰腿疼，迷迷糊糊地，還是喊著沈涼的名字。金花翻身起來給他掐腰捶腿，鄭和發現自己又叫錯了，從床上坐起來，拉著金花的手說：「金花，妳在我這裡受苦了。」

金花柔聲一笑，不覺也說出了一句佛語：「這也就是因緣和合吧。」

夏原吉從來沒有到過鄭和的府邸，這天卻冒著暑熱驅車來到南京太平巷，登門拜訪鄭和。

鄭和剛從姚廣孝的墓地回來，還沒有來得及進屋歇口氣，轉過身來相迎，拱著手說：「夏大人親臨寒舍，眞是不敢當。」

夏原吉也拱著手說：「鄭將軍下西洋勞苦功高，聖上給予連升兩級的殊恩，特來致賀。」

鄭和嘴裡說著「豈敢，豈敢」的客套話，心裡卻在揣摩他的來意，恐怕是醉翁之意不在酒。皇上這回對鄭和的賞賜，的確格外隆重，除金錢的賞賜大大超過以往的幾次，格外賜了蟒袍玉帶，還官升二級，從四品到了二品，突破了內臣官階最高不得超過四級的老規矩，算是破格提拔，可喜可賀。不過，鄭和心裡清楚，因爲他是內臣，朝廷那些大臣在骨子裡仍然瞧不起他，總是心存芥蒂。他作爲總兵正使下西洋有功，獲得連升兩級的榮耀，大家在朝堂裡對他表示祝賀，不過都是面子上的事。能眞心登門致賀的，也就是蘇天保這樣的生死至交，還有王景弘等風雨同舟的伙伴。他有免聽那些奉承話贏得耳根淸淨的快慰，也有幾分難言的淒苦和悲哀。

夏原吉喝了幾口茶，果然就歸到了正題上：「下官也是無事不登三寶殿，現在有件爲難的事，想勞大駕在聖上面前美言幾句。」

鄭和趕忙說：「夏大人是朝廷的股肱之臣，聖上最信賴不過的，不知還有什麼話需要在下去轉告？」

夏原吉說：「就是聖上以西洋貢物替代朝臣俸祿的事，大家心裡都很不情願，在聖上面前卻礙難開口。大家說解鈴還需繫鈴人，都想請你去皇上那裡美言幾句，還是免了以貢物代俸祿，給大家發俸銀的好。」

鄭和詫異道：「以往各個衙門的人，不都是爭著要西洋貢物頂俸祿嗎？」

夏原吉說：「那已經是老皇曆，翻不得了。」

鄭和還是一臉不解的神色：「前年臨下西洋之前，不少大臣還囑咐我從西洋多取些寶物來，他們願意要這樣的俸祿哩。」

夏原吉歎道：「此一時也，彼一時也。」夏原吉老謀深算，懂得遣將不如激將，他歎著氣對鄭和說：「這些西洋貨物的時價，一天一個樣，天天都在往下跌，也不知聖上知道不知道。現在還按最初的價格折抵俸祿，朝臣都虧得心裡出血，卻又不敢有違聖意，只有把氣撒在下西洋這件事情上。聖上如果再讓下西洋，恐怕十三省的錢糧都很難收上來了。」他把這個燙手的山芋扔給鄭和，說了聲「總兵大人很忙，不敢多多打擾」，便告辭而去。

鄭和一去西洋就是好幾年，不知道這些年的世事人情又有什麼新的變化，還是禮部尙書呂震的到來，使他感覺到了世道的變化的確在加快。呂震對西洋寶物的偏好，在朝廷文武百官中是出了名的。說確切一點，偏好西洋寶物的主要不是他，而是他的老婆鄭氏。只因他素來懼內，老婆喜歡什麼他也得喜歡什麼，老婆迷上了西洋寶物他自然也得迷上西洋寶物。也就因爲有這層原因，他一直是下西洋的堅定擁護者，連他老婆在內，都喜歡與鄭和及船隊的人套交情。

那還是鄭和頭一次從西洋帶了貢物回來，呂震將自已得到的來自古里的一顆貓眼石，來自滿刺加的一塊祖母綠，還有一些降沉香和胡椒帶回家裡。鄭氏見了稀奇得什麼似的，一直把玩著，呂震的幾個小妾連拿過去看上一眼都休想。她喜滋滋地將貓眼石鑲在戒指上，祖母綠嵌在頭飾上，衣服用降沉香熏過，特地到那些王公大臣家裡去串門，想炫耀一番。不曾想好幾位王公大臣的夫人，得到的貓眼比她的大，祖母綠的顏色也比她的純正。她有意無意挨近別人的衣服聞一聞，也有好幾個人熏的是比降沉香更高貴的龍腦香。她自覺失了臉面，回到家裡先是作河東獅吼，接著哭哭啼啼，數落自己的丈夫沒出息：「你巴結不到皇上，總可以巴結鄭和吧，找他要一樣兩樣好的寶物，也免得自家老婆在人前出醜。」

呂震在被幾個小妾纏著要西洋寶物，已經疲憊不堪，聽了這話更是酸溜溜的，氣不過地說了一句：「妳自己去找鄭和好了。」

鄭氏立刻不依不饒：「你怕我不敢找他不是，他要不是閹人，我早就同他好上了，還輪得著你癩蛤蟆吃天鵝肉。」呂震氣得吹鬍子瞪眼睛，鄭氏卻破涕爲笑：「我去找他就是，他姓鄭我也姓鄭，排起輩分來，說不定他還是我哥哩。」

呂震仍舊酸溜溜地：「人家姓馬不姓鄭。」

鄭氏說：「我知道，他姓鄭是皇上賜的，那不更神氣嗎！」

她後來在奉天門的宴會上親親熱熱叫了鄭和一聲「哥」，引得衆多文武百官的女人都投來羨慕的眼光，使她覺得掙回了一點面子。

呂震因了老婆的折騰，原本對鄭和與那些西洋玩藝兒充滿了嫉恨，他的一個家人奉他之命將那些降沉香和胡椒拿出去賣了，不曾想這些稀罕之物市井之人都看得很寶貴，竟然出了比俸銀高出幾十倍的價錢，都還有人搶著要。呂震驚喜地發現，西洋寶物奇貨可居，是條發財的好路子。這以後，他不但成了以西洋貢物代俸祿的積極擁護者，還利用禮部與番國使臣的聯繫之便，囤積了不少番香、番藥，光胡椒就上百擔。就這還嫌不夠，鄭和這回去西洋，他不但纏著鄭和替他老婆物色珍奇寶石和香料，還央求鄭和多替他捎些胡椒之類的大宗貨物來。

他今日登門，鄭和才恍然想起他曾經託付的事情來，自己早就忘到腦後了，正不知如何應對。呂震卻壓根兒不提原來相託的事情，反而央求鄭和將他囤積的胡椒接收，偷偷送入國庫。他也不再將本求利，只要能保住本就行。

鄭和問他：「何故如此？」

呂震搖頭晃腦地說：「昔時王謝堂前燕，飛入尋常百姓家。」那意思是燕子只在王、謝兩戶名門望族的屋檐下築巢的時候，在世人眼裡身價高貴無比；等到一般老百姓家裡都有了燕子，立刻發覺燕子也不過是很普通的鳥類，而且成天在屋檐下拉屎，要多討厭有多討厭。

初赴西洋帶回來的那些寶物，的確都是王、謝堂前的「燕子」，達官貴人誰都以得到它為榮耀，對普通老百姓來說更是天上的星星、月亮，高不可攀。許多朝臣都跟呂震一樣，很快就明白他們手裡的貢物竟可囤積居奇，只要一出手比俸祿多出幾倍、幾十倍的銀子都換得回來。因此，珍珠、瑪瑙也好，番香、番藥也好，他們一律來者不拒。有的官宦人家，胡椒、丁香、肉蔻之類，幾擔、幾十擔、甚至幾百擔往府裡囤積，一心想著借番香、番藥賺錢，發點西洋財。然而，大明船隊下西洋的次數多了，帶回的西洋寶物也一次比一次多。這些年西洋諸國的商人與中國商人之間的生意也空前活躍起來，他們所帶來的西洋物產，又超出鄭和船隊帶回來的不知多少倍。別說是一般的珍珠瑪瑙，人們見得多了。就是紅雅姑、藍雅姑，還有龍涎香什麼的，在很多地方的市面上也都有了。如今在人們的眼裡，所謂紅雅姑、藍雅姑，不過就是石頭；所謂龍涎香，有人說連魚的唾沫都不是，是從魚屁股裡拉出來的魚屎。至於一般的番香、番藥，諸如胡椒、丁香之類，中國人自己都種出來了。物以多爲賤，西洋番物的價錢嘩啦嘩啦往下滑落，害得好多當官的都吃了啞巴虧。

鄭和明白了這些情形，心裡直發沉，一時不知該如何應對。他只能告訴呂震：「剛才戶部尚書夏大人也來說過這件事，朝廷大臣中受其影響的不少，容我通盤考慮一下如何？」

呂震酸不溜秋地說：「你可要明白，在朝廷裡像下官這麼支持下西洋的，可找不出幾個來啊。」

鄭和獨自在自己府邸的花園裡徘徊，一臉茫然。他想像不到，他所熱中的下西洋，會生出這麼多他無法駕馭甚至也無法預料的事情來。他也想不通，朝廷的好多事情怎麼都會跟下西洋扯到一起。他感受到自己似乎成了那種傀儡戲裡的一個木偶，好多根線都牽在他的身上，從四面八方拽著他，前後掣肘，左右爲難。他盼著有人能爲他指點迷津，不由想起姚廣孝來。

他上午去道衍師傅的墓前拜祭過，這位大師已經圓寂歸眞，再想要找那樣的高人討教已經不可得了。他也想起了沈涼，而今她已身入空門，再也不能幫他排解這些惱人的煩悶。他感到了孤獨的痛苦，孤獨的悲哀。夜深了，露水打濕了鄭和的衣衫。揚子江濕潤的江風吹過來，他不由打了一個寒噤。這時，金花悄悄從後邊走過來，給他披上了一件衣服。鄭和轉過身來，金花發現他的眼眶裡含著淚水，在月光下閃閃發亮，眼看就要滴下來。

第十二章　禁航令

一、半途而返的航行

給鄭和帶來苦惱的是下西洋，給他帶來歡樂的也是下西洋。他率領船隊離開那幫朝廷大臣，坐到寶船上，看到寶船尖銳的船頭像犁鏵一樣犁開海水，又變得生龍活虎了。在滿剌加海岸邊迎接他的蒲日和，見面的頭一句話，就說他的眼睛如同寶船船頭的那兩隻龍眼睛，炯炯有神。他自己也說：「我這人看來的確是水命，向海而興，背海而衰。」

永樂皇帝下西洋的興致並沒有因爲俸祿的風波而減退。他在朝堂上將那些反對以貢物抵俸祿的大臣訓斥了一頓，金口玉言，誰敢輕易變更。永樂十九年（西元一四二一年）正月，他又下令大明寶船隊第六次出使西洋，主要是繼續探訪非洲。那塊神秘的土地令這位天子非常嚮往，普天之下莫非王土，他似乎有種責任要關心那塊土地的和平與安寧。還有，那些隨大明船隊而來的貢使，不能將他們撂下不管，還得派船送他們回去。不過他也看得出來，雖然此時運河疏浚了，北京宮殿建成了，昌平天壽山的陵墓也修好了，天禧寺幾百萬兩銀子也籌足了，二征安南的巨大開支也塡補了，可國庫的錢糧儲備也日見支絀，下西洋的經費已經有些捉襟見肘，調動錢糧已經不那麼容易，他不親自過問已經不行。朱棣爲此專門下過幾道敕書，特別囑付：

「出使西洋及各番國使臣回還合用賞賜並帶去銀兩段匹銅錢等件，即照依往次的數目關給之；所有官軍原關糧賞仍照依人數關給，該用軍器等項，並隨船合用油麻等物，令各該庫分衙門逐一如原料數目關支；下西洋去的內官鹽醬茶酒油燭等件，照人數依例關支。」

他還要求各門官仔細點檢放出的物品，不許有纖毫夾帶，堵死流失的漏洞。堂堂大國之君管一個船隊的經費開支管到這個份上，雞毛蒜皮，無一遺露，不難看出原本充盈的國庫確實已經揮霍得差不多了。然而，就鄭和來說，皇上對下西洋關照到如此無微不至的地步，也足以感到欣慰了。

蒲日和也帶來了一個足以使鄭和振奮的消息，他剛從柯枝國回來，從那裡抄了一篇碑文，很高興地送給鄭和過目。鄭和展開一看，臉上也露出了笑容。那是柯枝國王勒石紀事，頌揚該國由於接受中國教化，獲得五穀豐登和太平恩澤：

「何幸中國聖人之教，沾及於我。乃數歲以來，國內豐穰。居有室廬，食飽魚鱉，衣足布帛，老者慈幼，少者敬長，熙熙然而樂，凌厲爭鬥之習無有也。山無猛獸，溪無惡魚，海出奇珍，田產嘉禾，諸物繁盛，倍過尋常。暴風不興，疾雨不作，扎眵殄息，靡有害草。」

鄭和說：「這可是聖上最高興看到的事情了，這些年皇上力排眾議堅持出使西洋，就是想讓遠邦異域，各安天下。柯枝國王的這些話，說明聖上的一番苦心沒有白費，我們幾下西洋的勞苦也有了回報。」他讓隨從收藏好這篇碑文，要帶回南京讓聖上看了高興高興。

在鄭和率領船隊回南京的這段時間裡，蒲日和奉鄭和之命，去了溜山國和柯枝國，準備在那兩個地方設立新的貨棧，往後從滿剌加向西至木骨都束等國可以將溜山國的貨棧作基地；向西北至忽魯謨斯、阿丹等國可以將柯枝的貨棧作基地，避免上次橫渡印度洋時出現那樣的窘迫。

蒲日和興奮地說：「我還發現了一個絕大的秘密。」

鄭和忙問：「是個什麼秘密？」

蒲日和神秘地說：「我發現在那些國家直接收購當地的土產，比在滿剌加收購往來船舶的貨物又便宜不少。」

大家說：「這算什麼秘密，各個地方都歷來如此，不然那些往來的商船吃什麼。」

蒲日和急忙道：「我是說，如果把這些貨棧串起來，一直連到我們的廣州、泉州、寧波，把買進賣出都包下來，其中不是有大利可圖嗎？」

王景弘一聽這話高興得差點跳起來，稱讚蒲日和：「你這貨棧的生意越做越精，往後發了起來，下西洋的船隊就用不著從國庫支銀子了。」他管理船隊錢糧的開支，已經直接感受到了動用國庫銀兩的艱難，如今到國庫支銀子夏原吉手下那些人的臉色也越來越難看。

鄭和也是一臉興奮，他憧憬著貨棧的未來，說：「若眞能這樣，我看不只是養活一支船隊，還有可能大大充實國庫哩。」

蒲日和興猶未盡，稟報鄭和：「總兵元帥是否去瞧一瞧貨棧？」

鄭和說：「好吧，你這貨棧一定是更上一層樓了。」

蒲日和出身在福建泉州一個商人世家。那個地方「雲山百越路，市井十州人」，從唐宋以來不但番商來往不斷，泉州的商人也都遠赴海外經商。蒲日和的祖上曾經有人去到婆羅洲做生意，被當地的國王聘爲使臣，回過頭來跟中國的元朝政府打交道，當了使臣也沒有忘了做生意，官商、私商的經營之道都有一套，並且成了傳家的秘訣，形成了家學的淵源。在蒲日和發蒙讀書的時候，他祖父就著手向他傳授這套家學，照例是從春秋時候呂不韋的故事講起。

相傳，呂不韋曾經這樣問他的父親：「春種秋收能獲幾倍的利？」呂不韋的父親答：「大約十倍左右吧。」呂不韋又問：「販賣珍寶珠玉能獲多少倍的利？」呂不韋的父親答：「大約百倍。」呂不韋又問：「如果把一個國家的國王買過來呢？」呂不韋的父親聽了目瞪口呆，好半天才回答：「無以計算……」呂不韋聽了這話，特地到邯鄲找了一個非常俊俏的女子，納爲小妾，並且受到他的專寵，把自己渾身的氣力點點滴滴都使到她身上，終於讓這個女人懷上了他的孩子。然後，他將這個懷了自己孩子的女人送給在趙國當人質的秦國公子異人，異人後來回國當了秦王，呂不韋原來的愛妾當了王后，並生下了後來的秦始皇嬴政，呂不韋因此富可敵國。可以說，這個呂不韋是古今中外空前絕後最富深謀遠慮的商人。

蒲日和聽罷呂不韋的故事，曾經請問他的祖父：「我們向呂不韋學習什麼呢？」祖父教育他：「呂不韋不可不學，不可全學，更不可照搬照抄，要學他做生意能從大處著筆，小處著手。」蒲日和對家庭的這些教誨默記在心裡，大明船隊下西洋給他提供了好的機遇，滿刺加貨棧成了展示他經營之道的好所在。蒲日和一邊領著大夥參觀貨棧，一邊講述兒時所聽的這個故事。大家聽罷連說：「有意思，有意思！」

鄭和一行人在貨棧裡轉了一大圈，但見大柵欄之外青山依舊蒼翠，綠水仍在奔流，別的變化倒沒覺出來，唯一的感覺就是人比過去多了不少。那些最早派駐守衛貨棧的士兵，都已經解甲歸商，他們娶的滿剌加女人養出了一大堆孩子。兩種血液的混合，還給這些孩子注入了無窮的活力，一個個長得快。新一撥解甲歸商的士兵又在開始步其後塵，也同一些滿剌加姑娘好上了，又在開始孕育一代新的海外華人。這是擋不住的潮流，沒辦法的事。

鄭和不解的是，蒲日和還從遠近國家招募了不少番人和在那些地方落地生根的華人，使得貨棧有些人滿爲患了。

他問蒲日和：「你弄這麼些人幹什麼？」

蒲日和說：「呂不韋用上了一個最要緊的人，便富可敵國，我們沒他那本事，也不屑他之所爲，可也得在人上做文章啊。」

鄭和想了想，可不是，所有要建的貨棧的確都離不開熟悉當地生意買賣的人。這位總兵元帥也不由佩服起蒲日和來，對王景弘說：「還是你有眼力，當年將他推薦來船隊，眞是派上大用場了。」

這天拜里迷蘇拉也特來貨棧拜見鄭和。他上次爲爭舊港同爪哇發生衝突，鄭和當機立斷，逼著他從舊港退出來。他當時覺得威風掃地，很沒面子，心裡老大不舒服，只因胳膊擰不過大腿，也無話可說。蒲日和有意拉著他把心思用在做生意上。先是滿剌加自己的出產，花錫、烏木、黃速香、打麻兒香、鱷魚皮革，遠銷東、西兩洋好多國家，所獲甚豐。後來利用滿剌加港口的便利，吸引東洋和西洋的往來商船，坐徵關稅所得也不少。原來那座風雨橋的集市，買賣也更加興隆。

鄭和問他：「貨棧在此，有無妨礙滿剌加的地方？」

他笑著說：「別的都好，就是滿剌加的姑娘從此都喜歡上了中國人，我們自己的男人都被冷落了。」

王景弘說：「那還是你們揀了便宜，得了這麼多天朝的上門女婿，替你們添了這麼多人口。」

拜里迷蘇拉說：「滿剌加人能與天朝攀上親戚，對我們來說，是一件求之不得的事。沒有貨棧的人親自傳授，我們恐怕至今還是一無所能。」大家一起說笑，氣氛非常融洽。

鄭和的船隊從滿剌加到達蘇門答剌。那位新國王將國家治理得也不錯，這裡又是東洋、西洋水路的總路頭，來往船舶很多，商賈在此逗留的不少，財源也很茂盛。只有那位王后憂鬱而死，鄭和想起這與自己當年干涉了這個國家爭奪王位的紛爭有那麼一點關係，還是深感內疚。其實當時那場內亂究竟誰是誰非，他此刻也覺得很難說清楚，只能是一筆糊塗賬。事實告訴人們，強國不要欺負弱國，強國也不要任意去干涉別國內部的事情，即使是好心也不一定會有好的結果。好在可以驅除瘴氣的榴蓮果在這裡眞的發展起來了，蘇門答剌的老百姓受益不淺，算是給了他一些安慰。

鄭和正計議率領船隊起航前行，不期朝廷派人奉聖旨追了過來，宣鄭和速速返國，去北京參加遷都的盛典。鄭和心存猶豫，他正要前往柯枝、溜山國等地方，實施發展貨棧的設想，同時也捨不得離開船隊這些患難與共的弟兄。大家都說，「這是好事，說明聖上心裡始終惦著這支船隊，眞是皇恩浩蕩」，贊成他立即返航。好在這次跟隨鄭和、王景弘出來的人不少，除先期出來的洪保外，內官還有孔兒卜花、唐觀保、楊慶、李興、周滿、楊敏、李愷等。這些人也都成長起來，對外交往，誰都能獨當一面。他當即決定由王景弘率領大隊人馬繼續前行，同時繼續派出一些小型船隊，分別由那些內官帶領去一些國家進行訪問。朱眞撥出一些人馬，由周聞率領護送鄭和回國。

蘇門答剌海邊桅林高聳，帆影重重，碧波翻騰著湧向浩淼的天際。鄭和要在這裡跟自己的船隊分手，各奔東西，心裡有千言萬語往上湧，卻什麼也說不出來。他屈指一算，前後十六年了，六次下西洋，經歷了幾多風浪，幾多艱危，幾多苦悶，幾多歡愉，士兵和水手換了好幾批，眼前這些得力的骨幹卻一直伴隨著他，無怨無悔。波濤洶湧的海洋將他與這些弟兄連成了一體，與船隊連成了一體。他們持手相對淚眼，好久好久都捨不得分開。

蘇門答剌、滿剌加等沿途一些國家，聽到大明王朝要舉行遷都慶典的消息，都派出使臣帶了賀禮，隨鄭和前往北京朝賀。鄭和率領的這支小小船隊，向著太陽升起的方向前行，與朝著日落方向前進的船隊距離越來越遠。只有無法分割的海水，還將他們緊緊聯繫在一起。

二、雷火重創紫禁城

早在永樂十四年（西元一四一六年）十一月，朱棣就與朝臣反覆議論遷都北京的事。應當說，這是永樂皇帝又一富有遠見卓識的舉動。南京雖是幾個朝代的故都，但是定都在這裡的王朝都沒有什麼大的作爲，而且經歷的時間也都不長，他想這其中必定是有原因的。從他當時所處的情勢來看，遷都北京最直接的好處，就是有利於加強對北方的防務，解除來自北方邊境的威脅，同時也有利於推動西北多民族地區政治、經濟、文化的發展。他的決心一下，群臣無不贊成擁護，營建北京新皇宮的事，從那個時候就興師動衆忙開了。

大約經歷了三年半的時間，北京皇城的宏偉建設大功告成，朱棣就此頒發了遷都的詔書：

「開基創業，興王之本為先；繼體守成，經國之宜尤重。昔朕皇考太祖高皇帝，受天明命，君主華夷，建都江左，以肇邦基。朕纘成大統，恢弘鴻業，惟懷永圖。眷茲北京，實為都會，惟天意之所屬，實卜筮之攸同。乃仿古制，詢輿情，立兩京，置郊社、宗廟，創建宮室，上以紹皇考太祖高皇帝之先志，下以貽子孫萬世之弘規。爰自營建以來，景貺駢臻，今已告成。選永樂十九年正月朔旦，御奉天殿，朝百官，誕新治理，用致雍熙。於戲，天地清甯，衍宗社萬年之福；華夷綏靖，隆古今全盛之基。故茲昭示咸使聞知。」

北京宮殿的規模基本上是按照南京皇宮的規制來建的，因爲那是先帝朱元璋定下來的，朱棣處處留心不能越制。實際上，也是「不宣而行」，北京的新皇宮要比南京的皇宮壯麗多了。紫禁城有高大的城牆，城牆四周有護城河環繞。越過城牆可以看到閃閃發光的金色琉璃瓦屋頂，重重相因，無比巍峨。紫禁城的正南門是氣勢雄偉的午門，午門上面是雙層屋檐的長型閣樓，雕樑畫棟，是皇帝頒佈詔書和接受獻俘的地方，威嚴有餘。走進午門，迎面是紫禁城內最高大的奉天門，乃皇帝「御門聽政」的所在。奉天門後面乃奉天殿，也就是老百姓所說的金鑾殿，是整個皇宮建築的核心。這後面還有後殿、涼殿、暖殿，與之相連接的是仁壽、景福、仁和、萬春、永春、長春等後宮，總共有一千六百三十多間房屋。紫禁城後牆外面有一座人工堆砌的山，名曰煤山，登上這座山，整個紫禁城盡收眼底，讓人歎爲觀止。

鄭和下西洋對北京紫禁城作出的貢獻，是有目共睹的。從西洋來的大量寶物充實了宮廷，自不待言。朱棣最喜歡的一種名叫「甜白」的乳白色瓷器，在原有青花瓷器豐富的色彩上，添加了鄭和從波斯帶回來的一種珍貴的鈷礦——蘇剌麻青，使得原有的釉彩冒出許多微小氣泡，發出迷人的光亮，潔素瑩然，讓人賞心悅目，爲宮廷瓷器增加了新的光彩。鄭和在航海中所見的各種魚類，傳說中的海怪，番國的景致，都變成了裝飾宮廷的圖案。據說新皇城裡有座飛虹橋，也是用鄭和從西洋帶回的白石雕琢成的。整個石雕的創意，也來自鄭和的西洋之行。還有大量番國使臣前來朝賀，全盛時期多達千餘人，牽著他們帶來的麒麟和各種異獸在奉天門前的廣場上遊行，呈現出萬邦賓服的承平景象。北京人同南京人一樣，也都扶老攜幼，爭著看稀奇。

不過，北京紫禁城的落成，對朱棣本人來說，似乎流年不順，不斷遇到一些倒楣的事兒。先是他的寵妃王貴妃去世。徐皇后死後，朱棣同這個王貴妃最爲親密，後宮的事也都倚重她。王貴妃生性溫柔善良，遇到朱棣脾氣暴戾，每每都是由她來化解，很多內臣與外臣都得到了她的庇護。王貴妃經常在枕頭邊勸解道：「君要臣死，不得不死，他們誰也不敢抗命；可是濫殺無辜，讓當臣子的人人自危，誰還會有心思幫皇上好好治理國家呢？」王貴妃一死，別的嬪妃想要得到一次寵幸獲取皇恩很不容易，誰還敢在受寵的時候去說這種掃興的話，那不是自找倒楣嗎？從此，朱棣的暴戾轉化成了殘酷，把他自己的痛苦都轉化成別人難以承受的災難。

接著是他騎了蒙古人送的一匹汗血寶馬，到北京郊外的草原上打獵，不小心從馬背上顚下來，摔傷了胳膊。他當時大發雷霆，嚷著要殺貢馬的使臣。連兩國交兵都不斷來使，何況人家是路遠迢迢跑來貢馬表示友好呢。有大臣斗膽啓奏：「怒殺貢使，只會給皇上帶來不好的名聲，卻絲毫無助於聖上龍體的康復。」還有一個大臣啓奏：「聽說此馬是韃靼王鐵木爾的坐騎，聖上能把老對手的坐騎變成自己的坐騎，這本身就是一種很美好的象徵啊。」這樣的話，朱棣最愛聽，因而轉憂爲喜，免了那個貢使的死罪，還重重賞賜了他。

就在這年的四月，北京來了一場春雨。春雨乃是喜雨，大家都認爲這是老天爺在爲大明王朝遷都洗塵接風，群臣都來朝賀，朱棣也高興地擺了宴席，與臣下同樂。豈料就在大家酒酣耳熱的時候，霹靂一聲春雷，一道電閃劃破漆黑的天空，忽地滾出一團火球直奔奉天殿而來。喝酒的朝臣們還沒有從炸雷的怒吼中醒悟過來，那團火球便點燃了奉天殿的房樑，從各地運來的那些上等木材頃刻也都燃著了，剎時烈焰騰空。只見火舌亂飛，隨即波及華蓋殿、謹身殿，三大殿很快都陷入大火的包圍中，整個皇宮頓時成了一片火海。

「快救火呀，快搶救火中的寶物呀。」皇宮裡的內臣、外臣亂作一團，都在驚慌失措地叫喊不停。

朱棣面對大火一時也不知所措，仰望蒼天拱著手說：「是上天對朕發怒了，要用焚燒宮殿來懲罰寡人嗎？朕沒有作什麼惡事啊，沒有做不孝敬父母的事，也沒有做過傷害黎民百姓的事啊！」

宮廷的侍衛，內宮的宦官，還有一些朝廷的官員，都投入到救火的行動中。然而，火勢實在太猛烈了，當時的救火設備又太落後，儲存在太平缸裡的水根本不夠用。宮廷裡的盆盆罐罐都被拿出來，到護城河裡舀水，也只是杯水車薪，無濟於事。火勢接著蔓延到後宮的住宅，存放珍寶的寶庫，整整燒了一個夜晚。那些嬪妃、宮女平時不出深宮，何曾見過這樣的場面，一些人腿肚子發軟根本邁不動步子往外逃避，一些人嚇昏了頭往著火的地方鑽，可憐這些深宮怨婦又都做了火宮殿中的怨鬼。

那天晚上參加宮中宴飲的還有番國的使臣，一位波斯貢使回到波斯，向他的國王描述這場大火時，還餘悸未消。他形容當時的火勢說：「看起來，就像剎那間點燃了十萬支火把，有兩百五十多間房屋和很多的女人成了這把大火的燃料。」

然而，這場大火所燒掉的，似乎遠遠不只是這些有形的東西，不只是在北京新落成的宮殿，也不只是燒掉了宮中那些珍奇寶玩。大明王朝和大明皇帝本人從這場大火的煉獄中走出來，不知不覺都發生了很多的變化。火勢剛被遏制，餘煙尚未散盡，北京城裡立即謠言蜂起，有的說是宮裡的太監偷走了大批下西洋的寶物，怕罪行暴露，故意縱火，想用大火毀滅他們的罪證。這些人說得有鼻子有眼，從火中搶救出來的寶物也的確少而又少，用放火來掩蓋偷盜行爲，是古來不少人用過的辦法。也有的說是這些年勞民傷財的事太多了，人怨變成了天怒，這才有了這把天火。還有人說是因爲現在做的很多事情都在違背祖制，惹得先帝在地下不高興，用這把火來警醒自己的兒孫，別以爲他死了說話就不管用了，其實他天天都在南京的明孝陵裡盯著哩，誰破壞祖制就讓誰倒楣。還有人說北京皇宮的這把火是建文皇帝遣來的天火，對佔據他皇位的這位叔父進行報復。當年永樂帝在奪取皇位時，南京皇宮那一把大火燒了幾天幾夜，這回是「以其人之道還治其人之身」。據說有個在宮裡管更漏的人，早就算定了這場大火的發生，這場火災的日子和時辰算得那麼精確，連他自己都大吃一驚，在火災出現的那一剎那以頭懸樑，連死的姿勢都很怪，一副飄飄歸天的樣子……

朱棣看到新皇宮滿目的斷壁頹垣，到處是燒焦的磚瓦和樑柱，想打起精神處理朝政，卻懶心無腸，進入不了狀態。他身邊的一個小宦官見他沒有心緒批閱奏摺，湊上前來說：

「聖上，宮中的這把大火，外邊有很多說法哩。」

朱棣瞅他一眼，放下手中的御筆，鼓勵道：「說來聽聽吧。」

他平時就喜歡聽身邊的小宦官說些外邊的傳聞，允許童言無忌，不樂意聽的只是不吭聲，能博得一笑的還有獎勵。那個小宦官便將外邊議論紛紜的謠言，一一學說給他聽。朱棣聽到有人把北京宮殿的這把火同南京宮殿那把火扯在一起，忍無可忍，怒喝一聲：「妖言惑衆，罪該萬死。」他剛一腳將那個小宦官踹出老遠，立刻又有些後悔，讓人將那個小宦官扶起來，見小傢伙嚇得不省人事，連忙給了不少的撫慰。

這天夜裡，他讓從朝鮮進貢來的金妃陪宿。這個朝鮮女人豐滿的乳房和臀部，潔白如雪的肌膚，善解聖意的機敏，對已經年老力衰的朱棣還具有一定的吸引力。他早就升她爲妃子，王貴人去世以後，能替他解悶給他一些歡娛的，也就是這個金妃了。金妃侍候皇帝躺下，自己也將雪白的身子貼了過去。朱棣卻問她：「妳在後宮聽到什麼傳言沒有？」金妃是個乖巧的人，生怕破壞皇帝此時的情緒，只揀不鹹不淡的說了幾句，就過來摟住他，準備承受浩蕩皇恩。朱棣卻一把將她那身雪白的肉推開，歎了一口氣說：「連妳也不對朕說實話。」在牆根外邊等著記他們倆交合時刻的太監，握著筆等了一夜，也沒有聽到值得一記的動靜。

這場大火對朱棣的打擊委實太大了。他本來是個性格剛強、意志堅定的人，作爲君臨天下的天子，什麼都可以無所畏懼，卻不能不畏懼上蒼，畏懼鬼神，畏懼先帝的祖制。他認定這場大火是一次「天譴」，下了一道罪己詔，對自己的所作所爲，進行了一番深刻的反省，並要求群臣直言其過，以挽回天心：

「朕心惶懼，莫知所措，意者於敬天事神之禮，有所殆歟？或法祖有戾，而政務有乖歟？或小人在位，賢人隱遁，而善惡不分歟？或刑獄冤，濫及無辜，而曲直不辨歟？或讒慝交作，諂諛並進，而忠言不入歟？或橫征暴斂，剝削掊克，而殃及田里歟？或賞罰不當，蠹財妄費，而國用無度歟？或租稅太重，徭役不均，而民生不遂歟？或軍旅未息，徵調無方，而饋餉空乏歟？或工作過度，徵需繁數，而民力凋敝歟？或奸人附勢，群吏弄法，抑有司蹋茸、罷軟、貪殘、恣縱，而致是歟？下厲於民，上違於天，朕之冥昧未究所由，爾文武群臣受朕委任，休戚是同，朕所行果有不當，宜條陳無隱，庶圖悛改，以回天意。」

上天若是眞的有情，讀了朱棣這份罪己詔和求直言詔，也會被感動的。他能這樣深刻反省自己，眞不愧是一代英主。大家一定看得出來，他是眞心想把這個國家治理好，也提出了一些切中時弊的問題，倘能從此切實興利除弊，明王朝也許會變成另一個樣子，繼續走在世界的前面。只可惜世事往往不由人，有時也由不得當事者自己。這場大火似乎使朱棣失去了自我，他還在拚命找回自我。然而，歲數不饒人，明成祖已經進入老境，這一年他滿六十四歲了。

三、下西洋大論戰

鄭和帶著滿身的海腥味兒，在揚州換了河船，晝夜兼程趕往北京。在路上，他就聽到船夫議論北京皇宮發生的大火，那些人還把這件事與山東唐賽兒的事件牽扯在一起。唐賽兒是山東益都（今青州）一個普通農民的妻子，因爲這些年朝廷接連不斷大興土木和征討漠北，加給老百姓的徭役和兵役太重，朝廷一些內臣、外臣和地方官員又趁機貪贓枉法，使老百姓雪上又添霜。在永樂十八年（西元一四二〇年），唐賽兒領著益都的老百姓起來反抗官府，聲勢相當浩大。雖然這次起義很快被鎮壓下去了，有關唐賽兒的謠言還是風聞不斷，很多人說唐賽兒已經削髮爲尼，或裝扮成了女道士，朝廷聽了這些傳聞，捉來數萬尼姑和道姑關了起來，採取了寧可錯抓數萬不肯放走一人的政策。

一個船夫神秘地說：「唐賽兒其實還在與朝廷作對，北京宮廷三大殿的那把大火，就是她偷偷溜進宮裡放的。」

有人抬槓：「北京的宮殿房頂子那麼高，她一個女人怎麼能爬上去，肯定是胡言亂語。」

有人立刻反駁：「你忘了她是白蓮教的佛母，剪了紙人紙馬，吹口氣，就成了她手下的兵馬，燒掉個把皇宮還不是易於反掌。」

鄭和當時的名望度已經很高，這些船夫也都知道他的身分，卻敢當著他的面議論這些事，連鄭和都覺得奇怪，他們怎麼會有這麼大的膽子呢？他此刻還不知道聖上已經有了一道「罪己詔」，在向天下求直言，以匡正時弊，挽回天意。

民情也是一汪水，朝廷颳什麼風，這汪水裡就會有什麼浪。鄭和來到北京，趕上的並不是遷都的盛典，而是皇帝爲求直言專門舉行的一次朝會。鄭和明顯感到，在海外的這幾個月，朝廷的氣候變化實在太大了。不要說別的，就是朝會上那種從未有過的氣氛，都讓他驚奇不已。這是一次空前活躍的朝會，不要說那些以往敢於冒死直諫的大臣，就是平時在皇帝面前口將言而囁嚅的人，或者是只會說奉承話的人，彷彿都吃了豹子膽，歷年存在心裡的話，什麼都敢往外說。皇上也一改往日的脾氣，所有平時認爲犯上的話，他都硬著頭皮聽。

蹇義是位老臣，鬍鬚都白了。在北京皇宮三殿發生大火以後，他被派往外地安撫軍民，便從親眼看到的一些實際情況切入，十分憂傷地說：「眼下山東、湖廣饑荒嚴重，數以十萬計的人死於饑饉，很多活著的人也在被迫吃野菜苟活。還有福建瘟疫流行，因爲無藥可醫而死去者也不在少數。現在國庫已經空虛，人民已經不堪重負，勞民傷財的事，不能再做，也無力在做了。」

朱棣有些奇怪，在他心目中還很殷實的天下，即使某些地方出現一點災荒，也不應當弄成這個樣子啊。他著急地說：「地方官府都幹什麼去了，爲何不趕緊進行賑濟？食君之祿，不能爲君分憂，還要他們幹什麼？」

戶部尚書夏原吉立刻掏出他隨身攜帶的各地戶口、田畝和錢糧盈縮增虧變化的賬目，一一向坐在龍椅上的皇上報告，非常懇切地說：「實乃朝廷連年徵調頻繁，地方府庫也日見空虛，入不敷出了。」

朱棣對夏原吉隨時都能回答各地財政情況歷來很賞識，也很相信他說的話，當即表態：「立刻擬旨豁免昔年被災地區的一應糧稅，令其休養生息，儘快恢復元氣。」

鄭和聽了這些也很吃驚，聯想到在運河航行聽船夫說的那些話，他感覺到自己長年在海外奔波，對國內發生的事情瞭解的實在太少了。

禮部尚書呂震本來是個時刻都想討皇帝歡心的人，皇帝不高興聽的話從來一句都不肯說，皇帝喜歡聽的話事無巨細都想往外掏，連發現山東野蠶成繭，他都曾經上表請賀。這天卻一反常態，斗膽說道：「臣以爲這些年大量派人採辦生銅、生絲，還有連年派人到漠北選購馬匹，達到了毫無節制的程度，浪費苦多，勞民傷財。」

朝臣過去都把呂震列爲佞諛之輩，很多人見他都敢站出來說話，也立刻附和：「其中苟且之事甚多，趁機肥私者不少，實在弊政之列。」

朱棣略微沉默了一會，也從善如流：「官府一切非急用之物，都暫行停止。剛才呂愛卿所陳買辦生銅、生絲、馬匹，還有鑄造銅錢等，都包括在內，以蘇民困。」

朱棣這次下詔求直言，態度的確非常誠懇。他進而誘導說：「朕常說直言比直行更可貴，直行只不過是做別人不敢做的事，面對的只是自己而已；直言則要面對比自己地位高權勢大的人，去糾正他們做錯了的事，沒有超人膽識者不敢直言，也不能直言。」

朱棣的話音剛落，袁忠徹就站出來說：「要說弊政，要說勞民傷財，都莫過於幾次西洋取寶之行了。耗費許多有用之財，取回一些無用之物，實屬奢華糜費，暴殄天物，以至天怒人怨。」袁忠徹看了一眼坐在龍椅上的皇帝，聽到「天怒人怨」四個字，神情爲之一愣，他不以爲意，繼續發揮道：「其實，上蒼對此已經屢有警戒。去年新皇宮建成之後，將存放南京的西洋寶物剛運送北京不久，北京在六月發生地震，在七月出現日蝕，上蒼接連顯示這些不祥之兆，很明顯都是衝著這些西洋寶物來的。今年遷都後，諸多西洋番國又來進寶朝賀，花裡胡哨，華而不實，老天爺一怒之下，將其全部化爲灰燼，連帶三大宮殿也被付之一炬，實在可歎啊。」

袁忠徹本來就是預測人間禍福的方士，姚廣孝去世以後，他更成了這方面的權威，皇帝聽得一臉惶然。

呂震立刻附和：「西洋寶玩的到來，果然是玩物喪志之人倍增，奢華糜費之風大長，動搖先帝崇尚勤儉樸實的立國之本，遭受天譴，實非偶然。」他說罷，還有意無意地瞪了鄭和一眼。

鄭和聽了這些話很不是滋味，他覺得這些話有意歪曲了聖上倡導下西洋的旨意，也歪曲了大明船隊西洋之行所取得的實際成果，便挺身而出進行反駁：「自永樂三年聖上首倡西洋之行，一再明示溝通四海，賓服萬邦的主旨，這些年大明船隊出使西洋，遠及忽魯謨斯、木骨都束等地，與近四十個國家進行溝通，他們對天朝上國眞心賓服，前來中國朝貢覲見大明天子的絡繹不絕。這些都是有目共睹的事實，怎能以取寶概而言之呢？何況彼此溝通有無，也並非應當遭受天譴的事啊。」

鄭和這時出面爲下西洋辯護，無異火上澆油。很多朝臣見了鄭和，立刻就想起了以西洋貢物抵俸祿的事，尤其是那些因爲囤積番香、番藥折了血本的人，聽了鄭和這番話更加激起了他們對下西洋的憤恨。大家不約而同，從四面八方圍攻下西洋。當然，囤積番國寶物虧了本的話是無法在大庭廣衆中說的，說出的都是冠冕堂皇的道理。

鄭和的話一落音，呂震馬上又站出來，而且一反常態：「番邦乃蠻夷之人，不通教化，常常出爾反爾，有必要耗費那衆多的錢財，去獲得他們一時的賓服嗎？」

刑部主事李時勉也乘機進言，話也說得很不客氣：「陛下在京師乘輦出行，前後左右都圍著一幫番國使臣，有失中華上邦的體統，不明底細的還以爲大明皇帝成了番國之王哩。」

這些話都夠尖酸刻薄的，且矛頭已經不是對準鄭和，而是直指皇上了，可謂膽大包天。鄭和看了皇上一眼，朱棣還是一臉隨和，並沒有動怒。

緊接著站出來說話的是楊士奇，他痛心疾首所陳述的，還是原來那些話：「屢下西洋致使番風日盛，亂我中華詩禮傳家、耕讀爲尊的國本，而今士已不士，農亦不農，長此以往，國運堪憂，懇請聖上即罷西洋之行，盡復士農工商原有之大序。」

今天附和他這些話的人，明顯比以往增多。楊榮隨著也從這個角度提出問題：「臣以爲炎黃華夏素來注重男耕女織，農桑爲本，怡然自樂，所謂安居樂業、安富尊榮、安貧樂道，都落腳在一個『安』字。而今西洋之行，將番國捨本逐末的風氣帶來，攪擾得大家寢不安席，食不甘味，朝野上下都受其困擾。臣恐長此下去，會動搖立國之根基，貽害無窮。」

李時勉進而補充：「大明開國以來，天下承平日久，老百姓過慣了相安無事的日子。自下西洋以來，民間秩序被無端攪亂，人心也變得放肆起來，而今人都說『何以解憂，唯有孔方』，人都鑽進了錢眼兒裡，長此下去如何是好！」

已經當上東廠頭子的王虎，以往在採辦下西洋的物資中佔了不少便宜，這次派東廠的人跟隨下西洋，他又琢磨出了新的發財門道，很擔心這些朝臣七嘴八舌把下西洋這件事鬧僵了，便以東廠頭子的口吻站出來說話：「你們別忘了下西洋是聖上的旨意，別盡說些忤旨的話。」

他這話無異惹火燒身，也給呂震找到了發泄心中火氣的由頭，立刻出班奏道：「聖上用下西洋所得之貢物折抵朝臣俸祿，原本是一番體惜群臣的美意。然而此舉已經成為內臣營私舞弊的法門，一些人在往來貿易和貨物採辦中損朝廷肥自己，中飽私囊，請聖上明察。」

他這話一挑明，朝堂之上立刻像馬蜂炸了窩一樣，連說話都失了次序。有人對內臣壟斷對外交往和貿易表示不滿，有人對以西洋貢物高價折抵俸祿喊冤叫屈。

朱棣看到朝堂上引發的紛亂終於有點不耐煩了，打斷大家的話說：「朕對寶船隊往來西洋銀物的交接盤點歷來都有規定，從未發現鄭和等人有苟且的行爲。」也不知朱棣是有意還是無意，他還是用鄭和的光明磊落，掩蓋了宮廷內臣中一些人的貪贓行爲。

夏原吉卻乘機說道：「朝臣對以西洋貢物充抵俸銀議論頗多，還是就此革除爲好。」

兵部尚書方賓又把話題引回到下西洋這件事的本身來，他奏道：「自下西洋以來，沿海往來番人日益頻繁，使得海盜魚目混珠、有機可乘，目前東南沿海倭寇又呈猖獗之勢。」

鄭和很不理解爲何這些朝臣總想把什麼問題都推給下西洋，忍不住又開口說話：「下西洋的貿易往來主要是在朝廷與番國之間進行，船隊所有搭載貨物者也都照章納稅，這與倭寇犯邊有何關係？」

方賓立即辯駁道：「衆多番國使臣長期滯留中國做生意者，還有冒充番國使臣前來中國做生意者，這些年都有增無減，給防倭抗倭帶來了難處，這也是不爭的事實。」

鄭和趁此機會向聖上也向朝臣談了在番國多建貨棧發展朝廷貿易的設想，他說：「如此一來，朝廷在與番國貿易中的利益可以大幅增加，走私行爲也可以得到遏制，豈不兩全其美。」

袁忠徹一聽鄭和還想把下西洋的事做大，馬上站出來反對：「此類奢侈物的貿易，於國於民有害無益，應當立即罷黜，豈能繼續擴充？」

鄭和據理爭辯：「與番國的貿易並不只是珍奇寶玩，還有大量中國所無的實用產品，這些年引進了大量的藥物、樹脂、胡椒、蔬菜、果木，還有製造玻璃，改進瓷器和造紙的技術等等，這些能說是奢華糜費嗎？」

兩個昔日的相知，終於在朝堂上公開頂撞起來。

夏原吉出來打圓場，說的卻是寶船隊非罷不可的一番道理。他說：「聖上英明，力主西洋之行，和順了與西洋番國的關係，敦睦了邦交，西洋物產也豐富了中華物產，所得著實不少。」他接著掏出賬本說：「十多年來，臣爲支應六下西洋尋求財源奔走呼號，十三省錢糧專用於下西洋的陳議，早已成爲一紙空文，國庫也日見空虛，很多事都是寅支卯糧，入不敷出。多建貨棧、統籌經營之說雖然不錯，但這些並非當務之急，再說那遠水也解不得近渴，現在想再支出大筆錢糧作下西洋之舉，已是不可能了。」

朱棣聽了夏原吉這番話，講得很周全，也很實在，著實打動了他。當即表態：「夏愛卿所言極是，朕決定暫停下西洋之事，寶船的修理建造也暫時停止。」

鄭和聽了這個宣判，頭腦裡轟然一聲，頓時變成了一片空白。

朱棣的讓步給了朝臣莫大的鼓舞，兵部尚書方賓立刻站出來批評聖上的二征安南：「開支浩繁，給朝廷財政雪上加霜。」

一些朝臣又由征安南扯到北京建皇宮，群起而攻遷都北京的事，一齊說：「遷都毫無必要，徒然勞民傷財。」

朱棣再也無法忍受這些毫無顧忌的攻擊，怒吼一聲：「訕謗之徒！」朝堂頓時啞然。

北京已經是秋末冬初的天氣，颼颼的冷風，容易讓人變得清醒。

四、朱棣駕崩榆木川

這是一個薄霧朦朧的早晨。鄭和不顧旅途勞頓，起了個絕早，他要趕在早朝之前，面見皇上。

鄭和不甘心方興未艾的下西洋就此作罷，他還有重要的發展計劃正在實施中，不能就這麼說停就停了。鄭和見到聖上，據理力爭，並且將柯枝國王刻寫的碑文呈了上去。本來神情有些委頓的朱棣，看了柯枝國碑文的內容一臉欣然。他對鄭和說：

「朕不是講暫停嗎，並沒有說取消下西洋啊，眼下就有一件重要的事情，需要你趕緊奔赴西洋去處理。」

鄭和忙問：「大明船隊還在海外，不知是什麼事情，需要再去西洋？」

朱棣遞過一份來自舊港的密摺，原來舊港的施進卿已經去世，宣慰使的位子空缺出來，施進卿的兒子和施進卿的女兒施二姐都在爭這個職位，朱棣讓他從速去舊港處理。

鄭和請示：「聖上的意思，誰當宣慰使合適？」

朱棣想了想：「還是相機行事吧。」

鄭和急速回到南京，經過一些時候的準備，又奔波在風起浪湧的海洋中。

朱棣終究是個不甘寂寞的人。經過那場朝堂大辯論，好不容易平息了一些日子，受災地區的困境也得到了一些舒緩，他又惦著親征漠北了。這也難怪，蒙元殘餘勢力一直為患邊塞，漠北不寧，聖心難安。永樂二十年（西元一四二二年），他聽韃靼部落歸附的人說，韃靼首領阿魯台又要舉兵犯邊，立刻就嚷著作御駕親征的準備。

兵部尚書方賓啓奏道：「今糧儲不足，未可興師。」

戶部尚書夏原吉也來勸阻：「這些年累次大舉出征，兵器、馬匹、物資的儲備，十喪八九，老百姓的疲憊也還沒有恢復過來，況且聖上龍體違和，需要調護，還是不要勞師遠征為好。」

接著工部尚書吳忠，也來擋駕，說的也是這些話。

朱棣不等他說完話，立刻暴怒起來，大罵他們：「侮慢君王，罪在不赦。」結果，夏原吉和吳忠都下了大獄，方賓嚇得自殺身亡，朝中無人再敢說個「不」字。

朱棣看到出征大漠糧草不足，立刻下旨從南方調集大量糧草，往北方邊境的宣府運送。各地官員誰敢怠慢，為運送那些從南方徵集到手的糧草，徵調的民夫達二十三萬五千人，驢馬三十四萬匹，挽車十七萬多輛，運糧三十七萬擔。那些日子，在從南到北的驛道上，運送軍需糧草的隊伍，前不見頭，後不見尾，又是規模空前。

然而，明成祖畢竟已經進入垂暮之年。雖然昔日的雄心猶在，運籌決斷卻大不於前了。可悲的是，一國之君晚年的不幸，常常會變成整個國家的不幸。

朱棣從靖難以來，屢經出生入死的征伐，又在不斷辦著超越漢唐時代的大事，且事必躬親，從來就沒有停過。這些都是勞神費心的事，他的精力越來越不濟，產生了心有餘力不足的悲哀。也不知是哪個道士向他吹噓呂洞賓採陰補陽之法，慫恿他多找少年處女，從她們身上重新獲取旺盛的青春活力。在道家中，呂洞賓這一路神仙，視男女交歡為一場獲取生命力的戰鬥。他們認為在男女交合的過程中，倘若男人能夠設法汲取女人的陰精，這個男人實際就是汲取了這個女人的生命力；如果情況相反，在男女交合過程中，女人設法採到了男人的陽精，她也就從男人身上得到了生命力的補充。明朝時候還到處傳說，公狐狸和母狐狸只要分別從女人或男人身上採到陰精或陽精，都可以脫離獸界，轉化為漂亮的男人或女人，可見陰精和陽精都是無價之寶。朱棣那時大概也沒有其他強身健體的辦法，或者不屑於採用別的辦法，就認準了這一條。每年都要從各地徵召數百名豆蔻年華的處女，供他「採陰補陽」。

這樣做的結果，只是製造了大量難得一近龍體的怨女，他自己也因為窮於應付，精力根本無法旺盛起來，反倒每下愈況。後宮還常常生發出一些事來，使他尷尬不已，也悲傷不已，在精神上給了他毀滅性的打擊。最突出的一件事，後宮中有兩個生得很漂亮而又不甘寂寞的宮人，從朱棣那裡得不到性生活的滿足，迫於無奈，只好與宦官私通。其實她們與宦官私通又能怎樣，想越軌都越不到哪裡去。然而，朱棣可以允許一般宮女與宦官結成「菜戶」，做名義上的夫妻，屬於他名下的女人卻絕對不允許他人染指，就是失去性能力的宦官也不行。這兩個宮人的隱情被揭露以後，他立即下旨殺掉這兩個對他不忠的女人。那兩個女人臨刑前痛罵皇帝：「你自己陽衰，我們同年少宦官相好，何罪之有？」這話揭了他的隱私，戳了他的痛處，從此他的心緒糟糕透了，性格也更加乖張暴戾，朝堂和後宮經常噤若寒蟬。

狗兒這些年一直跟著皇上出征，每次都緊隨左右，已經成為朱棣手下非常得力的戰將。他明顯感覺出來，聖上已經是個精力衰竭的老人，決定事情變得非常武斷，而且判斷失誤的情況也越來越多，此次出征漠北就帶有很大的盲目性。他們從北京出發，帶著輜重緩緩前行，在漠北荒原卻連敵人的影子都沒有捕捉到，數十萬大軍在戈壁灘上轉悠了幾個月，一直無仗可打。那裡除了滿眼的砂石，零星的草木，別的什麼都沒有。偶爾能碰上幾群黃羊，朱棣便領著部隊進行圍獵，以至好多人都弄迷糊了，鬧不清這次勞師遠征是打獵還是打仗。

時間大約到了十月，漠北的天氣有了很深的涼意，長空傳來大雁的鳴聲，牠們在呼喚同伴一齊飛往溫暖的南方。明軍將士被長空雁鳴攪得心緒不寧，他們也人心思歸了。這一天，突然發現一群韃靼人遠遠走過來，激起了大家的興奮，都以爲有仗可打了。走攏一看，原來是韃靼王子也先土干率領妻子和部屬前來歸順。

韃靼王子趨上前來，倒身下拜，對朱棣說：「今四海萬邦皆蒙覆載生育之恩，豈獨微臣不沾洪化。謹率妻子部屬來歸，譬諸草木之微，得依日月之下，沾被光華，死且無憾。」

朱棣問及阿魯台的去向，也先土干說：「他聞天兵復出，晝夜不停地遠逃，都唯恐碰到聖上的軍隊，此刻已不知躲到哪裡去了，他哪裡還有膽子前來迎戰啊。」

朱棣封也先土干爲忠勇王，對其部屬也厚加撫慰。

韃靼王子來歸，總算給朱棣罷兵一個很好的台階，他相機行事，立刻作出了大軍撤出漠北的決定。韃靼王子的那番話也令他回味無窮，尤其是「四海萬邦皆蒙覆載生育之恩」這句話，使他想到了自己動用龐大船隊六下西洋溝通萬邦的壯舉，心裡油然生出一股豪情。他對狗兒等人說：

「看來還是下西洋的辦法好，遠近那衆多國家誠心來歸，互通友好，一片祥和氣象。不像漠北的蒙元殘部，我們的人馬一撤他就來犯邊，我們一來卻連一根人毛都看不見，這回幾十萬大軍險些又白折騰了一趟。」

實際這次也還是白折騰，那個韃靼王子來歸，並非是他此次出兵的結果。

令人惱火的是，御駕剛返回北京沒過幾個月的時間，大同、開平的守將又匆匆派人來報告，阿魯台又率兵馬侵犯邊境。朱棣無法容忍這樣的挑釁，心裡又是憤怒無比。在永樂二十二年（西元一四二四年）的三月，又親自率部出征了。臨行前，他對朝臣說：「朕非好勞惡逸，蓋志在保民，有非得已。」這回沒有人反對，也沒有人再敢反對。五月端午那天，他們到達地處塞外的開平，天上淅淅瀝瀝下起雨來，士兵的衣服淋得透濕，塞外的冷風一吹，都凍得瑟瑟發抖。朱棣看著這些渾身透濕的士卒很心疼，趕緊命人生起火來，讓大家烤乾衣服。他記起鄭和給他講過的那些在海上風暴中同舟共濟的故事，很動情地對圍在自己身邊的將領說：「當將領的一定要懂得愛護士兵，好比舟行遇風，同舟之人齊力以奮，沒有不能成功的。」士兵聽了他的話，無不為之動容，不約而同，山呼萬歲。

六月中旬，朱棣率領明軍來到答蘭納木河附近，極目遠望，到處都是茫茫荒草，敵人踪影渺無。這裡是阿魯台進退必經之路，但車轍和牛馬碾過和踩踏過的痕跡早被堙沒，看來阿魯台同前幾次一樣，早已逃之夭夭。眼看這回御駕親征又得空手而歸了，大將張輔很是過意不去，請求道：「這個阿魯台實在可惡，聖駕一撤退他就來騷擾邊境，聖駕一出征他就逃得無踪無影，請聖上給臣一個月的糧草，率騎深入，必擒阿魯台來見聖上。」

朱棣無可奈何地搖頭：「今出塞已久，人馬俱勞，且塞外早寒，萬一風雪有變，回去的路程太遠，不可不慮。那個阿魯台也正是看準了我們的這個弱點啊！」他在經過清水源的時候，命人勒石紀行，感慨萬千地說：「要讓萬世以後都知道朕親征到過這裡。只可惜這幾次都是勞師遠征不果而返。」

朱棣回顧自己這些年與阿魯台這個冥頑之徒周旋，竟然如同被他牽住鼻子在捉弄一般，數次率師遠征，空耗大量財力物力，都只是勞而無功，那個阿魯台還是阿魯台。這位永樂爺似乎已經省悟到，作爲強者只是想以武力去征服自己的對手，不見得是個好辦法，弱者不一定都是武力能夠征服的。他心情無比抑鬱，很傷感地對將士們說：

「這次回京之後，軍國大事都交給太子，朕只能優遊暮年，享點安和之福了。」

就在明成祖抑鬱寡歡，仰天長歎的時候，南京莫名其妙地發生了地震。這消息傳到漠北，人心惶然，朱棣也感到了莫名的恐懼。七月中旬，明軍疲憊不堪地來到榆木川（今內蒙古多倫），朱棣不期病入膏肓，再也起不來了。他在彌留之際，環顧草原上的寂寞和冷清，想起去年在北京，錫蘭國王來賀，占城、古里、忽魯謨斯、阿丹、祖法兒、剌撒、不剌哇、木骨都束、柯枝、加異勒、溜山、南渤利、蘇門答剌、阿魯、滿剌加、失拉思、榜葛剌、硫球、中山諸國來朝的盛況，這強烈的反差，使他又想起了鄭和，想起了由他發動又由他命令暫停的下西洋，心裡湧出很多話，卻已經無法說出來。他拉著狗兒的手，用盡最後的力氣說：「讓鄭和好自爲之……」

永樂皇帝臨終時的遺言，說明下西洋這件事在他心目中的位置。一個人在有生之年能有多少件偉大創舉呢，朱棣能有這麼一件事，也就足夠了。接替明王朝的清王朝，一直嚴申海禁，閉關鎖國，視世界潮流於不顧，達到了無以復加的程度。他們在修史書的時候，卻對明成祖下西洋實現與世界的廣泛聯繫，給予了很高的評價。他們在《明史》中評價說：「威德遐被，四方賓服，受朝命而入貢者殆三十餘國。幅員之廣，遠邁漢唐，成功駿烈，卓乎盛矣。」

朱棣死在榆木川，跟隨左右的楊榮、金幼孜擔心走漏消息，引起天下大亂，秘不發喪。他們融化了大量的錫，將朱棣的遺體密封起來，每天照樣到天子的營帳裡請安，問候起居，進奉飲食，朝夕如常，彷彿他還活著似的。一直到了開平，皇太孫朱瞻基趕到那裡才公開喪事。隨後回到北京，由皇太子朱高熾迎入仁壽宮，納入梓宮。是年九月葬入天壽山長陵，同他的徐皇后一起長眠在那裡。

此時，鄭和還遠在舊港，忙著調解舊港宣慰使爭奪繼位權的糾紛，大明王朝天塌下來了，他還一點都沒感覺到。

五、恢復祖制罷遠航

舊港宣慰使施進卿是永樂十九年（西元一四二一年）去世的。先是他的兒子施濟孫捷足先登，繼承了父親的位置，成為舊港的新首領。施進卿的女兒施二姐卻根據施進卿的遺言，「本人死，位不傳子」，毅然奮起與自己的哥哥爭奪宣慰使。施二姐是個很有心計的女人，施濟孫無法鬥過她，便派人到大明王朝找皇帝尋求支援。但是，還沒有等鄭和趕到舊港，施二姐已經攆走他的哥哥，取而代之了。鄭和記住了聖上相機行事的交代，也記住了蘇門簽刺插手人家內部事務的教訓，順水推舟承認了施二姐的合法地位，向她宣讀了皇帝的詔書。

施二姐對鄭和消滅陳祖義的故事很熟悉，知道鄭和是個文武雙全的人物，又有很厲害的武將周聞緊隨左右，原本有些擔心自己這位子能否坐穩，鄭和的支援令她喜出望外。她執意留天朝使者在舊港多待幾天，看看她治理舊港的業績。鄭和卻之不恭，又送了個順水人情，欣然答應了這位女宣慰使的邀請。

舊港的風光，對鄭和來說並不陌生。熱帶樹林蔥綠一片，田土豐腴，稻穀一年三熟，人民生活富裕。舊港產火鷄，圓身長頸，尖嘴高腳，腦袋下邊垂著兩塊軟冠，像脖頸上掛著兩塊紅絹子，走路慢悠悠的，如同高貴的紳士。這裡的人大多以木筏為家，將木筏繫在岸邊的木樁上，人住在用棕櫚葉搭蓋的房子裡，隨水的漲落上下起伏，優哉游哉。舊港人喜歡賭博的遊戲，下棋也好，鬥鷄也好，玩弄大海龜也好，都搞賭博爭輸贏，不過比陳祖義那個時候專門從事搶劫過往客商的事，顯然文明多了。

鄭和稱讚施二姐說：「看來妳很有治國的能力，舊港能有今天的面貌，很不錯了。」

施二姐說：「總兵元帥下次再來，舊港一定還會變一個樣子。」

鄭和乘了寶船迅疾返國覆命，他在告別施二姐時滿懷信心地說：「我一定還會到舊港來的。」

大洋之上西南風颳得很有勁兒，將所有的桅帆都鼓脹得連一個皺折都沒有了，鄭和乘坐的寶船就像一支離弦的箭，在不斷縮短他與南京的距離。然而，船急比不過鄭和的心急。他此時的心也像一支離弦的箭，急著要回去同自己的寶船隊會合。他屈指算計了一下，他回到南京的時候，遠航的寶船隊一定已經先期到達那裡，他又可以同王景弘等人見面了。他擔心暫停寶船隊遠航的消息傳過來，會渙散軍心。他要趕緊告訴大家：聖上說暫停不過就是暫停而已，還要做認眞的準備，一旦新的聖旨下來，恢復西洋之行，應當又是一番嶄新的局面。

鄭和站在甲板上問周聞：「你今年多大歲數了？」

周聞說：「早已過了不惑之年。」

他瞧著周聞下巴上的鬍鬚和眼角的魚尾紋說：「往後下西洋，還能繼續帶兵嗎？」

周聞拍拍自己的胸脯說：「這身子骨在海上也打熬出來了，只要總兵元帥用得著，在下隨時聽候召喚。」

鄭和找到舟師林貴和，他們一起展開航海圖的長卷。李海此刻閒著無事，同小胖子等人也都湊了過來。他們這些年經過的重要地方，都畫成了一幅幅圖畫，山就是一匹山，島就是一個島，橋就是一座橋，塔就是一座塔，看了驚歎不已。再念那些奇奇怪怪的地名，什麼「奶子門」、「夜丫山」、「任不知溜」、「假忽魯謨斯」，都不由笑了起來。

鄭和指著廝林國之南那一片空白說：「有朝一日，總要到那邊去闖一闖，看看這海洋究竟有沒有盡頭。」他笑著問大家：「你們敢不敢去，怕不怕從尾閭掉到萬丈深淵裡？」

大家七嘴八舌回答：「總兵元帥都敢去，小人們豈有不敢之理。」

李海對小胖子說：「下次出航可不許再做出偷喝海水的蠢事來，連總兵元帥都替你操心。」

小胖子紅著臉說：「師傅，你別哪壺不開偏提哪壺呀。」帥船上一片歡樂融洽的氣氛。

鄭和的帥船進了長江口，太陽被厚厚的雲層遮住，天上陰沉沉的，很快就要下雨的樣子。王景弘與朱眞、洪保一干人等遠遠發現了鄭和的寶船，立即乘了兩艘快船迎了過來。大家一臉沮喪登上寶船，王景弘開口第一句話就是：「永樂皇帝駕崩了！」

鄭和聽了這句話，如同晴天一個霹靂，在他的頭頂上炸響，天彷彿眞的塌下來了。他好久好久方回過神來，這才注意到所有來的人，都穿了一身白，他們都在爲已經去世的永樂爺戴孝，眼淚頃刻如同擁擠在閘門前的江河之水奔湧欲出。

鄭和好不容易強忍住自己的悲痛，趕忙問：「寶船隊怎麼辦，先帝留下話了嗎？」

王景弘搖頭：「我們也都蒙在鼓裡，只知道新天子已經在北京即位，朝廷傳了話來，讓您回來後儘快趕往北京，別的什麼也沒有說。」

洪保插言道：「現在船隊人心惶惶的，大家都不知道今後該怎麼辦。」

鄭和著急地說：「我這就去北京見新天子，你們先穩住大家的心，寶船隊一定不能散。」

王景弘說：「總兵元帥儘管放心吧，大家的意思也是寶船隊不能散，好不容易有了今日這樣的規模，散了太可惜了。」

鄭和來不及喘口氣，換了船立刻就往北京趕。這時，天上的陰雲終於化作大顆大顆的雨滴，冷風吹雨灑江天。老天爺似乎也猜透了鄭和的心思，他此刻想放聲痛哭，乾脆讓天淚和人淚彙聚到一起，哭就哭他個地動山搖，哭就哭他個江河滔滔……

東宮太子朱高熾戴上了皇冠，換上了龍袍，坐上了龍椅，人也變了模樣。他在當太子的時候，臃腫的體態，蹣跚的步履，木訥的言辭，優柔寡斷的性格，給人展示的是一副窩囊不堪的可憐相。連他父親朱棣都認為此兒不是當皇帝的料，一直傾心於儀表堂堂、戰功卓著的二子朱高煦成為自己的繼位者。朱高熾的兩個弟弟也都自認為比這個木頭木腦的哥哥強過萬倍，日後這把龍椅他根本不配坐，也輪不到他來坐。豈不知，古往今來，大智者若愚，能屈能伸的小蛐蟮，才是眞正的人中之龍。朱高熾其實心裡一直很有數，處處小心謹愼，做啥事都不違反祖制，雖然無功卻也讓人抓不住過錯，你們能把我怎麼樣？果然，他的父親幾次動了念頭要將他攆出東宮，他的兩個弟弟也多次排擠傾軋，都沒能把他怎麼樣，皇帝的寶座到了今天還是他的。

朱高熾成了明仁宗，體態臃腫成了龍體的富態，步履蹣跚成了沉穩的龍步，說話木訥加重了金口玉言的分量。至於優柔寡斷，那是過去不在其位難謀其政，現在一言九鼎，誰還耐煩優柔寡斷？他登上金鑾殿的第一天，就把那些被他父親關進大牢的大臣都放了出來，夏原吉仍舊成了他所倚重的戶部尙書，繼續爲他掌管錢糧。他的幾位老師騫義、楊溥、楊榮、楊士奇，過去跟著他受了不少委屈，還有立他當太子有功的袁忠徹、金忠等人，現在都應該得到回報，新天子毫不含糊地青睞於他們，誰能說他優柔寡斷！

新皇帝初次主持朝政，自然還沒有完全適應角色的轉換，他這個當學生的還是習慣傾聽老師的話，一群儒生發出的呼聲便成了朝堂的主旋律。夏原吉照例頭一個站出來，上了「請罷寶船下西洋」的奏摺。他說：

「如今國庫空虛，人民疲憊，所有購買珍珠、寶石、香料、調味料及各類奢侈品的舉動，都需永遠停止，涵養財源，培育國力，這是目前的當務之急。」

朱高熾問：「先帝不是已經下旨暫停寶船隊的遠航嗎？」

夏原吉說：「『暫停』之說，無疑給以後恢復遠航留下了後路，臣以爲西洋路程太過遙遠，支出過大，有虛名無實益，勞民傷財，必須永遠罷除。」

楊士奇也立刻站出來，話還是那些話，但這時作爲太傅，說話的分量卻大不一樣：「西洋遠航使市井小民販夫走卒空前活躍，棄農經商成風，損傷國本，實爲弊政。恢復祖制，重農抑商，乃我中華數千年不可動搖的根基。」

袁忠徹也進言道：「罷西洋遠航，可以抑制虛浮奢華的惡習，重振國初崇尙勤儉的風氣，實乃興國之要道，不可猶疑遲誤。」

朱高熾過去在東宮，聽到過不少有關下西洋的議論，卻沒有直接參加過在朝堂展開的辯論。那個時候，他主要關注的是明哲保身，對這件事的是是非非從來沒有深究過。今日聽起來，他覺得這些反對的意見都很在理，也很符合他的心思。他在東宮長期接受的是儒學的教育，是儒家經典的忠實信徒。從性格來說，也是好靜不好動，乃父生前不斷接見外國使臣，在他想來一定是件非常痛苦和難受的事。不過，他也知道下西洋是父皇在世時非常熱心做的一件事，而今父皇屍骨未寒，自己若是跟著朝臣如此貶抑，有違人子之情、之禮、之義。他有些左右為難，本來有了父皇的「暫停」二字，完全可以敷衍過去了，這些人卻偏要從他嘴裡掏出「永罷」兩個字來，真有些強人所難。

騫義一眼看出這位學生心裡在想什麼，立刻站出來說：「其實，高祖在世的時候，一直堅持斷絕與諸多番國的交往，且多次嚴申海禁，並欽定為子孫世代不可違背的祖制，罷寶船遠航實乃重申祖制的英明舉措，聖上切不可猶疑。當斷不斷，必受其亂。」

朱高熾聽了「祖制」二字，眼前立刻一亮，他問：「父皇在位的時候，對這項祖制是怎麼說的呢？」

夏原吉奏道：「先帝在世之日，非常尊重太祖高皇帝規定的祖制，從來沒有宣佈過廢除海禁，只是後來不知為何將下西洋的事越鬧越大，一發而不可收拾。」

朱高熾終於如釋重負地鬆了一口氣，很堅定地說：「既然是維護祖制，那就擬旨吧，永罷西洋遠航！」

夏原吉早就擬好了旨，聽了這話立刻捧出來，呈了上去。新天子看罷點了點頭，鄭和還沒來得及趕到北京，永罷西洋遠航的聖旨就生效了：

「下西洋諸番國寶船，悉皆停止。如已在福建、太倉等處安泊者，俱回南京。將帶去貨物，仍於內府該庫交收。諸番國有進貢使臣當回去者，只量撥人、船護送回去。但係所差內外官員，即便回京。民梢人等，各放寧家。欽此。」

有了這道聖旨，楊榮還覺得意猶未盡。他不但是朱高熾的老師，這次又是幫助新皇帝順利登基的有功之臣，說話的底氣也充足不少：「內臣宦豎中借下西洋營私肥己者不少，且有結成勢力之嫌，需儘快查明嚴加懲辦，謹防尾大不掉，禍害朝廷。」

此話一出，朝堂立刻有了一種殺伐的氣氛。袁忠徹立刻站出來說：「總兵正使鄭和感先帝之恩德，忠誠不二，勤勞王事，十餘年來所經手的西洋寶物成千累萬，從來不敢專私，這是有目共睹的事實，請聖上明察。」

袁忠徹雖然反對下西洋這件事，對鄭和以往的得寵也不無妒意，然而畢竟是在靖難中生死與共的人，不願落井下石，挺身站出來說了幾句公道話。

夏原吉雖然與鄭和在下西洋的問題上屢屢發生齟齬，卻很欽佩鄭和的人品和才幹，此時也仗義執言：「先帝在世對鄭和每以大事相託，都因他從未辜負過聖恩聖意，這的確是無法抹殺的事實。」

朝堂上這些大臣過去對朱棣重用鄭和且處處維護鄭和心裡不服氣，現在可以放開膽子說鄭和的不是了，苦苦思索，卻還眞的找不出這位三寶太監有什麼大毛病來。

楊榮也急忙分辨說：「臣之所指並非三寶太監，而是後宮那些鼠竊狗偷之輩。不過朝廷老是用刑餘之人出使番國和帶兵出陣，臣以爲絕非祥瑞之兆，極宜審愼。」

他的這幾句話說到了大家的心窩子裡，朝廷的這些士大夫，都不願意鄭和再像過去那樣叱吒風雲，更不願意讓宦官們都跟著得勢。

朱高熾徵詢大家的意見說：「鄭和乃先帝靖難的功臣，又是一直重用著的人，朕不能慢待，只是不下西洋了，讓他去做什麼好呢？」

新任吏部尚書出班啓奏：「京師移往北京以後，南京皇宮依舊存在，臣以爲鄭和可以擔任南京守備，重整那裡的宮殿。官居二品，監護南京宮廷一切事宜。」

夏原吉也贊成這個建議，他說：「朝廷北遷以後，南京宮廷空虛，急需有個能幹的人照料，鄭和是極合適的人選。」

朱高熾當即表態：「朕總有一天還是要回到南京去的，即命鄭和任南京守備，寶船隊人員除遣散那些火長、民梢、雜役之外，其他人等也都回南京，仍歸鄭和指揮調度。」

鄭和趕到京師的那天，寶船隊和他個人的命運早就決定下來了。朱高熾在御書房召見他，也立刻讓他感覺出來，新皇帝同原來所見的東宮太子已經大不一樣。朱高熾對撤消寶船隊的事，比那道聖旨交代得更明確具體，一點也不含糊：「各處修造往來諸番寶船，悉皆停止。

但凡買辦下番一應物件，並鑄造銅錢，買辦麝香、生銅、荒絲等物，除現已買辦在官者，即由所管司庫交收。還沒有起運的，悉皆停止。各處買辦諸色苧絲、紗羅、段匹、寶石等項，及一應物料、顏料等，並蘇杭等處繼續在製造的段匹、燒造的瓷器，悉皆停罷。」

鄭和情知下西洋大勢已去，無可挽回，一句話也說不出來，只有跪謝隆恩。

六、淚灑長陵

朱棣眞不愧是一代英主，瞧他給自己和子孫後代選擇的這塊長眠之地，也是歷代帝王的眼光所不及的。這座天壽山，以堪輿家的眼光看，山川形勝猶如巨龍盤繞，是很難得的風水寶地。背倚巍峨的青山，象徵大明基業的穩固；面向開闊的原野和徐徐流淌的清溪，預示大明鴻運昌盛源遠流長。北京城離這裡並不遙遠，此地可說是大明王朝眞正的後宮。朱棣所有的子孫，在前臺表演盡興了，最後都得回到他的身邊相聚，再敘「天倫之樂」。長陵所佔據的山頭，拔地聳立，遙望京師。朱棣這位老爺子躺在這裡，仍不肯稍有懈怠，時刻都在瞪著眼睛，注視自己子子孫孫在前臺表演些什麼。

鄭和與蘇天保乘著馬車，相伴到了長陵，一同來拜別已經長眠在這裡的永樂皇帝。鄭和馬上要回南京就任守備一職，駕馭南京宮廷那支開不動的船隊。蘇天保要去嵩山，不是去遊山逛水，而是去追踪姚廣孝的遺踪，到那裡出家當和尚。蘇天保也是個嗅覺靈敏的人，早就感覺出來，永樂爺一死這宮裡就不會再有他的位置。新皇帝剛宣佈停止下西洋，很多大臣就吵著嚷著關閉各地接待番國使臣的驛館，他作為專管這路的司禮太監即將無事可幹，不如趁早抽身，去獲取清淨無為的生活。他本來就是受戒弟子，現在削髮當和尚，在佛門裡只不過是從業餘轉向專業，走出了那最後的一步。他們二人在北京再沒有什麼值得牽掛的人事，唯一剩下的就是永樂爺生前對他們的情分了。

兩人一路說著話，出了德勝門，過了昌平，在「文官下轎，武官下馬」的碑石前，走下了馬車。沿著一條石頭鋪砌的道路，走近那座由整整一個山頭變成的巨大陵墓，迎候他們的是兩旁的石人石獸。鄭和看得出來，這些石獸的造型，很多都汲取了西洋動物的特徵。他仰天長歎一聲，在心裡念叨：「烈烈轟轟的下西洋，莫非只能在永樂皇帝的陵墓前悄悄留下這麼一點痕跡？」

守護長陵的官員，知道鄭和是永樂皇帝的功臣，不敢有所怠慢，在高大寬敞的拜殿裡，為他們在供桌上擺放好了三牲祭品，點燃了香燭。一陣震天動地的鞭炮聲，企圖喚醒那位已經沉睡的朱棣，接受鄭和對他永別的一拜。

鄭和長跪下去，久久匍匐在地，心裡翻滾出自己幾十年的風風雨雨。只因為有了這位皇帝的知遇之恩，才有他的幾番西洋之行，使他感覺到了自己生存的價值，有了燃燒自己生命的理想和追求。然而，這位皇帝走了，這一切都煙消雲散。他好像剛剛做完一個長長的好夢，可是從噩夢中醒來能感到欣慰，從好夢中醒來卻只有失落。他任自己的眼淚無聲流淌，濕透了朱棣靈前的拜墊。蘇天保也是淚濕衣襟，眼睛紅紅的。他們悲痛欲絕，哭這位對他們有知遇之恩的永樂皇帝。永樂爺若是地下有知，一定會爲他們對自己的耿耿忠心所感動，也掉下眼淚來。

拜別了先帝，剛準備下山，狗兒突然從迴廊背後轉出，迎著鄭和快步走了過來。狗兒一直惦著找個機會與鄭和見面，把先帝臨終前託他捎的話當面告知，也了結他們之間這些年的恩恩怨怨。他今天也是到長陵拜別先帝的，知道鄭和要來，便在這裡等候。蘇天保發現了狗兒，拉著鄭和緊走幾步趕過去，將三個人的手緊緊拉在一起。

鄭和盯著狗兒被漠北風沙磨礪得粗糙的面孔說：「你還在恨我吧？」

狗兒堅定不移地搖著頭，表明自己此時的態度：「看來，還是我錯了，過去不該那樣對你。」

蘇天保聽了這些話，把他們兩個人的手拉得更緊：「我們是生死弟兄，本來就不應該成爲仇人。」

鄭和痛心地說：「想起貓兒兄弟的死，我現在心裡都還內疚。他要能活到現在，也許我們不至於像今天這樣孤單。」

狗兒歎了口氣：「我早就想通了，他也是咎由自取，現在內官中還有人在走這條貪婪的路，讓那些朝廷大臣側目而視，遲早也得有那麼一天。」

蘇天保聽了這話直搖頭，對狗兒說：「你還是沒有眞正想明白，在那些士大夫眼裡，我們這些人是異類，幹壞事他們容不下，幹好事他們就容得下嗎，鄭和這不就是例子？」

狗兒說：「正因爲如此，我們自己就得挺直腰桿做人，可恨貓兒就是不肯爭這口氣。」

蘇天保還是搖頭：「我早就看透了，像我們這樣的閹人，離開了皇帝的寵信，實際連條狗也不如，誰把我們當人看待！」

狗兒聽了這話，也傷心地抹起眼淚來：「父母給我們兄弟倆取了貓兒、狗兒這名字，看來天意早就注定了，這輩子就是貓兒、狗兒的命，活著還不如死了乾淨。」

「離開了皇帝的寵信，實際連條狗也不如！」蘇天保這話好比一把錐子，捅破了他們幾個人蒙在心靈上的一層窗紙，也戳痛了他們的心。

可不是嗎？他們今天所爲何來，哭永樂皇帝，不正是爲了哭自己嗎？他們終於發現自己出生入死這些年，到頭來不過是纏在一棵大樹上的藤蔓，現在這顆大樹倒了，他們也得跟著趴下去，再也站立不起來。鄭和想到這裡，不由驚出一身冷汗，他捏著拳頭說：

「不，不，正因爲這樣，我們自己得活出個人樣來，讓大家看看，我們也是頂天立地的人。」

蘇天保問狗兒：「你在沙場征戰這麼些年了，往後做點什麼好？」

狗兒回答：「我已經上了奏摺，新皇帝也恩准了，從今日起告老回鄉，回雲南老家過幾年清靜日子，老死山林算了。」

蘇天保立刻想到了他們現在的這種身分，不倫不類的身子，不無擔憂地說：「這麼著回去行嗎？」

「有什麼辦法呢，現在只剩下了告老還鄉這條路。」狗兒望著鄭和說：「眞還得好好感謝你，前次你回雲南給我們家送去那些西洋寶物。」

鄭和忙說：「你我都是一根藤上的苦瓜，千萬別說這些客套話，現在家裡情況怎樣？」

狗兒告訴他：「家裡人帶信來說，日子過的還不錯，老母也還活著，催我們兄弟倆回去見上一面。這些年經歷了九死一生，能活著回去一個，也算對得起她老人家了。」

蘇天保傷感地說：「我家本來就我一根獨苗，父母一過世，老家什麼人也沒了，一身來去無牽掛，正好遁入空門。」他的話說得瀟脫，語氣卻充滿了傷感，讓人聽得鼻子酸酸的。

天壽山藍天如洗，綠水悠悠，田野青蔥，樹木繁茂。自從這裡被確定爲皇家陵園，周圍的老百姓都被遷走了，山上又禁放牛馬，少有了人間的煙火氣息。周遭一片寧靜，萬籟無聲。他們三人離開了那些護陵的人，走在漫長的甬道上，形影相吊，十分冷清寂寞。鄭和想起他們幾個在人生的一場悲劇中相識，而今又在人生的另一種悲劇中分離，從此天各一方，難得再有見面的日子，非常不捨。蘇天保與狗兒兩個的心裡，也想到了彼此的長相別，充滿了依依之情。古人有言：「黯然傷神者，唯別而已矣。」恰似此刻的寫照。

狗兒這時從胸前的袋子裡抽出一支箭，遞給鄭和，問他：「還認識這支箭嗎？」

鄭和接過來一看，認識是自己的箭，卻記不起來是怎麼回事，茫然地看著狗兒。

狗兒說：「還記得那位韃靼公主吧？她一直保存了你射下他們軍旗的那支箭，前年在漠北見到她，她託我捎回來給你，說是應該物歸原主了。」

鄭和這才想起了那位在漠北邂逅的公主，沒想到幾十年了，她還記著他，連忙問狗兒：「她現在情況怎樣？」

狗兒介紹說：「這位公主一直主張與大明王朝和睦相處，自她哥哥昆鐵木兒去世以後，她擁兵自立，不願同明軍作戰，與韃靼部落的阿魯台面和心不和。在戰場上我們兩軍相遇，有時迫不得已，也都是虛晃幾槍，作作樣子。她也知道你這些年一直在下西洋，溝通西洋三十餘國，形成了萬邦歸順大明朝廷的局面，很是羨慕。她過去佩服你像漠北荒原的英雄，後來又佩服你是海上的驕子，總想有機會能投奔大明。她也想來中原看你，只是身不由己，至今還沒有找到脫身的機會。」

鄭和捧起那支箭看了又看，珍藏到自己的胸袋裡。

狗兒告訴鄭和：「先帝在北方連年征伐，實際最嚮往的還是『不戰而屈人之兵』，那的確是兵家的上上之策。漠北最後的三次征戰，都是無功而返，永樂爺已經認識到下西洋的辦法還是比征漠北的辦法好。先帝在榆木川病成那個樣子，還惦記著你，讓我捎話給你。」

鄭和急忙問：「先帝留下了什麼話？」

狗兒鄭重地說：「先帝要你好自爲之。」

鄭和仔細品味這句多次對他說過的話，看似很平常的，卻包含了一片深情。他從這句話裡，聽出了先帝自身的遺憾，也聽出先帝對他的厚望，這位雄心勃勃的皇帝顯然也不甘心寶船隊的遠航就這樣停止。鄭和心裡激起一股奔騰的洪流，他不能就此沉淪下去，他還得「好自爲之」。

從長陵回到北京之後，鄭和與蘇天保及狗兒，很快就灑淚分別，各自去尋找自己的歸宿。狗兒高高揚起的右手，蘇天保眉心猛烈跳動的那顆黑痣，永遠留在他的記憶裡。鄭和離開北京時，還特地去尋訪馬婆婆的墓地，同這位穆斯林老媽媽告別。他來到馬婆婆生前住過的那條街，那房子已經換了主人，物是人非，恍如隔世。他回想起這位老人的生前，兩個兒子在征戰中死了，自己孤身一人，卻能咬牙支撐著食不果腹的苦日子。在燕王危急的時候，她挺身而出支持燕王抗擊南軍，連家裡的門板都拆了下來，扛到城牆上去守城。燕王當了皇帝以後，她痛訴老百姓的苦楚和對燕王的不滿，自己卻拒絕去南京享清福。鄭和進一步認識了馬婆婆，她一輩子都不肯依附別人過日子，她是一個很平常的人，也是一個很了不起的人。

鄭和找街坊鄰居打聽到了馬婆婆的墓地，他在那裡告別了這位萍水相逢卻與他有一段母子之情的老人，北京再也沒有什麼值得他留戀了。

第十三章 陸上巨龍

一、寶船拆卸風波

瀏河口的滂沱大雨，淚灑江天，在爲大明船隊送別。帥船揚帆走在前面，整個船隊船頭銜著船尾徐徐跟進。籠罩在漫天雨霧中的船隊，如同一條誤入長江的巨大海龍，很不習慣這河道的束縛，在江水中笨拙地游動。長江中來往船舶上的人都很奇怪，不少人冒雨跑出船艙觀看，指指點點，評頭品足。

有船家問：「這支鼎鼎大名的寶船隊今天怎麼啦，往昔的威風勁兒一點都不見了。」

有船客答：「虎落平陽，龍入淺水，都不是什麼好事。」

近三萬人的隊伍默默無聲，每個人都在心裡向寶船告別，到了南京的寶船廠以後，他們就要與這些朝夕相伴了多少歲月的船隻分離了。說也奇怪，以往在船上來來回回，上上下下，大家都沒覺出什麼，有時在海上待的日子長了，還很討厭船上的單調乏味。現在才知道這些年他們已經同這些船連成一體，要分割開來，如同分離自己身上的骨肉一樣，是一種很不容易忍受的痛苦。槳手們默默撫摩自己搖了多年的櫓，那手把上已經有他們握出的凹痕。篷索手在反覆擺弄他們的帆與索，爲的是同這些老伙計們多接觸一會兒。錨工和舵工們自己在動手給鐵錨和舵槓刷漆，不願在臨別時看到它們斑駁的傷痕。

鄭和從北京趕回來，向大家宣讀了新天子的聖旨和口諭，只有洪保帶著兩艘船送那些跟隨船隊來中國的番使歸國，其他的船即刻啓程送南京寶船廠，經過修理改造，充實大運河運送糧食的船隊。鄭和原以爲這個消息宣布以後，會有一場風暴來臨，誰知大家的反應卻是出奇的平靜，都悶頭沉默著。鄭和讓大家說說，船隊解散之後，有些什麼想法，今後何去何從，好久都沒有人吭聲。有人連咳嗽都用手捂著，似乎誰也不願意打破這個時候的沉默。也不知是大家早就有了準備，知道這一天遲早會到來；還是解散寶船隊的決定來得太突然，大家心裡茫然，不知該說什麼好；或許是所有的人都明白，連他們的總兵元帥鄭和都無力回天，自己說什麼都沒有用了。

鄭和離開北京的時候，朝廷裡有人擔心近三萬人的隊伍在聽到解散的消息時，情緒將難以控制，可能會出現騷亂，哄搶物資，或者搗毀船舶，皇上特地賦予鄭和就地鎮壓，先斬後奏的權力。其結果，什麼也沒有發生。瀏河口周圍的一些逸民、喇唬、把棍，聽到寶船隊要解散的傳聞，趁機跑來找便宜。有的人夜裡從水中潛入到船上，想偷盜從西洋來的寶物，被巡更的士兵捉住，解送到當地的衙門裡重重打了一頓屁股。有的人將船上的舟師、民梢，還有明軍中的百戶、千戶，約到酒樓、茶樓喝酒、喝茶，甚至還請到青樓妓院找妓女陪伴他們，商量如何裡應外合盜賣寶物，所得錢財如何分成，順四六、倒四六，或者五五，隨船上的人挑。他們沒料到會被船隊的人報了官，還沒來得及動手，就被官府逮了個正著。有幾個喇唬，光著膀子強行登上船來，聲稱不給他們西洋寶物就要橫屍船上。有的用磚頭砸自己的腦門心，有的拿出尖刀割自己大腿上的肉，滿以爲這招能夠奏效，「惡的怕愣的，愣的怕不要命的」。寶船上的士兵和船工將他們捉住裝進麻袋裡，揚言要把他們扔進長江裡餵王八。鑽在麻袋裡的幾位一聽，嚇得驚慌求饒：「親爹，親祖宗，親姊夫，全當我們是個屁，趕快放了吧，往後再也不敢登這寶船了。」

連鄭和自己也沒有想到，與他風雨同舟的這支隊伍會有這麼好，感動得不知該怎麼誇他們。他與王景弘商量，大夥這些年捨命跟他們出沒在海上，一定不能虧待大家。士兵們還好說，繼續跟著他們，有鹽同鹹，無鹽同淡。那些舟師、火長、民梢，此後要自謀生計，得多為他們想著點。幾位副使將大家搭載的貨物，一一清理出來，歸到各人的名下，朝廷的賞賜也格外多給他們一些，今後不再操船了，回去也可以置些田產，或做點小本經營，安穩度日。

鄭和笑著對大家說：「這也許是件好事吧，往後大家也用不著為海上的風雲莫測提心吊膽了，回去過過同家裡人團聚的安穩日子。」

聽了這話，很多人都是咧著嘴角笑了笑，說不出話來。只有小胖子發愁地說：「這些年每天都是海浪搖著我睡覺，往後沒有海浪來搖我，恐怕連覺都難得睡著了。」

這些航海人脾氣就這樣，在海上的時間長了，他們會鬧著要回陸地；真要他們離開大海，卻誰也捨不得。大海已經成了他們生命中不可分割的一部分，喜怒哀樂全都裝在海洋裡。

雨不知什麼時候停了，長江兩岸的青山與田疇，被雨水洗過，刷上了一層新綠。遠近那些白牆黑瓦的房屋，也顯得更加醒目。只有滔滔江水，似乎不明白這支船隊為何要逆流而上，使勁往下游推動這些海船，似乎要讓它們回歸大海。搖櫓的人們不得不釋放出全身的力氣，逆水行舟，不進就會後退。

馬歡與匡愚在船艙裡埋頭揮筆，一頭的汗珠，一不留神就滴下來，落在鋪開的紙上，洇了不少字跡。鄭和問他們在忙什麼，馬歡說：「我得把下西洋的這些事記下來，也好對世人有個交代，轟轟烈烈的下西洋，不能就這樣煙消雲散了。」

鄭和很高興有人來做這件事，鼓勵他說：「是啊，記下來好，也許會有後人重新來認識這件事情的。」

匡愚告訴總兵元帥：「我得將這些年收集的番藥整理出來。」

鄭和誇獎說：「那就是另一本《海外本草》了。」

鄭和來到帥船的艄樓，舟師林貴和正瞅著那些海圖發呆。他遺憾地對鄭和說：「再跑一兩次，我們的西洋航海圖就拿得出手了。」

鄭和說：「就是不再跑了，也得想法子弄成功，即使我們用不著了，相信後人總還會有用得著的一天。」林貴和很認眞地點了點頭。鄭和關心地問：「今後打算幹什麼呢，還回福建繼續當舟師？」

林貴和摸著自己的腦袋說：「我原來以爲這寶船能一直開下去的，眞還沒有想過要去開別的什麼船。」

鄭和無言以對，找不出什麼話來安慰這位舟師。李海也在艄樓，他默默擦拭著天妃娘娘的神龕，五大三粗的漢子，扳舵時可以使出幾百斤的氣力，此時的動作卻那麼輕，似乎怕驚醒睡夢中的天妃。

鄭和對李海說：「我們一起給天妃娘娘燒炷香，這位海神娘娘與我們風雨同舟十幾年，現在得回福建繼續保佑你們一家在海上的平安了。」

李海順從地燃了一炷香，青煙嫋嫋，飄散在長江的水面上。

時光最不通人性，絲毫也不顧及寶船隊人們此刻捨不得與寶船別離的心情，坐落在南京龍江關的寶船廠越來越近，他們告別寶船隊的時間也說到就到了。寶船隊的人很快將船上的物資搬運一空，還將每一條船都打掃得乾乾淨淨，離開的時候一步三回頭，難分難捨。

沒有在海上與這些船隻共過生死的人，大概很難理解他們此時的心情。寶船廠早就在等著改造這批海船，增加大運河南糧北調的運力。船廠的一些人還沒等船隊的人全都從船上下來，就迫不及待跳上去開展他們的工作。有幾個毛頭小伙子來到帥船上，看到有人還蹬在神龕邊，小心翼翼搬取一個木頭菩薩，大聲吼道：「快讓開，快讓開，我們要拆這條船了。」

那個蹬著的人，就是李海，他聽到「拆船」二字，從甲板上操起一支櫓，迅疾站起來，怒喝一聲：「誰敢拆寶船，我同他拼了！」

船隊那些剛走下去的人，還在戀戀不捨回頭打量這條帥船，聽到李海的喊聲，都睜大了驚奇的眼睛。這艘帥船一直是他們在海上航行的主心骨，是在海戰中他們拼死保衛的重心。現在有人竟敢要拆帥船，這還了得！他們關閉的心靈閘門猛地被打開，連同解散船隊鬱積在心中的委屈一齊噴發出來。

「同他們拼了！同他們拼了！」大家一齊怒吼著湧上寶船。小胖子突然爆發出一股神力，扛起舵桿就要橫掃過去，幸虧甲板上人多，施展不開，要不然那幾個嚷著拆船的愣小子就沒命了。這幾個人見船隊的人來勢洶洶，連忙也招呼船廠的人：「快來人啊，快來人啊！」

聽到他們的喊聲，船廠的一些人也過來幫忙，雙方都操起傢伙，逮啥拿啥，一場惡鬥，眼看就要在帥船上展開。

船隊畢竟人多勢眾，又都武藝高強，龍江船廠的官員怕自己的人吃虧，趕忙讓林冠群和張興幾個老師傅帶著一幫人去拉架。林冠群開始不知是怎麼回事，到了寶船上知道了原委，立刻操起斧頭，要砸碎那幾個小子的腦袋。這個胖子大聲罵道：「你們這幫兔崽子，寶船是你們能拆的嗎，你爺爺當年造寶船的時候，連你媽還穿開襠褲，你小子還不知在哪個地方揀狗屎吃哩。」

張興也怒喝道：「早知道你們今天要拆寶船，當年鑄鐵錨的時候，就該把你們的爹媽一起扔進爐裡鑄了。」

他說著還拉住一個小子往大鐵錨下邊塞，要讓萬斤之重的鐵錨將他碾成肉泥。原來跟著兩位老師傅造過寶船和修過寶船的木匠和鐵匠，也都聞訊趕來，高喊著「誰拆寶船打死誰」，用不著船隊的人動手，船廠的人自己就打起來了。

船廠的官員一見這陣勢，連忙去找朱眞，求他趕緊派軍隊去平息，遲一步恐怕就要鬧出人命來了。沒想到朱眞身邊的幾個士兵，一把揪住他說：「你這狗官，拆寶船是你的主意吧，我們正要找你算賬哩。」話沒說完，掄起拳頭就要揍他。

朱眞卻裝做沒有看見，他此刻也有一把無名火在心裡燒著，實際是在縱容自己的士兵。幸虧這時鄭和與另一位南京守備李隆及時趕來了，救了這位船廠官員一命。鄭和他們趕到鬧事的地方，大家見了這位寶船隊的總兵元帥和新任的南京守備，這才罷了手。船廠的好些人已經是鼻青臉腫，衣服也被撕碎了。林冠群和張興還扭住挑起事端的那幾個愣小子不放，要找總兵元帥評理。

鄭和問船廠的官員：「拆卸寶船有聖旨嗎？」

那位官員說：「沒有這道聖旨，我們只是想朝廷罷了遠航，這些大船內河航運用不上，與其停在這裡閒置，不如拆了算了。」

王景弘立刻說：「當今聖上一定知道，造寶船是先帝下了聖旨的，因此才沒讓動這寶船。」

另一位南京守備李隆一聽也生了氣，叱責那個官員道：「沒有聖旨，你胡鬧什麼，差點惹出大的亂子來。」

鄭和問那個狼狽不堪的官員：「你管這船廠，一定到任不久吧？」

那官員拱手回答：「下官到任才兩個月。」

「這就難怪，你還不懂寶船的價值，不懂這些人爲何要拼著性命來保護寶船。」鄭和說著，轉而徵詢李隆的意見：「這事怎麼辦？」

李隆拱手說：「這些都是鄭大人職權內的事，一切聽憑鄭大人發落。」

鄭和當即宣佈，寶船一律封存，並由朱眞派出士兵好好看護，其餘船隻由船廠維修改造，充任內河糧船。大家聽了一陣歡呼。李海堅信這次又是天妃娘娘保護了寶船，是天妃娘娘在冥冥中留他在寶船上多待了那麼一會兒，這才能夠及時擋住了那幾個上來打頭陣的小子。大家也都勸他將天妃神像留下來，繼續保護寶船，別再將這位萬應靈驗的海神娘娘背回福建了。李海很樂意，他本來心裡就捨不下寶船。有天妃神像留在這裡守護寶船，他算是放心了。

二、重逢水仙庵

這是一個風和日麗的天氣，鄭和一大早就帶著幾個近侍出了南京城，一路打聽著走向水仙庵。

鄭和回到南京，用了一些時間，遣散來自各地的船工，又安排了南京守備任上的事務，就急著要來這裡看沈涼。他這些年的人生遭際，經歷大悲大喜大起大落的事太多，好多事情已經是「曾經滄浪難爲水」，看得比較淡了。眞正在心裡放不下的，一個是與他生命相連的西洋遠航，一個是與他命運相連的沈涼。這一人一事又總是如此緊密地聯繫在一起，凝聚成了他的人生整體。現在西洋航行被新皇帝的一道聖旨掐斷了，他自己無力回天，只有把失望的痛苦藏在心裡。而一切的苦悶、彷徨、憂傷、思念，如萬千根飄動在空中的柔絲，最後都牽連到了水仙庵，集中到了沈涼的身上。他依戀大海，也依戀這位二十多年與他相依爲命、情深意篤的沈涼姊姊。

鄭和在南京的府邸今非昔比，房屋增加到了七十餘間，稱得上寬敞舒適。他這些年幾下西洋，永樂皇帝所給的賞賜不少，還特許他留下西洋番國贈送給他個人的寶物，這些禮物給了船隊一大部分，自己也留下了一些。他的繼子鄭賜從雲南來到南京後，著手將這些死錢盤成活錢，現在已經形成了頗有規模的家業。他回來看到家門興旺的情景，卻絲毫沒有激發起他的興致，心情仍然十分抑鬱。鄭和雖然已經年過半百，驚濤駭浪的事業使他精神抖擻，人也一直不見老。這次回到南京沒幾天，原本英氣逼人的臉上突然出現了不少深刻的皺紋，頭上也增添了白髮，挺直的腰背也有了一些佝僂的跡象。這也難怪，他與大海的關係，已經變成了魚和水的關係。每次出發下西洋，就像一條魚重新遊回到水中，渾身都是勃勃生氣。現在突然讓他離開海洋，正好比一條在水中游得生龍活虎的魚，被突然強迫離開水面，還被扔到了火辣辣的太陽地裡，那不是一般的痛苦，而是讓他承受著生命枯竭的打擊。

鄭賜見父親這般模樣，心裡著急不已。但他忙著經營在南京的一些家業，難以分身，便讓自己兩個天真頑皮的小兒子，天天在爺爺跟前逗趣，極力想用兒孫繞膝的天倫之樂撫慰和轉移老人的情緒。鄭賜雖然來南京的日子不是很長，同鄭和相處的時候也不是很多，卻很懂得孝順，極盡人子之情。鄭和也很愛自己的兒子和孫子，也喜歡家裡洋溢的親情。無奈這些都離他傾心所向的海洋太遠，天倫之樂無法替代他對大海的依戀。兩個不諳世事的小傢伙，還偏偏喜歡問他一些大海的事情。一個問：「爺爺，大海有多大，比南京還大嗎？」另一個問：「爺爺，你怎麼把寶船停在揚子江裡，不坐寶船下西洋了？」他的神經似乎也變得比原來脆弱了，連小孩提起大海，也會勾起他內心的痛苦。

還是金花跟鄭和在一起的日子長，瞭解這些年他是怎麼過來的，此刻經受的是什麼樣的熬煎，也知道這樣的苦惱別人很難替他排解。

金花對鄭和說：「你不是老早就想去看沈姊姊嗎，還是趕緊動身去吧。」

這話的確說到了鄭和的心坎上，他回答說：「我本來打算等心情好一些再去，不想讓她看到我現在這副模樣，不然又得讓她替我著急了。」

金花勸道：「還是現在去吧，見到了她心情也許就會好起來的。現在也不下西洋了，也該想想如何安頓她，老讓她住在荒郊野外的尼姑庵裡，算怎麼回事呢？」

鄭和立刻說：「我這就去接她回來，不能讓她替我受一輩子苦。」

明朝開國之初定都南京，號爲京師，其實那時南京城的範圍並沒有多大。也只有城門裡邊，算得上人煙稠密，市井繁華。出得城來，人煙便很稀疏，村莊也寥寥落落。也許是時候尚早的緣故，鄭和帶著幾個隨從離開了驛道，走上彎彎山路，就只能偶爾見到上山打柴的樵夫，下河捕魚的漁父，去田裡鋤草的農人，在水邊浣衣的村姑，別的行人難得一見。鄭和望著稻田裡油綠的禾苗，遠處山巒上青翠的樹林，彷彿感覺到自己是一葉小舟，孤獨地飄蕩在落寞的綠色海洋裡，心境還是那般淒涼。

水仙庵坐落在一個僻靜的山坡上，隱蔽在綠樹叢中，從山腳有石級蜿蜒而上，曲徑通幽。

這個尼姑庵養得好水仙，以此名爲水仙庵。再加上庵裡多年來總有一些長得非常俊俏的尼姑，像水仙一樣水靈、蔥嫩，賦予了水仙庵另一層意思。一些豪門的紈絝子弟，還有南京街頭的逸夫、喇唬，到處風傳水仙庵裡的尼姑個個賽水仙，水仙庵的名氣也越發大了起來。

鄭和與幾個隨從來到山腳下了馬，呼吸著山上清新的空氣，拾級登山。這幾個隨從是新到南京守備府的，鄭和同他們講起昔日下西洋那次船毀人亡的經歷，談及沈涼自願出家修行超度海上亡魂的事情，幾個年輕士兵聽得肅然起敬。他們走到半坡之上，忽然隱約聽到庵裡有吵鬧聲傳來，甚覺奇怪，不由加快了腳步。幾個人來到山門口，只見一個穿綢著緞的胖子，領著一幫閒漢，正在拉著一個哭哭啼啼的青年尼姑往一乘小轎中塞。沈涼出面拼命阻攔，被那夥人推推搡搡，身上的袈裟都被扯亂了。那個穿著綢緞褲褂的胖子還嬉皮笑臉地向沈涼伸出手去：「妳這臉蛋還不算老，讓我也摸一摸。」沈涼憤怒地給了他一個耳光，那傢伙掄起拳頭往沈涼的臉上砸了過來。鄭和一聲斷喝，他身邊的幾個隨從如離弦之箭衝了上去，三拳兩腳將那夥閒漢打得四散奔逃，扭住了那個施暴的惡少，像捆小雞似地捆了個結實。

鄭和怒吼道：「朗朗乾坤，光天化日，竟敢強搶尼庵修行女子，眼裡還有王法沒有？」

那傢伙乃南京城裡有名的惡少，此時偷眼一瞧，來者是南京新任守備鄭和，不顧被反剪了雙手，撲通一聲跪下，叩頭如搗蒜，連聲告饒道：「小的一時糊塗，請守備大人饒了這一遭，往後再也不敢來這尼庵爲非作歹了。」

鄭和怒不可遏：「就是王法能饒恕你，情理也難容你。」他讓幾個隨從拿著他的片子，立即押送到應天府重辦。

沈涼見了鄭和，眼裡湧出了屈辱的淚水，低頭發現自己衣服零亂不整，連忙回身進了庵裡。庵裡的那位住持，早被剛才的陣勢嚇昏了頭，這時迎了上來，一迭連聲念著「阿彌陀佛」，領著那個還在飲泣的小尼姑，叩謝守備大人的搭救之恩。

鄭和問道：「庵裡經常發生這樣的事情嗎？」

住持唉聲歎氣地說：「只因幾個小徒有些姿色，就有這些遠近的浪蕩子弟像蒼蠅一樣叮著，經常鬧出這樣的一些事來。天可憐見，女人有了姿色也是一種罪過，阿彌陀佛……」

鄭和來到沈涼的僧房，開口就說：「趕緊收拾東西，今天就同我一起回去。這個地方，成天鷄犬不寧的，讓妳受苦了。」

沈涼的眼圈還是紅的，顯然還在為剛才受到的羞辱傷心，卻並不為鄭和的話所動。她說：「這裡是佛門聖地，又不是客棧，怎能想來就來，想去就去？」

鄭和一臉愧疚地說：「早知道水仙庵在這荒郊野外偏僻之地，當年說什麼也不讓妳來。」

沈涼說：「天下的尼庵都這樣，既然立志修行，就不能講究和計較別的了。」

鄭和急忙說：「我現在不再下西洋了，妳在這裡苦苦持齋念經這麼些年，該了的心願也了卻了，還是回家去吧。」

沈涼聽了這話，念了聲「阿彌陀佛」，十分懇切地說：「既已身許空門，就該義無反顧，佛祖是欺誑不得的。」

鄭和自己也是佛門的受戒弟子，自然知道沈涼的話說得有道理，但眼看著她在這裡生活得如此淒苦，心裡很不是滋味，進而說道：「我過去忙著下西洋，妳替我出家修行；現在不再去西洋了，應該由我來償還心願，再也沒有理由讓妳留在這裡苦伴青燈了。」

沈涼仔細注視著鄭和的眼睛，搖著頭說：「你的眼睛告訴我，你的塵緣尚未了斷，你還在渴望重返海洋。佛天與海國相去遙遠，空門圓不了你的海洋夢。」

鄭和被她一語道破了內心的秘密，一時說不出話來。

沈涼為了打破屋裡沉悶的空氣，強作笑顏說：「你現在還是南京守備，總不能將倚門也改成佛寺吧？」鄭和卻怎麼也笑不出來，他瞅著沈涼清瘦了許多的臉，很不落忍地說：「我怎麼老是要連累妳替我受苦呢？」

沈涼也臉對臉地看著鄭和，語重心長地說：「不是早就說過了，這是我倆的因緣，即使來世還這樣，我也不會後悔的。」

也許因為鄭和多年以來依戀沈涼慣了，他這麼一個每臨大事決斷果敢，與番國往來盡該傾服的總兵元帥，在沈涼面前卻總顯得笨嘴笨舌，每一次爭論的結果都是他依了她。這時沈涼反過來替鄭和著急，問他：「你離開了下西洋的船隊，往後的日子打算怎麼過，拿定了主意沒有？」

鄭和一臉的痛苦，在這位最親近的人面前，坦露了自己的心扉。他說：「我現在心裡一團亂麻似的，一切都很茫然，也很苦悶，只是在埋頭整修南京的宮殿，空耗時日。」

沈涼提起了鄭和的那些航海圖，也提起了他爲大報恩寺畫的那些西洋景物，提醒他說：「你不是還有很多事可以做，繼續去圓自己的海洋夢嗎？」

鄭和一拍自己腦袋，好似豁然開朗。可不是嗎，完善那些航海圖，整理那些航海資料，參與修建先帝在世交代的天下第一塔，要做的事仍然多著哩。

一輪紅日早就在林莽的上空升起，從南京城裡和鄉下各地來進香的善男信女，已經陸續到達水仙庵。供奉觀世音菩薩的大殿裡，鐘聲悠悠，鞭炮轟響，焚香秉燭燎出的煙霧，彌漫到整個庵裡，飄散到山林的樹梢上。

鄭和突然想起了一件事，問沈涼：「聽金花說，劉鴻的妻子曾經來過這裡？」

沈涼點了點頭。那還是鄭和去舊港解決繼位糾紛的時候，劉鴻的妻子帶著女兒找到南京鄭和的府上，金花將她帶到庵裡。那鄉下女人見沈涼爲超度劉鴻等人在海上的亡靈，居然捨身出家，矢志修行，感動得直掉眼淚。那女人告訴沈涼和金花，家裡現在的日子過得不錯，用劉鴻下西洋積攢的錢和朝廷給的撫恤金，置了田產，雇了人耕種。這幾年收成不錯，六畜興旺，茅屋也變成了瓦屋，婆婆身體也比原來硬朗。小女兒也定了門娃娃親，男家答應讓那個小毛頭入贅過來，改姓劉，接續劉家的香火。劉鴻的妻子當時就拉著女兒一起，像拜觀音菩薩一樣，給沈涼磕了頭。臨別的時候，還拉著沈涼的手哭著說：「難怪這幾年家裡的日子越過越旺相，原來有貴人天天伴著青燈在替我們祈福，您眞是一位活觀音。」

鄭和滿懷深情地對沈涼說：「我們都欠妳太多，就是來世怕也報答不完。」

水仙庵的住持這時推開門闖了進來。這位老尼精明老練，猜想到鄭和此來十有八九是接沈涼回府上去的。自從沈涼來到庵裡，鄭和府上按時都要給庵裡捐錢，成了水仙庵的大施主。現在鄭和又回到南京做了守備，今天連南京最是無法無天的惡少都被他辦了，如果有他給水仙庵撐腰，今後不會有人再敢來打那些年輕尼姑的主意，尋釁鬧事了。

她將耳朵緊貼著門縫聽了好久，生怕沈涼的心眼一動，離開這裡，讓小小尼庵失去這座靠山。現在見沈涼心堅如鐵，高興地對鄭和打了一個稽首：「阿彌陀佛，庵裡準備了齋飯，請守備大人賞光。」鄭和果然說：「今後有人再來庵裡滋事，你就到南京守備府找我。」

三、航海症候群

鄭和府上先後來了三位不速之客，一個是舟師林貴和，一個是舵手李海，還有一個是舵工小胖子。

林貴和來的那天，鄭和正在自己的院子裡忙著整理航海圖。他攤開原來在船上陸續畫出的航海草圖，一張張進行修改訂正，請畫師重新描畫，再注上文字說明，同原來相比，草圖的確變成精品了。他投入到這份額外的工作中，雖然顯得更忙碌，心情確實開朗了不少。這件事，於他自己可以聊寄海洋的情思，於後人可以提供一份寶貴的航海資料，他相信今後總會有人繼續去圓海洋夢，到那時就會用得著這張航海圖了。也就在這個時候林貴和突然背著一個包袱，滿身風塵來到鄭和家裡。這位舟師在院子裡看到那些自己親手繪製的航海圖，連包袱都沒有來得及放下，立刻捧起來緊緊抱在懷裡不放，一副難捨難分的樣子。

鄭和見了這位舟師，也好像見到了久別重逢的親人，感到格外親切。他連忙請林貴和進屋裡坐，問他怎麼來了南京。林貴和覺得一言難盡，咕咚咕咚喝下一大杯涼茶，這才從頭至尾敘述了他離開寶船以後經歷的情形。

在南京寶船廠交了船以後，林貴和與從福建來的一大批船工，一同搭乘海船回了家鄉。有幾個泉州老鄉就在船上悄聲問他：「我們一起去西洋番國，行不行？」他聽了莫名其妙：「寶船隊罷了西洋遠航，還去那裡做什麼？」那幾個人說：「此處不留爺，自有留爺處，我們一起到西洋番國去做生意。」林貴和說：「沒有了寶船隊，來往不方便，做什麼生意啊。」有個老鄉說：「那些番國生意好做，錢也好賺，老婆也好找，還回來做什麼。」另一個老鄉說：「你要是捨不得老婆孩子，乾脆連他們一起帶出去好了。」林貴和回到家裡沒幾天，那幾個人又找上門來，說是船都準備好了，就泊在洛陽橋下，只等他這個舟師登船就出發。他們在林貴和的老婆、孩子面前把西洋番國說得天花亂墜，遍地是黃金，遍地是寶物，遍地是香料，還差點說漏了嘴，把只能在男人面前吹噓的「遍地是漂亮番女」也賣弄出來。林貴和的妻子、兒子都被他們的話說得心動了，都忙著收拾東西催著他快走。林貴和告訴家裡人，自己雖然經常在海上來來回回，眞要離鄉背井永遠留在番邦，他會天天想念老家的，這片故土實在難離。就這樣，他客客氣氣陪著那幾個人到了洛陽橋，目送他們揚帆遠去。

林貴和在家裡待了沒幾天，腳下感覺不到波濤的洶湧，眼睛不再注視浩瀚藍天那些指示方位的星座，就覺得渾身不自在。他每天跑出去站在洛陽橋上看海，看見那些揚帆而去，落帆而來的船舶，心裡更不是滋味。漸漸地脾氣也暴躁起來，看家裡人誰都不順眼，逮誰就想罵誰。家裡人都明白他這是患了「戀海症」，有人來聘他當舟師，從泉州到寧波，來回運送貨物，都慫恿他重操舊業。他上了那船，從泉州跑到寧波，就不願再上那條船了，便從寧波轉道來了南京。

他歎著氣對鄭和說：「開過大寶船了，橫渡過印度洋了，再去海邊上遛那些小船，真是乏味。」

鄭和很理解地點了點頭，他們是人同此心，心同此情。他問林貴和：「到南京有何打算？」

林貴和迷茫地搖頭說：「也沒什麼打算，就是想來看看總兵元帥，看看寶船。」

鄭和說：「那就留下來擺弄這份航海圖吧，讓我們一起把這件事做成功。」

林貴和一聽臉上立刻綻開了笑容：「我在家裡，在船上，都日夜心神不寧，鬼使神差到了南京，沒有想到會有這樣一件好事在等著我。」

鄭和嚴肅著神情說：「先帝生前把遠洋航海這件大事交給我等，期望能與海外諸國永遠往來溝通，這份航海圖一定要做到詳實而沒有疏漏，準確而沒有錯誤，以昭後世，不辱先帝交付給我們的使命。」

李海與小胖子是結伴來的。小胖子的老家在安徽，這回帶著搭載貨物賺的錢和朝廷賞賜的銀子回到碭山，算得上衣錦還鄉，父母喜笑顏開，忙著給他張羅找個老婆，成家立業。山區的人何曾見過誰家有這麼多白花花的銀子，都風傳小胖子下西洋發了大財，好多人家都把生得如花似玉的姑娘送上門來任他挑揀，終身大事一拍即合，很快就成了親。但是，當新郎官沒幾天，他擔心的事情就出現了。山區夜晚闃寂，缺少了他在船上入睡時聽慣的濤聲。新媳婦娘家陪嫁的楠木雕花架子床，也沒了枕著海上波浪搖搖晃晃入睡的舒服感覺。他竟然整夜睜著眼睛無法成眠，頭幾個晚上，新媳婦還打點百般的溫存哄他入睡，眼看什麼辦法都使盡了，他還是一夜到天亮都睜著眼，新婚妻子的心也慢了下來，一上床就拿後背對著他。「君在床之頭，儂在床之角」，兩人離得遠遠的。

久而久之，他人消瘦了，小胖子已經名不副實，精神也恍恍惚惚，還養成了夜遊的毛病。有天晚上，他迷迷糊糊將新婚妻子的兩條雪白大腿當成了船上的舵桿，使勁扳來扳去，那年輕女人從睡夢中驚醒，將三魂七魄都嚇出了竅，哭哭啼啼鬧著要回娘家。當父母的請來郎中給他看病，郎中先生把了脈，聽他傾訴了病情，竟然開不出方子來。小胖子自家有病自家知，告別了父母和新婚的妻子，背著一個包袱來到福建長樂找李海。

李海的境遇，其實比小胖子也好不了多少。本來，他下西洋這麼長的時間，自己賺的和朝廷賞賜的，足夠一家人維持生計的了。他偏要重操舊業，吆喝著一家人駕船出海。沒想到，他在寶船上掌大舵掌慣了，再來擺弄自家船上的小舵已經不靈了。不但妻子嫌他笨手笨腳，有勁使不上；連本來很崇拜他的兒子李西洋，看了他操舵也不敢恭維。小傢伙常常從他手裡接過舵把子，並且問他：「爹，你就這樣給大明船隊的帥船掌舵？」他妻子在旁邊說：「我看是總兵元帥對你爹太偏心了，要不連我都瞧不上眼，他老人家怎麼偏就瞧上你爸了？」小胖子來到李海的船上，正趕上那母子倆在數落李海蹩腳的掌舵技術，李海歎著氣對小胖子說：「我這是虎落平陽被犬欺。」他妻子聽了還不依，問他：「你這是罵誰呀？」李海趕緊設法解釋：「我罵兒子哩，秀才們說話不都是叫兒子爲『犬子』嗎？」李西洋不敢當面頂嘴，卻從他手裡搶過舵把子，大言不慚地說：「要是總兵元帥再下西洋，乾脆由我去掌帥船的舵，爹和小胖叔叔給我當舵工。」李海罵道：「你蚊子打哈欠，好大的口氣，總兵元帥是聽我的，還是聽你的？」

不管怎麼說，李海與小胖子在這條船上，多數時候都只能老老實實當水手，掌舵的是初生之犢李西洋。小胖子倒也樂意，他能睡著覺了，人也開始胖起來。李海卻悶悶不樂，堂堂大明寶船隊總兵帥船的舵手，回到家裡卻淪落到給老婆、孩子擔任下手。一天晚上，他將熟睡的妻子推醒，說他剛才做了一個夢：「南京寶船上的天妃娘娘，剛才騰雲駕霧來到我的面前，兩隻手托住我，帶我飛上了天空。我自己不小心，一腳踩到了雲縫中掉下來，這才突然嚇醒了。」他拉著妻子的手摸他的胸口，那顆心還在咚咚地跳得厲害。他妻子充滿柔情地說：「我早知道你想寶船了，快去南京吧，也該去問問總兵元帥的安，他老人家不下西洋了，說不定心裡也難受著哩。」

鄭和聽了李海和小胖子的叙述，很受感動，好久都說不出話來。他讓他們先去寶船廠的碼頭，頂替看護帥船的士兵，與寶船在一起待些日子，什麼時候想回家了再說。

李海上了帥船，見船上到處佈滿了塵土，艄樓上成了麻雀窩，天妃娘娘的神龕上冷火秋煙，神像身上都結了蜘蛛網，嘴裡不停地說：「罪過，罪過，怪不得天妃娘娘要給我托夢，原來她老人家如此遭受冷落。」

小胖子也大罵那幾個守船的士兵：「一群懶豬，眼看寶船被糟蹋成這樣也不管。」他們用了好幾天時間將這艘帥船裡裡外外洗刷一新，天妃娘娘的神龕前重新點燃了香火。林貴和一天來到寶船上，見了收拾得乾乾淨淨的寶船很是高興，徵得鄭和的同意，乾脆將重繪航海圖和整理航海資料的工作，搬回到寶船上來。好長一段時間裡，總有一大群麻雀圍繞著艄樓飛來飛去，叫個不停。牠們不明白，這些人爲何如此不講道理，無端侵佔了牠們的領地。

漸漸地，寶船上又熱鬧起來。那些下過西洋的人，想回味往昔遠洋航海的日子，都會不自覺地踱到這裡來，瞧著那些描繪在畫卷上的山呀，水呀，島呀，塔呀，評頭品足，相互爭論。太醫院的匡愚，執意要留在南京整理《西洋番藥》那本書的綱目，沒有跟著太醫院去北京，他也經常袖著自己整理的本子，跑到寶船上來徵詢意見。馬歡伏案寫出記錄西洋見聞的書，名爲《瀛涯勝覽》，也帶到寶船上來，念給大家聽，讓大夥兒品評。

人們最愛聽也最愛參與意見的還是馬歡的書稿。每次馬歡來這裡，都會圍上一圈人。馬歡念了一段榜葛拉國的見聞，說那個國家有的大街上，男人帶著妻子牽著一頭老虎挨戶串門，到了人家門首，將老虎脖子上的繩索解開，那男人赤身裸體與老虎搏鬥，還將手臂探入虎口，嚇得那戶人家趕緊往他妻子的荷包裡塞錢，往老虎嘴裡塡肉。大家聽了高興地說：「有這麼回事，我們都親眼見過的。」馬歡又念一段占城國的見聞，說該國有種婦人，名爲屍頭蠻，眼睛裡沒有瞳子，夜裡睡著以後，腦袋會飛出去吃別人家小孩的糞便，將妖氣侵入小孩的體內，致其死亡。有人想出辦法來，待這類婦人的頭飛出去以後，將其身子移往別處，那腦袋回來找不到身子，那婦人也就死了。大家聽了都說：「這是瞎掰，占城國去過多回了，根本沒有聽說過這樣的事。」馬歡笑著承認：「我這是從元朝人的一本書上抄來的，今後讀這本書的人也不必當眞，只當笑話來讀好了。」

這群癡迷的航海者，沉浸在對往昔癡迷的回味裡。

四、報恩寺寄託海洋夢

朱高熾是個短命的皇帝。他在北京紫禁城的龍椅上只坐了九個月的時間，就因爲陰陽失調，急火攻心，嗚呼哀哉，到北京城外的天壽山找他父親朱棣報到去了。接過皇帝寶座的，是太子朱瞻基。說起來，他父親朱高熾能當這幾個月的皇帝，在很大程度上，還是因爲朱棣生前很器重這個皇太孫朱瞻基的緣故。據說在永樂十一年（西元一四一三年）五月，有一天朱棣接見一批外國使臣，興之所至，出了一副對聯的上聯，「萬方玉帛風雲會」，要當時在他跟前的這個孫子對出下聯來。朱瞻基稍加思索，立刻對了一句，「一統山河日月明」。朱棣很高興，不但看出了他的才華，還看出了他的帝王氣度。後來，朱棣想廢掉朱高熾的東宮太子，很多人提出種種理由，都未能加以說服，最終是「好聖孫」幾個字，打消了他廢立太子的念頭。朱棣因爲愛孫子惠及兒子，說朱高熾能當上幾個月的皇帝是沾了兒子的光，一點也不過分。

朱瞻基很感念他的祖父，也很了解祖父生前修建大報恩寺的良苦用心，名義上雖是要報馬皇后的恩，實際是要報自己生母碽妃的恩。碽妃是朱瞻基嫡嫡親親的奶奶。朱瞻基即皇帝位以後，立刻把修好天禧寺當成一件大事來辦。他同時也具有祖父生前那種雷厲風行的脾氣，對大報恩寺的修建拖拖拉拉十多年還不見眉目，很不滿意，親自督責加快修建的速度，並限期完工。

也難怪朱瞻基不樂意，大報恩寺的修建的確成了中國歷史上都很少見的鬍子工程。從永樂十年（西元一四一二年）動工到最後建成，前後花了十九年的時間，眞個是「廟修好了，和尙也老了」。朱棣剛提出這個設想的時候，由鄭和進行過籌劃，他因忙於下西洋的事務，實際動工以後，是由太監汪福、工部侍郎張信監工，動用了士兵和匠人十餘萬人，聽說還從監獄裡拉出兩萬囚犯參加，聲勢不可謂不大。但是，由於汪福等人監工很不得力，拖拖拉拉，成了老牛拉破車的局面。宣德三年（西元一四二八年），朱瞻基飭令南京守備鄭和提督修建，原來下西洋的整個人馬都投入進去，脫離戰船的士兵都轉業成了泥瓦匠。

南京聚寶門外大報恩寺的工地上，車水馬龍，人如潮湧。王景弘等人簇擁著鄭和來到這裡，大家對這項工程進展的緩慢也都直搖頭。鄭和重新展開十多年前自己描繪的大報恩寺藍圖，耳旁又響起了先帝要建天下第一佛寺的話語，若有所思地說：「原來施工慢了一些，也不見得是壞事，好多事可以從頭做起。」

王景弘湊過來看了這幅圖畫，那個有著眞臘吳哥窟金塔風格的琉璃寶塔，那些佈置在各個宮殿的異域瑰寶，還有準備種植在庭院裡的各種海外的奇花異木，立刻明白了鄭和說這話的意思。他高興地對鄭和說：「朝廷罷了遠洋航行，我們就將這個報恩寺變成一片海洋。」

鄭和會心地向他點了點頭。

鄭和離開他所熱愛的海洋已經四年多的時間。他覺得這些時日比在海上忙來忙去的十多年，不知漫長了多少倍，令他難以忍受。他習慣了大海的廣闊空間，在南京的無論什麼地方，都覺得很懋悶。他繼續發展海外交往和貿易的宏圖大願被突然掐斷，在心裡留下了一大片空白，無論做多少事情似乎都無法塡補。今天來到這個建築工地，看了自己十多年前描畫的大報恩寺，恍然明白實際當時他就在構思一個中國與世界連爲一體的海洋夢。而今，他見不到廣闊無垠的海洋了，他的海洋夢想也只能寄託在這裡。他相信今後會有人從大報恩寺得到啓示，把他美好的海洋夢想變成美好的現實。若能那樣，他自己也就無所遺憾了。這麼一想，大報恩寺方圓九里十三步的範圍，也就成了他眼前的一泓海洋，心胸似乎舒展了不少。

在回到南京的這幾年，鄭和奉旨整修南京的宮廷，連他自己也沒想到，能把西洋那些佛教寺廟和阿拉伯建築的藝術，融會貫通，發揮自如。現在回過頭來審視原來設想的大報恩寺，有不少需要修改和完善的地方，他手下的這些人在西洋多年，接觸過各種風格的建築，眼光也都提升了不少。他們對鄭和寄託在大報恩寺的海洋夢心領神會，紛紛將他們在西洋這些年觀察到的建築特色，各抒己見，補充到鄭和的大報恩寺圖稿中來。

朱眞一直是領兵打仗的戰將，此時也儼然成了建築行家。他在古里、柯枝等地的佛寺中見到過阿育王時代的石柱，提議說：「大報恩寺的前身就是阿育王塔，一定要有阿育王喜歡的獅頭石柱，不但宏偉威嚴，還可以流傳萬世。」

王景弘對眞臘的吳哥窟情有獨鍾，他說：「吳哥窟的金塔富麗堂皇，世人稱之爲『富貴眞臘』，我們的九重琉璃塔也得靠黃金來堆砌。」

洪保幾次下西洋，獨自帶著小船隊跑了不少國家，見過各個不同國家的海船，他建議：「琉璃塔的浮雕要刻畫出各種各樣的海船，從麻林的獨木舟到爪哇的木筏，從波斯商人的大肚子船到眞臘的尖頭船，從溜山國的纜索船到暹羅的鐵釘船……」他一口氣數出了不少，還畫出了這些船的模樣。

馬歡對錫蘭山佛寺中的浮雕，有男女在岩叢中調情的場面，印象很深。他說：「佛門並非一概拒絕人間煙火，大報恩寺裡的浮雕也不要把世俗人情都屏除在佛門之外。」

有的還提出大報恩寺裡要有一片樹林放養西洋的珍禽異獸；有的建議南京能否種榴蓮果，讓萬邦人物到了這裡都流連忘返。鄭和懂得他們這些話的內涵，他們每個人的心裡，也都存著一個海洋夢。

建築是人類在地球上打下的最永久的印記，建築藝術也是人類藝術中永恒的藝術。中國的萬里長城、古埃及的金字塔、古希臘的競技場，至今還在放出奪目的光彩。巴比倫的空中花園，奧林匹亞的宙斯神像，法羅斯島上的燈塔，雖然後來都不幸被毀了，也在人類歷史上留下了永恒的記憶。鄭和在那個時候，除了在中國的北方見過長城以外，別的那些世界偉大建築大概連名字都不知道。但他決心要把大報恩寺建成天下第一寺，把九重琉璃塔建成天下第一塔。中華上邦要讓萬邦賓服，這座寺廟也得讓萬邦景仰。他運用造寶船的辦法，先請衆多能工巧匠中的高手，將大報恩寺的整個建築群做出模型，將大家的心血和智慧都傾注到這個模型裡。林冠群得知這個消息，也特地趕來參加，雖然上了年紀，斧鑿之事使不上勁了，還是幫著出了不少主意。模型出來了，大家看了都覺得有了天下第一的氣派，鄭和立即從全國各地徵調衆多本領高超的匠人，按模型施工。寶船隊的兩萬多名將士，這時又成了建造南京大報恩寺的主力軍。這些人遠洋航海是能手，現在轉行做建築也很快進入了狀況。

大報恩寺方圓的九里十三步，似乎又成了一隻展翅騰空的驕燕，鄭和彷彿又回到了他的帥船上。那些在海洋中與他朝夕相伴的人，現在每天又同他相聚在一起，又都在齊心協力圓他們共同的海洋夢。所不同者，是他的兒子鄭賜，經常會帶著他的孫子來這裡噓寒問暖，給他一些兒孫繞膝的歡樂。金花經常會把漿洗好的衣服送來，而後將穿髒了的衣服拿回去漿洗，尤其是春夏秋冬換季的時候總是不失時機提醒他換季，讓他在這些瑣碎的小事中體驗一種難得的溫暖。

三年多的時間，鄭和捨不得讓任何一寸光陰從自己的身邊溜走，大報恩寺的建築一天一個樣，九重琉璃塔一天天在往上延伸。南京人驚奇地發現，一個充滿異國情調的寺廟，一座聳入雲端在太陽照耀下閃閃發光的琉璃塔，兀然屹立在他們的身邊。南京人還沒有忘記，那個下西洋的三寶太監，前些年曾經不斷用新奇事務刷新他們的耳目，創造萬人空巷的轟動；想不到，他今天又用這天下奇觀，吸引所有市民扶老攜幼，來來回回往中華門外跑。南京人從大報恩寺的正門蜂擁而進，只見綠草如茵的廣闊空間，種植著從未見過的奇花異木，樹林裡活躍著那些來自異國他鄉的飛禽走獸，他們高興地呼喊：「我們也來到西洋番國了。」

最讓人驚歎的還是那座琉璃塔，位於整個寺廟的中間，被二十多座殿閣，還有衆多的經房、畫廊環繞，卻拔地撐天，格外引人注目。這座五色琉璃塔高達三十餘丈，九層八面，全部用白石和五色琉璃磚砌就。每層拱門上都有飛天、飛羊、獅子、蛇和象的雕塑，牆壁上有各種造型的浮雕，在人們面前展現出一個大千世界。塔身外邊的牆壁上有佛像上萬尊，每一尊佛像的衣褶，眉眼神情，一絲不苟。塔頂有個承露盤，由四千五百斤生鐵鑄成，外邊鍍了一寸厚的黃金，盤裡放著夜明珠、避水珠、避火珠、避風珠，以及黃金四千兩，白銀一千兩，永樂錢一千串，還有地藏經、阿彌陀佛經、釋加佛經、接引佛經各一部及其他供奉的物件。每層塔的八個角都掛著風鈴，總共一百五十多個，只需微風輕拂，便玎玲有聲，十分悅耳。塔頂和每層塔的中間，還有一百四十六盞長明燈，到了晚上十里外都可以瞧見，正所謂「上照三十三天，中照人間善惡」。

大報恩寺建好以後，鄭和特地到水仙庵接了沈涼過來，細細地看了大報恩寺。沈涼走著看著，在琉璃塔前駐足好久，嘴裡連聲念著「阿彌陀佛」。她對鄭和說：

「你應該放心了，即使你今生沒有機會再去西洋，後來的人受了這個海洋夢的感動，也會去圓這個海洋夢的。」

鄭和乘機勸她：「乾脆搬到報恩寺來吧，讓我們一起生活在這個海洋夢裡。」

沈涼還是沒有答應，輕輕說了一句：「只要此心相通，就是天涯海角，也如近在咫尺。」

他和她都還不知道，這次見面，是他們兩人的永訣。

大報恩寺也驚動了海外番邦，絡繹不絕地有使者來此頂禮膜拜。他們都讚歎說：「眞個是天下第一塔，四大洲所無也。」可惜的是，清朝時候太平天國洪秀全的軍隊打進南京城以後，那些士兵放火燒毀宮殿，也放火將整個大報恩寺燒成一片瓦礫，使中國失去了一個世界之最。後來，清朝政府在北京修圓明園，曾經在園內仿造過那座琉璃塔，不幸也被八國聯軍的一把火燒掉了。鄭和作爲戰爭的受害者，打心眼裡不喜歡戰爭，總想化干戈爲玉帛。沒想到他留給後人的這個海洋夢，也逃脫不了戰爭的厄運。

五、總兵元帥的憂患

時間已經是宣德五年（西元一四三〇年）的年初。鄭和恰逢六十歲的生日。王景弘等一班在西洋航海中結下生死情誼的朋友，都要替他做壽，大家聚在一起熱鬧一番。宣德皇帝不知是感念鄭和下西洋有勞，還是修報恩寺有功，亦或是表示對先祖時期老臣的尊重，總算沒有忘記他，也從北京派了內臣，替他賀壽。

人的生日，本來是件亦喜亦憂的事。從喜的角度講，是慶賀自己又多活了一年，花甲之後盼古稀，古稀之後再盼壽比南山不老松，企圖與人的生命規律較勁；從憂的角度講，增了一歲就意味著離自己的大限之期近了一年，飯吃一頓少一頓，人活一天少一天，增加了人生苦短的緊迫。人都說：喜歡做壽的人，活得糊塗；不愛做壽的人，活得清醒。

鄭和在壽宴上感受得更多的是一種悲哀。已經年屆花甲了，歇下來這幾年，自己感覺到身體已經大不如前，他心中的海洋夢，眼看著眞的只能寄望後人了。他只是不願辜負大家的一片熱心，在酒宴上強作歡顏。

從北京來的宮廷內臣，原來就是鄭和的屬下。他在酒席上悄悄對鄭和說：「宣德爺眼看這幾年番國的貢使日漸稀少，午門前再也不見四方來朝的局面，心裡也在暗地發急，在朝堂之上經常發怒，將那個禮部尚書呂大人罵得狗血噴頭。」

鄭和聽了這個消息心裡直發沉，萬沒想到自己近二十年開創的海外諸國往來不斷的局面，就這麼幾年的光景便煙消雲散了。但他不好說什麼，只是搖著頭說：「這可不光是禮部的事，光責備呂震也沒有用啊。」

王景弘他們聽了這個消息，也唏噓不已。洪保心直口快：「這就好比報恩寺裡的琉璃塔，建起來花了近二十年，眞要垮塌下來，稀哩嘩啦，就眨眼間的事。」

有人忙捂他的嘴：「琉璃塔好好的，你咒它幹什麼。」

洪保也自知失言，趕忙解釋：「我這也是急的，亂打比喻，琉璃塔是我們的海洋夢，要傳之萬世，它怎麼會倒塌呢。」

晚上，送走了南京城裡來祝壽的客人，王景弘、洪保、朱眞、林貴和等人仍舊留在鄭和的府上說話。這時又闖進來一位不速之客，大家一看是遠在滿剌加的蒲日和，都吃了一驚，幾乎是齊聲問他：「你怎麼回來了？」

蒲日和沮喪地說：「我今天是來趕總兵元帥六十華旦的，先別說讓人傷心的事。」他說著，從包袱裡取出他自己從麻林國收購來的一件象牙雕刻，用雙手高高舉著送到鄭和的面前，深情地說：「這是我特地選了您到過的最遠一個國家的特產，作爲孝敬您的壽禮，往後恐怕再也難得見到那些遙遠國家的東西了。」

在這些人中，洪保曾奉命送走最後一批跟隨船隊來中國的海外使臣，當時經過滿剌加時見到蒲日和，那時他還好好的，貨棧的情況也好好的。蒲日和當時還讓洪保帶話給鄭和，說他牢牢記住了總兵元帥的話，一定會「好自爲之」。沒想到幾年的時間，雄心勃勃的蒲日和已經變得神情黯然，進門就說喪氣的話。

洪保催促道：「你都要把大夥急出毛病來了，說不講傷心的事，講出來的盡是讓人聽了傷心的話，到底發生了什麼事，趕緊說給大夥兒聽，要不然我們今天晚上都會睡不著覺的。」

經洪保這麼一激，蒲日和說出了令大家震驚的消息：「海外的貨棧都垮了，連在滿剌加建的那個經營二十多年的大貨棧，也是說垮就垮了。」

大家一聽這話，心裡變得冰涼，都在心裡哀歎：「完了，完了，六下西洋留在那裡的最後一點痕跡也被抹掉了。」

鄭和趕緊起身給蒲日和端了一杯水，叫大夥兒都別著急，讓他慢慢細說。

這其實也是預料中的事。過去貨棧的興旺，全靠大明寶船隊往來的支撐。寶船隊出去的時候，能帶去大批的中國特產，由貨棧進行經營；貨棧就地收購的貨物，又可以由寶船隊帶回來。寶船隊的往來，如同貨棧暢通的血脈，而今血脈斷了，貨棧自然就日漸枯竭終至枯萎了。蒲日和在得到朝廷罷西洋遠航的消息以後，曾經想得挺好，聖旨既然只說罷遠航，沒說罷貨棧，好好把貨棧經營起來，賺了錢以後就在海外造船，重振大明船隊雄風，圓好總兵元帥的海洋夢。還是四年前，他租了一次船，想把囤積在滿剌加貨棧的貨物運回來，沒想到在彭加山附近遭遇海盜，當時押送的人警告說：「你們豎起耳朵聽著，這可是大明船隊的貨物。」那個海盜頭子哈哈大笑說：「大明船隊早就被朝廷罷航了，哪裡鑽出一個什麼大明船隊來。」還有海盜嚷嚷：「我們可不是陳祖義，就是鄭和來了，也奈何不得我們。」蒲日和得到消息後，找臨近的幾個國家出動戰船，幫助剿滅海盜，奪回貨物。那幾個國王見大明朝廷斷絕了與西洋諸國的往來，也不知今後能與中國建立什麼樣的關係，都推三阻四，延誤了戰機。

蒲日和眼看遠途航行風險太大，就想在貨棧附近的國家之間進行週轉。然而，過去有寶船隊經常來往，大明王朝在西洋的威信很高，番國商人都爭著來做生意。現在大明船隊偃旗息鼓了，中國這個東方大國的形象在番人的心目中也逐漸暗淡下來。那些番國商人也學精了，他們相互之間想直接進行貿易，不願意大明貨棧從中轉手。時間長了，連貨棧也在海外立足不住了。一些番國的國王見大明王朝溝通海外的章程變了，原來歡迎在他們那裡設立貨棧，現在態度也都冷淡了。滿剌加換了國王以後，也嫌貨棧給他們帶來的利益日漸減少，開始排擠貨棧，徵稅也越來越高。貨棧請來的人也都心灰意冷，陸續離開，各自設法謀生去了。

鄭和問：「我們船隊留在滿剌加貨棧的那些人呢？」

蒲日和說：「他們自個兒倒不錯，有了滿剌加的妻子，也就有了滿剌加的親戚，離開貨棧進入到當地人的圈子裡，有的做鱷魚皮革生意，有的開錫礦，有的販賣樹脂和香料，好比一群魚遊回到了另一片水域裡，活得更自在了。」

林貴和問：「有沒有見到大明船隊中到番國去謀生的人？」

蒲日和說：「在眞臘換船的時候，曾經遇到幾個人在那裡落腳，這些人說起來也很感慨。他們到了眞臘，那裡的人都還管他們叫唐人，十多年打著大明王朝的旗號轟轟烈烈下西洋，到頭來連『明人』都做不成，還只能做唐人，永樂爺這些年追漢唐、軼漢唐，算是白『追』白『軼』了。」

洪保聽了灰心喪氣地說：「這些話說得難聽一些，卻是實情，永樂爺這一走，現在莫說軼漢唐，恐怕連追漢唐都不可能了。」

鄭和聽了這番議論很是震驚，這些年讓他振奮而且出生入死奔走在遙遠的西洋航路上，可不就是跟著永樂皇帝去實現「追漢唐」與「軼漢唐」的理想嗎？前些年，大家都在爲這個追求的實現歡欣鼓舞，然而永樂盛世僅僅是一樹曇花，剛剛開放便頃刻敗落，這到底是爲什麼呢？

「還有更讓人傷心的事哩！」蒲日和讓在門外侍候的兩個跟班從馬車上搬進兩只沉重的鐵皮箱子來，接著說道：「這是貨棧餘下的錢，已經到了家門口，都險些被倭寇劫奪走了。」

他打開箱子，裡面全是足赤的金子和最珍貴的貓睛石。

一個跟班說：「蒲老爺爲了保住這些金子和寶石，差點連命都送掉了。」

鄭和忙問：「這是怎麼回事？」

原來，他們從眞臘搭乘了一艘番商的船，已經到了南澳山，很快就要到達泉州港了。不料從南澳山的一個海灣裡殺出一夥倭寇，將商船團團圍住。好在那個番商還算想得開的，只求保人保船，所有的貨物和銀錢任他們劫掠一空。蒲日和事先有所防備，將貴重東西裝了箱封了蠟，眼看勢頭不對，趁天黑將密封了的箱子從船舷邊吊下去，隱沒在海水裡。倭寇洗劫了那個番商回過來洗劫搭乘商船的客人，蒲日和主動交出了帶在身邊包袱裡的銀兩，倭寇瞧他一副巨商富賈的模樣，不相信他只有那麼一些銀兩，幾把倭刀一齊架到他的脖子上，還用鞭子抽他，要他交出錢財。蒲日和一口咬定自己是個落難的商人，商船在海上翻了，只揀了一條性命回來。還說他剛才交出的銀兩都是朋友見他可憐，慷慨解囊給他做回家的盤纏。不論倭寇怎麼打，怎麼逼，他就這幾句話，絕不改口。兩個跟班也急中生智，裝出被嚇昏過去的樣子，躺在船舷邊不起來，擋住吊著箱子的地方。最後還多虧那個番商講義氣，出面證實蒲日和說的都是實情，並無半句虛言。那幫倭寇相信了他的話，一擺手連人帶船放走了。蒲日和也是個講義氣的人，將自己保住的銀錢分出一份給了那個番商，貨棧的這些金子和寶石卻絲毫無損。

鄭和撩開蒲日和的衣服，只見胸前背後盡是一條一條紫色的鞭痕，趕緊叫人去找匡愚來替他療傷。這時大家也都圍過來，紛紛察看他的傷情，問這問那。

蒲日和說：「最讓人傷心的就是，我們自己國家的門口，現在又成了倭寇的世界，來往的番國貢使生死難保，番船往來中國成了畏途，這樣下去如何是好？」

朱眞這員武將拍著腰間的寶劍，無比慷慨地說：「想當年，有大明船隊在海上往來馳騁，走私船和倭寇船都望風而逃，誰敢如此猖獗！」

王景弘十分憂慮地說：「大明寶船隊一解散，怎麼別的水師也不管用了，就眼睜睜地看著堂堂中華的一片海洋成爲海盜的世界？」

鄭和也壓抑不住激動的情緒，奮然而起：「我們要上書朝廷，重整寶船隊，再下西洋！」

這天晚上，很多人都輾轉反側，一夜無眠。

蒲日和的鞭傷，經過匡愚的悉心調理，很快就復原了。鄭和再三挽留，他執意要離開南京，回福建老家繼續經營祖上的那份產業。他對寶船隊的事已經心灰意冷，這些年付出了多少辛勞，經受了多少兇險，最後換來的只有傷心和哀歎，倒不如回家經營自己的那一小份家業，落個心裡踏實。鄭和與王景弘等人商量，要從貨棧的那筆錢裡，拿出一些彌補他個人蒙受的損失，其餘的都派人送到北京的宮裡去，並上一個奏摺，備細說明滿刺加貨機的情況。蒲日和卻堅決不要，他說：「我們還是完璧歸趙吧，不過這璧已經不完了。你們都別爲我擔憂，只要人在，什麼樣的損失都能補回來。」

鄭和親自送蒲日和去了長江碼頭，告別一位曾經在西洋航路上生死相依的伙伴。他們互道珍重，眼裡都止不住湧出了淚水。

第十四章 在海洋中永生

一、天妃碑中藏心跡

沒等鄭和上書進言下西洋的事，宣德皇帝命鄭和重下西洋的聖旨就來到了南京。這位安居北京紫禁城的皇帝，在宣德三年（西元一四二八年）的陽春三月，同身邊的大臣一起，乘船遊太液池，一時興起，大發感慨：「治天下就好比行舟，越是大江大海越有利可圖。」他這是有感而發，宣帝經歷過他祖父時代的盛世，對現在各國來使一年比一年減少，朝貢貿易也隨之衰落，兩相對比，也就有了這樣的認識。尤其是征安南失手以後，讓他明顯感到大明王朝在番國中威望的削弱，終於拍案而起，決心重振大明的聲威，再造萬國來朝的局面。他在朝堂上提出重下西洋的事，此時夏原吉已經去世，失去了一個強有力的反對者。別的反對者也看到罷了下西洋，好多事情並沒有什麼好轉，有些事反而變得更糟，不好再說多少反對的話。朱瞻基同乃父朱高熾脾氣也不一樣，有些反對的話根本聽不進去。他毅然下了一份《遣太監鄭和等賚詔往諸番國詔》，在詔書中重申了乃祖永樂皇帝生前力主下西洋的那些意思：

「朕恭膺天命祗嗣太祖高皇帝、太宗文皇帝、仁宗昭皇帝大統，君臨萬邦，體祖宗之至仁，普輯甯於善類。已大赦天下，紀元宣德，咸與維新，爾諸番國遠處海外，未有聞知。茲特遣太監鄭和、王景弘等賚詔往諭，其各敬順天道，撫輯人民，以共用太平之福。」

這是一份遲來的聖旨。已經時隔六年，所有下西洋的一切裝備、物件、人事及規程，都已經廢弛，要重新啓動談何容易。特別是海船，過去廢棄的，改造成內河船的，很多都不能用了。且因大運河的開通，內河漕運船舶需求的增加，此時連海船都已經停造。所幸李海等人將幾艘大型寶船早就收拾妥當，若是那年眞的毀了這些寶船，此刻恐怕連哭都來不及了。

朱瞻基大概也體察到了其中的困難，下了一道飭令，要求一應錢糧並番國頭目的賞賜，隨船需用的軍火器油燭柴炭，以及內官使臣們所需物資，都要照數發放，不許稽緩，算是格外開恩。然而，寶船隊的人並沒有因此感到些許的輕鬆，大家立即又投入了下西洋的緊張準備。

鄭和親自督陣，趕造一批海船。王景弘雖然也是上了歲數的人，還是自告奮勇趕往福建長樂籌集下西洋的物資，招收新的水手補充船上的人員。朱眞、王衡、唐敬、周聞幾員戰將，率領參與修建大報恩寺的將士，重新回到戰船上，操練他們已經生疏了的水戰。洪保久經歷練，已是寶船隊的中流砥柱。他被先期派到太倉瀏河口，在那裡集合船舶和人馬，統籌出航的準備。此時的蘇州知府況鐘，雖然沒有與鄭和直接打過交道，還是很敬重鄭和的衆人，對下西洋的壯舉也給予充分的理解。洪保有事求到知府衙門，況鐘給予了熱情的支援，使得很多事情的進行還算比較順利。

鄭和將這次出航的準備想得比別人更深一些。他一直不能忘懷蒲日和所經歷的那些怵目驚心的事情，從那些事情中進而領悟到，一個國家不敢大步踏著海浪走出去，老想把海邊當成封堵別國也封堵自己的藩籬，會有多麼大的危險。然而，他已經老了，自己預感到來日無多，這次去了西洋，恐怕難得再有機會了。往後能否有人繼續下西洋，將溝通世界的遠洋航行持久進行下去，瞻前顧後想一想，實在有些渺茫。他心裡清楚，朝廷中主張閉關鎖國，反對與海外交往的勢力太強大了。前些時候，朝堂上議論安南的情勢，有人就公開說：「堂堂大明王朝根本沒有必要與蠻夷之人計較短長，永遠不與他們來往就是。」在宣德皇帝下了遠航西洋的聖旨之後，還有人力勸聖上放棄派寶船重下西洋的打算，他們說：「只要讓爲官者和種田者各司其職，吾朝必傳萬世。」這回完全是靠了皇帝個人的決斷，一言九鼎，才得以成行。然而，當皇帝的經常是一會兒一個主意，今後會怎麼想，誰也料不定。

鄭和決定要借這次下西洋的機會，拿出一個好的主意，讓世人瞭解他屢下西洋的苦衷，懂得利用海洋走向海外的重要性。前些時候，他潛心整理航海圖和航海資料，就有這個意思。然而，那些資料將來進入朝廷的檔案庫裡，鬧不好石沉大海，難見天日；繼續給皇帝上書言事，把自己的心裡話都吐出來，在皇帝已經有了旨意以後，顯而易見是多此一舉；趕往北京去辭行，在朝堂上慷慨陳詞，萬一引發新的爭論，反而弄巧反拙；勒石記事，直抒胸臆，又有標榜自己之嫌，而且這樣的碑立在什麼地方都是一個難題……

這天，他來到寶船上，見李海和小胖子正在虔誠地擦拭天妃的神龕，恭請這位海神娘娘繼續陪伴他們蹈海遠行。李海對鄭和說：

「幾次下西洋，天妃娘娘替我們出了大力，這回起航得好好祭拜祭拜。」

鄭和聽李海這麼一說，若有所悟，問他們：「我們就在瀏河口的天妃廟行香，並且立一塊碑，將天妃娘娘幾次護佑我們下西洋的事一一刻上，你們說好不好？」

李海說：「那敢情太好了，天妃娘娘一定會看出我們的誠心來，更加盡心盡力保佑我們。」

小胖子說：「最好把我們的名字都刻上去，讓以後的人知道大明時候有這麼大的船隊下過西洋。」

李海訓斥道：「你呀做夢娶媳婦，盡想好事，那是紀念天妃還是紀念你？」

鄭和笑道：「小胖子的想法也不錯，只是兩萬多人，那要多少塊石碑來刻啊。」

沉寂了多年的瀏河口，突然又變得熱鬧起來。遠近的商賈以靈敏的嗅覺，捕捉到了新的發財機會，用車船載了各色貨物雲集到這裡。當地的老百姓眼見朝廷下西洋潮起潮落，潮落潮起，也懷著莫名的興奮，有的閒看戰船的操練，有的熱心幫助重修天妃宮。

這是一個乍暖還寒的日子，緊依瀏河碼頭的天妃宮裡，人聲鼎沸，香煙繚繞，鞭炮聲震天價響。天妃宮外的河面上，下西洋的船隊排列整齊，雲帆高張。鄭和率領正副使臣和明軍將士及所有民梢人等在這裡祭拜天妃，並舉行了隆重的立碑儀式。鄭和苦心孤詣，給這塊碑定了一個耐人尋味的名字，稱之爲「婁東劉家港天妃宮石刻通番事蹟碑」，讓細心的人能夠體會到，這塊碑既是祭祀天妃的，也是紀念大明船隊下西洋這一壯舉的。有了這麼一個碑名，他名正言順地在碑文中詳細開列了歷次下西洋的時間，所經歷的國家，所遇到的大事，連這一次「仍往諸番開詔，舟師泊於寺下」，也一一記載明白。然後借著頌揚天妃的功績，將幾次下西洋所經歷的艱辛，全體人員的奮鬥精神，洋洋灑灑作了一篇大文章：

「和等自永樂初奉使諸番，今經七次，每統領官兵數萬人，海船百餘艘。自太倉開洋，由占城國、暹羅國、爪哇國、柯枝國、古里國，抵於西域忽魯謨斯等三十餘國，涉滄溟十萬餘里。觀夫鯨波接天，浩浩無涯，或煙霧之溟濛，或風浪之崔嵬。海洋之狀，變態無時，而我之雲帆高張，晝夜星馳，非仗神功，曷能康濟。有險有阻，一稱神號，感應如響，即有神燈燭於帆檣。靈光一臨，則變險為夷，舟師恬然，咸保無虞。此神功之大概也。及臨外邦，其蠻王之梗化不恭者生擒之，寇兵之肆暴掠者殄滅之，海道由而清寧，番人賴之以安業，皆神之助也。」

船隊從瀏河口出發，來到福建長樂港。十洋街依舊熱鬧，卻是新人替換了舊人。林婆婆已經去世，樓房已經空了。當地的老百姓感念鄭和的好生之德，特地將這座樓房保留下來，讓「貴人樓」永遠存在下去。原來村裡那位老人說的話也應驗了，鄭和第四次、五次下西洋經過長樂，石首山真的發出了哈哈大笑的聲音，這兩年長樂也的確出了狀元，應了「石首山鳴大魁出」的古話。當地人都認定鄭和是個大貴人，給長樂帶來了好運氣。長樂的老百姓用自己特有的方式，肯定了鄭和下西洋的壯舉。

鄭和來長樂不久，偕王景弘等人到了長樂南山寺的天妃宮，在這裡燒香。他仰觀天妃娘娘神像，回憶幾次由此開洋遠航的情景，忽然覺得在瀏河口的天妃宮刻石抒懷還是意猶未盡，一些該說的話尚未說充分，後人見了不一定能透徹理解。他同大家議論此事，人們都說：「那篇碑文一語雙關，歌頌了天妃神靈感應，也描畫了大明寶船隊征服海洋的英雄行爲，可以流芳千古。」鄭和聽了這些讚揚的話，沒有吱聲，心裡的惆悵之情卻有增無減。

這天，北京宮裡派人奉旨來到長樂，向鄭和開讀聖旨。宣德皇帝又給他添加了一件很具體也很緊迫的事情，這就是調解暹羅與滿剌加新起的風波。事情的原委是，滿剌加國的新國王巫寶赤拉，因忍受不了鄰國的諸多要挾，要來中國朝見大明皇帝，討個公道，不料在途中又受到暹羅國王的阻攔。暹羅國王對他說：「滿剌加是暹羅的屬國，你不來朝見本王，卻大老遠地跑去朝見中國皇帝，眞是豈有此理！」巫寶赤拉說：「早些年大明使者已經把話說清楚了，暹羅和滿剌加都臣服大明王朝，本王去晉見中國皇帝乃是情理中的事。」暹羅國王說：「大明朝廷已經罷了下西洋，中國皇帝已經自顧不暇，我今天就是將你抓起來，滅了滿剌加，他們也管不了你的死活了。」巫寶赤拉設法逃到北京，向宣帝訴說了這些遭遇，朱瞻基看到西洋諸國的形勢如此嚴峻，讓人將滿剌加國王送過來，要鄭和護送他回去，同暹羅國王面對面地解決糾紛，以維護西洋海路的和平寧靜。

鄭和安頓了滿剌加國王巫寶赤拉，心裡頓時豁然開朗。他拍著自己的腦瓜對王景弘等人說：「我已經明白瀏河口那篇碑文的不足之處了。」

王景弘等人也是心有靈犀一點通，都笑著說：「一定是從暹羅國王和滿剌加國王的糾葛中得到了啓示，有了新的靈感。」

鄭和點頭稱是，說：「起草那篇碑文的時候，顧慮蒲日和所敍說的那些事情，都是從反面說明斷絕與世界往來的教訓，不好在碑文中明言，有些含糊其詞。現在我們可以從正面來闡釋這篇道理，唯有溝通海外，和順萬邦，中華聖土方能長治久安。」

洪保腦子快：「那就再立一塊碑。」

大家說：「就是這個主意。」

鄭和運動文思，又揮寫了名爲〈長樂南山寺天妃之神靈應記〉的碑文，著重增添了闡述走向海洋意義深遠的內容，並將這塊碑嵌進長樂天妃宮的牆壁裡，期望他們的親身經歷和從中悟出的道理，能夠永昭來世：

「皇明混一海宇，超三代而軼漢唐，際天極地，罔不臣妾。其西域之西，迤北之國，固遠矣。而程途可計，若海外諸番，實為遐壤，皆捧珍執贄，重譯來朝。皇上嘉其忠誠，命和等統帥官校旗軍數萬人，乘巨舶百餘艘，齎幣往來之，所以宣德化而柔遠人也。……和等上荷聖君寵命之隆，下致遠夷敬信之厚，統舟師之衆，掌錢帛之多，夙夜拳拳，唯恐弗逮，敢不竭誠於國事，盡誠於神明乎！」

在這塊碑上，鄭重刻上了鄭和、王景弘，及跟隨他們下西洋的一批中國航海家的名字。

他們中有李興、朱良、周滿、洪保、楊眞、張達、吳忠，以及明軍將領朱眞、王衡等人。他們都是中國走向海洋、走向世界的先驅者。

二、元帥的煎熬

已經是宣德六年（西元一四三一年）的冬天，東北季風將鄭和船隊的風帆鼓滿，在隆重的開洋儀式之後，雄健的驕燕又一次展翅騰飛，直奔西洋而去。鄭和久久注視著五虎門，他這時大概還不知道，這是他對這塊土地、這個國家的最後一瞥。那五隻雄踞在海邊的猛虎，也是他的家國留在他胸中最後的形象。

令鄭和興奮的是，這次遠航西洋的陣容是最整齊的，歷次跟隨他出使西洋的使臣和明軍將領，全都來了。通事馬歡、醫官匡愚也帶著他們寫的書上了寶船，他們都攛掇總兵元帥，這次一定要多走一些國家，走得更遠一些，好讓他們書裡的世界能夠得到擴展，在那個時候還沒有誰知道這個世界究竟有多大。

哈三阿訇前兩年去世了。這位老阿訇臨終時還託人從西安帶信給鄭和，讓他一定要借遠航的機會去天方朝覲，作爲穆斯林一輩子沒有到過天方，會留下終身的遺憾。鄭和特地從南京大覺寺聘請了一位新近從天方回來的阿訇當通事，也就是想了卻朝覲天方的宿願。原來的那些舟師、民梢都星散了，王景弘費了很大力氣找回不少。尤其是帥船上朝夕相伴的這班人大多還在，林貴和帶來了重新繪製的航海圖，準備經過這次遠航，再做一些完善和補充。李海沒把兒子想要「搶班奪權」的狂妄當回事，推薦李西洋到帥船當了一名舵工，同小胖子一起給自己擔任下手。時間眞是個了不起的魔術師，鄭和初次見到李西洋還是個牽在媽媽手裡的孩子，眨眼之間出息成了一個好水手。小傢伙見到鄭和一點也不膽怯，理直氣壯地說：

「爹給我取了李西洋這個名字，就是讓我跟隨總兵元帥下西洋的。」

鄭和與王景弘迎著海風，站在帥船的甲板上，帥字大旗在他們頭頂上空隨風招展，獵獵作響。鄭和興奮地說：「這次到了阿丹國一定要繼續向前走到天方，到了麻林一定要超越以往的終點，看看是否眞的到了海洋的邊緣。」

王景弘仔細注視鄭和，吃驚地發現，他那一臉興奮的神情已經無法掩蓋身心的極度疲憊，頭上的白髮又增添了不少，從眼角展開的那幾條心力交瘁的溝痕也在加深，如同風乾的橘子皮一樣。王景弘很淸楚此刻鄭和內心所經受的煎熬：一個偉大的海洋夢想時刻在壓迫著他，走向世界的美好希望在燃燒著他，現實的無情打擊在摧毀著他，對未來的憂慮又不停地苦惱著他。任憑是鐵石之人，也難以承受這樣的折磨啊！

他委婉地勸鄭和：「我們都上年紀了，歲數不饒人，還是悠著點兒，量力而爲吧。」

鄭和立刻流露出傷感的情緒：「我就是擔心不會再有機會了。」

王景弘寬慰道：「不會的，當今聖上這不才開了一個頭嗎！」

大明寶船隊行駛到南澳山，也就是蒲日和遭遇搶劫的地方，有哨船飛馳而來，向鄭和報告，前面發現了倭寇。鄭和放眼遠看，幾艘倭寇船劫持了幾艘商船和幾艘漁船，正朝著琉球的方向駛去，船上婦女和小孩的哭喊聲，借著水音隱約傳來，甚是淒慘。鄭和一看，立即命令朱眞、王衡率領一隊戰船攔截。他咬著牙命令說：「一個惡賊也不能讓他溜走！」他又吩咐唐敬和周聞，帶著另一隊戰船去搶救被劫持的父老鄉親，囑付他們：「千萬不能讓這些不幸的人，再蒙受新的不幸。」

這些倭寇做夢也沒有想到，大明王朝竟然還有如此龐大的船隊。他們在這一帶已經橫行多時，屢屢得手，一直如入無人之境。開始他們中有人發現遠遠一片雲帆，還以爲是看走了眼，或是人們傳說中的海市蜃樓，絲毫沒有加以注意，更沒有要進行防範的意思。待朱眞和王衡率領的一隊戰船截住其去路，他們這才著了慌，調轉船頭想溜，卻已經來不及了。唐敬和周聞率領的一隊戰船已經及時趕到，斷了他們逃逸的後路。明軍將士好久都沒打過仗了，見到了殺人越貨的倭寇無不義憤塡膺，立刻進入高度興奮的狀態。船多成牆，人多成王，他們實行了關門打狗的戰術，多艘戰船圍住一條倭寇船廝殺。唐敬和周聞帶領的士兵，也都手心發癢，在忙著救人的時候，都設法騰出手來撂倒幾個倭寇。被劫持的人們見狀，都嚷著殺賊要緊，要明軍將士先別管他們，有些膽大的還掙脫繩索同船上的倭寇展開搏鬥。這時哭爹叫娘的已經不再是被劫持的婦女和孩子，而是那些原本兇神惡煞的倭寇。一場圍剿倭寇的海戰很快就結束了，明軍將士將滿腔的憤怒都傾泄出來，將幾船日本海盜殺得沒有留下幾個活口。

大明船隊檢點繳獲的物資和救回的人員，其中竟有琉球中山國的使臣和他們帶給大明皇帝的貢物。這位貢使上了帥船，見了大明的總兵元帥，仍然驚魂未定。

鄭和扶住他坐下，撫慰道：「眞是對不起，讓貴使臣受驚了。」

那使臣一個勁兒說：「嚇死我了，嚇死我了，海道如此不寧，再也不敢當貢使了。」

被擄的南澳島附近的幾個老漁民也來找鄭和，哭訴著說：「這些年倭寇隔三岔五就來洗劫一番，老百姓都沒活路了，皇上怎麼就不管一管呢？」

鄭和無言以對，只能說些撫慰寬心的話，命人清點和發還被劫奪的財物，派出幾條快船護送琉球使臣和被擄的老百姓去了東山島，並寫了一封信，請地方官府好好接待和安撫他們。

明軍將士打了一場漂亮的殲滅戰，鄭和爲他們擺了慶功筵席，還給了獎賞，大家都興高采烈。鄭和自己卻將雙眉鎖得更緊，一直站在甲板上愣神。朱眞舉著一杯酒過來，請他共飲慶功酒。他卻搖了搖頭，傷心地說：

「將士們打了勝仗應當慶功，對我來說卻無功可慶啊。」

馬歡在一旁說：「畢竟是打了大的勝仗，總兵元帥應當高興才是。」

鄭和問周圍的人：「這場勝利來得如此容易，你們想想這說明了什麼？」大家都看著他，還沒人吭聲，他自己就作了回答：「這說明一個國家放棄了海洋有多麼可怕，這些倭寇來我們的家門口劫奪財物，就如同拿走他們自家屋裡的東西一樣，連做賊心虛的感覺都沒有了，什麼防備也用不著了，這是我們的奇恥大辱啊！」

王景弘也痛心地說：「是啊，我們船隊不也就是偶爾趕上了這麼一次，沿海的老百姓卻要天天面對這些強盜，怎麼受得了啊？」

大家默然，這杯慶功酒頃刻變成了苦酒，誰都感到難以下嚥。

大明船隊打掃了戰場，繼續啓程前行，很快就到了七洲洋。鄭和命船隊靠近那隻浮在碧波中的「青螺」，察看是否有海盜侵犯這些島嶼。老天爺保佑，這裡情況還算好，周圍一片和平與寧靜。有來自儋州的幾艘漁船在那裡捕魚，漁民們見到寶船隊歡呼雀躍，高興異常。鄭和特地乘了一條快船，登上了那隻美麗的「青螺」，腳踩在厚厚的鳥糞層上軟綿綿的，天空中鷗鳥遮天蔽日，俯視透明的海水可見海底仙境般的珊瑚。這些寶島的無比美麗，深深銘刻在這位總兵元帥的心裡。他還特地看了委託潭門港漁民重修的天妃廟。在天妃娘娘的神像前進了香。他回到寶船上，大明船隊照例鳴炮三響，明軍將士一齊肅立著，向這片遙遠的國土致敬。鄭和讓林貴和拿出航海圖，仔細察看那上邊描畫的那些由天仙撒在數十萬里碧波中的一串串珍珠。他反覆念著那些名字：「石塘，石星石塘，南澳氣……」後來的中國人，沒有忘記鄭和對這片土地的深厚感情，在給南海諸島正式命名時，有了「永樂群島」、「宣德群島」、「鄭和群礁」、「景弘島」、「馬歡島」、「費信島」，等等。這些永載史冊的名字，是對鄭和在下西洋的過程中關注這片藍色島嶼的永恒紀念。

新州港的石城遙遙在望，占城國到了。大明船隊停泊在新州港的海面上，鄭和登岸，照例受到占城國王占巴的賴的熱情歡迎。多年不見，王宮陳舊了，國王也老了，圍繞在國王周圍的王妃和姬妾也都換了新的面孔，讓人能夠覺出歲月的流逝，人事的變遷。鄭和向國王宣讀詔書過後，占巴的賴依然銜著兩個年輕女子抬著的金盆吐檳榔渣，與鄭和等大明使者說著客套話。鄭和卻是日久見人心，知道占巴的賴近年對大明朝廷不甚友好的一些事蹟，談話也就不那麼客氣。

鄭和說：「人無信不立，國無信不交。我們的誠意在占城可是常常得到相反的回報啊。」占巴的賴連忙解釋，那次大明朝廷約他助兵征討陳季擴，他爲何遲遲不肯進兵，爲何在接受陳季擴送給他的女人之後，反而幫助陳季擴進攻中國的四州十一縣，歸結爲一句話：「皆因國家太小，誰也得罪不起，只能誰近一些就跟誰走。」

鄭和問：「宣德元年，大明朝廷派人來規勸你糾正不軌行爲，你竟然用金錢賄賂我們的使臣，那是何意？」

占巴的賴爲了掩飾自己的尷尬，打著哈哈道：「今後總兵元帥常來敝國，多施教化，本王就能徹底遵從王化了。」

他在設宴招待鄭和等人的時候，還把陳季擴送給他的女人推出來亮相，笑咪咪地對大明使者說：「怎麼樣，還算漂亮吧？」

馬歡等人看著他一嘴牙都快掉光了，對女人的興趣還是那麼濃厚，有點哭笑不得。

離開占城，來到暹羅，鄭和領著滿剌加國王巫寶赤拉一起登岸。這時的暹羅國王是悉里麻哈賴，他見滿剌加國王隨大明的使臣一起來到，心裡立刻清楚是怎麼回事了，嘴裡說話很是客氣，兩隻眼睛卻不時怒視巫寶赤拉。他們來到王宮，新王后照例是個能說會道的女人。她見了鄭和等大明使臣依舊是越俎代庖，將國王晾在一邊。她滿臉堆著笑對鄭和說：「您還記得吧，您參加過我們的婚禮，我的女兒紅還是當著您這位貴人的面前流出來的哩。」這無疑是在套交情，想消除因爲滿剌加的事在兩國之間所引起的不快。鄭和略略點了點頭，表示絲毫也沒有忘記與暹羅的密切交往，隨即捧出宣德皇帝專門給暹羅國王的詔書宣讀。大明皇帝在詔書裡嚴厲斥責暹羅國王阻攔滿剌加國王前往中國朝貢的行爲，「斯豈長保富貴之道？」接下來口氣趨向緩和，話也比較客氣，主要還是本著懷柔遠人的宗旨：

「王宜恪遵朕命，睦鄰通好，省諭下人，勿肆侵侮。則見王能敬天事大，保國安民，和睦鄰近，以副朕同仁之心。……」

馬歡剛翻譯完，王后就拍著國王的肩膀說：「還不快快謝恩。」

國王謝了恩，王后卻沒有容他張口，自己接著滿臉堆著笑容說：「大明朝廷眞是大國風範，對暹羅的過失如此寬宏大量，不計前嫌，我們一定知過必改。不過，往後別的國家若是欺負到我們的頭上，大明皇帝也得出面干預才是，可別用『鞭長莫及』之類的話搪塞我們。」

她的兩片薄嘴唇吧嗒吧嗒不停，該說的話都讓她說完了。鄭和知道她話中有話，卻一時找不出回答的話來。他代表大明的新天子給了暹羅豐厚的賞賜，王后見給她的那份賞賜格外厚重，也連忙催促國王將給大明皇帝的貢品搬了出來。

在宮裡設宴招待之後，王后還執意留大明船隊的人在暹羅住一宿。她一臉艷笑說：「暹羅國至今照樣尊敬中國人，暹羅的女人至今還是喜歡中國的男人。」

大明使臣都堅持當即起航，暹羅國王和王后想讓巫寶赤拉留下來，這位滿刺加國王嚇得趕緊往大明寶船上躲。他悄悄告訴鄭和：「我可害怕這位暹羅王后了，別看她現在笑嘻嘻的，天朝使者一離開，她可能又會叫國王將我拘留在這裡。」這個國家仍然是女人當家。

鄭和回到帥船上，一直憂心忡忡，當晚連覺都沒有睡好。占城國和暹羅國的問題，看起來似乎順利解決了，他心裡卻一點也不踏實。鄭和以自己的豐富閱歷敏感地覺察到，占城國也好，暹羅國也好，雖然目前這些番國對大明皇帝敦睦邦交的旨意都還表示擁護，卻明顯多了一些敷衍的成分。大明王朝在他們心目中的分量已經大不如前，影響力也明顯在削弱，這些真要彌補起來，談何容易。他有了一種力不從心的感覺，這是以往從來沒有過的。

也許是多年停航的緣故，大明船隊航行到赤道附近，大家立刻感到酷熱難當，很多人將身上脫得光光的還嫌熱，不斷在往身上澆著涼水。鄭和本來心裡有事睡不好覺，又趕上奇熱難耐，心裡十分煩躁，更難成眠。這天深夜，趁船隊的人都睡下了，他爬起來往身上沖了兩桶涼水，又到甲板上吹了一會兒海風，不想回到床上就發起高燒來。匡愚聞訊趕緊過來，給他悉心診斷斟酌藥方，折騰了好幾天，高燒才退下去，人卻已經憔悴得不成樣子。到了單馬錫、舊港、爪哇、吉里悶等地，王景弘等人都勸他留在船上靜養，由其他人代他去宣讀詔書。

鄭和覺得此次出使西洋，要修復永樂時期萬邦賓服的局面，責任無比重大，還是掙扎著親自前往，耐心去溝通那些國王。

好不容易熬到滿剌加，巫寶赤拉接他上岸多休息幾天。他在那裡見到自己一手籌劃的貨棧人去樓空，斷壁殘垣，一副破敗不堪的樣子，猛然血往上湧，暈倒在地上。匡愚給他扎了銀針蘇醒過來，接著就出現頭暈胸悶，茶飯不思等症狀。鄭和眞的病倒了。

匡愚領著幾個醫師白天黑夜守著他，設法讓他吃得下飯，睡得好覺，千方百計進行調理。鄭和腦子裡卻還惦著貨棧，他請求巫寶赤拉給予支援，重新將大明船隊的貨棧辦起來。巫寶赤拉感激大明朝廷爲他撐了腰，對前些時候自己給大明貨棧出過一些難題，深感過意不去，自然滿口答應。王景弘等人積極運籌，重整旗鼓，卻困難重重。

鄭和一個勁兒催問：「貨棧何時能重新恢復起來？」幾位負責貿易的副使只得實話告訴他：「由於明朝在番國影響的削弱，好多國家不再願意使用大明的寶鈔，現在都要以物易物，貨棧即使再辦起來，經營也會相當困難。」

洪保說：「看來，蒲日和及時撤了貨棧還是有先見之明的，否則連那筆錢都收不回來。」

鄭和問：「連恢復滿剌加一個貨棧都沒有指望了？」

王景弘說：「辦起以後，也難以爲繼，不辦也罷。」

匡愚也忍不住說：「您現在應該關心的是自己的身體，多一事不如少一事。」

鄭和聽了這些話，灰心失望到了極點，連手腳都變得冰涼。他對失去滿剌加貨棧的無窮憂慮，不是沒有道理。這個損失的嚴重性，幾十年之後就充分暴露出來了。在大明船隊從這裡退出去幾十年以後，當時一個被稱爲佛朗機的國家便趁虛而入，他們用武力佔領了滿剌加，在這裡實施殘酷的殖民主義剝削和壓榨。滿剌加人曾經將龜龍、黑虎和佛朗機稱之爲他們那裡的「三害」。更要命的是，佛朗機人扼住了滿剌加這個咽喉之地，明朝的商船此後來到這裡無不遭到劫奪，從此中國斷了與印度洋沿岸各國的來往，一步步往後退縮，最後消極地蝸居在自己國門之內，直到世界列強用堅船利砲來轟，才又重開了國門。

當然鄭和那時不可能知道以後發生的這些事情，不過丟了這個貨棧著實令他耿耿於懷，一臉徹底失望的神情。他不斷地問自己：「我們到底在西洋留下了一點什麼呢，我們到底在西洋留下了一點什麼呢？」大明船隊那些留在滿剌加的人帶著老婆孩子前來探望他，他一點精神也打不起來，苦笑著對他們說：「我七次下西洋，別的什麼都沒有留下，就是把你們這些人留在這裡，送給滿剌加了。」

那些已經成爲滿剌加人的中國人說：「不，您推廣的鱷魚皮革，教會大家種植的橡膠和建造房屋，這些都同您的名字一起永遠留在滿剌加了。」

他們中的一個孩子用中國話告訴這位總兵爺爺：「我們每天都到三寶井取水喝，大家都說，取水的時候，呼喊爺爺的名字，那水會變得更清甜。」

鄭和對他們點頭，擠出來的笑，依然是苦笑。

三、咫尺難圓天方夢

根據鄭和的身體情況，想要由他親自率領整個船隊遍訪西洋諸國，已經不可能。王景弘說服他，採取以往分出若干船隊的辦法，由朱良、周滿、李慶等副使率領，分頭到各個國家宣詔，替鄭和減輕一些負擔。回程時大家仍在滿剌加會合，一起歸國。鄭和在病中還一直念叨著：他要去天方國，了卻朝覲聖城的宿願；他想越過麻林再往前走，看看海洋究竟有多大；他還想越過忽魯謨斯，過了波斯灣看看那邊還有什麼海，越過沙漠能到達什麼地方。

大家安慰他：「先養好身子要緊，留得青山在，不怕沒柴燒。」

王景弘很理解這位老友的心情，特地找了匡愚，幾乎是乞求地說：「你一定要設法將他的病治好，他心裡還裝著好多事情要做哩。」

匡愚愁眉苦臉地說：「就因爲他心裡裝的事太多，這病治起來太難了，醫生治得了身病，治不了心病啊。」

王景弘著急地說：「你說實話，他這病究竟是個什麼症候？」

匡愚說：「難就難在這裡，看不出什麼特別的症候，好比一盞油燈，別的都好好的，就是燈油快熬乾了。」

王景弘聽了這話，長長歎了一口氣：「可他還在繼續拼命煎熬著自己，耗盡最後剩下的那一點燈油。」

一支船隊簇擁著鄭和的帥船，途經錫蘭山，再經柯枝、古里，然後一直向西，橫跨印度洋的北部，直往阿丹和天方。所幸這一個月的航程，風和浪輕，走船平穩，天氣也涼爽了不少。匡愚悉心照料著鄭和的飲食起居，大覺寺的阿訇專門向他介紹天方的美麗景致，述說一些有趣的故事。這位阿訇前些年到過天方，對那裡的寺廟建築和穆罕默德的聖蹟印象很深，描繪得惟妙惟肖，帶著鄭和神遊了天方一圈，使他的心情爽快了不少。

天方國，即現在的伊斯蘭聖城麥加，在靠近紅海的一片沙漠裡。那裡一年四季炎熱如夏，常年無雨，更沒有霜雪，只有晚上的露水很重，將一隻碗擺在露天地裡，一夜下來幾乎能裝滿半碗。這大概就是聖城之奧妙所在。天方最令信徒們神往的是天堂禮拜寺，整個四周有高牆環繞，如同一座城池，總共有四百六十六門，可以進出。寺分四方，每方九十間房屋，每間房屋都以白玉石爲柱，黃玉爲地。寺的中間是正堂，全用五色花石壘砌，一層又一層，有如寶塔的形狀。堂前有一塊拜石，長寬一丈一尺，傳說是從天上掉下來的。大堂的門口，兩隻黑獅子把門，相傳行香晉謁的人中，若有素行不善或幹過盜賊的，黑獅子就會咬住他不放，故此天方從來就沒有盜賊。大堂裡邊沉香木爲棟樑，椽子上都鍍了金，牆壁上塗著薔薇露和龍涎香。中間坐著眞主，用皀苧絲罩定，不露其形。上面懸著一塊匾，用阿拉伯文寫著「天堂禮拜寺」幾個大字。

鄭和兒時聽祖父和父親描述過天堂禮拜寺，現在回憶，也是這般模樣。不過那時聽起來，總覺得天堂禮拜寺眞的如天堂一般遙遠，渺渺茫茫，可神馳而不可企及。現在行進在去天方的途中，聽起來感到特別親切。天方還留有他祖父和父親的足跡，他此刻離他們也越來越近。

阿訇還給他描述了穆罕默德的聖墓。那裡離天方大約還有幾天的路程，即現在的麥地那。這位先知的陵寢之上，有毫光侵雲而起，如同雲霓橫空，老遠就能看見。在穆聖的墓後有一口井，名爲「滲滲泉」，常年都有聖水湧出，甘甜可口。據說，駕著船來這裡朝聖的人，都要汲取此水放置船上，在遇到狂風巨浪的時候，將此水灑進海裡，風浪頓時停息，因此人們又將此水稱爲「息水」。

聖水的故事，在上次橫渡印度洋遇到驚濤駭浪時，哈三阿訇就曾經說到過。鄭和當時就盼著取此聖水，保護大明船隊航行的安寧。他問：

「聽說去天方和穆罕默德先知的聖墓，還需要在大沙漠中走不少路程？」

阿訇說：「這大概就是眞主爲考驗和磨練自己的信徒所設置的，很多朝聖者都在沙漠中倒下了。」

鄭和說：「看來，朝覲天方，不但要有一顆虔誠的心，還得有一副好身板，我得趕緊把身體將息好才行。」

洪保及朱眞、唐敬、周聞、馬歡等人，每天也都輪流著同他聊些高興的事情。鄭和精神上輕鬆了，居然能起床在甲板上走動走動了。

寶船似乎也感覺到了鄭和病情的好轉，走得更輕快了，不知不覺間，大明船隊從印度洋的大灣進入紅海的海口，阿丹國就在眼前。阿丹即現在的葉門亞丁港，這裡國家富裕，人民豐足，街市上無物不有，書籍彩帛，市肆混堂，熟食雜貨，一應俱全。本地民風強硬，習武成風，國王培訓了很精銳的馬步之旅，鄰近國家都望而生畏。不過，他們對大明使者非常友好，國王得知鄭和的船隊到了，老早就在海邊迎候。阿丹從國王到老百姓全是回回，都講阿拉伯語。他們見大明的總兵正使是同一教門中人，信仰和語言都相通，非常高興。鄭和開讀詔書，表達了兩國永遠修好的意思，並交換了貢品和賞賜。國王傳諭國人，阿丹的所有寶物都可以跟大明來使交換。大明宮廷的採辦人員，在這裡買到了重達兩錢的貓眼，大顆的珍珠和各色鴉鶻石，還有高達數尺的珊瑚。這個國家打造金銀首飾的細活堪稱一絕，當地的人還拿來乳香、血竭、蘆薈、沒藥、安息香、蘇合油等土產，同大明船隊交換苧絲、瓷器等物，生意做得很熱絡。

阿丹地近天方，經這裡去聖城朝覲的人很多，街上到處可見朝聖者。所謂「近朱者赤，近墨者黑」，本地穆斯林的禮拜，也有了天堂禮拜寺的模樣，極爲莊嚴神聖。凡遇禮拜日，上午街面自動停市，男子長幼都要沐浴，用薔薇露或沉香油塗擦身體，還要燒一爐沉檀香，人跨在上邊熏體。阿丹人身上的香氣飄散在禮拜寺裡和街頭，經久不息。這裡的女人穿著長袍，耳戴金鑲寶環四對，手臂上纏著金寶釧鐲，腳上套著金環，且用絲嵌手巾蓋頭，只將臉露在外面，一個個都像中國的觀音菩薩模樣。

阿丹是一片坦蕩的平原，處處都能沐浴濕潤的海風，氣候非常溫和，全年都像中國的八、九月天氣。因此，四季無法根據氣溫的變化來確定，全靠陰陽先生推斷。說來讓人難以置信，他們推斷某日為春，到時候必然花開草榮；推斷某日為秋，到時候必然木葉凋落。所有日月交蝕，風雨潮信，一算一個準。鄭和此行與阿丹國王談得非常投機，敦睦邦交，不辱使命，心情如同這裡的天氣一樣，有了一種神清氣爽的感覺。他看見逗留在這裡的朝聖者，想像當年父親和祖父來天方朝覲，一定也在這裡逗留過，他此刻正在步他們的後塵，也許還踩上了他們當年留下的足跡，一時興起跟著大夥多轉了一些地方。他沒料到久病之後，元氣已經大傷，剛剛積攢起來的一點精力就這麼耗費殆盡，他又起不來床了。

匡愚原本就擔心天方之行，鄭和的身體無論如何難以經受沙漠中的艱難跋涉，只是不敢也不忍斷了他從兒時起就有的這個念想，一直猶豫著沒有說出口來。他現在不能不鄭重提出：「大明總兵正使鄭和朝覲天方的航程，只能到此為止。」

王景弘這回很堅決地作出了決定，由洪保、阿訇和馬歡等人，率領一部分人去天方國，他自己留在阿丹陪伴鄭和稍事休息，以便繼續後面的航程。鄭和不能不服從這個決定，就個人而言，他作為一個穆斯林，即使死在去天方的沙漠跋涉中，也是一種歸宿。然而，他現在是大明朝廷統領下西洋船隊的總兵元帥，如有不測，怎麼向聖上交代？鄭和真沒想到會是這樣的結果，無情的事實卻擺在面前，天方雖然近在眼前，對他來說已是咫尺天涯了。

洪保為了寬總兵元帥的心，向他發誓說：「我們到了那裡，一定虔心代您禮拜真主和穆罕默德先知，還要把天堂禮拜寺詳細畫出來，讓您如同身臨其境。」

鄭和的兩隻眼睛久久注視著洪保等人，眼裡滾出了豆大的淚珠。

紅海，因爲海水呈紅褐色而得名。這是一泓寧靜的海，也是一泓神秘的海。或許正是它的寧靜，孕育了它莫測高深的神秘。鄭和從小就熟知並十分崇拜的先知穆罕默德，就誕生在紅海岸邊。這位穆聖從小也受盡了磨難，到二十五歲時，受雇於非常富有的寡婦赫利徹，同時贏得了她的愛情，兩人結了婚，這才使他有條件潛心鑽研宗教和社會問題。穆罕默德四十歲的時候，經過在希拉山洞的一夜沉思，豁然大徹大悟，成了天啓的代言人，開始了他的宗教活動。那個時候，阿拉伯世界奴隸主和奴隸，貴族和平民，等級森嚴，彼此之間的矛盾十分尖銳。穆罕默德在他宣示的天啓裡，主張社會平等，不允許一部分人奴役另一部分人。當時的阿拉伯世界四分五裂，彼此爭鬥，互相殺伐，恐怕在整個世界上再也找不到比之更渙散的民族了。穆罕默德卻創造了一個奇蹟，他用自己創立的伊斯蘭教的教義，把阿拉伯民族一切好戰的因素統統聯合起來，使這民族曾經成爲世界上非常強大的民族。穆罕默德自稱這是他所宣示的唯一的、也是永久的奇蹟，這也的確是一個誕生在紅海岸邊的偉大奇蹟。

在送洪保等人去天方的那一天，鄭和拖著沉重的病體，站在帥船的甲板上，兩手扶著船舷，遙看紅海煙波浩淼的遠處，面對看不見的天方，沉思默想先知穆罕默德生前創造的偉大奇蹟，心潮難平。他身上有著阿拉伯的血統，又是汲取中華大地的乳汁成長起來的炎黃子孫，他也有著跟隨一代英主永樂皇帝「追三代而軼漢唐」的偉大抱負。前後二十八年的航海生涯，使他感悟到了，眞正能使一個民族強大起來的是海洋，眞正能使世界聯合起來的也是海洋。他下意識地從胸口掏出那件伴隨他大半生的青銅器，輕輕地久久地撫摩著，回顧自己的人生：是兒時朝夕相伴的滇池激發了他對海洋的嚮往；是祖父和父親講述的那些阿拉伯人的故事，激發了他走向世界的巨大熱情；是伴隨這件青銅製品而來的一連串戰爭災難，激發了他對世人和平相處的強烈嚮往。他現在終於明白了，自己爲何會把所有這一切都編織在那個海洋夢裡。神奇的海洋，將人類隔離開來，也將人類緊緊聯繫在一起。只是現在自己咫尺難圓天方夢，要圓那個一直縈懷於心的海洋夢也許更難了。

鄭和努力睜大眼睛將自己的目光投向天方。他聽哈三阿訇說過，穆聖在他六十三歲的那一年，曾經組織十萬聖徒到天方朝覲眞主，也就在這一年這位先知自己也升入了天堂。那次朝覲，是舉世皆知的「告別朝覲」。鄭和想到這裡，猛然吃了一驚，他自己今年也六十三歲了，這是否也是一次「告別的航行」？

這時，匡愚親自給他煎了藥送過來，鄭和看著匡愚手中的湯藥突然問：「你看，我這病還能好嗎？」

匡愚寬鄭和的心：「總兵元帥原來身體比我還棒，只要調理好了，很快就會復原的。」

鄭和自言自語地說：「眞主說過，『每個有生命的，都是應當一死的』，我倒並不怕死，只是擔心自己想做的事來不及做了。」

匡愚與鄭和兩人年齡相差無幾，原來鄭和的身體顯得比匡愚還結實，人看上去也更年輕一些。可是，病了這一場，這位統領下西洋船隊的總兵元帥已經變了個人樣。匡愚聽了鄭和所說的這句話，瞧著他已是風中殘燭的模樣，背過身去直抹眼淚。

夕陽西沉，海面上掠過一陣涼風，鄭和覺得渾身好冷。

四、這是一幅無價之寶

鄭和的寶船從阿丹起航了，繼續往南走向神奇的非洲，去訪問木骨都束、不剌哇、竹步和麻林那些國家。鄭和剛剛告別阿丹國王，立刻就將林貴和找來，商量全力修改和充實那幅航海圖。王景弘和匡愚給船上所有的人都打過招呼，一定要讓鄭和省心、省力，好好將息身體，不是特別急的事情，絕不要打攪他。

林貴和不無擔心地說：「總兵元帥，這件事不著急吧，您的身體現在不能再勞累了。」

鄭和急忙說：「這可是現在最急的事情了，不把它做好，我連覺都睡不著哩。」

神秘莫測的紅海，似乎真的給了鄭和某種啓示。自從斷了朝覲天方的念想以後，他把自己想做的事情好好地回顧了一遍，清醒地意識到，人生實在太短促，他的那個海洋夢也真的太大了，靠他自己和自己身邊這些人的力量，實在難圓這個夢。他冥思苦想，終於琢磨出了超越短暫人生繼續去圓海洋夢的辦法，那就是把工夫下到航海圖上。後來者有朝一日繼續走向海洋，他們的這幅航海圖能伴隨在這些後人身邊指點航向和航程，這不正是他們自己生命的延續，也跟著後人一起去繼續圓他們的海洋夢嗎！自從他悟出這個道理以後，便將自己剩餘的精力幾乎都集中到了這一點上，別的事情都超凡脫俗，很容易釋然，精神反而有所好轉。

王景弘和匡愚等人也暗自高興，以爲他們的調理辦法發揮了作用。

大明船隊出了阿丹的海灣，沿著非洲的海岸向東行駛了一段，然後轉身向南繼續沿著東部非洲的海岸航行。鄭和無心欣賞東非海岸那些隆起的高地，湍急入海的河流，以及從陡峭絕壁傾瀉而下的瀑布。船隊航行的指揮和航務的處理，也全都由王景弘代勞。他斜倚在病榻上，與林貴和仔細研究他們的航海圖。他指著攤在地上的百尺長卷說：

「既然是要留給後人指點他們航海，準確是最重要的，一張謬誤百出的航海圖，必然貽誤後人，還不如沒有的好。」

林貴和說：「現在的圖上，有了將近五百個地名，國內從南京出發沿江、沿海近二百個，國外近三百個，這次在南京全都校核和重新畫了一遍，最沒把握的還是這片新大陸沿岸這些國家。」

鄭和說：「國內的主要是遠離大陸的那些島礁灘沙、石塘、石星石塘等等，一定要準確地告訴後人，千萬別忘了我們祖先發現和開發的這些土地。至於這片新大陸所經歷的地方好辦，就以這次航行爲基礎，錯了的改過來，沒有的添上去。」

林貴和看著圖指著上邊標明的航向說：「我在南京畫圖時，從南京到蘇門答剌這一段用的是羅盤針路，從蘇門答剌附近的龍涎嶼向北、向西的航程，都用的是星辰定向，不知是否可行？」

「我看這也是個辦法，現在航海都是白天看太陽，夜裡看星辰，陰雨天氣看羅針。只是我們得把水平、燈籠、織女、北斗、華蓋這些星座的高低位置弄準確。」鄭和談得興起，從床上翻身起來，俯下身去從頭到尾翻了一遍擱在地板上的航海圖，突然轉身對林貴和說：「我看這幅航海圖還不全。」

林貴和摸頭不著腦地說：「不會吧，都查對好幾遍了，我們所到過的地方不會再有遺漏的。」

鄭和說：「我的意思是再畫幾幅牽星過洋圖，把每條海路的航程都標出來，這幅航海圖就全了。」

林貴和點了點頭，感慨萬千地說：「弄這麼一幅圖眞不容易，都快把我們的心血耗乾了。」

鄭和說：「是呀，這是過去從來還沒有人做過的事情，萬事都是開頭難。」

他們說得正熱鬧，王景弘輕輕地推門探身進來，見了這個場面，立刻抱怨林貴和道：「不是說得好好的，怎麼又來打擾總兵元帥休息。」

鄭和趕忙解釋：「是我把他請來的，這幅航海圖不弄好，我心裡不踏實，睡覺也不會安穩的。」

王景弘規勸道：「身體也得靠你自己關心，眞要倒下來，我們可誰都替不了你呀。」

鄭和問他：「有什麼事嗎？」

王景弘說：「木骨都束就要到了，你要不要登岸見他們的國王？」

鄭和果斷地說：「既然來了，當然得見見他們，多跟他們講講萬邦和順，休息天下的道理。」

就這樣，鄭和一路上拖著羸弱的身體，一面潛心修改、完善航海圖，一邊順著木骨都束、不剌哇、竹步，麻林這些國家，向那些國王宣示大明新天子的詔書，不厭其煩地勸他們相互敦睦，與大明朝廷永遠修好。有些桀驁不馴的，還得琢磨顯示大明的實力，恩威兼施。他把自己好不容易積蓄起來的精力又一點一滴耗費得所剩無幾。

然而，他還是強打精神，到了麻林還不肯止步，堅持再往前走，想要對上次的航行終點，有一個新的突破。大家拗不過他，只好繼續沿著海岸航行。來到一個叫慢八撒的地方，水流突然變急，浪濤也更加洶湧，船顛簸得非常厲害，從不暈船的鄭和也忍不住翻江倒海般吐了起來，臉色霎時變得慘白。大家都說不能再往前走了，勸他就此返航。鄭和勉強支撐著病體來到甲板上，眼望前方高山聳立般的海濤，一個追逐一個，奔向遙遠的天際。再看看右邊的海岸，危岩壁立，上面是密密匝匝的森林，不見雲天。他無可奈何地說：「就到此爲止吧，在我們的航海圖中添上慢八撒。」

這的確是一個歷史的遺憾，中國人其實只差了那麼一步，把繞過好望角的歷史性航行推遲了一百零幾年，讓給了歐洲的葡萄牙人。

這片陌生的海域像有意要向鄭和示威似地，在回航的時候，風浪變得更兇猛了。天黑以後，一艘戰船在一個河口附近不愼陷入湍急河水與海水撞擊所形成的洄流裡，久久無法擺脫出來。大概那時聯絡的信號燈也太微弱，他們敲鑼和呼喊的聲音也被風浪的怒吼所掩蓋，眼看前面的船隻愈走愈遠，將他們留在一片黑暗的包圍中。全船的人急得不行，一片慌亂，船上的舟師和帶領該船士兵的千戶努力安定大家的情緒，經過衆多水手的努力，好不容易才掙脫那股漩流。他們借助天上微弱的星光辨明方向正要往前去追趕船隊，不想誤撞暗礁，嘩啦一聲巨響，這艘戰船頓時從中間裂成兩半，三百多人全都落進水裡。很多人當時就被巨浪吞沒，不少人緊緊抱住船板在海浪中沉浮。一直到第二天早晨，麻林國的一些漁船發現了這些漂蕩在海上的落水者，將他們一一救起來，送回岸上，交給麻林國王。等到鄭和的船隊發現少了一條船，派快船趕回來搜尋，海浪已經將所有的痕跡都抹平了，只能失望而歸。那些被救的落水者，大約有一百多人，被麻林國王安頓在海邊的一個村落裡，漁耕而食。好在當地的黑姑娘很喜歡這些黃皮膚的精壯漢子，都很樂意嫁給他們，替他們生育後代。這些人在黑非洲的東海岸繁衍生息，最後自成一族，名曰「發茂族」。發者，華也。那些鄭和時代的船員和士兵，讓自己的老婆和孩子時刻記住，並要世代相傳，不要忘了他們是中華民族的後裔。

鄭和的船隊從非洲東海岸人們的視線永遠消失了，唯一留下來的就是這一線連著黃河、長江的中華血脈。

病中的鄭和，精神和肉體都已經變得無比脆弱，損失一船人的沉重打擊，徹底摧毀了他的生命防線。這個壞消息傳來，他頓時暈死過去，在昏迷中不停地哭著喊著趕緊去救船救人，雖然聲音微弱，卻是痛徹肺腑。所有守在他身旁的人，無不跟著落淚，爲那些消失在海水中的伙伴，也爲他們的總兵元帥鄭和。那時搶救海難的手段有限，他們無法挽救那些海上的落難者；那時搶救生命的手段也有限，他們面對眼前這位垂危的總兵元帥，也束手無策。一切都還只能聽天由命，祈求上蒼的保佑。

匡愚掰開鄭和的牙關，灌了幾次藥，那些湯藥都順著嘴角流了出來。後來，給他扎了幾回銀針，他才慢慢蘇醒過來，睜開眼睛以後還淚流不止。從此，鄭和茶飯不思，淚也很快流乾了。匡愚每天熬了米汁餵他，勉強嚥幾口，吊著他的一條垂危的生命。

王景弘問匡愚：「能否用上等的西洋番藥補一補？支撐著回到家裡，也許就好了。」

匡愚含著眼淚直搖頭：「已經油盡燈乾，用補藥燃燒他的五腑六臟，反而無益有害。」

船隊到了祖法兒國和忽魯謨斯國，鄭和已經無力下船，都是由王景弘前去代天子宣詔。這兩個國家的國王知道鄭和病了，都要登船來探視。鄭和認爲不能辜負他們的一番美意，總是掙扎著同他們見面。前後兩次，他都是十分虛弱地靠在病榻上，卻還拚盡全力同他們說話：「大明天子對海外諸國總是厚往薄來，願普天之下共享太平之福。」

這兩位國王都爲鄭和的精神所感動，誠懇地表示：「難得天朝使臣一番美意，敝國願與中華上國世代修好。」

眼看鄭和的身體每下愈況，王景弘命令急速返航，船隊從波斯灣出來，朝著東南方向，直奔古里和柯枝，沿著原來的航路返國。前些時候，因爲怕影響船隊的情緒，鄭和病重的消息並沒有往下傳。祖法兒和忽魯謨斯國王登船拜訪鄭和的反常舉動，人們都知道他已經病得不輕，大家都爭著要到帥船上看望他們的總兵元帥。鄭和在病中也不停地念叨這些多年與他同舟共濟的弟兄，掙扎著想見他們。王景弘與匡愚左右為難，只得同幾位將領商量，各船都推出幾個人來，輪著到帥船上看一看。

李海領著兒子和小胖子，天天都在給天妃娘娘燒香磕頭。他們許了一個願，只要總兵元帥身體能夠康復，南京、太倉和長樂的天妃廟，他們都要重塑天妃娘娘的金身，就是傾家蕩產也在所不惜。李海大聲呼喚：「天妃娘娘，我們的總兵元帥是個好人，你一定要保佑他平安回家啊！」他的兒子李西洋也跟著喊：「天妃娘娘，您趕快顯靈吧，我還等著同總兵元帥再下西洋哩！」

鄭和的病還是一日比一日沉重，時常處於昏迷狀態，死神的陰影已經在他身上徘徊。王景弘眼看他連帥船在海浪中的搖晃都無法承受，急命在古里停船。古里國王得知消息，特地派來王宮的巫醫上船給大明的總兵正使看病，還請高僧做法事，消災祈福。

洪保他們也從天方和麥地那趕了回來，得知鄭和重病的消息，立刻捧出從麥地那滲滲泉帶來的聖水，期望聖水能挽救鄭和的生命。洪保捧著聖水來到病床前，大聲喚醒昏迷中的鄭和：

「這是先知穆罕默德賜的聖水，喝下去您就會康復的。」

鄭和努力睜開眼睛看了看盛聖水的淨瓶，艱難地說：「聖水不也是息水嗎？留著制伏海上的風浪吧，可別讓弟兄們再被大海吞噬了。」

洪保急著說：「息水我們也帶來了，這一瓶是專門爲您取來治病的聖水。」

鄭和輕輕地搖了搖頭：「看來，我已經用不著了，還是讓我看看你們畫的天堂圖吧。」

洪保和馬歡強忍著淚水，將那幅天堂禮拜寺圖打開來展示在總兵元帥的眼前。鄭和勉力，看到了祖父、父親和幾位阿訇都向他描述過的天堂寺，那些天堂之門，那些白玉石的柱子，那兩隻守衛天堂大殿的黑色獅子，還有那高大的殿堂，那在皀苧絲籠罩中隱去眞形的眞主，他嘴角露出一絲微笑，眼睛無力地閉上，又昏了過去。

這是宣德八年的四月。正是古里的雨季，陰霾漫天，大雨滂沱，整個海面上雨霧濛濛，什麼也看不見。大明船隊的人臉上也都佈滿了陰雲，人們進退兩難。有的人主張趁早開船往回趕，不能將總兵元帥活著送回去，對皇上不好交代，對鄭府的人也不好交代；有的人主張至少將船開到滿剌加，大家約定在那裡會合，鄭和在昏迷中常常呼喚那些分散到一些島國去訪問的人們，肯定是想同他們見上一面。

匡愚說：「他現在的生命已經是一根遊絲，隨時都有可能掐斷的。」

王景弘說：「他在海洋中顚簸了幾十年，還是讓他在這裡享受幾天寧靜吧。」他這話是流著淚說的，大家也都默默掉下了眼淚。

四月初九那天，突然雨住天晴，先是一縷陽光衝破雲層照射到帥船上，接著密佈的陰雲漸漸散開，天也藍了，海也藍了，整個海面上陽光燦爛。鄭和的精氣神兒，也突然跟隨著天氣有了明顯的好轉，他自己坐了起來斜靠在枕頭上，原本慘白的臉也泛出了紅暈。他讓人將王景弘等人請到自己的床邊，指著已經整理好並且堆放整齊的航海圖說：「這幅航海圖。請你們帶回去交給朝廷，好多人都說我們下西洋是取寶來的，這話也不錯，不過我們這些年取得的眞正寶物不是那些珍珠、寶石、龍涎香，而是這幅航海圖。」

王景弘急忙說：「您放心，回到南京以後，我陪你一起去京師，將它送給朝廷。」

鄭和接著從胸口掏出那件青銅器，用沈涼替他繡的那個護胸包上，眼睛久久盯著護胸上屹立在大海中的那塊巨石，眼裡湧出兩滴晶瑩的淚珠。他抖抖簌簌地遞給王景弘說：「請你帶回去，送到水仙庵……」

王景弘剛把東西接過來，鄭和的臉色突然大變，雙眼緊閉，下邊的話在嗓子眼裡嚥了回去，再也說不出來。

王景弘趕緊俯身下去呼喊著他的名字，周圍的人也都驚呼：「總兵元帥，總兵元帥！」大覺寺的那個阿訇猛然闖了進來，連聲高喊：「快讓他念淸眞言，大家快替他念淸眞言。」阿訇自己先帶頭念了起來：「萬物非主，唯有眞主，穆罕默德是眞主的使者。」

不知是聽到了大家的呼喊，還是聽到了阿訇念動的淸眞言，鄭和又微微睜開了眼睛，兩隻手吃力地移到胸口上，嘴唇也慢慢張開。大家以爲他要念淸眞言了，都輕聲跟著念起來。萬萬沒想到，從鄭和嘴裡最後迸出來卻是石破天驚的一句話：「請告訴朝廷，財富取之於海，危險亦來自海上……」

大家聽了一驚，都睜眼看著他，想聽他還要說什麼話。鄭和的兩隻手卻忽地滑落下來，停止了呼吸，停止了心臟的跳動。這位航海家安穩地枕著海上波濤，只有眼睛和嘴唇在微微張開的狀態下永恒定格，彷彿眞的還想向人們訴說點什麼。一個穆斯林的去世，本來是不允許哭泣的，然而，整個船隊的哭泣聲，匯集在一起，還是超越了海潮的澎湃。請眞主原諒他們吧，他們是在痛哭失去了自己的一位優秀兒子。

大海滾滾而來的波濤似乎也在放聲大哭，因爲大海也失去了自己的一位驕子。

五、大航海家的葬禮

怎樣安葬這位偉大的航海家？人們一時拿不定主意。

古里國王得知消息後，騎著大象來到海邊，偕同兩個掌管國事的頭目登上了寶船。他們用各自不同的宗教方式向鄭和的遺體致哀以後，主動向王景弘提出：「大明船隊的總兵元帥鄭和是中華聖土派往古里的友好使者，不幸在古里去世，就讓他留在古里吧，古里的人民一定會好好待他。」

王景弘心情沉痛地說：「非常感謝國王的盛意，只是我們的總兵正使新逝，大家都還心亂如麻，一時不知如何是好。」

古里兩位掌國的頭目是回回，主動提出來：「他是回回，就讓我們按照回回的葬禮，在這裡安葬他。」

國王信奉的是佛教，聽了兩個屬下的話很不滿意，連忙表示反對：「他是佛門弟子，古里是佛教聖地，讓他在這裡圓寂，也許就是佛祖的意思，一定得按佛家的規矩來安葬他。」

王景弘被他們的一番盛情所感動，很誠懇地說：「待我們商量妥當後再作安排，到時候一定會告知國王的。」

跟隨船隊去北京晉見大明皇帝的使臣，有阿丹國的，祖法兒國的，還有忽魯謨斯國的，得到鄭和去世的噩耗，也都先後來到帥船上。他們一致的意見是，鄭和有著阿拉伯的血統，應當將他留在阿拉伯世界。

阿丹國的使臣說：「穆斯林去世以後，都要面向天方，阿丹離天方最近，葬在那裡一定符合他的心願。」

忽魯謨斯的使臣說：「據說鄭和將軍的祖上就是從波斯灣出發，跟隨忽必烈大汗進入中華聖土，讓他長眠在波斯灣，他的祖上得知也會很高興的。」

祖法兒國的人語言質樸，講不出更多的理由，也不會運用華麗的辭藻，話卻相當誠懇：「本國人民感念他與各國通好的一片誠意，請求將大明王朝這位和平友好的使者留在我們那裡。」

王景弘一個勁兒地感謝他們的這番美意，但是誰也無法得到他肯定的答覆。

大明船隊內部，這時的意見也很不統一。隨船而來的阿訇說：「穆斯林認爲，人死之後，靈魂已經追隨眞主進了天國，遺留下來的皮囊，要簡葬、速葬，因此不能再拖了，應當趕緊在古里擇塊地方掩埋，超過三天就是一種罪孽。」

朱眞說：「他是大明朝廷委任的出使西洋船隊的總兵元帥，從唐宋以來所有的中國水師都沒有訪問過這麼遠的地方，也沒有訪問過這麼多的國家，用水師的禮儀安葬他才是最有意義的。」

洪保說：「我們不能忘了，三寶公屬於我們，也屬於他的家人，我看還是恭送他老人家回去，先聽聽他家人的意見再行定奪爲好。」

醫生匡愚也忍不住說了話：「他作爲朝廷的使臣，七下西洋立了這麼大的功勞，應該由朝廷以國禮葬之，絕對不能草率從事。」

王景弘一直沉默著，耐心傾聽大家的議論，這時站起身來說：「大家說的，都有道理，都是爲了表示我們對總兵元帥的尊敬之情。不過我們還得想想他本人的意願，他一生熱愛海洋，獻身海洋，重病期間還拼著性命修改、完善航海圖，把七下西洋取得的這份寶物貢獻給朝廷，盼著炎黃華夏的子孫繼續走向海洋。」

有人立刻補充：「還有他的臨終遺言，『財富取之於海，危險亦來自海上』，這可是黃鐘大呂，振聾發聵，每一個人都不應該忘了這句話。」

王景弘接著說：「是啊，我看應當葬他於海洋，讓他在那裡迎候和指引後繼的航海人。」

朱眞立刻表示：「我贊成用水師的軍禮葬他，也就是這個意思，海洋是水師的軍魂。」

阿旬也說：「海葬也是簡葬，不違反穆斯林的葬禮。」

洪保雖然也認為海葬是三寶公最好的歸宿，還是不無憂慮地說：「我們還得對他的家人有個交代，也還得考慮我們落葉歸根的習俗吧。」

這時通事馬歡福至心靈，有了一個主意：「是否可以將總兵元帥的一綹頭髮和他經常穿的那雙鞋子帶回去，他是個頂天立地的人，讓他回到中華大地永遠頂天立地。」

大家聽了都點頭，終於共同找到了安葬鄭和的最佳辦法。

大明船隊開始起航，護送著他們的總兵元帥魂歸大海。那些分派出去的船隊，得到王景弘派快船送去的消息，也都急速趕來，整個船隊已經會合在一起，為他們的總兵元帥舉行海葬。鄭和的遺體安臥在帥船上，按照回回的傳統，用淨水清洗，用古里潔白的搭黎布包裹，船上的人們還給撒上了最高貴的香料，異香撲鼻。古里的阿訇和高僧分別為他念了經，作了法事。古里的國王和臣民紛紛來到海邊，送別與他們建立了深厚友誼的大明使者，並在鄭和的遺體上撒滿了各種鮮花的花瓣。他們目送鄭和走了很遠，還憑著自己的記憶，刻畫了鄭和的石像，讓這位來自大明使者永遠留在古里。

大明的船隊仍然組成了驕燕的隊形。載著鄭和偉岸身軀的帥船走在最前面，分列兩旁的左哨與右哨緊緊護衛著，緩緩地向前行進。明軍將士一律銀盔銀甲，船工們也都自動穿上了白色的衣褲，戴上了白色的帽子，同白色的風帆聯結一體，將逝者的純潔無暇融入藍天和藍海之中。

鄭和的葬禮是非常儉樸的，也是無比莊嚴的。連大海似乎也有了感知，做好了迎接大海驕子回歸大海的準備。鄭和在風裡浪裡奔波了近三十年，他現在疲倦了，需要休息了，不能再用喧囂的波瀾打攪他。風停了，浪息了，整個海面平靜得如同一面鏡子，寂靜得如同回到了遠古的荒原。明軍將士和船上的水手，還有隨船的番國使臣，都肅立在甲板上。李海等幾個在帥船上與鄭和朝夕相伴的水手，抬起安放鄭和遺體的靈床，按照阿訇的指點，將其頭部朝向天方，緩緩地移到船舷外邊，慢慢地傾斜著，傾斜著，將一位偉大的航海家送入海洋的懷抱。阿訇和船上的穆斯林都在吟誦：「安拉是偉大的，安拉是偉大的，安拉是偉大的……」祝禱的辭語在無風的海空中飄蕩：「安拉是偉大的，安拉是偉大的……」

大明船隊就要離開他們的統帥返航歸國了，王景弘命令戰船鳴炮致敬，一共二十八響，震撼了無比寧靜的洋面。這二十八響，代表他二十八年在海洋中創造的輝煌業績，那不但是大明子民走向海洋的驕傲，也是地球上的人類走向海洋的驕傲。船隊在緩緩地向著東方前進，大家站在甲板上仍然面西而立，久久注視著鄭和安眠的那個海域。

帥船上沒了鄭和的身影，突然顯得空蕩蕩的，大家心裡也都感到沒著沒落，都靜默著，誰也不願意破壞這永恒的寧靜。只有年齡最小的李西洋，看到自己最敬重的總兵爺爺離他越來越遠，突然哇哇哭了起來，嘴裡訴說著：「我早就說好還要跟著總兵爺爺下西洋的，他也答應了，沒想到他就這麼走了，今後再也不能領著我們下西洋了。」

李海低聲吼他：「你哭什麼，總兵元帥沒有死，他這樣的人是不會死的。」

李西洋仍然抹著眼淚哭訴：「他已經永遠離開我們了，我們再也見不到他了。」

李海說：「他不是沒有離開海洋嗎，他這樣的好人一定會像天妃娘娘一樣，成為海神，永遠與我們航海人相伴，保佑我們航海人。」

他們父子倆的對話，打破了船上的沉默。

鄭和的一個近侍說：「總兵元帥本來就是蛤蟆王轉世，他不過是重新回到了水裡。」

另一個近侍說：「他一定成了海裡抗浪的魚神，永遠保佑我們不受波浪的襲擊。」

小胖子也紅著眼睛說：「昨天夜裡，我就夢見了總兵元帥，他說我們現在的這根舵桿不行了，要我再到眞臘國找兩棵紫檀樹做舵桿，看來他一定還會跟我們一起去遠航。」

舟師林貴和一向少言寡語，這時也抹著眼淚說：「昨天夜裡，我也夢見了總兵元帥，他讓我把船開到麻林，開過慢八撒，還要我接著往前開。我們又朝著前邊的遼闊海洋走了好久好久，直到日月星辰都看不見了，眼前一片漆黑，突然又是白雪茫茫，出奇的寒冷，我嚇出了一身冷汗，這才醒來。」

李海聽了他們的夢，頗為欣慰地說：「看來，總兵元帥眞的沒有死，眞的成了海神，他還要領著我們把這個世界上的海洋走遍。」

大明船隊在返國途中所經過的地方，三寶太監去世的消息不脛而走，那些國家不論是當地人還是華人，都自動自發地悼念他。滿剌加國王最是動情，他來到帥船上致祭，傷心地痛哭起來，為鄭和的去世傷心，也為自己的國家失去了一位最忠實可靠的朋友傷心。他十分擔心今後大明的船隊不能來這裡為他撐腰了，別的國家轉瞬之間就會欺負到他的頭上。

爪哇的三寶壟也按照穆斯林的禮儀，爲鄭和舉行了一場死者不在場的葬禮，那裡的海空之上也久久縈迴著眞主信徒的祝禱：「安拉是偉大的，安拉是偉大的……」

王景弘率領船隊經過中國的漲海，在萬生石塘嶼、石塘和石星石塘等島礁灘沙附近，命令船隊放慢速度，緩緩前行。這些藍色的國土，是鄭和生前極爲關注的地方。王景弘特地捧著鄭和的頭髮和鞋子，站在甲板上，輕輕告訴他的老朋友：「我們已經回家了，見到天仙撒下的美麗珍珠了。」

王景弘還捧著鄭和的頭髮和鞋子來到赤嵌，即臺灣的安平，讓鄭和重新來看看這個寶島。臺灣原來叫北港，又名東番，原來與福建連爲一體，只因冰川消融海水上漲，兩者之間才有了一個海峽。古時這兩地同屬越國，三國和隋朝時候中國對臺灣即有往來。鄭和下西洋時，曾經爲了避風到這個寶島上落過腳。他見這裡的百姓深受風害之苦，卻無法預知颶風的來臨，便送了一些風鈴給那裡的人，讓他們掛在屋檐上，風一來就叮鈴噹啷發出報警的信號。這裡的人曾經把鄭和留在島上的這種銅鈴當成寶物，都說「這是祖宗留下來的」，搶著收藏。王景弘作爲福建人來到這裡更是感到無比的親切，福建與臺灣風俗習慣好多都一樣：福建人喜歡吃醃製的魚肉，這裡的人也喜歡吃醃製的魚肉；福建女子出嫁有鑿齒的習慣，這裡的女子出嫁同樣有鑿齒的習慣；福建人特別崇奉媽祖，這裡的人也特別崇奉媽祖；福建人做菜喜歡用蝦油作調料，這裡的人也喜歡用蝦油作調料。鄭和多次到福建，也喜歡上了蝦油，王景弘專門到當地土人家裡吃過飯，土人見他一個勁兒要蝦油，高興地說：「只有一起吃過蝦油才是一家人。」王景弘有了回家的感覺，默默告訴鄭和：「我們回家了，在赤嵌寶島上吃到家鄉的飯菜了。」

宣德八年（西元一四三三年）七月，大明寶船隊駛進了長江口，回到了南京。王景弘等人捧著鄭和的頭髮和鞋子下了寶船，徑直來到鄭和的府邸。王景弘哽咽著悄聲告訴鄭和：「我們回家了，回到南京太平巷了。」這些與鄭和風雨同舟的人們，將鄭和這位開發海洋的先驅留在大海的懷抱裡，也將他帶回了生養他的這塊土地，讓他頂天立地活在自己的民族群體裡。

王景弘旋即北上，給朝廷帶去了鄭和去世的消息，也帶回了鄭和最後一次出使西洋的巨大成果。蘇門答剌、錫蘭國、古里國、柯枝國、祖法兒國、阿丹國的使者隨船隊到來，依次晉見了大明的新皇帝，隨即鄭和所訪問過的那些國家的使者也接踵而來，北京紫禁城門前冷落車馬稀的情形頓時改觀，鄭和以自己的生命為代價重新在西洋諸國恢復了朝貢貿易，再現了多國來朝的新局面。

王景弘將鄭和生前拼著性命繪製的航海圖獻給朝廷，並啓奏宣帝：「鄭和臨終前，有兩句要緊的話上達聖聰。」

朱瞻基忙問：「他有什麼要緊的話？」

王景弘對鄭和的臨終遺言感同身受，說得很悲壯：「財富取之於海，危險亦來自海上！」

楊溥作為宣帝的重臣，此時已經深刻感受到了倭寇對朝廷的威脅，鄭和的話觸發了他的感慨，立即提出了加強水師的建議。他啓奏道：「對付海上來犯之敵，與其鏖戰於海岸，不如到海上去迎擊敵人。」

宣帝聽了默然，朝堂上的大臣也都沒有吭聲。

宣帝對此次下西洋取得的成果還是非常滿意，賞賜了下西洋的全體人員。這位皇帝感念鄭和三代老臣，七下西洋，一生勞苦，功不可沒，賜葬南京牛首山。同時賜詩王景弘，讚揚他與鄭和一同下西洋的勞苦：「念爾行涉春與冬，作詩賜爾期爾庸。」

可惜這位宣帝的中興之夢也未來得及實現，在鄭和去世不到兩周年，年僅三十八歲的他，也溘然長逝，將其中興之夢交給他年僅七歲的兒子去實現。明王朝從此每下愈況，一代不如一代。

六、我們還下西洋嗎

眞個是光陰似箭，日月如梭，鄭和去世轉眼之間就兩周年了。在宣德十年（西元一四三五年）四月初九這一天，凡是關心這位偉大航海家的人，都先後去到南京城外的牛首山，祭掃墳墓，憑吊英靈。

牛首山（今江蘇的江陰境內）面臨滾滾東流的長江，原本是佛家的山場。大約宣帝賜葬時想到了鄭和是佛門弟子，並未多加考慮，就選定了牛首山。君命不可違，在舉行葬禮的時候，用的是佛家的禮數，南京城裡所有佛寺的高僧都來超度他脫離苦海，進入西方極樂世界。他的繼子鄭賜卻是虔誠的穆斯林，在造墳墓的時候，仍然採用了回回墓葬的格局。然而，人們想要在自然環境中打上自己思想情感的烙印，大自然卻在堅持不懈地抹平人類想要留下的任何痕跡。僅僅兩年的時間，鄭和的墳墓周圍荒草瘋長，雜樹叢生，它們似乎想要堙沒這裡的一切。

最早來到墓地看到這種情景的是沈涼與金花。金花自埋葬鄭和之後，也在水仙庵出了家，與沈涼相依相伴去面對青燈古佛，這兩個女人都把對鄭和的懷念傾注到每天誦讀的經文裡。她們已經脫離塵世，不願意打攪別人，也不願意別人打攪她們。兩個女人前一天就趕到江陰，這天起了個絕早，借著濛濛天色就來到了鄭和的墳前。

金花見了墳上的荒草，不由傷心地說：「這人活著也眞沒意思，轟轟烈烈一輩子，到頭來人們看到的只是這些雜樹荒草，誰還會去想這雜樹荒草下掩埋的是什麼人啊。」

沈涼這時正在眺望長江，回想起了當年她陪鄭和來這裡拜謁渤泥國王墳墓的情景，本來已經心如古井此刻又泛起了波瀾。她接過金花的話說：「他畢竟做了他自己想做的事情，人生還能怎樣呢？」

金花望著她的這位日漸蒼老的姊姊，十分同情地說：「眞正讓我傷心的還是妳，這一輩子也都搭在他下西洋的事情中了。」

「妳不也一樣嗎，這是因緣聚會，想逃脫也逃脫不了的。」沈涼說著，從胸口掏出那件小小的青銅器，摘下他自己繡的那個荷包，撫摩著套在絞索裡的那兩個人，對金花說：「女人活著本來就是爲了受難，能替他這樣的男人受難，也算難得了。」

金花聽了沒有說話，兩人相扶著默默下了山。

接著來到牛首山的是鄭賜一家人。他們荷鋤挑擔，來到墓地就開始清除雜樹荒草。本來穆斯林對先人的墳墓沒有太多的講究，一切聽其自然。但鄭賜考慮到逢上周年之祭來墳前祭奠父親的故舊不會少，他在南京的日子已經不短，也懂得入鄉隨俗了。鄭和生前雖然官居二品，因爲是內臣，按朝廷的規矩不能世襲。鄭和一走，他也就成了一介平民。

鄭和的兩個孫子，已經十多歲了，尙不知這個中奧妙。一個孩子問他父親：「爺爺一死，怎麼我們家的車馬轎子燈籠牌匾都撤了，不像別的官宦人家一代一代往下傳呢？」

鄭賜教訓兒子道：「不要說沒出息的話，你爺爺的所有一切不是靠祖上傳下來的，都是他自己掙來的，我們想要什麼也得靠自己去掙。」

鄭賜的妻子也是回回，她也教訓兩個兒子：「穆斯林只有在去天堂的路上，依靠眞主指引，別的都得靠自己。」

另一個孩子問：「爺爺死了，還會有人下西洋嗎？那些寶船在揚子江裡停了一年，我看都快被江水漚爛了。」

鄭賜無話可說，他回答不出來。

王景弘來到牛首山，鄭和的墳墓已經從雜樹和荒草中顯露出來。王景弘接替鄭和任了南京守備，但今天對鄭和的祭奠卻不是以官府的名義，而是以朋友的身分，因此並沒有帶執事鳴鑼開道。好在下西洋的很多老朋友都陸續來了，牛首山頓時顯出了空前的熱鬧。與王景弘一起來的有洪保、朱眞、王衡、唐敬、周聞、匡愚、馬歡等人，他們都在南京，早就約好今天一起來給鄭和掃墓。

舟師林貴和來了，他被王景弘留在南京整理航海資料，現在七下西洋的航海記錄都已經整理出來，他在這裡已經無事可做，今天給總兵元帥掃完墓，就要回福建老家了。

李海帶著他的兒子李西洋來了。他們原本在南京停了一些時候，等待是否有新的出航，朝廷一直沒有音信，王景弘勸他們回了福建。他們記住了四月初九這個日子，老遠從長樂趕來，拜祭總兵元帥。

小胖子來了，他回了安徽碭山的老家，這次從家裡趕來，還特地帶來已經有了身孕的妻子。他說：「要讓總兵元帥放心，帥船上的水手又有了後代。」

林冠群和張興來了，他們雖然很早就離開了船隊，卻一直沒有忘記自己是寶船隊的人，更忘不了總兵元帥對他們的好處。這些人中數他們兩個歲數最大，頭髮鬍子全白了。他們在鄭和的墓前感歎：「有志不在年高，無志空活百歲，還是總兵元帥這一輩子活得踏實。」

蒲日和也來了，這是誰都沒有想到的。他已經出洋做生意，大老遠地趕了回來。他說：「沒有能夠趕上總兵元帥的葬禮，也沒趕上周年的祭奠，心裡一直過意不去，兩周年的祭奠，說什麼也得趕回來。」

四月的南京牛首山，雜花生樹，鶯歌燕舞，江水碧澄，菜花飛黃，一派盎然春意。大家祭掃這位總兵元帥沒有任何的鋪張，每個人都在墓前拱手作揖，都在墳上培了土，然後散坐在墳墓的周圍回憶他們跟隨鄭和下西洋的歲月，如同跟他們的總兵元帥促膝談心一般。鄭賜的一家人聽了很受感動。說實話，他們過去對這位離開海洋就沒著沒落的父親和爺爺，並沒有很深刻的瞭解，是從大家的言談話語裡，進一步認識了自己的父親和爺爺。

「我們還下西洋嗎？」李西洋聽得激動起來，迫不及待地問道。

這其實是一個大家都在想、又誰都不肯輕易張口說出的話題。山頭上一陣沉默，人們都不約而同盯著王景弘，在這群人裡，他是權威。

王景弘只是淡淡地說了一句：「大行皇帝新逝，新主年幼，誰知還會不會下旨去西洋啊。」

還是洪保心直口快：「朝廷那些外臣也好，內臣也好，都把下西洋當成一塊肥肉來爭奪，好端端的事情，最後都得毀在他們手裡。」

他其實也沒有敢把真實情況都抖弄出來，打從鄭和頭一次下西洋開始，朝廷的大臣爲了剝奪宦官出使番國和開展海上貿易的權利，就拼命反對下西洋。現在朝臣與後宮的宦官彼此相鬥越來越厲害，下西洋這件事已經成了兩派爭鬥的靶心，那些朝臣已經橫下心來，要從這件事情著手，截斷內臣參與政事的權利。前年在北京的朝堂上，他就看出來了，楊溥當時說了一句關於加強海防的話，朝臣們都用沉默來表示反對，這說明他們爭權奪利已經到了不顧國家安危的程度。那時宣帝在世還可以由他權衡利害作出決斷，現在新皇帝才七歲，誰來眞正替朝廷的得失、國家的命運擔憂啊。

朱眞說：「現在北方邊關不寧，聽說朝廷在醞釀對北方用兵，恐怕下西洋一時眞的找不到有誰來管了。」

王衡也傷感地說：「我們也都一把年紀了，再等幾年鬍子都等白了。」

蒲日和帶來了一個讓大家更失望的消息，他從寧波港登岸，聽說停泊在那裡的寶船，最近被倭寇一把火燒了。當地老百姓說：「那些船像一堆乾柴，點火就著，忽拉拉一陣就燃光了，也不知這些船當年是怎樣下西洋的。」

王景弘著急地說：「當時宣帝不是有旨，交給地方官府好好看管維護嗎，他們是怎麼搞的？」

洪保說：「這些地方官吏最會察言觀色，他們見皇帝下西洋的心思擱了下來，誰還會上心去管這些什麼油水也榨不出來的寶船啊。」

李海一聽急得跳了起來：「寶船沒人經管，可不成了一堆乾柴。」

王景弘十分懊喪地說：「當時怕集中起來船多不好管，沒想到這一分散，反而把寶船給毀了。」

林冠群一聽燒了寶船，仰天長歎：「眞是作孽啊，我們都老了，再也造不成寶船了。」

張興也說：「現在船廠造內河運糧船都造不來，想造海船也找不到地方了。」李西洋一聽也急得跳起來：「沒了船還怎麼下西洋！」

蒲日和說：「現在西洋番國的情況也大不一樣了，再要想去，也絕非容易。」

洪保著急地問：「他們又翻臉不認人了？」

蒲日和說：「其實道理也很簡單，過去衆多西洋國家能夠心悅誠服，第一是我們有威，洪武、永樂那樣的盛世，誰能不服；第二是這些國家有利，他們薄來我們厚往，誰能不願意同大明王朝往來；第三是朝廷的德化，讓遠人打心眼裡服了我們。現在威已經大不如前了，厚往薄來之利也難以爲繼了，僅僅剩下一個德化，能輕易打動他們嗎？」蒲日和眞不愧是個精明的商人，他把國家之間的義與利、威與德分析得十分透徹，讓大家聽得心裡直發沉。

王景弘似乎是自言自語，又似乎是在問大家：「我們在西洋往來奔波二十八年，到底在那裡留下了一些什麼呢？」

蒲日和指了指在長江中來往的船隻，它們揚帆過去之後，剛剛破浪前進留下的航跡，很快又被兩邊的波浪掩蓋了。

馬歡是有點文才的人，若有所悟：「你是說『過水無痕』？」

王景弘也明白了這意思，很傷感地對馬歡和匡愚說：「但願你們的書能夠流傳後世，讓後人知道本朝還有下西洋這樣一件轟轟烈烈的事。」

這時，鄭和的大孫子突然問：「那些番人還記得我爺爺嗎？」

蒲日和說：「他們都記住了你爺爺，不過你爺爺在那裡已經不是大明的使者，而是救苦救難的神了。」

這是的確的，在西洋諸國人們的心目中，鄭和已經成了神，或者說他原本就是神。滿剌加人在鄭和掘的那口三寶井旁邊，已經建了一座廟，供奉了鄭和的神像，那井水自然也成了聖水，大家都說用這井水沖涼可以祛病添壽。蘇門答剌海邊有塊巨石，因爲凹下去一塊，形似一個腳印，那裡的人都說是鄭和從船上一步跨下踩出來的。附近有個小島，也傳說是鄭和當年說了一句，「這地方若有一個島泊船就好了」，那個島就突然長了出來。爪哇三寶壟附近有個三寶洞，那裡的人們傳說鄭和其實沒有死，來到這個洞裡歸了眞，因此在那裡蓋了三寶公廟，香火世代不絕。在暹羅，人們傳說鄭和在某年十月十五日，來到一條河邊，隨手往河裡撒了驅除瘴氣的藥，從此每年的這一天，男女老幼都來河裡沐浴，互相灑水治病。那裡的人們給他塑了金像，有了爲難的事情都去求他。

大家聽了鄭和成神的故事，都沒有說話。覺得興奮的人，有一種肅穆感；感到悲哀的人，心裡有一種說不出的滋味；還有一些人聽了不知應該感到高興，還是應當感到悲哀。讓大家心情稍微輕鬆和高興的，是當天回到南京，王景弘請他們看了一場木偶戲。他們都沒想到，三寶太監下西洋的事，已經有人編出戲文，在南京的茶樓酒肆上演。

那木偶劇在一個盛滿水的大木盆裡演出，那水就是浩瀚的海洋。盆裡還放了活蝦、活蟹、活龜，充當海怪。鄭和的船隊被西洋番國的船隻攔住了，一個番王走出來，對鄭和說：「把你們的青花瓷器拿過來，本王就允許你們繼續下西洋，否則趁早回你們的東土去。」鄭和大方地說：「你只要些瓷器，有何稀罕，我讓每條船上都拿出幾個給你就是。」那番王抱住一大摞瓷器，驚喜地問：「你們這寶貝是什麼做的，怎麼一會兒就拿出這麼些來？」鄭和笑道：「這寶貝是樹上結的，我們那裡遍山都是瓷器樹，什麼時候想要，上山去摘就是。」番王聽得高興：「那我一定要去中華上邦，取幾棵瓷器樹回來。」

南京人看到這裡，高興得大聲喝采叫好，氣氛十分熱烈。

王景弘欣慰地說：「看來老百姓還是喜歡下西洋的。」

李西洋對他父親說：「也許我們還能下西洋吧？」

小胖子接過話來說：「我這輩子去不成西洋了，我兒子出世以後，也得叫他去。」

他妻子聽了，撫摩著自己的肚子，皺著眉頭犯愁地說：「再生出一個沒有海浪就睡不著覺的，我可怎麼辦呢？」

【全書完】

後記　重新認識鄭和

這本書可以說是一鼓作氣寫就的。從動筆到修改，到付印，都集中在幾個月的時間裡。然而，醞釀的時間卻不算短。還是在一九九八年，面對葡萄牙以紀念達伽瑪橫渡印度洋五百周年，向聯合國提出並獲得批准，開展了聲勢浩大的「國際海洋年」活動。中國的很多海洋方面的專家學者，以及台、港、澳、海外華人的專家學者在內，都不約而同提出：明朝永樂、宣德年間的鄭和七下西洋，其歷史功績、地位、價值及意義，絕不應當在哥倫布、達伽瑪、麥哲倫等人之下。鄭和作爲一位偉大的航海家，不僅是中華民族的驕傲，也是世界人民的驕傲。然而在以往的若干世紀內，在中國及在全世界，對鄭和的認識和評價，卻遠不及那幾位歐洲中世紀的航海家。究其原因，很重要的一點，就是對鄭和的研究和宣傳一直沒有得到足夠的重視。尤其是在普及性的宣傳方面，除了明代萬曆年間一個叫羅懋登的人，寫過一部有關鄭和七下西洋的神魔小說以外，再也沒有出現能在人民群衆中造成較大影響的普及讀物。要人們重視鄭和，首先得讓大家瞭解鄭和。當時算來，離二〇〇五年，即鄭和首下西洋六百周年，已經沒有幾年的時間了。我在那時就爲生了一個念頭，在此期間，能用廣大讀者樂於接受的文學手段，寫出點普及性的東西，紀念鄭和下西洋六百周年，應當是一件很有意義的事，便萌發了寫作《海上第一人：鄭和》這部歷史小說的衝動。

我在大學攻讀的是中文，長期從事的又是新聞、文化以及企業管理方面的事情，於中國歷史沒有系統深入的鑽研，於航海更是隔行如隔山。唯一的途徑，就是認眞閱讀和熟悉有關的史料，挖掘創作的源泉。除《明史》、《明書》、《明實錄》、《明史紀事本末》、《三寶太監下西洋記》以及元明時代有關的西洋史籍外，還閱讀了鄭和研究專家鄭一鈞先生的《論鄭和下西洋》、明史專家晁中辰的《明成祖傳》，以及「南京鄭和研究會」編輯的有關研討鄭和的論文集和出版的期刊《鄭和研究》。此外，還有美國人李露曄的《當中國稱霸海上》。我要感謝這些中外專家、學者，他們潛心發掘的寶貴史料，提出的一些重要見解，給了我不少的啓發和寫作的靈感。還要感謝長期熱心於海洋事業的劉達材先生，在我醞釀此書的過程中，他多次爲我提供海峽彼岸同胞和海外華人研究鄭和的一些最新動態，並給予寫作此書無比熱情的鼓勵。此次能在臺灣出版，也得益於劉先生的幫助。

在積累素材的過程中，我還在力所能及的範圍內，採訪了鄭和生前活動過的一些地方，以期拉近與鄭和的距離，獲得一些實際的體驗。這裡要特別提出的是，鄭和老家雲南昆明市和晉寧縣的朋友許紹德、王永清、蔡傑、徐克明，南京鄭和研究會的孔令仁、馬光汝，江蘇太倉鄭和紀念館的黃守蘋，他們從各個不同的方面，給了我很多有益的啓示和幫助。

坐到電腦面前寫作和修改本書的幾個月時間裡，中國海洋石油報社的同仁給予了極大的關心和幫助。還有，我的家人黃淑珉、黃湘、王巍、王雁幫著出了一些好的主意，並分擔了許多文字處理的勞苦。

需要說明的是，儘管我這些年一直從事的都是「耍筆桿子」的工作，用句人們調侃的話說，就是「碼字兒」。但是，進入一個並不熟悉的領域，去「碼」那些離自己生活十分遙遠的事情，還是有些力不從心的感覺。我想，本書留下的遺憾一定不會少，敬望讀者諸君不吝賜教。

二〇〇一年十月六日於京東燕郊

【附錄】

下西洋見聞

◎馬歡

鄭和船隊的成員馬歡等人，在歸國後撰寫下西洋的遊歷見聞。馬歡著有《瀛涯勝覽》、費信著有《星槎勝覽》，以及鞏珍著有《西洋番國志》。這三部遊記是記載鄭和下西洋的第一手史料。

馬歡是回教徒，通阿拉伯文，在鄭和船隊中擔任翻譯一職。他先後參加了鄭和下西洋第四次、第六次和第七次出訪活動。《瀛涯勝覽》記載他所親歷目睹的占城、爪哇、舊港、暹羅、蘇門答剌、天方等二十個國家。每一個國家單獨成篇，詳細描寫了這些國家的地理位置、山川形勢、社會制度、生活狀況、社會風俗，以及經濟活動等概況。

以下內容，選摘自《瀛涯勝覽》，諸多奇風異俗，聳人聽聞；部分見聞則令人感到荒誕不經。根據考證，馬歡所撰的奇聞怪談部分，有不少是參考元代汪大淵所寫的《島夷志略》，與周達觀的《眞臘風土記》，多爲傳聞，並無事實根據。

【占城國】

用吸管喝酒

男女婚姻，但令男子先至女家成親畢。過十日，或半月，其男家父母及諸親友以鼓樂迎取（娶）夫婦回家。則置酒作樂，其酒則以飯拌藥，封於甕中，候熟。欲飲，則以長節小竹筒長三四尺者揷入酒甕中，環坐，照人數入水，輪次咂飲，吸乾再添入水而飲，至無味則止。

三重刑罰

國刑，罪輕者以藤條仗脊，重者截鼻，爲盜者斷手，犯姦者男女烙面成疤痕。罪甚大者，以硬木削尖立於小船樣木上，放水中，令罪人坐於尖木之上，木從口出而死，就留水上以示衆。

王者的試煉

國王爲王三十年，則退位出家，令弟兄子侄權管國事。王往深山持齋受戒，或吃素，獨居一年，對天誓曰：我先爲王，在位無道，願狼虎食我，或病死之。若一年滿足不死，再登其位，復管國事。

飛天頭

屍頭蠻者，本是人家一婦女也，但眼無瞳人（仁）爲異。夜寢則飛頭去，食人家小兒糞尖，其兒被妖氣侵腹必死，飛頭回合其體，則如舊。若知而候頭飛去時，移體別處，回不能合則死。於人家若有此婦不報官，除殺者，罪及一家。

鱷魚是判官

有一通海大潭，名鱷魚潭。如人有爭訟難明之事，官不能決者，則令爭訟二人騎水牛赴過其潭，理虧者鱷魚出而食之，理直者雖過十次，亦不被食，最可奇也。

【爪哇國】

沒有一天不殺人

男子腰插「不刺頭」一把，三歲小兒至百歲老人皆有此刀，皆是兔毫雪花上等鑌鐵爲之。其柄用金或犀角象牙，雕刻人形鬼面之狀，製極細巧。國人男婦皆惜其頭，若人以手觸摸其頭，或買賣之際錢物不明，或酒醉顛狂，言語爭競，便拔此刀刺之，強者爲勝。若戳死人，其人逃避三日而出，則不償命，若當時捉住，隨亦戮死。國無鞭笞之刑，事無大小，即用細藤背縛兩手，擁行數步，則將「不刺頭」於罪人腰眼或軟肋一二刺即死。其國風土無日不殺人，甚可畏也。

拜猴求子

有一洲，林木森茂，有長尾猢猻萬數，聚於上。有一黑色老雄獼猴爲主，卻有一老番婦隨伴在側。其國中婦人無子嗣者，備酒飯果餅之類，往禱於老獼猴，其老猴喜，則先食其物，餘令衆猴爭食。食盡，隨有二猴來前交感爲驗，此婦回家即便有孕，否則無子也，甚爲可怪。

狗吃屍體

凡喪葬之禮，如有父母將死，爲兒女者先問於父母，死後或犬食，或火化，或棄水中，其父母隨心所願而囑之，死後即依遺言所斷送之。若欲犬食者，即抬其屍至海邊，或野外地上，有犬十數來食盡屍肉無遺爲好，如食不盡，則子女悲號哭泣，將遺骸棄水中而去。

【舊港國】

火雞與神鹿

火鷄，大如仙鶴，圓身簇頸，比鶴頸更長，頭上有軟紅冠，似紅帽之狀，又有二片生於頸中。嘴尖，渾身毛如羊毛稀長，青色，腳長鐵黑，爪甚利害，亦能破人腹，腸出即死。好吃炢炭，遂名火鷄。用棍打碎莫能死。又，山產一等神獸，名曰神鹿，如巨豬，高三尺許，前半截黑，後一段白花毛純短可愛，嘴如豬嘴不平，四蹄亦如豬蹄，卻有三跲，止食草木，不食葷腥。

【暹羅國】

暹羅男子的時尚

男子年二十餘歲，則將莖物週迴之皮，如韮菜樣細刀挑開，嵌入錫珠十數顆皮內，用藥封護，待瘡口好，纔出行走，其狀纍纍如葡萄一般。自有一等人開鋪，專與人嵌銲，以爲藝業。如國王或大頭目或富人，則以金爲虛珠，內安砂子一粒，嵌之行走，玎玎有聲，乃以爲美。不嵌珠之男子，爲下等人，此爲最可怪之事。

【蘇門答剌國】

榴蓮

有一等臭果，番名賭爾烏，如中國水鷄頭樣。長八九寸，皮生尖刺，熟則五六瓣裂開，若爛牛肉之臭，內有栗子大酥白肉十四五塊，甚甜美可食，其中更皆有子，炒而食之，其味如栗。

【錫蘭國裸形國】

釋迦牟尼的懲罰與神蹟

自帽山南放洋，好風向東北行三日，見翠藍山在海中，其山三四座，惟一山最高大，番名桉篤蠻山。彼處之人巢居穴處，男女赤體，皆無寸絲，如獸畜之形。土不出米，惟食山芋、波羅蜜、芭蕉子之類，或海中捕魚蝦而食。人傳云，若有寸布在身，即生爛瘡。昔釋迦牟尼過海，於此處登岸，脫衣入水澡浴，彼人盜藏其衣，被釋迦呪訖，以此至今人不能穿衣，俗言出卵塢，即此地也。過此投西，船行七日，見鶯歌嘴山，再三兩日，到佛堂山，纔到錫蘭國馬（碼）頭名別羅里，自此泊船，登岸陸行。此處海邊山腳光石上，有一足跡，長二尺許，云是釋迦從翠藍山來，從此處登岸，腳踏此石，故跡存焉。中有淺水不乾，人皆手蘸其水洗面拭目，曰佛水清淨。

【柯枝國】

人分五等

國有五等人。一等名南昆，與王同類，內有剃頭挂線在頸者，最為貴族。二等回回人。三等人名哲地，係有錢財主。四等人名革令，專與人作牙保。五等人名木瓜。木瓜者，至低賤之人也，至今此輩在海濱居住，房簷高不過三尺，高者有罪，其穿衣上不過臍，下不過膝。其出於途，如遇南昆哲地人，即伏於地，候過即起而行。木瓜之輩，專以漁樵及抬負挑擔為生。

【古里國】

敬拜佛與牛

王以銅鑄佛像，名乃納兒，起造佛殿，以銅鑄瓦而蓋佛座，傍掘井。每日侵晨（破曉），王至汲水浴佛，拜訖，令人收取黃牛淨糞，用水調於銅盆如糊，遍擦殿內地面牆壁，且命頭目幷富家每早亦塗擦牛糞。又將牛糞燒成白灰，研細，用好布為小袋盛灰，常帶在身，每日侵晨洗面畢，取牛糞灰調水，搽塗其額，幷兩股間各三次，為敬佛敬牛之誠。

椰子的十大用途

椰子有十般使用。嫩者，有漿甚甜，好喫，可釀酒。老者，椰肉打油，做糖，做飯吃。外包之穰，打索，造船。椰殼為碗、為杯。又好燒灰，打箱，金銀細巧生活。樹好造屋，葉好蓋屋。

【溜山國】

弱水在哪裡

牒幹（溜山國），無城郭，倚山聚居，四圍皆海，如洲渚一般。地方不廣，國之西去程途不等。海中天生石門一座，如城闕樣，有八大處，溜各有其名：一曰沙溜，二曰人不知溜，三曰起泉溜，四曰麻里奇溜，五曰加半年溜，六約加加溜，七曰安都里溜，八曰官瑞溜，此八處皆有所主，而通商船。再有小窄之溜，傳云，三千有餘溜，此謂弱水三千，此處是也。其間人皆巢居穴處，不識米穀，只捕魚蝦而食，不解穿衣，以樹葉遮其前後。設遇風水不便，舟師失針舵損，船過其溜，落於瀉水，漸無力而沉，大概行船皆宜謹防此也。

【祖法兒國】

薰香何以不絕

禮拜日，上半日市絕交易，男女長幼皆沐浴，既畢，即將薔薇露或沉香幷油搽面幷四體，俱穿整齊新淨衣服，又以小土爐燒沉檀、俺八兒等香，立於爐上，薰其衣體，纔往禮拜寺。

拜畢方回，經過街市，半晌薰香不絕。

【阿丹國】

長頸鹿

麒麟前二足高九尺餘，後兩足約高六尺，頭抬頸長一丈六尺，首昂後低，人莫能騎。頭上有兩肉角，在耳邊。牛尾，鹿身，蹄有三跆，匾口。食粟豆、麵餅。其獅子身形似虎，黑黃無斑，頭大口闊，尾尖毛多，黑長如纓，聲吼如雷。諸獸見之，伏不敢起，乃獸中之王也。

【天方國】

神水定風波

一城，名驀底納，其馬哈嘛（穆罕默德）聖人陵寢正在城內，至今墓頂豪光日夜侵雲而起。墓後有一井，泉水清甜，名阿必糝糝，下番之人取其水藏於船邊，海中倘遇颶風，即以此水灑之，風浪頓息。

國家圖書館出版品預行編目資料

海上第一人：鄭和／王佩雲著. --初版. --臺北市：實學社，2003〔民92〕

冊；　公分. --（小說人物；141-142）

ISBN　957-2072-54-4（上冊：平裝）
ISBN　957-2072-55-2（下冊：平裝）

857.7　　91022901